AF216914

AMY ERIN THYNDAL

A KISS of ICE and BLOOD

Moon Notes

Originalausgabe
1. Auflage
© 2025 Moon Notes im Verlag Friedrich Oetinger GmbH,
Max-Brauer-Allee 34, 22765 Hamburg
Alle Rechte vorbehalten.
Vorbehalten sind ausdrücklich auch alle Rechte für ein Text und Data
Mining, KI Training und ähnliche Technologien
© Text: Amy Thyndal, 2024
© Umschlaggestaltung: Rocket & Wink, Hamburg
Satz: Sabine Conrad, Bad Nauheim
Druck und Bindung: FINIDR, s.r.o.,
Lípová 1965, 737 01 Český Těšín, Tschechische Republik
Printed 2025
ISBN: 978-3-96976-067-3

www.moon-notes.de

Für alle, die den Winter lieben,
und auch für die, die ihn am liebsten
lesend am Kamin genießen.
Dieses Buch ist für euch.

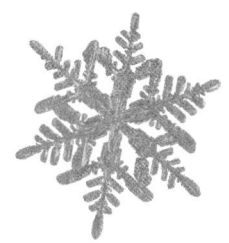

Tödlich wie das Eis

Frin

Der Winter ist die einzige Jahreszeit, die das Königreich Askja kennt, und im Firnisgebirge ist er tiefer und grausamer als irgendwo sonst.

Auch die tapfer züngelnden Flammen vor uns können nichts daran ändern. Das feuchte Holz knackt und stöhnt, als würde es ihm widerstreben, in dieser Umgebung zu brennen. Der warme Schein der Flammen kämpft gegen die dunkle Winternacht an, trägt jedoch kaum etwas dazu bei, den Unterschlupf zu erwärmen. Eis glitzert an den Höhlenwänden, das im flackernden Licht meine Silhouette als schwarzen Schemen spiegelt.

»Was sie wohl hier zu suchen hat?«, frage ich leise.

Meine beste Freundin Solvig hebt eine ihrer schwarzen geschwungenen Augenbrauen, während wir die schlafende Frau am Feuer betrachten, deren Körper von einem stetigen Zittern geschüttelt wird. Sie hat sich in zahlreiche Decken gehüllt, dennoch sind ihre Lippen beinahe so blau wie die Polarlichter, die vor der Höhle über den Himmel zucken.

»Die Jagd, wie immer«, erwidert Solvig schließlich auf meine

Frage und macht eine Handbewegung in Richtung der Armbrust, die an der Höhlenwand lehnt. Daneben liegen zahlreiche helle Tierfelle, hauptsächlich von Kaninchen und Schneefüchsen. Obwohl ich nur wenig Erfahrung mit askischen Jägern habe, vermute ich, dass diese Ausbeute nicht ausreicht und die Frau sich auf der Suche nach Karibus oder Elchen immer weiter ins Firnisgebirge vorgewagt hat. Ohne Erfolg.

Beinahe bedauernd schüttle ich den Kopf.

»Wofür benötigen sie die Felle überhaupt?«, will ich wissen.

Jedes Jahr spüren wir Hunderte Jäger im Gebirge auf, doch es gibt sicher weitere, die es erfolgreich verlassen, ohne von uns behelligt zu werden. Bei der Ausbeute, die jeder von ihnen mitnehmen dürfte, könnte sich bereits die gesamte askische Bevölkerung mehrfach in Karibufelle kleiden. Wieso brauchen sie mehr? Warum gehen die Menschen das Risiko ein, hierherzukommen, wenn es ihnen doch in so vielen Fällen zum Verhängnis wird?

»Spielt es eine Rolle?«, fragt Solvig zurück.

Kurz betrachte ich die Frau. Angesichts ihres zitternden Körpers verspüre ich kein Mitgefühl, sondern schlicht Verwirrung. Mit dem Betreten des Firnisgebirges hat sie ihr Leben geradezu weggeworfen, und doch ist ihr Verlust unser Gewinn.

Schließlich schüttle ich den Kopf.

»Ich übernehme das Feuer, du kümmerst dich um sie«, schlage ich vor.

Ein zustimmendes Lächeln breitet sich auf Solvigs Gesicht aus, während sie sich langsam auf die Frau zubewegt.

Ich dagegen konzentriere mich auf die Flammen, deren schwaches Züngeln leicht zu löschen sein wird. Ein Gedanke genügt, um eine leichte Brise zu rufen, die den umliegenden Schnee in das Brennmaterial hineinweht. Das Feuer zischt, kämpft ein letztes Mal gegen die Kälte an, bevor es erstirbt und die Höhle dunkel zurücklässt.

Solvig beugt sich derweil zu der schlafenden Frau hinunter. Gerade als sie eine Hand sanft an deren Wange legen will, heult irgendwo außerhalb der Höhle ein Wolf.

Kein ungewöhnliches Geräusch im Firnisgebirge, aber es reicht, um die Frau zu wecken.

»Der Zauber!«, ermahne ich Solvig, als die Frau die Augen aufschlägt.

Meine beste Freundin versteift sich augenblicklich, und ich fühle, wie sie ihre Magie webt. Doch sie ist nicht schnell genug. Der Jägerin entfährt ein Schrei, als sie Solvig erblickt.

»Nein!«, ruft sie aus, während Solvig weiter fieberhaft an ihrem Zauber arbeitet.

Die Frau zieht ein Messer und sticht damit nach Solvig, die sich nicht rührt. Dank unserer Magie können wir unsere Substanz verändern und körperlos werden. Wir mögen zwar fast menschlich aussehen, sind es aber nicht. So fährt das Messer direkt durch Solvigs Gestalt hindurch, ohne Schaden anzurichten. Die Jägerin wimmert, als ihr bewusst wird, dass sie uns mit ihrer Waffe nichts entgegenzusetzen hat. Doch die Erkenntnis hält sie nicht davon ab, erneut auszuholen, in der verzweifelten Hoffnung, sich noch retten zu können.

Ich habe genug von diesem Schauspiel. Ich wollte Solvig die Übungsmöglichkeit geben, sie selbst in ihren Bann zu ziehen, doch die Frau länger leiden zu lassen, wäre grausam. Wir Eisdämoninnen spielen nicht mit unserem Essen.

»Ruhig«, befehle ich und lasse meine Magie durch den Raum schwingen.

Binnen eines Sekundenbruchteils habe ich die Jägerin eingelullt. Sofort lässt sie das Messer fallen und schaut wie in Trance zu mir. Das Zittern, das ihren Körper befallen hat, verebbt, und sie entspannt sich merklich, während sich ein Lächeln auf ihre Lippen schleicht. Ihre Augen werden groß, fast glücklich.

Sie kommt mir langsam entgegen und hebt den Kopf, um den Blickkontakt zu mir aufrechtzuerhalten. Der Sog, den ich auf sie ausübe, ist unbestreitbar, und ich bin dankbar für meine starke Magie, die ihre Wirkung noch nie verfehlt hat. Auch umgekehrt spüre ich die Verlockung, die sie für mich darstellt. Das pulsierende Leben, das trotz der Entbehrungen der letzten Tage von ihr ausstrahlt, die Kraft ihrer Seele, die mir das Wasser im Mund zusammenlaufen lässt. Angesichts ihrer Lebensenergie lecke ich mir hungrig mit der Zunge über meine Lippen, eine Bewegung, die sie sehnsüchtig verfolgt. Vorsichtig lehne ich mich vor, während sich die Jägerin mir entgegenreckt, als mich eine Bewegung aus dem Augenwinkel ablenkt.

Blinzelnd weiche ich zurück, wobei die Frau erneut wimmert. Diesmal allerdings nicht voller Entsetzen, sondern voller Verlangen, das sich in Solvigs Augen spiegelt. Die kaum merkliche Gewichtsverlagerung meiner besten Freundin hat mich aus meinem Rausch gerissen. Schuldgefühle steigen in mir auf, weil ich Solvig beinahe vergessen habe. Ihr graues Haar und die Art, wie sie die Fingerknöchel leidend zu Fäusten ballt, machen mir bewusst, dass sie diese Mahlzeit dringender nötig hat als ich. Der Hunger in meinem Inneren protestiert, aber ich kämpfe ihn entschlossen nieder. Ich kann warten.

»Nimm du sie«, weise ich meine Freundin an, die überrascht blinzelt und dann heftig den Kopf schüttelt.

»Du hast sie verzaubert«, widerspricht sie. »Ich hatte meinen Versuch und habe versagt. Ihr Leben steht dir zu.«

Vor einigen Jahren hätte mich nichts von meiner wohlverdienten Beute fernhalten können, aber ich sehe die Zeichen: die ungewöhnliche Blässe in Solvigs schwarzen Augen, das Weiß in ihrem Haar, ihr zerrissenes Kleid. Ich bin nicht bereit, ihre Existenz zu riskieren, weil mir der Etikette nach die Beute zusteht.

Wortlos schüttle ich den Kopf, trete zurück und ändere im

Geiste meinen Zauber. Augenblicklich wendet die Jägerin den Blick von mir zu Solvig.

»Bitte«, murmelt die Frau, als sie auf Solvig zutritt und die Hand nach ihr ausstreckt.

Meine beste Freundin kann nicht länger widerstehen und erfüllt ihr diesen letzten, sehnlichsten Wunsch, indem sie ihre Lippen auf die der Frau drückt. Die Jägerin stöhnt entrückt, während ihre Lebenskraft aus ihr hinausfließt und die Eisdämonin mit neuer Stärke füllt. Solvigs Strähnen färben sich wieder dunkler, ihre Körperhaltung wird kraftvoller, und die Risse in ihrem Kleid verschwinden. Es dauert nur einen Augenblick, bis die Jägerin leblos zu Boden fällt und meine beste Freundin mich anblickt.

»Danke«, meint sie, und ich kann sehen, wie die Schuldgefühle und die Ekstase angesichts der neuen Kraft in ihr ringen.

Ich lächle leicht und versuche, meinen eigenen Hunger zu ignorieren. Ein letztes Mal lasse ich den Blick über das Lager unseres heutigen Opfers schweifen.

»Wir sollten los«, sage ich dann. »Fjora wartet schon auf uns.«

Solvig nickt, während ich mich in eine Schneeflocke für den langen Flug verwandle. Kurz bevor sie es mir gleichtut, entdecke ich etwas, was mein Herz mit neuer Angst füllt: Trotz der Seele, die sie soeben gestohlen hat, ziehen sich noch immer graue Strähnen durch ihr schwarzes Haar.

Gefährlich wie die Nacht

Frin

Ich frage mich, was die Menschen sehen, wenn wir uns zur Melodie des Winters wiegen. Wenn wir seine Schönheit in unseren Schritten einfangen. Was wir für sie darstellen, während wir über das Eis und den Schnee gleiten. Ob wir tatsächlich so unwiderstehlich sind, wie sie es sich erzählen, oder ob es unsere Magie ist, die sie in einen Bann zieht. Die sie ins Verderben stürzt.

Heute Nacht haben wir Eisdämoninnen keine Zuschauer, die unseren Tanz beobachten. Es gibt nur uns und die Dunkelheit, die Kälte und das Eis. Nur den Winter, dem wir mit jeder eleganten Bewegung und jedem Seufzen huldigen.

Die Wintersonnenwende ist ein Fest wie kein anderes, und selbst meine Magie kann nicht verhindern, dass meine Füße von den Stunden des Herumwirbelns wund werden. Dass meine Stimme rau wird vom Einstimmen in die wortlosen Gesänge, deren sehnsuchtsvolle Rufe meine Heimat erfüllen. In diesem Augenblick fühle ich mich wie eine Schneeflocke im Wind. Ich bin Teil einer unaufhaltsamen Naturgewalt. Meine Schwestern und ich sind eins, ich kann mich in ihrer Mitte völlig fallen lassen, denn der Rhythmus unserer Schritte auf dem Eis fängt mich auf.

Morgen werden die Menschen von unserer Feier nur die Spuren im Schnee und die kleinen Brüche im Eis finden. Sie werden vor Furcht erstarren und die Warnung, uns fernzubleiben, durch ganz Askja tragen. Aber es ist unmöglich, uns zu entkommen.

»Ich kann nicht mehr!«, unterbricht Solvig ihren Tanz und zieht mich mit sich aus dem Kreis, um am Rand der Feier Atem zu schöpfen.

»Und wieso muss ich dann ebenfalls aufhören?«, beschwere ich mich.

Sie grinst so breit, dass ihre schwarzen Lippen beinahe bis zu ihren Ohren reichen.

»Weil du meine beste Freundin bist, natürlich«, entgegnet sie und pustet etwas Schneestaub nach mir, den sie aus der Luft geklaubt hat. »Du bist dazu verpflichtet.«

Ich verdrehe die Augen und lasse mit einer lässigen Handbewegung Eis an ihren Beinen hochwachsen, um sie zu ärgern.

Ich liebe die Wintersonnenwende, die einzige Nacht im Jahr, in der wir uns alle vor dem Fjoraberg versammeln, statt auf die Jagd zu gehen oder allein durch das Firnisgebirge zu wandern. Ich will diese Gemeinschaft genießen, solange sie anhält …

»Gib es zu, du brauchtest auch eine Pause«, verlangt Solvig. Mit einem Zauber löst sie sich aus meinen Eisfesseln und lässt sich dann auf den Boden fallen. Die feine Schicht aus Schnee, die auf dem Eis liegt, wird aufgewirbelt, sodass der entstehende Nebel sie noch mystischer aussehen lässt.

Sehnsüchtig blicke ich zu meinen tanzenden Schwestern. Die mystischen Schattenspiele, die die blau-grünen Polarlichter über uns erzeugen, und der Sog ihrer Bewegungen erschaffen eine Atmosphäre, der ich mich kaum entziehen kann. Aber Solvig hat recht, denn trotz des Eises, das durch meine Adern fließt, sind meine Wangen ungewöhnlich warm, und mein Atem geht heftig. Die Muskeln in meinen Beinen protestieren, also schließe ich mich ihrer Pause an und lege mich neben sie.

Kühl schmiegt sich das Eis an meine Haut, und ein kalter Wind lässt mich lächeln. Die grünen Schlieren, die sich über den Himmel ziehen, sehen aus, als würden sie mit uns feiern. Die Nacht und die Begeisterung, die vom Tanz in mir nachhallt, lassen mich alle Sorgen vergessen. Ich bin eine Eisdämonin in einem Reich, das schon immer dem Winter gehört hat. Hier, wo sich meine Magie mit der Umgebung vereint, sind wir unantastbar.

»Die Königin ist auf dem Weg zu uns«, informiert Solvig mich und reißt mich damit aus der Unbekümmertheit.

Es ist, als würde ich aus einem Traum aufwachen. Die Erwähnung der Königin bringt mich in die Realität zurück, erinnert mich an all unsere Sorgen und Probleme. An die Bedrohung unserer Existenz.

Abrupt erhebe ich mich und vollführe mit einer fließenden Bewegung einen Knicks, als ich Königin Fjora in unserer unmittelbaren Nähe entdecke. Das helle Haar unserer Anführerin, das sich von den schwarzen Schöpfen der anderen Eisdämoninnen abhebt, fliegt im Wind. Ihre weißen Mundwinkel heben sich kaum merklich, und obwohl sie lächelt, spüre ich die Melancholie, die von ihr ausgeht. Wir anderen Eisdämoninnen können uns im Tanz der Wintersonnenwende verlieren, unserer Königin ist dies nicht vergönnt. Wie könnte sie, die für uns alle verantwortlich ist, die Gefahr jemals vergessen, die uns bedroht?

»Solvig, Frin«, begrüßt sie uns beide, »seid ihr schon müde?«

Synchron schütteln wir die Köpfe. Als Königin und Quelle unserer Magie sowie unserer Existenz ist es ihre Aufgabe, nach uns zu sehen. Doch gerade heute wünsche ich mir, sie würde diese nicht so ernst nehmen. Ich will ihr nicht noch mehr Sorgen bereiten …

»Wir machen eine kleine Pause, Eure Hoheit«, antwortet Solvig noch immer leicht außer Atem.

Das Lächeln unserer Königin wird breiter, scheinbar wollte sie sich tatsächlich nur vergewissern, ob es uns gut geht. Zufrieden neigt sie den Kopf und will sich abwenden, da bleibt ihr Blick an mir hängen, und sie stockt.

Bei den Eisgöttern, ich habe gehofft, sie würde nichts bemerken. Aber dem aufmerksamen Blick unserer Herrscherin entgeht kaum etwas. Die altbekannte Sorge schleicht sich in ihren Blick zurück, und sie tritt näher an mich heran. Sanft nimmt sie mein Haar in die Hand, das sich für gewöhnlich nachtschwarz vom Schnee abhebt. Doch heute ist es durchwirkt von grauen Strähnen, die ich nicht vollständig verstecken konnte. Sie sind weniger ausgeprägt als jene in Solvigs Haar, die trotz unserer erfolgreichen Jagd gestern nicht zu übersehen sind. Neben unserem fehlenden Durchhaltevermögen auf der Tanzfläche sind sie ein weiteres untrügliches Zeichen des Hungers.

»Du wirst schwächer«, stellt sie betroffen fest. »Hast du dich nicht genährt?«

Resigniert lasse ich den Kopf hängen. Wir stehen uns nahe, da sie mich seit Beginn meiner Existenz als Eisdämonin kennt und ich ihr alles erzählen kann. Dennoch fällt es mir schwer, meinen Hunger vor ihr einzugestehen.

»Mein letztes Mahl ist schon zwei Wochen her«, gestehe ich, woraufhin sie entsetzt die Augen aufreißt.

»Frin ...«

Ihre Stimme klingt streng, was meine Scham nur verstärkt.

Bei Solvig und den anderen Eisdämoninnen gehört das Grau in den Haaren längst dazu, dennoch gilt Fjoras Sorge im Moment bloß mir. Ich bin unsere beste Jägerin, wie ich gestern erneut bewiesen habe. Mir können selbst die willensstärksten Menschen selten widerstehen ...

Doch Solvig war so kurz davor, zu schwinden, dass ich ihr nicht nur gestern die Frau, sondern auch die restliche Beute der letzten Wochen überlassen habe. Eine Entscheidung, die meine Königin nicht gutheißen wird, bedeutet diese doch immerhin, dass sie uns womöglich beide verliert.

Zu meiner Verwunderung tadelt mich Königin Fjora nicht, sondern seufzt lediglich. Das Leid in ihren silbrig-weißen Augen wird größer.

»Gebt auf euch acht«, bittet sie uns beide.

Sie will noch etwas sagen, da blickt sie unvermittelt hinter mich in die Ferne. Es dauert nur einen Moment, dann ist sie wieder bei uns.

»Die Wintersonnenwende ist unser heiligstes Fest«, verkündet sie, was wir längst wissen. »In der heutigen Nacht sollen wir Eisdämoninnen die Kälte zelebrieren und uns nichts anderem zuwenden. Aber das heißt nicht, dass ihr wegen dieser Tradition vor Schwäche schwinden solltet. Geht.«

Sie nickt in die Richtung, die eben ihre Aufmerksamkeit erregt hat.

»Ein Dutzend Reisende zieht soeben über den Nyvollpass. Holt euch, was euch zusteht.«

Überrascht sehe ich zur Gebirgskette, dann tausche ich einen Blick mit Solvig. Dass die Königin uns von unseren Pflichten freispricht, bedeutet, dass es schlimmer um uns steht als gedacht. Dass das Grau in meinen Haaren zu mehr führen könnte als nur zu gelegentlichen Schwächeanfällen. Noch immer zieht es mich zurück zu den Tanzenden, doch ich will meine Existenz nicht aufgeben oder dabei zusehen, wie Solvig für immer zur Schneeflocke wird. Entschlossen nehme ich meine beste Freundin an der Hand und ziehe sie mit mir. Unsere Magie lässt uns in Schneeflockengestalt mit dem Nordwind reisen, direkt zum Nyvollpass. Zu unserer unwissenden Beute, deren Energie bald uns gehören wird.

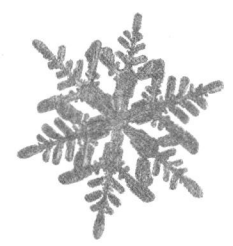

Verführerisch wie ein Kuss

Leif

Die Nacht ist so still, dass das Klappern der Hufe auf dem Eis unnatürlich laut nachhallt. Dabei weiß ich, dass nichts in Askja natürlich ist, weder die seltsamen Lichter am Himmel noch der endlose Schnee, der unsere Insel bedeckt.

Sogar mein Rappe trägt einen Hauch Magie im Blut, denn er wurde wie all unser Vieh im Heimatberg gezüchtet. Trotz des ewigen Eises wachsen dort grüne Wiesen, und Felder werden bestellt. Inzwischen weiß keiner mehr in Askja, ob dies durch die natürliche Magie des Landes oder den Zauber eines unserer Urahnen ermöglicht wurde.

Obwohl mein Pferd Askjas lange Nächte, den Schnee und das Eis gut kennen sollte, ist es zur Wintersonnenwende scheu und sprunghaft. Jeder Schritt ist zögerlich, und es wiehert nervös, während ich es weiter vorantreibe.

»Die Dunkelheit gefällt ihm nicht«, murrt Berion, der neben mir reitet.

Ich kann nur erahnen, wie er in seinem dichten, grauen Bart missbilligend die Lippen schürzt. Die Kapuze des dunklen Umhangs, der ihn vor der Kälte schützt, verdeckt seine Augen, aber ich weiß auch so, welcher Ausdruck darin steht.

Spöttisch hebe ich eine Braue und tätschle den Griff meines Schwerts, das am Sattel hängt.

»Keine Sorge, ich werde euch beide beschützen«, beteuere ich gespielt ernsthaft, was ihm ein Schnauben entlockt.

»Da verstecke ich mich lieber hinter meinem Pferd, als mich von einem unerfahrenen Jüngling wie dir verteidigen zu lassen«, gibt er grinsend zurück.

Sein Lächeln entspannt mich etwas, denn trotz meiner mutigen Worte bemerke auch ich die Düsternis, die trotz der hellen Polarlichter ihre bedrohlichen Schatten nach uns ausstreckt. Jeder Fels scheint sich zu bewegen, jede Eisdüne scheint auf uns zuzustürzen. Ich darf keine Angst zeigen, um unsere Gefolgschaft nicht zu entmutigen, doch ich kenne die Gefahren, die nachts im Firnisgebirge auf leichtfertige Abenteurer lauern. Ebenso bewusst ist mir das Risiko unseres Plans sowie die Bedrohungen, die uns spätestens am Fjoraberg erwarten.

Aber der Berg ist noch fern, und heute Nacht müssen wir bloß noch zum Nyvollpass gelangen, bevor wir uns eine Rast erlauben. Innerlich verfluche ich meinen Vater für den engen Zeitplan, den er uns gesetzt hat. Der vereiste Weg ist glatt und der Schnee darauf verdeckt mögliche Unebenheiten, über die unsere Pferde jederzeit stolpern könnten. Zu unserem Glück sind es echte Askja-Rappen, die sich von solchen Hindernissen nicht aufhalten lassen. Diese Mission ist zu wichtig, als dass wir sie aufschieben könnten. Nur diese eine Aufgabe steht zwischen mir und dem Thron …

Ich ziehe meinen Pelzmantel enger um mich, als wir uns endlich dem verfluchten Pass nähern. Hier oben peitscht der eiskalte Wind ungestört in unsere Gesichter, sodass ich nur mühsam die Augen aufhalten kann. Auch Berion zittert leicht, als wir den höchsten Punkt des Weges erreichen und direkt auf den Fjoraberg blicken. Die schneebedeckte Ebene unter uns wirkt, als wäre ein weißes Tuch darauf abgelegt worden. Die Bäume und Felsen sind darunter nur als Konturen sichtbar. Obwohl ich weiß, dass ein riesiger See in der Mitte des Tals liegt, erkenne ich ihn nicht, so hoch liegt der Schnee.

Nur am Fuße des Fjorabergs wird die helle Landschaft unterbrochen. Berion erschaudert, aber nicht wegen der Kälte, sondern wegen *ihnen*. Obwohl sie weit weg sind und die Dunkelheit die Sicht erschwert, erkenne ich die Silhouetten von zahlreichen tanzenden Gestalten. Ihre nachtfarbenen Kleider sind schwarze Flecken im reinen Weiß Askjas.

»Eisdämoninnen«, spreche ich das Wort aus, das Berion und den Rest meiner Truppe vor Furcht erstarren lässt.

Die magischen Wesen sind viel zu fern, um eine Bedrohung für uns darzustellen, dennoch erinnert ihr Anblick daran, dass wir uns an einem lebensfeindlichen Ort befinden. Eine dunkle Schönheit könnte uns hier jederzeit mit einem Kuss das Leben rauben.

Nicht heute, nicht mir. Auch wenn das Versprechen hohl klingt, hilft es doch, ein wenig Angst aus meinem Inneren zu vertreiben und mir das Selbstbewusstsein zu verleihen, das meine Krieger benötigen, um mir bei dieser gefährlichen Reise zu folgen.

»Wir haben den Nyvollpass erreicht«, erkläre ich zufrieden. »Eine große Herausforderung ist damit bereits bewältigt. Wir rasten hier.«

Mit behandschuhten Fingern deute ich auf eine kleine, halb überdachte Fläche direkt unterhalb des Passes, die als idealer Übernachtungsort dienen wird. Zielstrebig lenke ich meinen Rappen dorthin und atme auf, als seine Hufe im Windschutz der Felsnische auf Stein statt auf Schnee klappern. Mit einer geübten Bewegung steige ich vom Pferd und nehme das Holz und den

Beutel mit getrockneten Blütenblättern aus der Satteltasche, die mein Rappe tapfer bis hier oben getragen hat. Als ich mich daran mache, ein Feuer zu entzünden, hält Malt mich auf.

»Ser Leif«, richtet er vorsichtig das Wort an mich, »seid Ihr sicher, dass dies ein guter Ort für unser Nachtlager ist?«

Verwirrt sehe ich mich um, doch kann nach wie vor keine Bedrohung entdecken. Als ich mich Malt wieder zuwende, erkenne ich, dass seine Aufmerksamkeit gar nicht der Umgebung gilt, sondern dem Fuß des Fjorabergs, an dem nach wie vor die tanzenden Eisdämoninnen auszumachen sind. Er hat Angst, weil sie in Sichtweite sind. Und wenn wir sie sehen, ist es umgekehrt genauso …

Laut lache ich, und das Geräusch wirkt wie ein Fremdkörper in der tristen Umgebung. Aber ich habe den gewünschten Effekt auf die Truppe. Zusammengezogene Augenbrauen entspannen sich, zweifelnde Mienen werden weicher. Belustigt klopfe ich Malt auf den Rücken, was dieser mit einem Ausdruck von Verwirrung und Unsicherheit aufnimmt.

»Hab keine Angst«, versichere ich ihm, »sie sind keine Gefahr für uns. Und selbst, wenn eine von ihnen wagen sollte, sich uns zu nähern, sind wir bestens vorbereitet.«

Bedeutungsvoll lege ich die Hand an mein Schwert und nicke zum Knauf, der auch unter seinem Umhang hervorragt.

»Die wahre Herausforderung wartet am Fjoraberg auf uns«, füge ich ernster hinzu. »Wenn du dich so fürchtest, war es womöglich die falsche Entscheidung, dich für diese Mission auszuwählen. Wirst du dich vor der Nacht verstecken, oder wirst du dieses Königreich stolz machen?«

Selbst im flackernden Licht der Nordlichter ist erkennbar, wie sich Malts Gesicht bei diesen Worten tiefrot färbt. Die Scham in seinen Augen ist beinahe unerträglich, und er sinkt umgehend auf die Knie.

»Verzeiht, Ser Leif.« Er wendet den Blick zu Boden. »Ich weiß nicht, was über mich gekommen ist. Ihr könnt auf mich zählen.«

Es missfällt mir, einen meiner Krieger vor den anderen bloßzustellen. Dennoch halte ich meinen strengen Blick auf ihn gerichtet, bis meine Gefolgsleute ihre Angst überwinden. Sie wollen mir und Berion keinen Grund für Zweifel an ihrer Loyalität bieten, sodass sie betont sorglos von ihren Pferden steigen und das provisorische Lager aufbauen. Ich habe mir ihren Respekt hart erkämpft, und das zahlt sich aus.

Schnell wende ich mich Malt zu, an dem ich dieses unangenehme Exempel statuieren musste, und ziehe ihn auf die Füße.

»Enttäusche mich nicht«, bläue ich ihm ein, bevor ich mich erneut dem Feuer widme, das uns heute Nacht vor dem Erfrieren schützen soll. Vor dem Kältetod, den für gewöhnlich wunderschöne Eisdämoninnen bringen.

Ein guter Grund, sich in der eisigen Winternacht zu fürchten, was ich trotz meiner angeblichen Furchtlosigkeit nicht vergessen darf.

Lautlos wie der Schneefall

Frin

Manche Menschen verdienen es allein aufgrund ihrer Unvorsichtigkeit, zu sterben. Die Reisenden haben tatsächlich ein Feuer entzündet. Ein Lagerfeuer im Gebiet der Eiskönigin, am Tag des heiligsten Festes der Eisdämoninnen. Es leuchtet immer heller, je näher wir kommen. Die Menschen schreien geradezu danach, hier ihren bittersüßen Tod zu finden.

Vorfreude erfüllt mich bei dem Gedanken, dass von diesem Dutzend Menschen die Hälfte mir allein gehört. Ich werde so stark sein wie lange nicht mehr, und die Sorge um Solvig dürfte damit vorerst in den Hintergrund rücken. Die Kraft jeder Eisdämonin könnte mit sechs starken Männern und Frauen, die in der Blüte ihres Lebens stehen, vollständig aufgefüllt werden.

Wie können diese Menschen so gedankenlos sein, heute Nacht in unsere Heimat einzudringen? Womöglich glauben sie, dass ihre schiere Anzahl oder die scharfen Klingen ihrer Schwerter uns abschrecken würden. Das bedeutet allerdings, dass sie es nie mit einer der Unsrigen zu tun hatten. Stahl kann uns ebenso wenig etwas anhaben wie andere physische Gefahren. Wenn wir es wollen, sind unsere Körper kaum mehr als Nebel im Wind. Wir sind unverwundbar.

Ihre Sorglosigkeit ist ein Beweis dafür, wie wenig die Menschen über uns wissen. Dabei sollten sie sich längst damit abgefunden haben, dass sie uns in allen Punkten unterlegen sind.

Wie Solvig habe ich die Gestalt einer Schneeflocke angenommen, eine Transformation, die nicht permanent ist, solange wir genügend Kraft für die Rückverwandlung haben.

Der Wind, den wir beschworen haben, weht uns immer näher an ihr Lager. Einige Zelte stehen in der Nähe des Feuers, was ich bedaure. Die Schlafenden darin wären sicher die leichteste Beute, doch so nah will ich den heiß flackernden Flammen nicht kommen. Wenn es etwas gibt, das uns Eisdämoninnen gefährlich werden kann, ist es die Hitze des Feuers. Das Risiko ist zu groß: Ein falscher Windstoß, und ein Funke könnte auf uns überspringen. Solvig und ich werden warten, bis das Feuer etwas heruntergebrannt ist, oder eine andere Lösung finden müssen … Lange wird es uns nicht fernhalten.

Ich zähle mindestens zwei Wachposten, ein Mann und eine Frau, die am Rand des Lagers stehen und mit gezogenen Schwertern die Umgebung beobachten. Bei dem Anblick würde ich am liebsten in Gelächter ausbrechen, denn trotz ihrer Kampfbereitschaft sind sie gegen uns völlig wehrlos.

Mit einem kleinen Stoß meiner Magie lasse ich Solvig und mich näher fliegen. Die Wachen halten den Blick starr ins Tal gerichtet, womöglich sind sie bereits gefangen vom Zauber des Tanzes meiner Schwestern. In den Zelten regt sich nichts, doch da Fjora von einem Dutzend Reisender gesprochen hat, müssen sie gerade darin ruhen. Erst als wir in die unmittelbare Nähe treiben und ich im Schatten eines Felsens wieder zu meiner Gestalt als Eisdämonin wechsle, entdecke ich einen weiteren Mann, der etwas abseits sitzt und sein Schwert poliert. Seine dunklen Haare schimmern im flackernden Polarlicht, und sein schwarzer Umhang ist mit einzelnen Schneeflocken bedeckt.

»Was ist der Plan?«, fragt Solvig atemlos, als auch sie sich zurückverwandelt hat.

Nachdenklich blicke ich vom Feuer zur Schneeschicht, die auf dem Berghang über dem Lager nur darauf wartet, die Flammen zu löschen. Dann mustere ich die Wachen, und meine Lippen verziehen sich zu einem Grinsen.

»Wenn wir eine Lawine auslösen, dürfte das ihr Feuer ersticken«, erläutere ich mein Vorhaben und deute zum Hang. Solvigs Augen weiten sich vor Begeisterung. »Allerdings würde ich vorschlagen, zunächst die Wachen auszuschalten. Wenn sie etwas bemerken und die anderen wecken, könnten die Reisenden fliehen.«

Und wir müssten sie über das karge Gelände des Nyvollberges jagen, um zu bekommen, wonach es uns verlangt. Auch wenn wir sie inmitten von Schnee und Eis rasch einholen würden …

Natürlich könnten wir die Schlafenden in ihren Zelten ebenfalls wecken, wenn wir die Wachposten ausschalten, aber das ist deutlich unwahrscheinlicher. Der Kuss einer Eisdämonin ist für gewöhnlich lautlos wie Schneefall. Unter dem Druck der Lippen einer wunderschönen Frau in die Bewusstlosigkeit zu gleiten, ist mehr, als die meisten Menschen von ihrem Tod erwarten können.

»Ich übernehme die Wachen«, beschließt Solvig, was mich überrascht zu ihr blicken lässt.

Die beiden Wachposten stehen so dicht beieinander, dass sie beide gleichzeitig in ihren Bann ziehen muss, damit keiner sie verrät. Das ist keine leichte Aufgabe, doch ihr entschlossener Gesichtsausdruck zeigt mir, dass sie sich nicht davon abbringen lassen wird. Und das, nachdem ihr Zauber gestern scheiterte … Stolz wallt in mir auf, weil sie sich dennoch beweisen und ihre Fähigkeiten verbessern will. Obwohl es riskant ist, kann sie an dieser Herausforderung wachsen. Und falls sie scheitert, können wir unsere Beute immer noch durch den Schnee jagen.

Solvigs Grinsen wird breiter, als ich zustimme, und sie schleicht am äußeren Rand des Lagers zu den Wachen. Ich nehme die entgegengesetzte Richtung, um zum jungen Mann zu gelangen, der sein Schwert poliert, als hinge sein Leben davon ab. Kurz wundert mich, dass er auf dem schneebedeckten Stein, fernab des Lagerfeuers, nicht friert. Vermutlich haben sich auch die menschlichen Bewohner und Bewohnerinnen Askjas an das Klima gewöhnt.

Ich genieße die Kälte, die ich bei jedem Schritt unter meinen bloßen Füßen spüre, liebe den Eiswind, der mein schwarzes Kleid verweht. Jede meiner Bewegungen ist völlig lautlos. Ich muss mich nicht verstecken, denn für den Mann vor mir ist es längst zu spät.

Er blickt nicht auf, sondern starrt mit zusammengebissenen Zähnen auf sein Schwert, von dem er noch immer unsichtbaren Schmutz entfernt. Ich kenne diesen Ausdruck gut, denn auch ich fühle den Sog, der von meinen tanzenden Schwestern am See ausgeht. Es scheint, als wehrte er sich mit aller Kraft dagegen, dem Verlangen nachzugeben.

Sein Vorhaben ist vergebens. Auch wenn er dem unterschwelligen Ruf meiner Schwestern nicht folgt, werde ich ihm nun ein schnelles Ende bereiten. Der Mann merkt nicht, wie ich ihm näher komme, bis sich meine Gestalt schließlich in seiner Schwertscheide spiegelt. Dunkel rage ich darin auf, und meine Schönheit wirkt selbst für mich unwirklich. Meine dunklen Augen, die vollen schwarzen Lippen, das wallende Haar und das schattenhafte Kleid stehen in starkem Kontrast zu meiner blassen Haut. Ich bin eine Verführerin.

Und ich bin sein Tod. Das scheint der Mann vor mir zu wissen, denn als er abrupt vom Schwert zu mir aufsieht, steht nackte Panik in seinem Blick. Dann verfällt er meinem Bann. Seine Augen werden verklärt, träumerisch. Ich kann ihm ansehen, wie er jeden klaren Gedanken vergisst, als er sein Schwert fallen lässt und sich erhebt. Ich bleibe stehen und gestatte ihm, dass er wie in Trance zu mir kommt und seine Arme um meine Hüften schlingt. Sich an mich drängt, als wäre ich das Einzige, was er in diesem Leben noch begehrt.

Wie gesagt, es ist ein schöner Tod, den wir den Menschen bringen. Dieser Mann wird in den Armen der verführerischsten Frau sterben, der er je begegnet ist. Sein Blick ist voller Glück und Verlangen, als ich seine Umarmung erwidere und mich an ihn presse.

Ich spüre die Kraft seiner Arme um mich, das Leben, das mit jedem Herzschlag durch seine Adern fließt. Der Hunger macht mich gierig. Ohnehin ist es zwecklos, das hier hinauszuzögern, schließlich hält mein Zauber ihn längst gefangen. Deshalb lächle ich, lege die Hand an seinen dunkelhaarigen Kopf und ziehe ihn zu mir herunter, was er mehr als willentlich geschehen lässt.

Er hält die grünen Augen geöffnet, als wolle er meinen Anblick auskosten, und wir kommen uns immer näher. Das Grün sieht so warm aus, voller Freude und Licht. Obwohl es unsinnig ist, nach einem einzigen Blick in seine Augen darauf zu schließen, bin ich plötzlich überzeugt, dass er ein gutes Herz hat.

Aber viele Menschen, denen ich den Tod gebracht habe, waren rechtschaffen. Das ist es nicht, was mich zögern lässt, ihm mit meinem Kuss sein Leben zu stehlen. Nein, was mich ganz knapp vor seinen Lippen innehalten lässt, ist das Gefühl, dass irgendetwas nicht stimmt. Etwas ist anders, fühlt sich falsch an.

Mein kurzes Zögern ist alles, was er braucht. Der Mann blinzelt plötzlich heftig, als würde er nach einem langen Tauchgang durch die Wasseroberfläche brechen, weicht vor mir zurück und schnappt hörbar nach Luft. Überraschung und Entsetzen spiegeln sich in seinem Blick, bevor sie einer unvergleichlichen Entschlossenheit weichen.

Dann geht alles viel zu schnell. Bevor ich meinen Zauber erneuern oder seine Lippen zurück an meine ziehen kann, hat er etwas Metallenes aus einer Tasche seines Umhangs gezogen. Presst es an die bloße Haut, die mein Kleid an meiner Taille frei lässt.

»Du!«, bringt er verärgert hervor, stockt dann, als hätte es ihm die Sprache verschlagen.

Ich will darüber lachen, wie naiv dieser Mensch ist, dass er glaubt, mir mit irgendwelchen irdischen Mitteln beizukommen. Selbst wenn er den schärfsten Dolch dieser Welt besäße, könnte er mich nicht damit verletzen …

Doch die Belustigung vergeht, als ich durch die Schneedecke unter mir einbreche. Mein schwereloser Körper, der für gewöhnlich kaum Spuren in dem Weiß hinterlässt, sinkt plötzlich eine ganze Handbreit tief ein, bevor ich wieder festen Boden unter den Fußsohlen spüre. Diesmal bin ich es, in der Panik aufsteigt, und der Mann gewinnt merklich an Fassung. Er runzelt die Stirn, dann heben sich seine Mundwinkel kaum merklich.

»Was bei den Eisgöttern …?«, murmle ich fassungslos.

Was passiert hier? Nie in meinem Leben habe ich das Gewicht meines Körpers wahrgenommen, doch plötzlich fühle ich mich schwer und träge. Als ich einige Schritte zurückweiche und dem golden blitzenden Metall entkomme, will ich bereits erleichtert aufseufzen. Doch noch immer sinke ich in den Schnee ein.

Was ist das für eine schwarze Magie?

»Solvig, flieh!«, warne ich meine Schwester, wobei meine sonst so melodische Stimme zittrig ist. Ich kann nur hoffen, dass sie dem entgeht, was auch immer hier geschieht.

Der Mann gibt mir keine Zeit, das alles zu verstehen. Er kommt stumm auf mich zu. Ich drehe mich hastig um. Versuche, wegzulaufen, aber meine Schritte sind unsicher. Mehrfach stolpere ich, weil ich mein eigenes Gewicht nicht gewohnt bin, das mich nun nach unten drückt. Es kostet mich Unmengen an

Kraft, einen Fuß vor den anderen zu setzen, meine Beine aus dem Schnee zu ziehen, der mich festzuhalten scheint. Als ich mich plötzlich vor einer Steinwand wiederfinde, begreife ich erschrocken, dass ich in Richtung der Felsnische geflohen bin, in der die Menschen lagern. Der Mann hinter mir ist schon ganz nah, und ich erkenne bestürzt, dass ich ihm nicht entkommen kann.

Bleibt nur, auf andere Möglichkeiten zurückzugreifen. Für gewöhnlich genügt ein bloßer Gedanke, und schon folgt die Magie meinen Wünschen. Doch als ich mich diesmal in eine Schneeflocke verwandeln will, geschieht nichts.

»Nein!«, entfährt es mir.

Fassungslos blicke ich an meinem menschlichen Körper hinab, dessen Substanz fester erscheint denn je. Mit aller Kraft konzentriere ich mich darauf, mich zu verwandeln. Obwohl es hier um mein Leben geht, versagt meine Magie. Verzweifelt versuche ich, meinem Verfolger kraft meiner Gedanken einen Eiszapfen an den Kopf zu schleudern – vergeblich. Alles, was sich regt, sind ein paar Schneeflocken, die mit dem Wind in seine Richtung wirbeln.

»Gib auf«, fordert der Mann ruhig, durch dessen Augen eine seltsame Traurigkeit huscht.

Unaufhaltsam kommt er näher, bis er so dicht vor mir steht, dass ich ihn beinahe erneut küssen könnte.

»Gib auf«, wiederholt er seine Worte.

Dabei ist es mir ohnehin nicht mehr möglich, mich zu wehren, sodass ich nur heftig den Kopf schüttle.

Wieder fühle ich das seltsame Metall, das er vorhin an meine Haut gepresst hat, diesmal an meinem bloßen Arm und nicht an meiner Hüfte. Tränen der Angst füllen meine Augen und gefrieren sofort auf meiner Wange. Mit verschwommenem Blick nehme ich wahr, wie er mir golden glänzende Handfesseln anlegt. Die Kette, die sie verbindet und die zwischen meinen Armen über den Boden schleift, ist mehrere Ellen lang. Das Metall scheint mich unnachgiebig zu Boden ziehen zu wollen, während der Mensch vor mir keine Miene verzieht.

»Bitte …«, flehe ich.

Die Art, wie er seine Schultern versteift, verrät, dass er mich gehört hat. Doch er antwortet nicht.

Was immer er mir angetan hat, ich bin ihm völlig ausgeliefert. Ich kann nicht fliehen, keine Magie nutzen. Mein Körper ist nicht mehr substanzlos und unverletzbar. Plötzlich fühle ich mich wie ein einfacher Mensch, wehrlos und schwach.

Dieser Gedanke lässt mich aufschluchzen, und ohne es zu wollen, sinke ich auf die Knie. Ich bin diesem Mensch, dem ich mich so überlegen fühlte, schutzlos ausgeliefert. Die Gesetze der Eisdämoninnen sind ausgehebelt, wahrscheinlich könnte er mich sogar töten. Würde ich sterben, ohne in die Gestalt einer Schneeflocke zu flüchten, wie ich es normalerweise täte, wenn ich verblasste?

»Steh auf«, befiehlt mein Fänger schroff, und ich spüre einen unsanften Ruck an der Kette zwischen meinen Armen. Der Zug ist so fest, dass ich vornüberfalle und mir ein Schmerzenslaut entflieht, als ich auf meinen Ellbogen aufkomme. Das Brennen meiner Ellbogen ist anders als alles, was ich jemals verspürt habe. In diesem Körper kann ich wahre Schmerzen fühlen, kann gefoltert werden.

Was will dieser Mann von mir?

»Komm jetzt.« Wieder zieht der Mann an der Kette, und diesmal bleibt mir nichts anderes übrig, als aufzustehen und seiner Aufforderung nachzukommen.

Widerwillig folge ich ihm in die Nähe der Zelte, aus denen die vermeintlich Schlafenden längst herausgetreten sind. Zufrieden mustern sie mich.

War das die ganze Zeit eine Falle?

Allerdings wirkte es nicht so. Der Mann, der meine Kette festhält, war eindeutig überrascht, mich zu sehen. Hätte ich nicht gezögert, sein Leben zu rauben … Mein frustrierter Laut lässt ihn verwundert zu mir sehen, doch auch der Anflug von Mitgefühl, der über sein Gesicht huscht, beruhigt mich nicht.

»Ser Leif«, spricht ihn die Frau an, die Wache stand.

O nein. Mein Kopf ruckt herum, und was ich sehe, versetzt mir einen Schock.

Meine Warnung hat nichts gebracht. Sie haben Solvig.

Ihr Blick ist voller Verzweiflung. Der andere Wachposten hat sie grob an den Armen gepackt und mit dem Knie am Boden fixiert. Angestrengt hebt sie den Kopf, windet sich unter seinem Griff. Es nützt nichts. Sie ist ebenso gefangen, wie ich es bin, obwohl ich das goldene Metall nicht an ihr entdecke. Das Metall, das uns unsere Kräfte zu rauben scheint. Aber warum kann sie dann nicht mithilfe ihrer Magie fliehen?

»Wir haben eine weitere«, erklärt die andere Wache unnötigerweise. »Was sollen wir mit ihr tun?«

Mein Fänger, der der Anführer dieser Menschen zu sein scheint, schweigt für einen Moment. In den Augen meiner besten Freundin spiegelt sich meine eigene Todesangst wider, während er überlegt.

»Wir brauchen nur eine«, verkündet er schließlich, und ich will schon erleichtert aufatmen.

Wenn sie Solvig nicht brauchen, lassen sie sie frei, oder?

Doch seine nächsten Worte lassen mir mein ohnehin schon eisiges Blut in den Adern gefrieren: »Tötet sie.«

»Nein!«, schreie ich auf, während Solvigs Blick bricht.

Mein Schrei hallt vom Berg wider, stimmt aber dennoch niemanden um. Der Mann, der sie am Boden hält, streckt seine freie Hand nach seinem Schwert aus. Um die Klinge, die ich noch vor einer halben Stunde für völlig harmlos hielt, auf meine beste Freundin zu richten. Inzwischen weiß ich jedoch, dass diese Menschen uns sehr wohl gefährlich werden können.

»Nein!«, rufe ich erneut voller Entschlossenheit. Obwohl sich mein Körper fremd und unbeholfen anfühlt, wende ich all meine Kraft auf. Mein Fänger scheint mit diesem Ausbruch nicht gerechnet zu haben, denn die Kette entgleitet ihm, und ich renne los.

Kurz bevor die Wache das Schwert durch Solvigs Körper rammen kann, stürze ich mich mit aller Macht auf den Mann und werfe ihn damit von ihr herunter, sodass ich auf ihm auf dem Boden lande.

»Lauf, Solvig!«, brülle ich.

Mit aller Kraft lasse ich meine Faust ins Gesicht des Wachpostens fahren und muss einen Schmerzenslaut unterdrücken, als sie hart aufkommt. Doch auch er stöhnt auf, was mich ermutigt, ich ramme ihm mein Knie zwischen die Beine. Sein Schrei hallt im ganzen Firnisgebirge wider.

»Haltet sie!«, befiehlt Ser Leif alarmiert.

Als ich aufsehe, entdecke ich Solvig, die durch den Schnee den Berg hinabhumpelt. Obwohl sie meines Wissens nach keinen Kontakt mit dem gefährlichen Metall hatte und nicht wie ich in den Schnee einsinkt, ist sie langsamer und ungeschickter als sonst. Die andere Wache nimmt die Verfolgung auf und läuft dabei direkt an mir vorbei. Ich muss nur die Hände ausstrecken, um die Beine der Frau zu packen und sie zu Fall zu bringen. Ich will auch sie überwältigen, als ich plötzlich eine scharfe Klinge an meinem Hals fühle und in der Bewegung erstarre.

Mein Fänger steht plötzlich direkt über mir, die Kette wieder in der einen Hand, in der anderen Hand das Schwert, das er mir direkt unters Kinn presst. Wenn ich mich auch nur einen Zentimeter bewege, schneidet die Klinge in meinen Hals und tötet mich womöglich. Also bin ich still wie eine Eisstatue.

Oder wäre der Tod die bessere Alternative? Wenn er die Wahrheit sagt, benötigt er mich für irgendetwas. Es widerstrebt mir, ihm beim Erreichen seines Ziels zu helfen, was immer es ist. Angenehm wird es für mich sicher nicht werden. Vielleicht sollte ich dem Ganzen jetzt und hier ein Ende bereiten …

Doch ich will nicht sterben. Außerdem würden sie dann vermutlich eine andere Eisdämonin fangen und sie für ihre Zwecke benutzen.

»Lasst die andere laufen«, befiehlt er seinen Kriegern.

Erleichtert sehe ich, wie Solvig zwischen den schneebedeckten Bäumen im Wald verschwindet.

Ich schlucke und lasse zu, dass der Mann mich am Arm packt und hochzieht, bevor er die Klinge von meinem Hals nimmt.

»Man sollte meinen, als Personifikation des Kältetods würdest du dich weniger vor dem Ende fürchten«, spottet er.

Vorhin habe ich kurz Mitgefühl in seinen Augen erkannt, doch ich darf kein weiteres Mal darauf hoffen. Seine Abscheu mir gegenüber ist eindeutig, und das bedeutet nichts Gutes für mich. Zudem habe ich keine Möglichkeit, zu entkommen oder mein Leiden selbst zu beenden. Nicht, solange Solvig in der Nähe ist. Zumindest hat es mir neuen Mut gegeben, dass ich ihr zur Flucht verhelfen konnte. Es steckt immer noch Kraft in mir, was mich daran erinnert hat, dass ich trotz der mich schwächenden Fesseln noch immer eine Eisdämonin bin. Diese Menschen werden es nicht leicht mit mir haben. Ich werde einen Ausweg finden und wieder frei sein.

Vorerst schweige ich, erwidere den Blick meines Fängers mit einem kämpferischen Funkeln in den Augen und füge mich meinem Schicksal.

Beständig wie die Berge

Leif

Immer wieder wandert mein Blick zur Eisdämonin, und ich muss mich zusammenreißen, nicht von Erinnerungen überwältigt zu werden. Jetzt zählen nur die sachlichen Gedanken.

Obwohl die Eisdämonin ohne ihre Magie so ungeschickt wirkt, wie mein Vater es mir prophezeit hat: Schwach ist sie nicht. Vorhin, als ich sie gefangen nahm, dachte ich für einen Moment, ich hätte sie gebrochen, aber als wir die andere bedrohten ...

Ich bin froh, nicht in Arens Haut zu stecken, denn der Krieger trägt nach wie vor einen leidenden Gesichtsausdruck. Es verdeutlicht, wie gefährlich die Eisdämonin sogar in ihrem gefangenen Zustand ist.

»Geht es dir gut?«, frage ich ihn, nicke in Richtung seiner Leistengegend und reiße damit endlich meinen Blick von *ihr* los.

»Natürlich«, entgegnet er grob und wendet sich ab, um weiteren Nachfragen zu entgehen.

Aren kann ich nicht helfen. Das Beste für ihn und uns alle wird sein, schnell an den Hof zurückzukehren, wo es sicher ist und wir uns von dieser Reise erholen können.

»Wir haben, wofür wir hergekommen sind«, richte ich das Wort an die anderen. »Unser Auftrag ist erfüllt, lasst uns heimkehren.«

Berion nickt mir bekräftigend zu, und sogar Arens Gesicht erhellt sich bei diesem Vorschlag. Obwohl ich die Nachtruhe der Krieger unterbreche und die Schatten unter ihren Augen zeigen, wie müde sie sind, räumen sie bereitwillig das Lager zusammen. Sie haben es mehr als eilig, auf die Pferde zu steigen und das Fjoratal hinter sich zu lassen. Sicher sind der Grund dafür die Eisdämoninnen, die noch immer am Fuß des Berges tanzen. Ob sie aufhören, wenn ihre Schwester zu ihnen zurückkehrt und ihnen von uns berichtet?

Ich will es nicht herausfinden. Selbst ohne ihre Magie hat die Gefangene zwei Mitglieder meiner Truppe kurzzeitig außer Gefecht gesetzt. Wenn sich die ganze Monsterhorde auf uns stürzt, werden uns weder der Sonnentaustaub in der Luft noch das Messing helfen können.

Besagtes Monster trottet mit gesenktem Kopf hinter meinem Pferd her. Nach wie vor halte ich die Kette in der Hand, die sie an mich bindet. Doch nach der Flucht der anderen Dämonin musste ich kein einziges Mal daran ziehen, um meine Gefangene zum Mitkommen zu bewegen. Sie scheint sich ihrem Schicksal gefügt zu haben.

Ich darf nicht vergessen, dass sie ein abscheuliches Ungeheuer ist, das Menschenleben raubt.

Ihr Gesicht … Mir wird gleichzeitig heiß und kalt, wenn ich an den Moment denke, als ich völlig unter ihrem Einfluss stand. Es war, als wäre sie das begehrenswerteste Geschöpf auf ganz Askja. Ich hätte willig mein Leben gegeben, um ihr nah zu sein.

Trotz aller Warnungen hätte unser Aufeinandertreffen um ein Haar tödlich geendet. Ich kann nur den Eisgöttern dafür danken, dass ich rechtzeitig zur Besinnung gekommen bin und den Zauber gebrochen habe. Vermutlich muss ich dem Sonnentaustaub danken, der vom Feuer in der Umgebung verteilt wurde. Ich will mir nicht ausmalen, was passiert wäre, wenn er die Magie der Eisdämonin nicht geschwächt hätte.

»Was glaubst du, wie der König reagieren wird?«, stellt Berion die Frage, die ich bisher verdrängt habe. »Sie ist nicht irgendeine Eisdämonin, sondern …«

Er beendet den Satz nicht, offensichtlich unschlüssig, wie und ob er es aussprechen soll.

»Ich weiß es nicht«, antworte ich schließlich.

Ebenso frage ich mich, wie ich selbst auf unsere Vergangenheit reagieren sollte …

Beinahe bin ich versucht, umzukehren und eine andere, uns unbekannte Eisdämonin zu fangen. Jede andere würde es leichter machen, nicht nur für mich. Immerhin ist mir bewusst, wie unberechenbar mein Vater in den letzten Jahren geworden ist. Manchmal scheint es, als wäre aus dem einst so vernünftigen Mann ein entfesselter Despot geworden, der selbst seinen einzigen Sohn nicht ins Vertrauen zieht. Dass er Bedingungen dafür stellt, mich als Thronfolger zu legitimieren, obwohl es keine anderen Kandidaten gibt, ist nur ein weiteres Beispiel, wie wenig nachvollziehbar seine Entscheidungen inzwischen sind. *Ihr* Anblick wird vermutlich einen Wutausbruch oder Verzweiflung bei ihm hervorrufen … Es wäre lächerlich, sie aus Angst vor der Reaktion meines Vaters durch eine andere Dämonin zu ersetzen, und ich bezweifle, dass meine Truppe begeistert davon wäre. Vor allem sind die Eisdämoninnen nun gewarnt, und ich weiß nicht, was ich mit dieser hier machen würde, wenn wir eine andere fingen. Ob ich sie töten könnte?

Als ich erneut zu ihr schaue, um mich zu vergewissern, dass sie weiterhin anstandslos folgt, begegne ich ihren schwarzen Augen, die im Licht der Fackeln glänzen. Offensichtlich hat sie Berions Worte über die ungewisse Reaktion des Königs gehört und ist mehr als aufmerksam. So viel dazu, dass sie ihr Schicksal akzeptiert hat … Es wird nicht einfach, sie gefügig zu machen.

Nun, da ich ihre bekannten Gesichtszüge wieder so deutlich vor Augen habe, sind die Erinnerungen kaum abzuschütteln. Auch wenn sie so aussieht, weiß ich doch, dass es nicht *sie* ist. Das muss ich mir immer und immer wieder ins Gedächtnis rufen. Und doch trage ich das Risiko, dass es mir mit jedem weiteren Moment in ihrer Gegenwart womöglich noch schwerer fallen wird, damals und heute zu unterscheiden.

»Du«, spreche ich sie barsch an und ziehe ruckartig an den Fesseln, sodass sie stolpert.

Beinahe bekomme ich ein schlechtes Gewissen, aber sie bedenkt mich mit einem so tödlichen Blick, dass es gleich wieder verfliegt. Statt etwas zu antworten, hebt die Eisdämonin eine Augenbraue und sieht dabei so überheblich aus, dass ich versucht bin, sie erneut zum Stolpern zu bringen. Oder Schlimmeres. Wenn sie sich so verhält, fällt es mir leichter, ihre alte Identität zu verdrängen. Gleichzeitig verärgert es mich, was aus ihr geworden ist.

»Wie nennst du dich?«, frage ich sie, was auch ihre andere Augenbraue hochschnellen lässt.

Statt zu antworten, schnaubt sie nur, woraufhin ich abrupt mein Pferd anhalte. Widerstreitende Gefühle kämpfen in mir: Einerseits bin ich erleichtert, dass ihr abweisendes Verhalten eine Distanz zwischen früher und heute schafft. Andererseits verbittert es mich, dass aus dem Mädchen, das ich einst kannte, ein verabscheuenswürdiges Monster wurde.

»Leif, das müssen wir nicht wissen …«, will Berion dazwischengehen, während ich so heftig an ihren Fesseln ziehe, dass die Eisdämonin erneut zu Boden fällt.

Als sie sich wieder erhebt, bin ich bereits abgestiegen. Ihre zusammengepressten Lippen zeigen mir, dass ihr Sturz wehgetan haben muss. Doch Hilfe hat sie von mir nicht zu erwarten. Angewidert betrachte ich das schwarze Blut, das aus den Schürfwunden an ihren Ellbogen tropft, dann ziehe ich mein Schwert und richte es auf sie.

Ihr Anblick löst so viel in mir aus. *Zu* viel. Obwohl ich es besser wissen sollte, will ein Teil von mir ihre Wunden versorgen. Doch um meiner selbst willen muss ich dieses Bedürfnis tief in meinem Inneren begraben.

»Du hast sicher verstanden, dass wir dich lebend brauchen«, erkläre ich beiläufig und ziele mit meinem Schwert auf ihren Arm. »Dazu benötigen wir weder all deine Gliedmaßen, noch musst du unversehrt sein. Und obwohl Schmerz für dich neu zu sein scheint, kannst du dir vermutlich denken, dass es in deinem Interesse ist, mich nicht zu verärgern. Dementsprechend würde ich dir empfehlen, meine Fragen zu beantworten.«

Das Wesen vor mir faucht. Die gebleckten Zähne zeigen mir sehr deutlich, dass vor mir keine Frau mehr steht, sondern ein Monster, das ich nicht so rücksichtsvoll behandeln muss wie einen Menschen. Bevor ich meiner Drohung Taten folgen lassen kann, schaut die Dämonin zu Boden.

»Mein Name ist Frin«, antwortet sie so leise, dass ich sie kaum verstehen kann. Doch ich würde den Namen immer wiedererkennen. Wie kann sie es wagen, diese Erinnerung zu beschmutzen?

Zornig beiße ich die Zähne zusammen, dann steige ich wieder auf mein Pferd und ignoriere Berions kritischen Blick.

»Nun, Eismonster«, sage ich, als ich wieder losreite und sie unsanft mit mir ziehe, »es scheint, als würdest du nicht nur Leben stehlen, sondern auch Namen.«

Ich sehe nicht zurück, um herauszufinden, wie sie reagiert. Schweigend lässt sie sich von mir den Berg hinabführen, sicherlich darüber brütend, was sie in Ask erwartet.

Egal, was mein Vater mit ihr vorhat, von mir hat sie keine Hilfe zu erwarten.

Anziehend wie die Hoffnung

Frin

Wohin bringen diese Menschen mich? Wie lange muss ich das hier noch über mich ergehen lassen?

Nach Stunden des Fußmarschs ist jeder Schritt eine Qual, doch ich weigere mich, Schwäche zu zeigen. Selbst als ich merke, wie dieser Körper an seine Grenzen stößt und darüber hinaus geht, presse ich die Lippen aufeinander und halte all meine Wut und meine Angst in meinem Inneren verschlossen. Zwinge mich mit eisernem Willen, mit keiner Regung und keinem Laut preiszugeben, dass ich am Ende meiner Kräfte bin.

Nur ich selbst weiß, wie sehr meine Füße schmerzen. Der felsige Boden unter dem Schnee, der wohl eine Straße sein soll, hat meine Haut aufgeschürft und ich hinterlasse in meinen Fußabdrücken schwarze Blutspuren, die größer werden, je weiter wir vorankommen. Mit jedem Schritt entfernen wir uns vom Firnisgebirge, meiner Heimat. Mit jedem Augenblick wird es unwahrscheinlicher, dass ich irgendwie fliehen und zu meinen Schwestern zurückkehren kann.

Aber noch ist es nicht zu spät, und an diese Hoffnung klammere ich mich. Sobald ich endlich diese magieblockierenden Fesseln gelöst habe, werde ich zu meiner alten Gestalt zurückkehren und wieder unverletzbar sein. Diese furchtbare Situation wird dann nichts mehr sein als eine unangenehme Erinnerung.

Tatsächlich scheint mein Fänger sich kaum Sorgen darum zu machen, ob ich einen Fluchtversuch wage. Noch weniger interessiert ihn mein Wohlbefinden. Er dreht sich nur selten nach mir um, dabei befinden wir uns ganz am Ende des Trosses. Niemand würde es bemerken, wenn ich einfach verschwinden würde …

Aber ich kann mich nicht von meinen Ketten befreien, sosehr ich es versuche. Meine Handgelenke sind wund und gereizt von meinen Bestrebungen, die Hände durch die Fesseln hindurchzuziehen. Meine Magie kann mir nicht helfen, und dieser schwache Körper vermag es ganz sicher nicht, die Handschellen mit Gewalt zu öffnen. Ich muss auf eine bessere Gelegenheit zur Flucht hoffen, vielleicht wenn die Menschen schlafen.

Dass es Tag wird, erkenne ich daran, dass die Menschen hungrig werden. Um diese Jahreszeit herrscht in Askja ewige Nacht, und nur ein schmaler Streifen Licht am Horizont deutet darauf hin, dass irgendwo südlich von uns die Sonne hoch am Himmel steht. Er ist kaum sichtbar, wenn man nicht weiß, wo genau er ist. Wir hier bleiben hingegen in der Dunkelheit, was für mich als Eisdämonin diese Jahreszeit eindeutig zur schönsten macht. Denn während der Himmel schwarz ist, kann man umso besser die Polarlichter beobachten.

Doch es ist, als würde auch der Himmel mit meiner Gefangennahme hadern. Seit ich die Fesseln trage, blieb er schwarz und ohne jegliches Lichtspiel. Ich will mich schon darüber freuen, als genau in diesem Moment ein hellgrüner Streifen über das Sternenzelt jagt und meine Theorie widerlegt.

Nicht einmal der Himmel ist auf meiner Seite.

Die Menschen dagegen scheinen es als gutes Omen zu sehen,

denn einer der Älteren hebt die Hand als Zeichen zum Anhalten. Vor mir sehe ich im Schein der Fackeln die erleichterten Gesichter der Krieger, die absteigen und sich an ihren Satteltaschen zu schaffen machen. Als der Erste Brot und Trockenfleisch hervorzieht und mit einem lauten Schmatzer davon abbeißt, erkenne ich, dass das hier wohl die Frühstückspause ist.

Erst als ich beinahe in schwarzes Fell hineinlaufe, fällt mir auf, dass auch das Pferd meines Fängers stehen geblieben ist. Im letzten Moment stocke ich und blicke zu seinem Reiter auf, der mich mit einem unergründlichen Gesichtsausdruck mustert. Dann steigt er ebenfalls ab und zerrt mich an meiner Kette grob zu einem frei stehenden Felsen, der am Wegesrand liegt.

»Versuch besser nicht, zu fliehen«, weist er mich schroff an, »du hast keine Chance, uns zu entkommen. Und ich habe keine Lust, bei deinem hoffnungslosen Versuch zuzusehen.«

Statt ihm zu antworten, sehe ich ihn böse an und wünschte, ich könnte Menschen nicht mit Küssen, sondern auch mit Blicken töten.

Er hebt spöttisch eine Augenbraue und windet die Kette um den Felsen, als wäre ich ein Hund, den er anbinden müsste.

Wie freundlich. Ich frage mich, was er damit bezwecken will, schließlich kann ich die Kette auf die gleiche Weise wieder losmachen. Dann zieht er ein Schloss aus dem mir mittlerweile bekannten Metall aus der Tasche und fixiert damit die Kettenglieder aneinander. Erst jetzt wehre ich mich, aber als ich an meinen Fesseln zerre, geben sie kein bisschen nach. Damit muss ich einsehen, dass ich wohl oder übel an diesen hässlichen Stein gebunden bin und mich nur fortbewegen kann, wenn er das möchte.

Der Mensch schenkt mir ein verächtliches Grinsen, bevor er sich abwendet und zurück zu den Pferden und seinen Kriegern geht. Sicher gönnt er sich nun selbst eine schöne Mahlzeit.

Beim Gedanken daran, mich zu ernähren, einem Menschen

das Leben zu stehlen, läuft mir das Wasser im Mund zusammen. Selbst ohne die magiezerstörenden Fesseln wäre meine Kraft inzwischen so schwach, dass ich es kaum wagen würde, mich in eine Schneeflocke zu verwandeln. Womöglich könnte ich den Gestaltenwechsel nicht mehr umkehren … Der Kampf mit den Menschen und der lange Fußmarsch haben mir beinahe alle Kräfte genommen. Ich fühle mich schwach und hilflos. Glaube ich denn wirklich, dass es noch Hoffnung gibt?

Und wie es die gibt, denke ich, als ich plötzlich schwarze Haare und eine hochgewachsene Gestalt zwischen den Bäumen am Wegesrand entdecke. Solvigs Gesicht ist mir vertrauter als mein eigenes, und sie ist offensichtlich hier, um mich zu retten.

Dennoch schüttle ich den Kopf, als sie Anstalten macht, näher zu kommen. Im begrenzten Spielraum meiner Fesseln hebe ich die Hand, um sie zurückzuhalten. Verwirrt runzelt sie die Stirn, gehorcht aber. Mit einem schnellen Blick vergewissere ich mich, dass weder mein Fänger noch die anderen Menschen auf mich achten, bevor ich mich wieder ihr zuwende.

»Zu gefährlich«, forme ich die Worte mit den Lippen, denn ich erinnere mich zu gut daran, was die Menschen mit ihr machen wollten.

Das Schwert, das der Wachposten beinahe durch ihre Brust gestoßen hätte, wird mich wohl noch lange in meinen Albträumen verfolgen. So gern ich freikommen möchte, so wenig bin ich bereit, Solvig in Gefahr zu bringen.

Das scheint sie zu verstehen, denn sie presst schließlich die Lippen aufeinander und nickt. Sie verweilt ein gutes Stück entfernt von mir und kniet dann nieder, um ein leises Geräusch zu machen, das ich nur zu gut kenne. Dass ich nicht selbst darauf gekommen bin, die Polarfüchse um Hilfe zu rufen!

Bald huschen weiße Schemen durch die Landschaft, die vor dem Schnee kaum zu entdecken sind.

Immer wieder stelle ich sicher, dass die Krieger mich nicht beachten. Aber sie gehen völlig in ihrer eigenen Welt aus Essen und Scherzen auf. Es scheint mir fast, als *wollten* sie mich vergessen. Das kann mir nur recht sein …

Nach einigen Minuten kommt einer der weißen Schemen schließlich zu mir getapst, und ich begrüße den Polarfuchs mit einem breiten Lächeln. Ob er mir helfen kann? Es wäre für ihn wohl aussichtslos, meine Ketten zu öffnen. Stattdessen hat er zwei kleine metallene Objekte in der Schnauze, die er in meine Finger fallen lässt. Sofort jagt er davon, flieht aus der Nähe der Menschen.

Ich betrachte verwirrt die Metallteile, die Solvig mir geschickt hat. Beide sind lang und schmal. Eines hat am Ende eine Art Haken, wozu auch immer. Ein Blick zu Solvig zeigt mir, wie frustriert sie über mein Unverständnis ist. Ich zucke nur mit den Achseln. Das sind offensichtlich menschliche Werkzeuge – woher soll ich wissen, wozu sie gut sind?

Solvig hebt den Arm und dreht dann mit einer Hand gegen ihr Handgelenk, als würde sie etwas aufschließen. Sie meint nicht etwa …

Mit neuer Begeisterung drehe ich Spanner und Dietrich in meiner Hand. Obwohl ich keine Erinnerungen an mein einst menschliches Leben habe, erkennt ein Teil von mir die Metallteile. Wofür Solvig wohl so etwas hat?

Nun lässt mich die Aufregung zittern, während ich die eine Hand eilig zur anderen bringe und versuche, mit Spanner und Dietrich im Schlüsselloch herumzustochern. Ich meine, dass der komische Haken am Ende dafür gedacht ist, den Schließmechanismus zu bewegen, aber wie genau … Zumindest in diesem Leben habe ich damit keine Erfahrung. Hoffentlich ist das Schloss leicht zu knacken, damit ich schnell freikomme.

Vergeblich. Ich mühe mich minutenlang damit ab, bis mich

ein besonders lautes Lachen wieder zu den Menschen blicken lässt. Erschrocken stelle ich fest, dass sie nicht mehr essen, sondern zum Teil wieder dabei sind, auf die Pferde zu steigen. Mein Fänger spricht noch mit seinem alten Kameraden. Gerade in diesem Moment wendet sich mein Entführer ab, und sein Blick trifft meinen. Die grünen Augen, die mir gestern kurz so warm erschienen, sind heute voller Eis – eine eisige Kälte, die keine Eisdämonin wertschätzen würde. Die Abscheu in seinem Blick zeigt mir erneut, dass ich fliehen muss.

Aber nicht jetzt. Ich habe meine Chance vorerst vertan. Möglichst unauffällig lasse ich Spanner und Dietrich in einer Falte meines Kleides verschwinden und ärgere mich darüber, dass das schwarze Gewand nicht praktischer geschnitten ist. Das lange Kleid dient in erster Linie der Verführung, mit seinem tiefen Ausschnitt, den Aussparungen an der Taille und den beiden Schlitzen im Rockteil. An der Hüfte ist es ein wenig gerafft, sodass eine Stofffalte entsteht, die kaum als Tasche zu bezeichnen ist. Ich bete inständig, dass ich das Werkzeug, und mit ihm meine Chance zur Flucht, nicht verliere.

Mein Fänger kommt näher, und ich begrüße ihn mit einem breiten Lächeln, auf das er misstrauisch die Augenbrauen zusammenzieht. Scheinbar ist das ein wenig zu viel, also lasse ich die Mühe und begegne ihm mit dem arroganten Gesichtsausdruck, der mir so viel besser liegt. Daraufhin entspannt er sich sichtlich. Wie ironisch.

»Angenehm gespeist?«, frage ich ihn, um ihn von meinem seltsamen Verhalten abzulenken.

Er schnaubt und macht sich mit einem Schlüssel am Schloss zu schaffen, das meine Kette am Stein hält.

»Du hättest wohl auch gern etwas gehabt«, gibt er höhnisch zurück, was ich mit einem Schmollmund quittiere.

Er hat durchaus recht.

»Wenn du einen deiner Menschen entbehren kannst, würde ich mich herzlich gern an ihm laben«, gebe ich süß zurück.

Endlich hat er das Schloss geöffnet, die Kette vom Felsen gelöst, und nun weicht er angewidert mit ihr in der Hand zurück.

»Ist Töten wirklich alles, woran du denken kannst?«, will er wissen.

Irritiert hebe ich eine Augenbraue. Wirklich? Nachdem er und seine Leute soeben vermutlich das Trockenfleisch eines halben Schweins verspeist haben, will er mir meinen Hunger ankreiden?

»Du kannst einem Wolf nicht vorwerfen, ein Schaf zu reißen. Ebenso wenig kannst du eine Eisdämonin dafür zur Verantwortung ziehen, Menschenleben zu rauben.«

Mein Fänger verdreht die Augen und zieht heftiger an meiner Kette, was mich wieder einmal stolpern lässt. Dieses freundliche Verhalten scheint zur Gewohnheit zu werden ... Wer weiß, vielleicht erkennt der werte Herr irgendwann, was für ein Heuchler er ist.

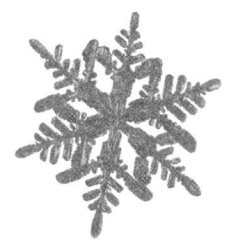

Grausam wie die Kälte

Leif

»Sollten wir uns vielleicht um die Eisdämonin kümmern?«, fragt Berion vorsichtig, als der Tag sich dem Ende zuneigt.

Auch ich hatte diesen Gedanken bereits, aber ich lehne mit jedem Augenblick mehr ab, Mitleid mit diesem abscheulichen Geschöpf zu empfinden. Ja, sie ist schön und wirkt in diesem Körper wie eine schwache Frau, die meinen Beschützerinstinkt weckt. Doch keiner von uns sollte vergessen, dass sie uns alle töten würde, wenn sie die Chance dazu hätte.

Wenn wir sie nicht bald versorgen, wird sie allerdings nie mehr die Möglichkeit dazu haben. Bereits als ich ihr die Messingfesseln angelegt habe, haben ihre Schritte die Eleganz verloren. Inzwischen sind sie zu einem kontinuierlichen Stolpern geworden. Ich muss mein Pferd zunehmend langsamer gehen lassen, damit sie noch mithalten kann.

Von einer gefährlichen Bestie hätte ich mehr erwartet. Ihre ehemals rabenschwarzen Haare sind inzwischen aschgrau, ihr Blick ist leer, und sie scheint sich bloß noch darauf zu konzentrieren, weiter- und immer weiterzugehen. Eines muss ich ihr lassen: Sie hat kein einziges Mal um eine Pause oder Nachsicht gebettelt. Auch das zeigt mir, dass sie kein Mensch ist, denn jedes menschliche Wesen hätte längst auf Knien um Gnade gefleht. So schwach dieser Körper scheinen mag, so stark ist ihr Geist.

Die Eisdämonin stolpert erneut, und dieses Mal entfährt ihr ein leises Stöhnen. Statt sich wieder aufzurappeln und weiterzugehen, bleibt sie liegen, bis mein Pferd sie an der Kette voranzieht, die ich um den Sattelknauf geschwungen habe. Sie hebt nicht einmal den Blick, während ihr Körper über den Boden schleift.

Ich seufze. Es ist ohnehin Zeit, ein Lager aufzuschlagen. Eine weitere schlaflose Nacht muss ich meinen Kriegern nicht zumuten, und wir sind bereits weit genug vom Firnisgebirge entfernt, um nicht länger Gefahr zu laufen, von einer der Ihren angegriffen zu werden.

Mit einer Handbewegung gebe ich das Zeichen zum Anhalten und steige ab. Dankbar klopfe ich meinem Pferd auf die Schulter, während ich den Blick über die Umgebung schweifen lasse. Die Lichtung, die ich für unsere Rast gewählt habe, ist groß genug, um durch das leicht abfallende Gelände den Ausblick auf die weiten, schneebedeckten Ebenen Askjas zu gewähren, für die unser Land so bekannt ist. Die stolzen Bergspitzen des Firnisgebirges haben wir hinter uns gelassen, und beinahe bilde ich mir ein, in der Ferne Rauchsäulen aus den zahlreichen Kaminen der Hauptstadt zu erkennen.

Der Wind hat nachgelassen, sodass selbst der ewige Winter Askjas erträglich erscheint. Nur das leise Rufen einer Eule durchbricht die Stille des Schnees.

Das überraschte Wiehern meines Rappens reißt mich aus meinen Gedanken. Er ist es nicht gewohnt, dass ich ihm minutenlang den Hals tätschle. Es klingt fast vorwurfsvoll, und ich weiß, warum: Ich versuche nur, die nächste Begegnung mit *ihr* hinauszuzögern.

»Willst du, dass sie stirbt, bevor wir das Schloss erreichen?«, fragt Berion mich, und ich höre den Ärger in seiner Stimme.

Er hat recht. Wir haben viel auf uns genommen, um sie zu fangen. So viel hängt von ihr ab. Ich darf nicht wegen meiner persönlichen Abneigung zaudern, das Richtige zu tun.

»Es ist wirklich Pech, dass wir ausgerechnet sie gefangen haben«, fügt er versöhnlicher hinzu.

Ich nicke nur und fahre mir frustriert mit der Hand übers Gesicht. Wenn *ich* so reagiere, wie wird es meinem Vater ergehen?

Statt sich weiter mit mir zu unterhalten, drückt Berion mir zwei Beutel und einen Wasserschlauch in die Hand. Am liebsten will ich ihn bitten, einen anderen mit dieser Aufgabe zu betreuen, aber das ist kindisch. Außerdem ist er offensichtlich der Ansicht, dass es mir hilft, wenn ich mich diesem Dämon der Vergangenheit stelle. Im wahrsten Sinne des Wortes.

Ohne die Eisdämonin aus den Augen zu lassen, kippe ich eine großzügige Menge getrockneter Nachtlilien in den Wasserschlauch und füge einige Sonnentaublüten hinzu. Nachdem ich das Gebräu gut durchmischt und den Rest der wertvollen Pflanzenteile Berion zurückgegeben habe, gehe ich zu der Frau, die als gewöhnlicher Mensch im Schnee längst erfroren wäre. Ihrer weißen Haut ist die Kälte nicht anzusehen, obwohl ihr knappes Kleid sie kaum wärmen kann.

Sie reagiert nicht, als ich neben ihr in die Hocke gehe. Erst als ich an ihrer Schulter rüttle, entfährt ihr ein leises Stöhnen, und sie dreht sich auf den Rücken. Ich erwarte, dass sie aufspringt, sobald sie mich erblickt. Aber ich erkenne nur Resignation und Müdigkeit in ihrem Blick. Ihr fehlender Kampfgeist zeigt mir deutlich, wie schlecht es ihr geht, sodass ich trotz allem ein schlechtes Gewissen bekomme.

»Nimm!«, befehle ich und drücke ihr den Trinkschlauch in die Hand.

Erschöpft sieht sie von mir zum Schlauch und gibt ihn mir dann zurück.

»Eisdämoninnen nehmen keine herkömmliche Nahrung oder Wasser zu sich«, erklärt sie leise und ohne den Zynismus, den ich von ihr gewohnt bin. »Wenn ich keine Leben stehlen kann, werde ich sterben.«

Verlangen schleicht sich in ihren Blick, als sie mich ansieht. Bei jeder anderen Frau würde ich es wohl anders interpretieren, bei ihr ist mir allzu bewusst, dass sie nicht an mir als Mann, sondern an mir als Nahrungsquelle interessiert ist. Auch wenn sich das bei unserer ersten Begegnung anders angefühlt hat …

Innerlich fluche ich, als sich bei der Erinnerung etwas in mir regt. Grob drücke ich ihr den Wasserschlauch erneut in die Hand.

»Vertrau mir«, sage ich mit unterdrückter Wut in der Stimme.

Sie hebt nur eine Augenbraue, und ich kann es ihr nicht einmal übel nehmen. Wieso sollte sie mir vertrauen, wo ich doch alles dafür gebe, sie so grausam wie möglich zu behandeln? Einem Monster gegenüber darf ich nicht freundlicher sein, also ziehe ich meinen Dolch und halte ihn ihr an die Kehle.

»Jetzt trink endlich«, fordere ich.

Wie bereits gestern habe ich das Gefühl, dass sie sich am liebsten in die Klinge stürzen und diese Qual beenden würde. Ich kann sie verstehen. Der Tod ist sicher besser als jedes Schicksal, das mein Vater ihr zugedacht hat. Aber noch bevor ich den Dolch wegziehe, verändert sich ihr Blick, und sie hebt den Trinkschlauch an die Lippen.

Mit großen Schlucken nimmt sie das Wasser darin zu sich und ich erkenne an ihren körperlichen Veränderungen, dass es funktioniert. Die grauen Strähnen in ihrem Haar färben sich rabenschwarz. Die Schürfwunden, die sie von den zahlreichen Stürzen am ganzen Körper hat, schließen sich und heilen augenblicklich ab, ohne Narben zu hinterlassen. Auch sie bemerkt den Wandel, denn ihre Schlucke werden gieriger, bis sie das gesamte Wasser zu sich genommen hat. Ihre schwarzen Augen blitzen, als sie mir den leeren Trinkschlauch hinhält.

»Mehr«, verlangt sie ungezügelt, wobei erneut das Monster in ihr zutage tritt.

Ich nehme den Schlauch und entferne mich von ihr. Es ist beinahe eine Erleichterung, dass sie mich wieder mit ihren Blicken erdolcht. In diesem Zustand kann ich beruhigt damit fortfahren, sie zu hassen.

Flüchtig wie die Erinnerung

Frin

Vor wenigen Augenblicken noch war ich kurz davor, aufzugeben. Ich konnte spüren, wie die Kraft meinen Körper verließ, wie das Eis in meinem Herzen schmolz. Wie alles, was mich ausmacht, beinahe verschwand.

Wenn ich eine gewöhnliche Eisdämonin wäre, wäre mein Körper in diesem Moment zu einer Schneeflocke geworden. Wenn unsere Kraft schwindet und wir sterben, verwandeln sich unsere Körper in Schnee, woraufhin wir für ewig mit Askja verbunden bleiben. Etwas, wofür ich nicht bereit bin.

Doch ohne Magie keine Verwandlung. So haben die Fesseln um meine Handgelenke, die noch immer meine Magie blockieren, mein Schwinden aufgehalten. Beinahe bin ich dankbar dafür.

Nur beinahe, denn die Fesseln und vor allem mein Fänger sind für meine Situation verantwortlich.

Wütend starre ich auf seinen Rücken, während er wenige Meter entfernt mit den anderen Menschen das Lager aufschlägt. Er sieht sich kein einziges Mal nach mir um, nachdem er meine Kette am Sattelknauf seines Pferdes festgemacht hat.

»Leif«, spricht ihn der alte Mann an, neben dem er so häufig reitet.

»Was?«, entgegnet mein Fänger schroff, wobei sein Kopf gereizt herumfährt.

Der andere lässt sich davon nicht einschüchtern, sondern hebt nur beide Augenbrauen.

Leif seufzt, dann meint er ruhiger: »Ich habe das Monster gefüttert. Was willst du denn noch?«

»Nicht alles dreht sich um sie«, gibt der alte Mann lachend zurück. »Wir sollten besprechen, wie wir vorgehen, sobald wir in Ask angelangt sind.«

Als wäre es meine Schuld, dass er so aufbrausend reagiert und die falschen Schlüsse gezogen hat, blickt Leif endlich zu mir. Angesichts seiner verärgerten Miene schenke ich ihm ein liebliches Lächeln, woraufhin sein Ausdruck sich noch weiter verfinstert.

Als er den Kopf neigt und den alten Mann ein Stück in Richtung der Zelte begleitet, ist das genau die Chance, auf die ich gewartet habe.

Die anderen Krieger werfen zwar ab und an misstrauische Blicke in meine Richtung, aber sie sind weit weniger aufmerksam als dieser Leif. Keiner von ihnen beachtet mich. Quälend langsam, um keine Aufmerksamkeit zu erregen, nähere ich mich dem Pferd meines Fängers.

»Ganz ruhig«, flüstere ich dem schnaubenden Hengst zu.

Zum Glück reagieren Tiere ganz anders auf uns Eisdämoninnen als Menschen. Der Hengst scheint zu wissen, dass ich für ihn keine Bedrohung darstelle, und verrät mich nicht.

Vorsichtig lenke ich das Pferd so, dass es zwischen mir und den Menschen steht. In seinem Sichtschutz ziehe ich Spanner und Dietrich hervor. Es ist erstaunlich, wie viel stärker ich mich durch das seltsame Getränk fühle, das mein Fänger mir verabreicht hat.

Beim ersten Fluchtversuch zitterte ich vor Schwäche, nun bin ich wie im Rausch und fühle mich unbesiegbar. Meine Handgriffe sind fest und präzise, als ich erneut die Schlösser an meinen Handgelenken bearbeite. Obwohl sie klein und filigran wirken, werde ich sie jetzt bestimmt knacken können.

Die Frage ist nur, wie schnell ich sein werde. Ich stochere im Schloss herum, schaue immer wieder nach den Menschen. Schritte knirschen im Schnee und vor Schreck fällt mir fast der Dietrich aus der Hand, aber es ist nur ein Mann, der sich bei den Bäumen erleichtert. Mit jeder Sekunde werde ich nervöser. Bei den Eisgöttern, warum ist dieses Schloss so kompliziert?

So wird das nichts, also stecke ich Spanner und Dietrich weg und richte meine Aufmerksamkeit stattdessen auf den Pferdesattel. Ich habe Glück: Die Schlaufe, an der mein Fänger die Kette befestigt hat, ist aus gewöhnlichem Leder. Starkes Sattelleder, gehärtet und widerstandsfähig genug, um jeden Ritt zu überstehen. Doch einer Eisdämonin, der soeben ihre Kräfte zurückgegeben wurden, wird es nicht standhalten.

»Das wird sich vielleicht seltsam anfühlen«, warne ich das Pferd, bevor ich beide Seiten der Schlaufe umfasse und mit einem kräftigen Ruck daran ziehe. Kurz weigert sich das Material, nachzugeben. Dann reißt es mit einem lauten Ratschen.

Einem *zu* lauten Ratschen.

»Verflucht«, entfährt es mir, als ich sehe, wie sich mehrere Menschen alarmiert zu mir umdrehen.

Ich packe die nun freie Kette aus dem Schnee, wirble herum und renne los.

Obwohl es kräftezehrend war, den ganzen Tag hinter den Menschen herzutrotten, habe ich dadurch gelernt, wie ich diesen schwerfälligen Körper steuern kann. Zielsicher haste ich von der Gruppe weg in den Wald, der den Lagerplatz umgibt. Die Schwärze der Nacht ist undurchdringlich, doch als Eisdämonin erspüre ich den Schnee und das Eis um mich herum intuitiv. So komme ich dennoch rasch voran, weiche jedem Hindernis, jeder Vertiefung im Schnee aus.

Hinter mir höre ich die aufgebrachten Rufe der Menschen. Das Licht ihrer Fackeln zuckt durch die verstreuten Bäume hindurch, die als Einziges Schutz versprechen. Ich renne, so schnell ich kann. Haste durch den Wald, versuche, sie abzuhängen.

»Frin!«, höre ich Leif meinen Namen brüllen, und irgendwie erscheint es mir plötzlich, als hätte ich das schon einmal erlebt. Doch gerade ist keine Zeit, dem nachzuhängen.

Ich kämpfe mich weiter durch die lichten Stämme, bis der Wald endlich dichter wird. Gehetzt sehe ich mich um und stelle erschrocken fest, dass meine Verfolger mir dennoch viel dichter auf den Fersen sind, als mir lieb ist.

Ich husche zwischen die Bäume und verlasse mich ganz auf mein Gespür für das Eis, das mir einen Weg zwischen den schneebedeckten Ästen hindurch weist. Flink weiche ich den schwarzen Stämmen aus, dennoch verstellen mir immer wieder ein Stein oder eine Wurzel den Weg, sodass ich bei Weitem nicht so schnell bin, wie ich es mir wünsche. Und nicht so leise.

Obwohl die Krieger mich zwischen den Bäumen sicher nicht mehr erkennen können, hören sie mich vermutlich. Bei jedem Schritt sinke ich in den knirschenden Schnee ein. Wenn ich meine Füße wieder aus dem Eis befreie, kann ich kaum mein heftiges Keuchen unterdrücken, das mich zusätzlich verrät. Auch dürften die tiefen Fußspuren nicht gerade unauffällig sein.

Fast treibt es mir Tränen in die Augen, wie sehr ich in diesem Moment meine Magie vermisse. Gestern hätte ich auf diesem Schnee tanzen können, ohne mehr zu hinterlassen als leichte Verwehungen, die nicht als Spuren wahrnehmbar gewesen wären. Ich hätte schneller als der Wind durch diesen Wald brausen können. Wie sehr ich mich jetzt auch nach diesem Gefühl sehne, kann ich im Moment doch nur mit eiserner Willenskraft einen Fuß vor den anderen setzen und diesen schwächlichen Körper dazu zwingen, alles zu geben.

»Bleib stehen!«, höre ich die Stimme meines Fängers durch den Wald hallen, leiser als zuvor.

Zwischen den dichten Bäumen finde ich einen Weg, der regelmäßig von Wildtieren genutzt wird, und der mir endlich sicheren Halt gibt. Eine Herde Karibus scheint hier entlanggekommen zu sein und hat den Schnee so festgetreten, dass ich weniger Spuren hinterlasse.

Deutlich schneller jage ich in die Richtung, in die die Karibus wanderten, und hoffe, dass ihr Weg tief in den Wald führt. Dass ich ein Versteck finde oder ausreichend Abstand zwischen mich und die Menschen bringe, um in Ruhe meine Fesseln lösen zu können.

Die Hoffnung, die mit jedem Schritt stärker wird, treibt mich an. Dieser Albtraum wird bald vorüber sein. Bald ist diese Gefangennahme nichts weiter als eine böse Erinnerung.

»Frin!«, ertönt mein Name erneut. Aber diese Stimme lässt mich innehalten.

»Solvig?«, frage ich ungläubig und sehe nach oben, von wo ihre Stimme kam.

Aufrecht steht sie in einem kahlen Baum und blickt besorgt zu mir herab. Ich hatte gehofft, sie wäre längst verschwunden und würde in der Sicherheit des Firnisgebirges auf mich warten.

»Was machst du hier?«, will ich alarmiert wissen.

Solvig schüttelt den Kopf.

»Du musst in eine andere Richtung«, teilt sie mir aufgeregt mit, »dort vorn geht es nicht weiter!«

Mit diesen Worten verwandelt sie sich in eine Schneeflocke und lässt sich von einer Brise fortwehen. Ihre Warnung beunruhigt mich, und ich mustere unschlüssig die Umgebung. Warum rät sie mir, einen anderen Weg zu gehen? Ist das hier eine Sackgasse?

Aber der Pfad der Karibus ist geradlinig, beinahe geplant. Solche Tiere kennen den Wald und finden ihr Ziel. Es ist der sicherste Weg. Sollte ich wirklich von ihm abweichen?

Viel Zeit, mich zu entscheiden, bleibt mir nicht. Solvig ist meine beste Freundin, und ich würde ihr, ohne zu zögern, mein Leben anvertrauen. Ich atme tief durch und will gerade einen neuen Weg einschlagen, als ich eine Stimme vernehme.

»Sie ist hier lang!«, triumphiert einer der Menschen viel zu dicht bei mir, und ich höre, wie er die Richtung ändert und mir näher kommt.

Mir bleibt keine Wahl: Im tiefen Schnee wäre ich zu langsam, dort hätte er mich in wenigen Augenblicken erreicht. Besinnungslos haste ich also weiter den Pfad der Karibus entlang.

Kurz höre ich nur das Pfeifen des Windes und das Knistern des Eises, dann werden die Geräusche der Menschen hinter mir wieder lauter. Als ich mich verängstigt umblicke, erkenne ich bereits den Schein ihrer Fackeln in der Dunkelheit. Wenn ich nicht bald ein Versteck finde, bin ich verloren. Den Pfad der Karibus renne ich mit aller Kraft entlang, die noch in mir steckt.

Bis er plötzlich endet.

Schreiend bremse ich im Schnee ab und rudere mit den Armen, als sich vor mir ein schwarzes Loch auftut. Ich werfe mich zu Boden und versuche, im Schnee Halt zu finden. Aber da ich soeben noch mit voller Geschwindigkeit auf die Schlucht zugerannt bin, ist mein Schwung nicht aufzuhalten. Der Boden unter mir wird abschüssiger, und ich kreische auf, als meine Füße den Halt verlieren und plötzlich in der Luft hängen. Heftig strampelnd auf dem Bauch liegend versuche ich, mich an irgendetwas festzuhalten, bis auch meine Hüfte und schließlich mein Oberkörper den Kontakt zum Untergrund verlieren. »Nein!«, rufe ich panisch aus.

Mit den Fingern klammere ich mich an der Kante der Schlucht fest, gerade so. Ich wage einen Blick nach unten und wünschte, ich hätte es nicht getan. Die völlig vereiste Schlucht ist viel zu tief, um einen Sturz zu überleben.

Aber es ist nicht einmal der Fall, der mir Angst macht. In der Dunkelheit am Boden der Schlucht leuchtet bläuliches Wasser und dampft.

Heiße Quellen.

Nun verstehe ich, was es mit der Karibuherde auf sich hatte, die scheinbar ins Nichts läuft. Ihre Spuren sind nicht auf natürliche Weise entstanden, sondern wurden angelegt. Eine Falle für Jäger, die dem Wildwechsel folgen und an den heißen Quellen ankommen sollten. Menschen, deren Essenzen nicht nur für Eisdämoninnen eine Mahlzeit darstellen, sondern auch für die Najaden, die am Fuß dieser Schlucht leben. Magische Frauen, die uns Eisdämoninnen nicht unähnlich sind. Wie wir ernähren sie sich von Menschenleben. Doch statt über Schnee und Eis gebieten sie über den Dampf und Nebel der heißen Quellen, die sie bewohnen. Heiße Quellen, die für eine eisige Kreatur wie mich einen schmerzhaften und qualvollen Tod bedeuten.

Ich hänge inzwischen nur noch an meinen Fingerspitzen, versuche, meine Kraft zu mobilisieren, um mich oben zu halten.

Es nützt nichts. Einen Augenblick später kann ich mich nicht mehr halten, rutsche ab und befinde mich im freien Fall in den Tod.

Der jäh gestoppt wird.

Ein schmerzhafter Ruck geht durch meine Handgelenke, als die Kette, die sie verbindet, von irgendetwas festgehalten wird. Als ich gestürzt bin, muss sie sich mit etwas am Schluchtrand verkantet haben. Meine Hände brennen von dem harten Zug, der auf sie ausgeübt wird. Der Schwung katapultiert mich hart gegen die Steilwand, dennoch steigt Hoffnung in mir auf.

Mein Sturz in den sicheren Tod wurde verhindert. Nur wie soll ich es zurück über die Kante schaffen? Ich klammere mich mit den Fingern an die Metallkette, um meine Handgelenke zu entlasten. Aber in dieser Position habe ich keinerlei Kraft in den Armen. Die vereiste Wand vor mir bietet keinen Halt. Obwohl ich verbissen mit meinen Füßen nach Unebenheiten suche, rutsche ich immer wieder ab. Da höre ich ein Ächzen über mir, das mich stocken lässt.

»Wer ist da?«, frage ich und bemühe mich, nach oben zu schauen und am Rand der Steilwand etwas zu erkennen.

Doch ich kann meinen Kopf nicht weit genug heben.

»Hör auf zu zappeln!«, fordert die angespannte Stimme über mir, und ich halte augenblicklich still.

Mein Fänger hat mich gefunden. Es schockiert mich gleichermaßen, wie es mich erleichtert.

Er braucht mich lebend. Er *muss* mich retten.

Meine Vermutung bestätigt sich, als der Zug um meine Handgelenke stärker wird und ich Stück für Stück nach oben gezogen werde. Ich schreie auf, als er mich über den spitzen Felsen der Klippe schleift, und suche mit den Fingern nach Halt. Leif zerrt meinen Oberkörper über die Schluchtkante, und endlich kann ich mich am Eis darauf festklammern.

Ich schwinge meine Beine hoch, rolle mich vom Rand der Schlucht weg. Die Weichheit des Schnees fühlte sich nie besser an, sodass ich mich vor Erleichterung auf den Rücken drehe und einfach liegen bleibe. Meine Euphorie wird jedoch vom heftigen Atmen meines Fängers gestört. Die Anstrengung ist ihm deutlich anzumerken.

Nicht die Metallkette hat mir das Leben gerettet, nein, Leif muss sie im letzten Moment ergriffen haben. Ich habe ihm mein Leben zu verdanken. Bei diesem Gedanken gefriert mir das Blut in den Adern, obwohl ich gegen Kälte immun sein sollte.

Dieser fragile Mensch, der einer Eisdämonin wie mir nichts entgegenzusetzen haben sollte, hat mich gerettet. Ihm habe ich es zu verdanken, dass ich die Schneeflocken auf meiner Haut, den kalten Wind des Winters fühlen darf.

Aber er schenkte mir mein Leben nicht aus Freundlichkeit oder Ehrgefühl, wie mir bewusst wird, als unsere Blicke sich kreuzen. Die Mischung aus Wut und Frustration darin lässt mich unwillkürlich zusammenzucken.

»Mach das nie wieder«, befiehlt er harsch.

Es wirkt so, als wäre er nicht nur darüber verärgert, beinahe seine wertvolle Geisel verloren zu haben. Hinter ihm brechen inzwischen seine Soldaten aus dem Wald, was meine Flucht endgültig beendet. Ich habe keine Wahl und werde mich erneut dem Willen dieser Menschen beugen müssen.

Jedenfalls bis sich die nächste Gelegenheit zu entkommen bietet.

»Eure Gastfreundschaft ließ zu wünschen übrig«, spotte ich, während ich langsam aufstehe.

»Das liegt womöglich daran, dass du kein Gast bist«, entgegnet mein Fänger trocken und erhebt sich ebenfalls. »Ich sagte es bereits: Fluchtversuche sind zwecklos. Füg dich deinem Schicksal.«

Als Antwort hebe ich eine Augenbraue, schließlich können die Pläne der Menschen nichts Gutes bedeuten. Leif zuckt nur mit den Achseln und führt mich dann an der Kette zurück zum Nachtlager seiner Truppe.

Diesmal schaut er sich immer wieder nach mir um, und ich erkenne so etwas wie Sorge in seinem Blick. Es ist ein kleiner Sieg, ihn so erschüttert zu haben. Gleichzeitig liegt das unangenehme Gefühl, ihm etwas zu schulden, schwer auf meiner Seele. Nicht, dass ich mich deshalb zu irgendetwas verpflichtet fühlen sollte, und doch beschäftigt es mich mehr, als ich zugeben möchte.

Mein Fänger scheint aus seinen Fehlern gelernt zu haben. Am Lager angekommen, kettet er mich nicht wieder an sein Pferd, sondern an eine einzeln stehende Birke. Selbst wenn ich mich bei meinem Fluchtversuch nicht völlig verausgabt hätte, könnte ich den dicken Baum nicht umwerfen, und klettern kommt bei den breiten Ästen, die auf Schulterhöhe beginnen, nicht infrage.

»Keine weiteren Fluchtversuche«, fordert mein Fänger erneut.

Als Antwort lächle ich nur spöttisch, während er sein Zelt direkt neben mir aufbaut. Weit genug entfernt, damit ich ihn mit den zwei Ellen Spielraum, die die an der Birke hängende Kette mir lässt, nicht erreichen kann, aber nah genug, um mich im Auge zu behalten. Ich muss endlich dieses Schloss öffnen.

Nachdenklich betrachte ich das goldene Metall und versuche, den Schließmechanismus zu verstehen. So schwer kann das doch nicht sein, oder?

»Er war eben noch hier!«

Die aufgeregte Stimme einer Frau in Lederrüstung, die inmitten des Lagers steht und sich umblickt, schreckt mich auf. Auch ihre Kameraden halten in ihren abendlichen Vorbereitungen inne, treten zu ihr und diskutieren lautstark. Dann rufen sie einen Namen. Ein triumphierendes Lächeln breitet sich auf meinem Gesicht aus.

»Was ist hier los?«, verlangt mein Fänger zu wissen.

Für einen Moment schweigen die Menschen, bis sich auch der alte Mann dazugesellt und ernst den Kopf schüttelt.

»Wir haben Jona nicht mehr gesehen, seit wir die da wieder eingefangen haben«, erklärt die Frau schließlich und nickt in meine Richtung.

Die anderen folgen ihrem Blick, und ich bemühe mich, mein unschuldigstes Lächeln aufzusetzen. Ich habe nichts mit dem

Verschwinden des Menschen zu tun, aber Solvig war ebenfalls im Wald. Ich vermute, sie ist verantwortlich, was mich stolz macht.

Mein Fänger flucht und setzt an: »Wir sollten …«

Der alte Mann bremst ihn jedoch, indem er ihm eine Hand auf die Schulter legt.

»Wenn er bis jetzt nicht zurückgekehrt ist, ist eine Suche zwecklos«, erklärt er. »Wir mögen nicht mehr im Herzen des Firnisgebirges sein, aber auch hier ist Askja alles andere als ungefährlich. Wenn wir uns aufteilen, um seine Überreste zu finden, wird das nur Weitere von uns gefährden.«

Ein harter Zug legt sich um Leifs Mund, doch schließlich nickt er knapp.

»Ihr kennt den Wachplan«, wendet er sich stattdessen an den Rest der Gruppe. »Dies ist eine Erinnerung daran, dass wir noch nicht außer Gefahr sind und ihr umso aufmerksamer bleiben müsst. Und behaltet *sie* im Auge.«

Damit bin wohl ich gemeint. Ich mime einen harmlosen Gesichtsausdruck, als könnte ich dadurch irgendwen täuschen. Wenn ich tatsächlich die ganze Nacht beobachtet werde, könnte ich nicht an meinem Schloss hantieren …

Mein Fänger kehrt zu mir zurück, während die anderen sich zerstreuen.

»Niemand hier wird vergessen, was für ein Monster du bist«, fügt er an mich gerichtet hinzu.

Als Antwort hebe ich nur eine Braue und erwidere seinen Blick, bis er in seinem Zelt verschwindet.

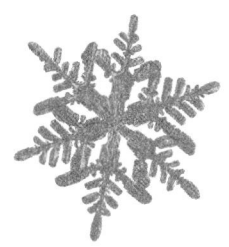

Verabscheut wie ein Monster

Frin

»Es gibt kein schöneres Gefühl, als heimzukehren«, verkündet der alte Mann neben Leif zufrieden, als wir am nächsten Abend den letzten Hügel der Bergkette bezwingen und eine Stadt in Sicht kommt.

Die gesamte Truppe bleibt stehen, und auch ich erstarre direkt hinter dem Pferd meines Fängers. Wie paralysiert mustere ich die zahlreichen Häuser, die für mich nichts Gutes bedeuten.

Ask, die Hauptstadt des Königreichs. Obwohl ich mich nicht daran erinnere, je hier gewesen zu sein, erkenne ich sie sofort. Zwar war ich noch nie so weit vom Fjoraberg entfernt, aber es besteht kein Zweifel. Endlich weiß ich, wo die Menschen mich hinbringen.

»Eiskönigin schütze mich«, murmle ich den Leitspruch meiner Art. Aber selbst unser Oberhaupt Fjora kann mir hier nicht helfen.

In der ewigen Nacht des Winters strahlt die Stadt regelrecht. Jede Straße ist mit Fackeln erleuchtet, in allen Fenstern brennt Licht, und Rauch steigt aus den Schornsteinen der Häuser, die sich an das Gelände eines Berges schmiegen. Die Menschen haben ihn Heimatberg genannt und von den Wiesen geschwärmt, die angeblich in seinem Inneren liegen. Für meine Begleiter ist dies ein angenehmer Anblick. Für mich ist es die grauenvolle Gewissheit, meine letzte Fluchtmöglichkeit vertan zu haben. Wie soll ich inmitten dieser Lichter, dieser Wärme, fliehen?

Die spitzen Dächer der Holzhäuser sind mit Schnee bedeckt, was mich etwas beruhigt. Die gepflasterten Wege dagegen sind von sämtlichem Eis befreit und so bequemer für die Menschen. Die Stadt reicht an der einen Seite bis in die Bucht, wo stolze Pfahlbauten über dem Wasser zu schweben scheinen. Selbst jetzt, mitten im Winter, ist es nicht gefroren. Zur anderen Seite erstreckt sie sich den halben Berghang hoch. Noch weiter oben thront das nachtschwarze Schloss mit seinen spitzen Türmen und Dächern, das ganz Ask überschaut.

»Eine erfolgreiche Heimkehr!«, stimmt eine Frau dem Alten zu.

Ihr Erfolg liegt in meiner Geiselnahme. Heftig schüttle ich den Kopf und weiche instinktiv zurück. Obwohl das wohl kaum als Fluchtversuch durchgeht, zieht mein Fänger mich umgehend an der Kette zurück.

Verzweifelt sehe ich von ihm zur Stadt.

»Nein«, entfährt es mir, »lass mich endlich gehen!«

Ich zerre an meinen Fesseln und bemühe mich stöhnend, ihm die Kette zu entreißen.

»Beruhige dich«, gibt mein Fänger mehr genervt als besorgt zurück.

Mich festzuhalten, dürfte ihm bloß ein müdes Lächeln abverlangen. Sogar ich finde mein harmloses Rütteln bemitleidenswert. Seit meinem Fluchtversuch letzte Nacht habe ich nichts mehr zu mir genommen, und nun, beinahe einen ganzen Tag später, ist mein Haar wieder mit grauen Strähnen durchwirkt und mein verzweifeltes Kämpfen kaum ernst zu nehmen. Die Nacht gefesselt an den Stamm der Birke und dem steten Blick der Wachen ausgesetzt, sodass ich das Schloss nicht weiter bearbeiten konnte, hat ebenfalls nicht geholfen.

»Denkst du noch immer, du könntest fliehen?«, fragt Leif.

Mit einem trotzigen Blick zerre ich erneut an meinen Fesseln. Angesichts seines Grinsens wünsche ich ihm wieder einmal den Tod.

Statt meinen Bemühungen, mich loszureißen, weitere Aufmerksamkeit zu widmen, drückt er seinem Rappen die Fersen in die Seite. Es bleibt mir nichts anderes übrig, als zu folgen, wenn ich nicht über den Boden geschleift werden will.

Die Hoffnung, meine Entführung unbeschadet zu überstehen, wird mit jedem Schritt kleiner. Seit meinem Fluchtversuch habe ich Solvig nicht gesehen, meine Magie ist nach wie vor unerreichbar und ich viel zu schwach, um etwas zu bewirken. Ich habe keinen Plan, wie ich entkommen könnte, und noch immer weiß ich nicht, was sie mit mir vorhaben. Warum bringen sie eine Eisdämonin in ihre Hauptstadt?

»Mach keine Dummheiten«, befiehlt mir Leif, als wir uns der Stadtmauer nähern, an der schwarze Banner hängen.

Am liebsten will ich über seine Worte lachen, denn was für Dummheiten sollte ich in meinem Zustand schon anstellen? Stattdessen recke ich stolz den Kopf und erwidere seinen Blick fest. Meine Eitelkeit möchte ihn in dem Glauben lassen, dass ich etwas in der Hinterhand habe. Ich will kein Mitleid.

Die beiden Wachen am Tor salutieren, als wir ihnen entgegenkommen. Dann entdecken sie mich, und ihre Augen werden groß. Einem klappt erstaunt der Mund auf. Dem anderen läuft sichtbar ein eiskalter Schauer über den Rücken, was mich zum Lächeln bringt. Wenigstens einer, der mir den nötigen Respekt entgegenbringt.

Leider fängt er sich schnell.

»Ser Leif«, begrüßt er meinen Fänger respektvoll.

Zum ersten Mal frage ich mich, was seine Position innerhalb der Menschen ist. Er schien der Anführer der Truppe zu sein, und auch die Wachposten der Stadt bringen ihm Anerkennung entgegen.

»Ich hätte nicht gedacht, dass Ihr noch eine fangen könnt«, meint der andere Wachposten, »vor allem nicht eine von *denen*.«

Noch eine? Eine von denen? Wovon spricht dieser Mann?

Der Gedanke, dass Leif möglicherweise weitere Eisdämoninnen gefasst hat, lässt mich schlucken. In letzter Zeit sind so viele der Unsrigen verschwunden. Wir dachten, sie hätten den Weg des Schnees gewählt. Doch es wäre nicht aufgefallen, wenn einige davon stattdessen von Menschen verschleppt worden wären. Andererseits wirkten Leif und seine Leute im Umgang mit mir völlig unerfahren. Wenn ich nicht gezögert hätte, gehörte seine Lebenskraft längst mir. Niemals hätten sie mich ergriffen.

Aber wie sonst soll ich die Worte des Wachpostens interpretieren?

»Vertraust du mir etwa nicht?«, spottet Leif, woraufhin sich der Mann augenblicklich versteift.

Selbst von hinten kann ich an der Körperhaltung meines Fängers erkennen, dass er scherzt. Auch der Wachmann grinst nun. Dann jedoch wird sein Gesicht ernster.

»Sie wird in Ask nicht gerade mit offenen Armen begrüßt werden«, stellt er mit einem Nicken in meine Richtung fest, das mich nur noch mehr irritiert.

»Wir werden sie beschützen«, versichert mein Fänger.

Wovor?

Als die Wachen zur Seite treten, gehen wir weiter, direkt an den dunklen Bannern vorbei. Bei genauerem Hinsehen erkenne ich ein Wappen mit einem Eis speienden Drachen darauf. Wie ironisch, dass die Menschen ein so aggressives Tier als Wappen wählen, das sie sofort töten würde, sollten sie sich ihm nähern.

Hinter dem Tor führt eine kurze Straße auf einen Marktplatz, der voller Menschen ist. An zahlreichen Ständen bieten Händler ihre Waren an, von Lebensmitteln über Kleidung bis hin zu Schmuck. Die Luft ist erfüllt von den verschiedensten Gerüchen: Fisch, Obst, Gewürze und über allem der Duft menschlicher Lebenskraft. Wenn ich im Vollbesitz meiner Kräfte wäre, könnte dies ein Festmahl sein. Doch so hebe ich nur schicksalsergeben den Kopf, als die Stadtbewohnerinnen und -bewohner nach und nach in ihrem Tun innehalten und uns anstarren.

»Ser Leif!«, höre ich jemanden rufen, woraufhin ein anerkennendes Raunen durch die Menge geht.

Auf der Straße bleiben die Leute stehen, um sich ehrfurchtsvoll zu verbeugen, und Kinder kommen angerannt, um meinen Fänger und seine Truppe zu bestaunen wie heimkommende Heldinnen und Helden.

Die Blicke, die mich treffen, sind weniger freundlich.

»Eisdämonin«, zischt eine alte Frau am Wegesrand voller Abscheu.

Es dauert nicht lange, bis die Menschen von allen Seiten kundtun, was sie von mir halten. Beleidigungen und Verwünschungen prasseln auf mich herab, dennoch senke ich meinen Kopf nicht.

»Monster!« – »Menschenfresser!« – »Biest!«

Es sind nicht die Worte, die mich zusammenzucken lassen, sondern der Hass, mit dem sie mir entgegengeschleudert werden. Abneigung und Ekel liegen in jeder Aussage.

Ich habe nie Zweifel an meiner Lebensweise gehegt. Meine Handlungen sind richtig, zu rechtfertigen. Es ist beinahe arrogant, wie fest ich daran geglaubt habe. Dennoch fällt es mir jetzt schwer, diese Verachtung von mir abperlen zu lassen. Ja, ich ernähre mich von menschlicher Energie. Ich bin ein Raubtier, das ihre Artgenossen einlullt und gnadenlos verschlingt. Aber es ist nichts Falsches daran, sich zu ernähren und für das eigene Überleben zu kämpfen, oder?

Plötzlich treffen mich nicht mehr nur Worte. Als etwas Hartes gegen meine Schulter schlägt, stolpere ich erschrocken zur Seite und drehe mich fauchend nach dem Angreifer um. Statt eines Kriegers entdecke ich ein Kind, das bereits den nächsten Stein in der Hand hält, um ihn nach mir zu werfen. Eine Tat, die beim wütenden Mob schnell an Beliebtheit gewinnt.

Ich schreie auf, als mich ein größerer Stein von der anderen Seite streift. Zähnebleckend will ich zurückweichen, aber es gibt keinen Rückzugsort, an dem ich mich verbergen kann. Die Fesseln wiegen schwer um meine Handgelenke, und der einzige Weg, zu flüchten, ist nach vorn durch die Menge hindurch.

Mein Fänger wirft mir einen fragenden Blick zu, als ich mich an die Hinterläufe seines Pferdes schmiege, bis er versteht, dass ich mich vor dem Steinhagel schützen will. Beinahe wirkt er betreten. Statt etwas zu sagen, treibt er sein Pferd an, sodass wir schneller vorankommen. Ich bin ihm trotz allem dankbar.

Zuvor habe ich selten über die Menschen und meine Rolle in ihrem Leben nachgedacht. Mit dieser Reaktion habe ich jedenfalls nicht gerechnet. Sie zeigt mir deutlich, dass niemand mich gehen lassen würde, wenn es mir gelänge, zu fliehen. Im Gegenteil. Auch mit meiner Magie wäre mir der Weg durch die Stadt verwehrt, denn selbst ich käme gegen diese Menge nicht an.

Mit jedem Schritt werden meine Fluchtchancen geringer, und doch kann ich nur weitergehen.

Willkommen wie ein Sohn

Leif

Meine Heimatstadt ist der schönste Ort der Welt, aber an diesem Tag macht mein Volk meine Aufgabe nicht gerade einfacher. Ich kann den Hass der Stadtbürgerinnen und -bürger auf das Monster hinter mir gut verstehen. Erst gestern ist Jona im Wald verschwunden, wofür sie in meinen Augen zumindest mit verantwortlich ist. Es war eine wichtige Erinnerung an ihre Bösartigkeit. Dennoch würde ich selbst meinem schlimmsten Feind diesen Empfang nicht wünschen. Die anderen Wesen wurden nicht so emotional vom Volk aufgenommen, doch der Hass auf die Eisdämoninnen sitzt am tiefsten. Frin weigert sich trotz des Hasses, ihre hochmütige Haltung abzulegen. Nur ab und an durchbricht ein wütendes Fauchen ihr starres Äußeres.

Die Attacken der Stadtbewohnerinnen und -bewohner verunstalten die Eisdämonin mit jedem Schritt mehr. Die Steine, die sie treffen, hinterlassen schwarz blutende Wunden und dunkelblaue Flecken auf ihrer eigentlich so makellosen und hellen Haut. Nach einer Weile geht die Masse dazu über, Obst und faules Gemüse zu werfen. Niemand schert sich darum, dass mein Pferd sich nicht über Tomatensaft am Hinterteil freuen wird. Der Großteil des Unrats trifft allerdings sein Ziel. Frin sieht mit den roten Tomatenspritzern, dem blauen Pflaumensaft und den vereinzelten Kohlblättern, die in ihrem Haar und ihrer Kleidung hängen, beinahe komisch aus. Wenn ihr tödlicher Blick nicht wäre, könnte ich fast darüber lachen.

Schließlich überwinden wir die letzte Steigung vor dem Schloss und lassen das letzte Haus der Stadt hinter uns, was mich für einen Augenblick entspannen lässt. Auch die Eisdämonin atmet sichtlich auf und beginnt, sich von den Gemüseresten zu befreien. Wenn sie wüsste, dass es an unserem Ziel nur schlimmer für sie wird …

»Ich finde noch immer, dass wir einen besseren Plan haben sollten«, murrt Berion neben mir sichtlich unglücklich.

Seit gestern haben wir nicht mehr darüber gesprochen, wie wir bei unserer Ankunft in Ask vorgehen wollen. Wie wir dem König gegenübertreten sollen. Missbilligend schüttle ich den Kopf.

»Du kennst meine Meinung«, gebe ich hart zurück.

Der alte Heerführer lässt sich nicht von mir einschüchtern, denn er redet weiter auf mich ein: »Dein Vater ist nicht bei Verstand. Wir müssen mit ihm verhandeln, statt die Eisdämonin einfach auszuliefern.«

Ich hoffe, dass mein Gesichtsausdruck dem der wütenden Eisdämonin Konkurrenz macht.

»Deine Worte sind Hochverrat«, zische ich, »also hüte deine Zunge, bevor dich jemand hört und in den Kerker wirft.«

»Was ist Hochverrat?«, zwitschert da eine melodische Stimme.

Für einen Augenblick bin ich überrascht, wie einnehmend die Eisdämonin klingen kann. Doch das ist kein Grund zur Freude. Offensichtlich habe ich Berion zu laut zurechtgewiesen. Das breite Lächeln des Monsters zeigt, wie sehr sie es genießt, uns aus dem Konzept zu bringen.

Ich gebe ihr nicht die Genugtuung einer Antwort, sondern lenke mein Pferd wortlos zum Eingang des Schlosses. Die Wachen, die in das Schwarz und Weiß Askjas gekleidet sind, begrüßen uns mit einem Nicken und lassen uns das Tor passieren. Im Innenhof angekommen, laufen sogleich einige Stalljungen auf uns zu, um uns die Pferde abzunehmen und sich um sie zu kümmern.

Mit einem Blick zur Eisdämonin wünschte ich mir, ich könnte sie wie mein Pferd einfach abgeben. Der neugierige Ausdruck in ihrem Gesicht, als sie den Hof und die Türme des Schlosses musterte, erinnert mich schmerzlich an früher. Vermutlich sucht sie jedoch nur nach einer Fluchtmöglichkeit und prägt sich die Umgebung ein. Erneut steigt Mitgefühl in mir auf, denn ich bezweifle, dass sie das Gelände lebend verlassen wird.

»Ser Leif?«, reißt Malts Stimme mich aus meinen Gedanken, und ich bemerke, dass ich im Gegensatz zu den anderen noch immer auf meinem Rappen sitze.

»Zu sehr in Gedanken?«, spottet die Eisdämonin, als ich absteige und die Zügel einem Stallburschen reiche.

Die Kette, die ihre Fesseln verbindet, behalte ich in der Hand. Die Versuchung ist groß, als Antwort wieder einmal daran zu ziehen und sie zum Stolpern zu bringen. Aber ich reiße mich zusammen und konzentriere mich stattdessen auf den persönlichen Boten des Königs, der in diesem Moment zu uns eilt.

Er verbeugt sich tief vor mir, bevor er mir mitteilt: »Der König erwartet Euch bereits.«

»Setz ein Schreiben für Jonas Familie auf«, fordere ich Malt auf. Ein letztes Mal lasse ich den Blick über meine Truppe schweifen. Wie gerne würde ich wie sie meine Aufgaben hier abgeben. Ein weniger sorgenreiches Leben führen, statt mich dem zu widmen, das nun auf mich wartet.

»Wir sehen uns später«, verabschiede ich mich von ihnen, und nur Berion und die Eisdämonin begleiten mich, als ich dem Boten ins Innere des Schlosses folge.

Zu meiner Überraschung wehrt sich die Gefangene kein bisschen, was gleichermaßen Erleichterung und Misstrauen in mir auslöst.

»Hat der König nun auch die Teppiche verbannt?«, fragt Berion etwas irritiert, als der Bote uns durch die altbekannten Gänge des Schlosses führt.

Erst bei seiner Frage fällt mir auf, dass die prunkvolle Wanddekoration fehlt, die die Legenden Askjas darstellte.

Der Bote zuckt mit den Schultern.

»Der König sagte, er ziehe es vor, die Wand kahl zu lassen, statt sich jeden Tag mit aberwitzigen Fantasiebildern abzugeben.«

Sein unbekümmerter Ton zeigt, wie gewohnt er die Launen meines Vaters bereits ist, woraufhin ich ihn genauer mustere. Ich habe mich nie bemüht, mir die Namen der Boten zu merken, da mein Vater sie dauernd austauscht, sobald er sich über einen ärgert. Dieser hier ist schon fast ein halbes Jahr hier, was seine Unbefangenheit erklärt. Er hat sich an die Launen des Königs gewöhnt.

Viel Zeit, mich zu fragen, wie lange er unseren Hof noch mit seiner Anwesenheit beehren wird, bleibt mir nicht. Vor uns öffnen sich bereits die Flügeltüren zum Thronsaal, hinter denen mein Vater erscheint. Er steht neben dem Thron, die goldene Krone auf dem Kopf, und unterhält sich mit einem Fürsten. Seine gesamte Haltung strahlt Beherrschtheit und Hochmut aus.

Der Bote schluckt sichtlich, als er sieht, dass mein Vater im Gespräch ist, dann wagt er sich in den Saal.

»Eure Majestät«, adressiert er ihn ehrerbietig und verbeugt sich.

Die Miene meines Vaters ist verärgert, als er sich zum Boten dreht, was nichts Gutes für die kommende Konfrontation bedeutet.

»Ser Leif von Ask und Heerführer Berion«, stellt er uns vor, ohne auf unsere Beute einzugehen, und wir treten ein.

Der König dagegen scheint sich weniger für uns zu interessieren. Er mustert uns nur kurz, bevor er die Eisdämonin hinter uns fixiert. Berion wirft mir einen vieldeutigen Blick zu, als König Umber sich versteift und sich seine Finger auf der Lehne des Throns verkrampfen. Viel zu lange starrt er sie an, während die Eisdämonin verwirrt zwischen uns dreien hin- und hersieht.

»Du«, stößt mein Vater schließlich zwischen zusammengebissenen Zähnen hervor, »du Monster!«

Die Eisdämonin zuckt zusammen, und für einen Moment bin ich überrascht, dass sie ihre Gefühle so offen zur Schau stellt. Mein Vater eilt mit großen Schritten durch den Saal und lenkt mich damit von Frin ab. Er ist völlig auf die Eisdämonin fixiert, die bei seinem raschen Näherkommen mehrere Ellen zurückweicht, bis sich die Kette spannt, an der ich sie führe. Kurz möchte ich loslassen. Aber obwohl es mir leidtut, dass sie den Zorn meines Vaters zu spüren bekommt, möchte ich diesen nicht stattdessen auf mich ziehen.

Sie wirft mir einen bösen Blick zu, da ich keine Handbreit nachgebe, dann steht der König schon vor ihr. Ich kann nur seinen Rücken sehen, die angespannten Schultern und Fäuste, doch ich weiß genau, wie seine Miene aussieht. Ich war oft genug selbst im Fokus seiner verärgert glühenden Augen, Zeuge des grausamen Zugs um seinen Mund. Dass die Eisdämonin, die zuvor so unantastbar wirkte, völlig eingeschüchtert zu sein scheint, bestätigt meine Vermutung.

Mein Vater rührt sie nicht an, mustert sie von Kopf bis Fuß.

»Wie kannst du es wagen?«, fragt er dann leise. »Nach all den Jahren?«

Hilfe suchend sieht die Eisdämonin zu mir. Mit einem Kopfschütteln mache ich deutlich, dass ich ganz sicher nicht einschreite. Die Erkenntnis, auf sich allein gestellt zu sein, lässt ihren Stolz wie einen Schutzschild zurückkehren. Selbstbewusst richtet sie sich auf, keinen Augenblick zu spät, um mit diesem neuen Mut der Wut des Königs entgegenzutreten.

»Wie kannst du es wagen«, wiederholt mein Vater noch lauter und aggressiver, »an meinen Hof zurückzukehren, du widerwärtiger Abschaum?«

Es beeindruckt mich, wie sie ein spöttisches Lächeln in ihr Gesicht zwingt und dann die Fesseln hebt.

»Meine Entscheidungsfreiheit war eingeschränkt«, antwortet sie süffisant und zuckt nicht mit der Wimper, als der König ihr daraufhin eine heftige Ohrfeige verpasst.

Der harte Knall hallt durch den Thronsaal, und sie stolpert zur Seite, richtet sich aber sofort wieder auf und erwidert seinen Blick wie eine Ebenbürtige.

»Du verlogenes Scheusal!«, grollt mein Vater. »Wärst du bloß gestorben wie der Rest deiner Familie!«

Überraschung tritt in ihre Augen, doch sie ist nicht so unbedacht, als dass sie nachfragen würde. Der König lässt von ihr ab und wendet sich mir zu.

»Warum *sie*?«, fragt er schlicht.

Im Gegensatz zu der Eisdämonin biete ich ihm nicht die Stirn, sondern versinke in einer tiefen Verbeugung.

»Eure Hoheit, sie war die erste Eisdämonin, die wir fassen konnten«, erläutere ich und berichte von dem überraschenden Angriff am Nyvollpass. »Bitte verzeiht, dass es ausgerechnet diese ist.«

Berion räuspert sich neben mir.

»Wir hielten es für richtig, Emotionen außen vor zu lassen und das zu nutzen, was das Schicksal uns angeboten hat. Die Vergangenheit ist vorbei, und das Wesen hinter uns ist nicht mehr als ein Ungeheuer, das Ihr für Eure Zwecke nutzen könnt. Egal, welche Gestalt es hat.«

Ich wage es, den Blick zu heben, und stelle erleichtert fest, dass sich das Gesicht meines Vaters glättet. Trotz seines Temperaments kann selbst er sich nicht dagegen verschließen, wie einleuchtend unsere vorgebrachten Argumente sind.

»Nun gut«, bringt er zwischen zusammengebissenen Zähnen hervor. »Ihr habt recht, Heerführer. Sie ist nichts als ein Monster, egal, wessen Gesicht sie trägt. Nur eine Erinnerung daran, was geschieht, wenn ich Askja nicht retten kann.«

Wie jedes Mal, wenn er eine dieser kryptischen Andeutungen von sich gibt, will ich nachfragen, was genau mein Vater meint. Wie er Askja retten will, und wovor. Doch ich habe gelernt, dass es besser ist, nicht auf einer Antwort zu beharren. Ich hege nicht den Wunsch, erneut für meine Neugierde ausgepeitscht zu werden.

»Bringt sie in den Kerker«, befiehlt der König. »Leif, du wirst dich um sie und die anderen kümmern.«

Damit sind wir entlassen, und er winkt den Fürsten zu sich, um das Gespräch von eben fortzuführen. Langsam löse ich mich aus meiner Verbeugung und will mich abwenden, als Berion mich stoppt.

»Eure Majestät«, spricht er meinen Vater erneut an, wobei er meinen offenkundigen Unmut ignoriert, »wie geht es nun weiter?«

Der König betrachtet ihn kurz, dann seufzt er.

»Morgen wird das erste Ritual stattfinden. Bringt alle drei am Abend zu mir ins Arkanum.«

Die Erwähnung des Ortes, an dem mein Vater seine magischen Rituale durchführt, erschüttert mich weiter. Einst war sein Arkanum ein friedlicher Hinterhof voller Blumen, heute meide ich den Platz, der inzwischen eine düstere Atmosphäre ausstrahlt.

Berions Tapferkeit beeindruckt mich, denn immer noch gibt

er sich nicht zufrieden. Obwohl der König in eindeutiger Manier mit der Hand wedelt, fährt er fort: »Das meinte ich nicht, Eure Hoheit. Was sind Eure Pläne für Ser Leif?«

Mein Vater runzelt die Stirn, und ich schüttle kaum merklich den Kopf in Richtung des Heerführers. Ja, der König hat mir ein Versprechen gegeben. Eine Belohnung in Aussicht gestellt, sobald wir die Eisdämonin gefangen haben. Ich bin sicher, dass er das nicht vergessen hat, sondern offensichtlich noch nicht darüber reden will. Es ist kein günstiger Moment, ihn damit zu konfrontieren, vor allem nicht im Beisein eines Adligen, einer Eisdämonin und der zahlreichen Wachen um uns herum.

»Was soll ich mit ihm vorhaben?«, entgegnet mein Vater gereizt. »Ich habe ihm meine Befehle bereits erteilt.«

»Bezüglich seiner Legitimation«, stellt Berion unbeirrt klar. »Eure Majestät haben gelobt, ihn nach Ablieferung des letzten magischen Wesens als Euren Erben und Thronfolger zu legitimieren und die Zustimmung des Kaisers in Myredal dafür einzufordern. Wann gedenkt Ihr, dies zu tun?«

Die Augen des Königs blitzen, und seine Wangen färben sich rot vor Wut.

»Habt Ihr vergessen, wer vor Euch steht? Wie könnt Ihr es wagen, mich infrage zu stellen?«, fragt er entrüstet. »Ihr seid nicht mehr als ein Heerführer, Lord Berion, erinnert Euch daran. Ihr seid ersetzbar, wenn Ihr Euch zu viel herausnehmt. In Anbetracht Eures langen Dienstes für die Krone will ich dieses Mal darüber hinwegsehen. Aber lasst eine derartige Frechheit nicht ein weiteres Mal vorkommen. Ihr dürft die Nacht im Kerker verbringen, bis Ihr wieder bei klarem Verstand seid.«

Diese Bestrafung schockiert mich, schließlich ist unser Kerker alles andere als einladend. Berion ist zu alt, um eine Nacht hinter den frostigen Mauern zu verbringen. Aber meinem Vater zu widersprechen, hat keinen Sinn. Wenigstens ist es nur eine einzige

Nacht, beruhige ich mich, und ich werde ihm Decken und eine Mahlzeit bringen …

Mein Vater wendet sich mir unvermittelt zu.

»Und nun zu dir«, richtet er das Wort an mich, nach wie vor erbost. »Du weißt, ich halte meine Versprechen. Sobald diese Monster ihren Zweck erfüllt haben, werde ich dem Kaiser einen Boten schicken. Nicht eher und nicht später.«

Beim letzten Mal hieß es, dass er mich mit der Übergabe des letzten magischen Wesens als Erben einsetzen würde. Doch daran erinnert ihn in diesem Moment besser niemand. Mein Vater bleibt Segen und Fluch zugleich: Sein Blut wird es mir eines Tages ermöglichen, Askja zu regieren und in eine bessere Zukunft zu führen. Irgendwann werde ich alle Fehler, die er in seiner Regierungszeit begangen hat, beseitigen und unserem Volk helfen. Ich werde jede und jeden Einzelnen von Armut und Hunger befreien, ihnen Bildung ermöglichen, das Reich sicher machen. So viele große Pläne, die ich dank meiner Herkunft eines Tages verwirklichen werde. Und doch verhindert der König gleichzeitig all meine Visionen, da er meine Legitimation als Druckmittel verwendet. Da ich als unehelicher Sohn geboren wurde, benötige ich die Erlaubnis des Kaisers, um als Erbe anerkannt zu werden. Ohne die Akzeptanz unseres Lehnsherrn auf dem Kontinent werde ich nie regieren. Doch nur mein Vater kann die Nachfolge beantragen.

Es ist sinnlos, weiter darüber zu diskutieren, also wende ich mich ab, als der König uns mit einer Handbewegung fortschickt. Ich ziehe die Eisdämonin hinter mir her in Richtung der Kerker, während zwei Wachposten Berion in Gewahrsam nehmen und uns folgen.

Magisch wie das Wasser

Frin

Kaum dass wir außer Hörweite des Thronsaals sind, überschüttet mein Fänger den Alten mit Vorwürfen.

»Musste das wirklich sein, Berion?«, verlangt er zu wissen. »Du konntest dir denken, wie mein Vater reagiert!«

Ich blende sein Zetern aus und verdränge den Gedanken an den Kerker, der schlimm sein muss, wenn Leif sich so darüber aufregt, dass der Alte dort eine einzige Nacht verbringt.

Stattdessen präge ich mir den Weg genauestens ein und versuche, mich dabei nicht zu sehr von der prunkvollen Einrichtung des Schlosses ablenken zu lassen. Die hohen, ornamentverzierten Wände und Decken strahlen eine zeitlose Eleganz aus. Die dicken Teppiche auf dem Boden sind mit zahlreichen faszinierenden Webmustern geschmückt, und überall hängen Fackeln, deren Halter mit metallenen Schnörkeln eher spielerisch als funktional wirken. Riesige Fenster geben den Blick frei auf die Stadt unter uns in der einen Richtung und den imposanten Berggipfel in der anderen Richtung.

Für mich bedeutet Schönheit eigentlich etwas anderes: die filigranen Eismuster der Schneeflocken am Fjoraberg, der unendliche Winter mit seiner vertrauten Kälte, das Glitzern der Sterne am Himmel und das Flackern der Polarlichter, die sich im ewigen Eis des Sees spiegeln.

Hier im Palast strahlt jede Fackel Licht und Wärme aus. Hinter jeder Tür spüre ich die Hitze eines Feuers im Kamin. Mal höre ich Lachen, mal Gesang, mal gedämpfte Gespräche. Hinter einer Tür hören wir ganz andere Geräusche, woraufhin Leif seinen Vortrag gegenüber dem Heerführer unterbricht und errötet. Den peinlich berührten Blick, den er mir zuwirft, erwidere ich mit einem zuckersüßen Lächeln.

All das hier müsste mir unangenehm sein: die Menschen, die Helligkeit, die Temperatur. Und doch fühlt es sich vertraut und seltsam verlockend an. Der Palast ist völlig anders als der Fjoraberg, aber dennoch löst es das gleiche Gefühl in mir aus, das der Heerführer vorhin beschrieben hat.

Heimkehr.

Das Gefühl verwirrt mich. Kopfschüttelnd schiebe ich die irritierenden Gedanken beiseite und konzentriere mich wieder darauf, den Aufbau des Schlosses zu verstehen.

Vom Eingang aus ging es auf geradem Weg zum Thronsaal, nach dem unerfreulichen Gespräch mit dem König müssen wir einen Teil davon wieder zurück, bevor wir abbiegen und mehrere Treppen hinabsteigen. Mit jedem Stockwerk, das mein Fänger mich tiefer in den Berg hineinführt, wird es kälter, die Geräusche von anderen Menschen geringer und die Fackeln spärlicher. Schließlich folge ich ihm und seinen Begleitern durch einen langen, düsteren Gang, dessen raue Steinmauern wenig mit dem polierten Granit des Schlosses über uns gemein haben. Wir kommen zu einem vergitterten Tor, an dem fünf Wachen postiert sind, die sich beim Anblick meines Fängers erheben und salutieren.

Auch der alte Mann entlockt ihnen eine Reaktion: Schock.

»Heerführer, was tut Ihr hier?«, stammelt eine Frau.

»Befehl des Königs«, erklärt eine der Wachen, die uns begleitet haben, entschuldigend.

Der Wachmann wirkt angespannt, als hätte er ein schlechtes Gewissen.

»Wir bringen ihn direkt am Eingang unter, wo es am wärmsten ist«, verkündet Leif. »Habt ihr Decken hier? Vielleicht etwas Tee?«

»Du bist schlimmer als eine Glucke«, bemerkt der alte Mann beleidigt. »Nicht mal meine Frau würde sich so sehr um mich sorgen.«

Leif wirft ihm einen strengen Blick zu, der ihn zu meiner Überraschung zum Schweigen bringt. Unterdessen überschlagen sich die Wachen geradezu, seinen Wünschen nachzukommen.

»Er kann meinen Mantel haben«, verkündet der eine und zieht ebenjenen in heldenhafter Manier aus.

»Ich kümmere mich um den Tee!«, ruft die Frau, die ihn als Erste erkannt hat, und verschwindet in einem nahe gelegenen Raum.

»Irgendwo müssten wir Decken haben …«, teilt ein anderer mit und marschiert ihr zielstrebig hinterher.

Der Heerführer selbst schüttelt den Kopf und tritt auf das Gitter zu.

»Könnt ihr aufhören, so einen Aufstand zu machen, und mich endlich in meine Zelle lassen?«, grummelt er. »Es ist nur eine Nacht, so schlimm wird es schon nicht sein.«

Eine Wache springt beinahe auf uns zu, um ihm das Tor aufzuschließen, was mich ein wenig mit Neid erfüllt. Wenn ich so einen Einfluss auf diese Menschen hätte, wäre es ein Kinderspiel, sie zu überreden, mir bei der Flucht zu helfen. Aber im Gegensatz zum Heerführer ernte ich angeekelte und misstrauische Blicke.

»Ich mache euch persönlich dafür verantwortlich, dass es dem Heerführer gut geht«, lässt Leif die Wachen wissen und mustert jede und jeden von ihnen, bevor er sich eine Fackel von der Wand nimmt und an Berion vorbei durch das nun offene Tor schreitet.

Der Zug an meiner Kette lässt mir keine Wahl, als zu folgen, und so betreten wir gemeinsam den Kerker.

In nur wenigen Schritten haben wir den Trubel am Eingang hinter uns gelassen und spüren die eisige Kälte, die in diesem Gewölbe herrscht. In dem Gang, der links und rechts von vergitterten Zellen gesäumt ist, hängt keine einzige Fackel. Je tiefer wir vordringen, desto surrealer erscheinen die lebhaften Wachposten am Eingang und die Gemütlichkeit des Schlosses über uns. An den metallenen Stäben der Gitter glänzt das Eis im Mondlicht, das durch schmale Schlitze in den Wänden der Zellen hereindringt. Der Boden ist spiegelglatt, und trotz der Kälte riecht es nach Moder, was vermutlich von dem Stroh kommt, das in einigen Zellen herumliegt, und mich die Nase kräuseln lässt.

»Du kannst von hier nicht fliehen«, informiert mich mein Fänger tonlos.

Scheinbar hat er bemerkt, wie interessiert ich die Schlitze an der Wand betrachte. Wenn ich die Fesseln loswerde und mich in eine Schneeflocke verwandle, wäre es ein Kinderspiel, dort hindurchzugleiten …

»Das Schloss ist mit einer magischen Barriere geschützt, die Eindringlinge abhält und die es unmöglich macht, den Kerker zu verlassen. Außer natürlich durch die dafür vorgesehenen Ausgänge«, fährt er fort und zerschlägt damit meine Hoffnung.

Gleichzeitig weckt es meine Neugierde. Wie kommen die Menschen dazu, einen derartigen Zauber auf ihr Zuhause zu legen? Ich wusste bislang nicht einmal, dass sie überhaupt Magie wirken können. Zudem sprach er von *Ausgängen* im Plural …

Bevor ich nachhaken kann, kommen wir um eine Biegung.

Die Gitter der Zelle dahinter sind nicht aus Eisen wie die davor, sondern aus demselben golden schimmernden Material wie meine Fesseln. Dahinter schauen zwei Frauen überrascht zu uns auf.

»Was …?«, murmle ich, als mein Fänger auch schon die Zelle aufgeschlossen hat und mich hineinschiebt.

Ich bin so auf die beiden anderen fokussiert, dass ich über eine Unebenheit im Steinboden stolpere und hart auf einem Haufen Stroh lande.

»Benehmt euch!«, befiehlt Leif. Er schließt die Tür ab, und ich höre, wie sich seine Schritte entfernen.

Schluckend rapple ich mich auf und werfe einen weiteren Blick auf meine Zellengenossinnen. Als ich erkenne, was sie sind, fauche ich und weiche so weit zum Gitter hinter mir zurück, dass ich die Stäbe im Rücken spüre.

»Hat sie etwa Angst?«, fragt die Sirene zu meiner Linken verwirrt.

Sie sitzt in einem mit Wasser gefüllten, eckigen Glaskasten, dessen Kanten aus dem gleichen Metall gefertigt sind wie meine Fesseln. Ihr golden geschuppter Fischschwanz ist so lang, dass die spitzen Flossen am Ende des Kastens aus dem Wasser herausragen. Zu meiner Überraschung sind ihre hellblonden Haare trocken, was ich bei einer Sirene nicht erwartet hätte. Der Umstand erklärt sich schnell dadurch, dass ihre Hände ebenso wie meine in Fesseln stecken. Ihre sind an den Rand der gläsernen Badewanne gefestigt worden, sodass ihre Bewegungsfreiheit noch stärker eingeschränkt ist als meine. Aus großen grauen Augen starrt sie mich neugierig an.

Die andere Frau lacht leise.

»Sie fürchtet sich nicht vor dir, sondern vor mir«, bemerkt sie spöttisch, und ich zucke zusammen, als sie die Hand nach mir ausstreckt.

»Bleib, wo du bist!«, fordere ich und sehe mich nach einem

Fluchtweg um. Aber unsere Zelle ist klein, und es gibt nicht einmal eine Versteckmöglichkeit.

Wenn ich meine Magie hätte, wäre ich ebenso gefährlich für sie wie sie für mich, so aber …

Die Najade seufzt und streicht sich das rote Haar aus dem Gesicht.

»Ich wünschte, deine Angst wäre gerechtfertigt, doch du kannst dich entspannen: Ich bin hier genauso machtlos wie du.«

Zum Beweis hebt sie die Hände, die in den gleichen Fesseln stecken wie meine. Jetzt bin ich froh über den Effekt des Metalls, unsere Magie zu unterdrücken, denn in diesem Moment rettet es mir wohl das Leben. Etwas beruhigt mustere ich die Frau genauer, die allein ihrer Wesensart wegen meine größte Feindin ist.

Ihr grau gesträhntes rotes Haar fällt ihr bis zu den Hüften, und mit ihren blauen Augen begegnet sie mir höhnisch. Sie ist nicht so stark in ihrer Bewegungsfreiheit eingeschränkt wie die Sirene, aber auch sie wird mir nicht viel näher kommen können. Unter ihren bloßen Füßen erkenne ich eine schwarze, aus Obsidian gefertigte Steinplatte, aus der Wasserdampf aufsteigt. In dichten Wolken gleitet er ihr zerfetztes silbernes Kleid empor. Die Platte muss verzaubert sein, um das für die Najade lebenswichtige Gas auszustoßen. Seine Wärme rettet sie vor dem Erfrieren, da sie ohne ihre Magie der Kälte wenig entgegenzusetzen hätte. Im Gegensatz zu Eisdämoninnen schätzen Najaden und Sirenen die Kälte Askjas wenig.

»Damit hat der König alle Seelenräuberinnen beisammen«, meint die Sirene nachdenklich. »Nun werden wir herausfinden, was er mit uns vorhat.«

Auch das Salzwasser, in dem sie ruht, muss mit einem Zauber belegt sein, ansonsten wäre es in der Eiseskälte des Kerkers längst gefroren. Zum ersten Mal denke ich, Glück im Unglück zu haben: Als winterliebende Eisdämonin brauche ich keinen Hitzestein, kein Wasserbecken für Flossen. Im Gegensatz zur Sirene und Najade kann ich mich frei bewegen. Abgesehen von meinen Fesseln …

Dann verstehe ich endlich ihre Worte.

»Wie meinst du das?«, hake ich nach. »Woher weißt du, dass der König eine Najade, eine Sirene und eine Eisdämonin benötigt?«

Unsere drei Arten sind allgemein als Seelenräuberinnen bekannt, weil wir Menschenleben stehlen, um uns zu ernähren. Wir leben an völlig unterschiedlichen Orten – die Najaden in den Quellen, die Sirenen im Meer, wir Eisdämoninnen im Schnee und Eis des Firnisgebirges. Dennoch ist unsere Magie ähnlich, hängt mit Wasser, Nebel oder Schnee zusammen. Und der Preis ist derselbe: Wir sind alle Mörderinnen.

Die Sirene lächelt sanft.

»Nicht nur uns braucht er«, entgegnet sie. »Aber sein Vorhaben, drei von uns zu fangen, war nicht schwer zu erraten, als Lava hier ankam.«

Sie nickt in Richtung der Najade, deren Gesichtsausdruck noch immer ablehnend ist.

»Nun hör endlich auf«, weist die Sirene sie scharf zurecht. »Wir sitzen alle drei im selben Boot, und es ist keines, das ich zum Kentern bringen kann. Also reißt euch zusammen und vergesst eure Feindschaft.«

Diese Situation ist so surreal. Nie hätte ich gedacht, dass ein Mensch mich gefangen nehmen könnte – und noch weniger, dass er mich auf engstem Raum mit einer Najade und einer Sirene zusammenpferchen könnte. Die beiden Wesen würden einer Eisdämonin in Askja als Letztes begegnen. Nach dem Pech bei meiner Flucht hätte ich nie gedacht, in meinem Leben erneut auch nur Spuren einer Najade zu sehen. Dafür sind sie viel zu selten, aber hier steht sie. Auch der Sirene wäre ich unter normalen

Umständen niemals begegnet. Ihre Art lebt weit vor der Küste Askjas im Meer, und jede Eisdämonin würde sich hüten, mit so viel Wasser in Berührung zu kommen. Schließlich sind wir Kreaturen aus Schnee, der trotz unserer Magie im Meer irgendwann schmelzen würde.

Und doch haben wir alle etwas gemeinsam: die Jagd auf Menschenleben.

»Der König fängt die magischen Kreaturen Askjas«, erklärt die Sirene. »Aus dem, was ich von den Wachen mithören konnte, schließe ich, dass er uns für ein Ritual benötigt. Mehr konnte ich nicht herausfinden.«

Ihr sanftes Lächeln wirkt entschuldigend, und obwohl ich noch immer misstrauisch bin, beschließe ich, dass ich ihr vertrauen kann. Langsam lasse ich mich an der Wand der Kerkerzelle zu Boden sinken. Meine Füße sind von den langen Stunden des Laufens wund und erschöpft.

»Ich bin Frin«, stelle ich mich vor, woraufhin sich die Mundwinkel der Sirene weiter heben.

»Adelaide«, nennt sie ihren Namen und sieht dann auffordernd zur Najade.

Diese schnaubt entrüstet, gibt dann aber doch klein bei.

»Lava«, verkündet sie stolz.

Gerade will ich mit einer belanglosen Floskel antworten – so etwas wie: »Schön, euch kennenzulernen«, obwohl nichts an dieser Situation schön ist –, als plötzlich ein tiefes, markerschütterndes Brüllen durch den Kerker hallt. Entsetzt springe ich auf und sehe mich nach dem Angreifer um, während die anderen beiden nur müde zu mir aufblicken.

»Du bist ja schreckhaft«, stichelt die Najade, woraufhin Adelaide mit etwas Wasser nach ihr spritzt.

»Muss ich dich daran erinnern, wie du dich während deiner ersten Nacht hier verhalten hast?«, fragt sie erbost.

Erneut ertönt das schmetternde Brüllen durch den Kerker. Diesmal länger und ... schmerzvoller?

»Keine Angst«, beschwichtigt die Sirene in meine Richtung, als es wieder verstummt. »Er wird uns nicht angreifen. Sie haben ihn ebenso in Ketten gelegt wie uns.«

Erschüttert blicke ich von ihr durch die Gitterstäbe zum Ende des Gangs, aus dessen Richtung das Brüllen kam. Ich kann und will es nicht glauben. Die Menschen haben nicht wirklich ...

»Ja, es ist ein Eisdrache«, bestätigt Lava meine Befürchtung mit kaum verhohlener Wut in der Stimme. »Ein junges Männchen, gerade erst flügge geworden. Das erklärt vermutlich, wie sie es fangen konnten. Sie haben ihn vor einer Woche hierhergeschleift. Wir konnten den Drachen und seine Wachen sogar von hier erspähen.«

Sie macht eine Handbewegung zu dem Lichtschlitz in der Wand, der die Umgebung nur unwesentlich erhellt. Aber wenn sie schon über eine Woche lang hier ist, haben sich ihre Augen vermutlich an die Dunkelheit gewöhnt. Bestimmt werde auch ich lernen, mit dem auszukommen, was diese düstere Zelle zu bieten hat.

»Einen Eisdrachen einzusperren ...«, murmle ich, breche den Satz jedoch ab.

Was will ich sagen? Dass es ein Verbrechen ist, einem so mächtigen und wilden Geschöpf die Freiheit zu nehmen? Dass ich nie geglaubt hätte, dass die Menschen eine derartige Untat wagen würden?

Offensichtlich haben sie es ebenfalls auf sich genommen, eine Sirene, eine Najade und eine Eisdämonin zu fangen. Ich habe unsere Nahrungsquelle unterschätzt: Die Menschen sind bei Weitem nicht so zahm und harmlos, wie ich letzte Woche noch dachte. Ginge es nur um uns drei, würde ich glauben, dass die Menschen Rache an uns nehmen wollen. Denn jede von uns hat sicherlich schon viele von ihnen ermordet. Aber ein Drache stiehlt keine Leben, sondern ernährt sich wie ein gewöhnliches Raubtier vom Fleisch der Wildtiere. Er ist eine natürliche Kreatur, beherrscht kaum Magie, bis auf das eisige Feuer, das er speit. So kommt er mit den Menschen kaum in Berührung, schadet ihnen nicht … Ich verstehe diese Welt nicht mehr.

Ob die Menschen auch noch einen Eistroll gefangen nehmen werden? Aber die riesenartigen, aufbrausenden Wesen sind selten. Die Handvoll Trolle, denen ich bisher im Firnisgebirge begegnet bin, dürften schwieriger anzulocken sein als ein Eisdrache. Gerade um diese Zeit, wenn sie Winterschlaf halten. Erst dann geht mir auf, was wir Seelenräuberinnen und der Eisdrache gemeinsam haben: die Verbindung zur Magie, die die Eistrolle nicht teilen. Trotz ihrer großen Gestalt und ihrer Immunität gegen Kälte könnten sie beinahe menschlich sein, denn sie beherrschen keine Zauber oder andere ungewöhnliche Kräfte.

Auch ohne Eistroll sind damit alle magischen Wesen der Insel gefangen. Was auch immer die Menschen mit uns vorhaben, es kann nichts Gutes sein.

Verlockend wie
eine Seelenräuberin

Leif

»Vater, bitte.«

Der König sieht mich nicht an, während ich vor ihm auf dem Boden knie und um das Leben meines Mentors flehe. Das königliche Schlafzimmer ist bis auf uns beide leer. Nur das Prasseln des Feuers im Kamin durchbricht die angespannte Stille, während ich auf seine Antwort warte. Mein flehender Unterton und mein demütiges Verhalten scheinen ihn tatsächlich milde zu stimmen.

»Nun gut«, gibt er nach, »Lord Berion sollte seine Lektion inzwischen gelernt haben.«

Das ist alles, was ich brauche. Mit einer hastigen Verbeugung erhebe ich mich und stürme aus seinen Räumlichkeiten, um zurück zum Kerker zu marschieren. Berion wäre verärgert, wenn er wüsste, dass ich mich so um seinetwillen statt um mein Erbe bemüht habe. Doch seine Gesundheit wird es mir danken. Obwohl er in meinen Erinnerungen stets der starke, unbeugsame Heerführer ist, sieht die Realität anders aus. Inzwischen kann er nicht mehr vor mir verbergen, wie das Alter seinen Körper schwächt und wie sehr es ihn schmerzt, an einem kalten Wintertag aufzustehen. Es gab schon jüngere Männer, die nach einer Nacht im Kerker an einer Lungenentzündung erkrankt und verstorben sind. So will ich Berion nicht verlieren.

»Und?«, fragt die Wache am Kerker besorgt.

Mein Nicken lässt ihre Schultern erleichtert nach unten sacken, und sie schließt sofort das Tor auf. Ein weiterer Wachposten begleitet mich zu Berions Zelle.

Der Heerführer liegt auf einem Haufen Stroh, mit einem Mantel und einer Decke bedeckt, und hat die Augen geschlossen. Für einen Moment befürchte ich das Schlimmste, dann räuspert er sich und setzt sich auf.

»Ist denn schon Morgen?«, will er verwirrt wissen, als ich ihm meine Hand anbiete, um ihm hochzuhelfen.

»Der König lässt Gnade walten«, informiere ich ihn, und Berion schüttelt empört den Kopf.

»Junge, was hast du schon wieder angestellt?«, fragt er. »Eine Nacht im Kerker hätte mir schon nicht geschadet.«

Dennoch lässt er zu, dass ich ihn hochziehe, und klopft sich das Stroh von der Hose.

»Mirya hätte mich einen Kopf kürzer gemacht, wenn ich nicht alles gegeben hätte, um dich hier rauszuholen«, erkläre ich.

Bei der Erwähnung seiner Frau schnaubt Berion, aber ich weiß genau, dass der Gedanke ihn besänftigt. Außerdem habe ich nicht gelogen – selbst heute habe ich noch Albträume von ihren Drohungen, dass sie mir den Hintern versohlt, wenn ich nicht brav bin.

Kopfschüttelnd verlässt Berion den Kerker. Als ich Anstalten mache, ihm zu folgen, wirft er mir einen strengen Blick zu.

»Ich bin hoffentlich nicht der einzige Grund, der dich nach hier unten geführt hat«, meint er und macht eine Handbewegung, die mich innehalten lässt.

Er wartet, bis ich mir von der Wache einen Trinkschlauch geben lasse. Zufrieden, dass ich auch meinen Aufgaben nachgehe, geht er endlich davon.

Widerwillig drehe ich mich um und blicke in die Schwärze des Gangs, an dessen Ende die menschenfressenden Monster lauern. Ich will mich ihnen und den Zweifeln, ob ihre Gefangenschaft richtig ist, nicht stellen. Aber ich darf sie auch nicht verhungern lassen. Seufzend marschiere ich mit erhobener Fackel den Gang entlang. Obwohl ich weiß, dass die magischen Frauen eingesperrt sind, sehe ich mich aufmerksam im düsteren Gang des Kerkers um.

»Prinzling«, gurrt die rothaarige Najade, als ich abbiege und die Zelle der drei in Sichtweite kommt.

Auch die Seejungfrau setzt sich auf und mustert mich aus ihren unschuldig wirkenden großen Augen. Frin dagegen liegt kraftlos auf dem Strohballen in der Ecke. Ihr graues Haar hat sich in den Halmen verfangen, ihre Lider sind geschlossen. Im Schlaf wirkt sie beinahe zerbrechlich, und ich verspüre das irrationale Bedürfnis, sie zuzudecken.

Nicht, dass eine Eisdämonin jemals Schutz gegen den Frost benötigen würde.

»Ist es wieder Zeit für die Raubtierfütterung?«, fragt die Najade zynisch, als ich stumm die beiden Beutel mit Pflanzenextrakten von meinem Gürtel löse und sie in den Trinkschlauch fülle.

Ich reagiere nicht auf ihre Worte, spiele aber kurz mit dem Gedanken, diese Nervensäge nicht zu nähren.

Die Rothaarige macht einen Schmollmund und zupft dann in eindeutiger Manier ihr Kleid zurecht, um meinen Blick auf ihre Brüste zu lenken. Wie es sich für ihre Art gehört, ist sie eine Schönheit. Dennoch gehe ich nicht darauf ein, denn ich weiß noch zu gut, wie tödlich Frins Anziehungskraft auf mich am Nyvollpass beinahe geendet hätte.

»Wenn du uns hier herauslässt, könnten wir deine kühnsten Träume wahrmachen«, lockt die Najade. »Bei drei so schönen Frauen wie uns ...«

Ich verdrehe die Augen, und die Sirene spritzt mit Wasser nach ihr, woraufhin die Najade beleidigt die Arme verschränkt. Frin liegt zwischen den beiden und scheint ebenfalls ein paar Tropfen abbekommen zu haben, denn jetzt öffnet sie blinzelnd die Lider und gähnt kräftig.

Als sie mich bemerkt, klappt sie ihren Mund jedoch sofort wieder zu, und alle Anzeichen von Müdigkeit sind verschwunden. Wie immer ist der Ausdruck in ihren Augen bedrohlich, obwohl er weicher wird, als sie den Trinkschlauch in meiner Hand bemerkt. Hungriger.

»Oh, falls sie eher dein Typ ist, ist sie sicherlich auch willig, sich für unsere Freiheit einzusetzen«, schlägt die Najade gönnerhaft vor und erntet irritierte Blicke von Frin und mir.

Die Sirene prustet belustigt.

Ich schüttle den Kopf und konzentriere mich wieder darauf, den Trinkschlauch vorzubereiten. Dabei ignoriere ich die drei gekonnt. Als ich das Nährgetränk fertiggestellt habe und wieder aufblicke, steht Frin plötzlich direkt vor mir. Stumm streckt sie die Hand nach dem Schlauch aus, und für einen Moment durchzuckt mich der verrückte Wunsch, sie würde mich und nicht die Nahrung so begierig ansehen.

»Es muss für euch alle drei reichen«, warne ich.

Sie presst unglücklich die Lippen aufeinander, nickt jedoch. Mir ist selbst schleierhaft, warum ich ihr vertraue und ihr das angereicherte Wasser gebe. Die letzten Male habe ich den Schlauch persönlich an den Mund der anderen beiden geführt, sodass sie nicht mehr trinken konnten, als ihnen zusteht. Dafür musste ich allerdings in ihre Zelle. Da die Najade an den Hitzestein und die Sirene an den Wasserkasten gefesselt sind, war das Risiko gering.

Frin hingegen ist durch ihre Fesseln kaum eingeschränkt. Zwar wird sie mich ohne ihre Magie kaum überwältigen können, aber man weiß nie …

Wenn ich ehrlich bin, schüchtert sie mich aus anderen Gründen ein.

Die Eisdämonin zieht den Trinkschlauch vorsichtig zwischen den Gitterstäben hindurch. Zu meiner Überraschung trinkt sie nicht direkt daraus, sondern geht zu der Sirene, um ihn ihr zu reichen. Ich hätte nicht gedacht, dass ein Monster wie sie anderen den Vortritt lassen würde.

»Soll ich dir helfen?«, fragt sie in einem freundlichen Ton, den ich nie zuvor von ihr gehört habe.

Die Sirene versucht gerade in einer verrenkten Position, mit dem Mund an den Schlauch in ihren gefesselten Händen zu kommen. »Ich kann das«, erwidert sie trotzig, und es gelingt ihr tatsächlich, aus dem Schlauch zu trinken.

Frin zuckt bloß mit den Achseln. Diesen Anflug von Stolz scheint sie nur zu gut zu verstehen. Das legen zumindest die Erfahrungen aus den letzten Tagen mit ihr nahe …

Geduldig wartet sie, bis die Seejungfrau mehrere Schlucke genommen hat. Die Verwandlung des magischen Wesens ist verblüffend. Eben war sie schon schön, nun strahlt sie regelrecht. Ihr blondes Haar schimmert golden, die Schatten unter ihren Augen verschwinden, und niedliche Sommersprossen lenken den Blick auf ihre Stupsnase. Der lange Fischschwanz könnte abstoßend sein, aber die Art, wie er glitzert und ihre Figur betont, verstärkt ihre Attraktivität nur weiter. Sie lächelt kokett, als sie meinen Blick bemerkt, dann gibt sie den Schlauch Frin zurück.

Diese sieht unschlüssig zwischen dem Getränk und der Najade hin und her, die zur Abwechslung mal nicht hämisch grinst, sondern flehend dreinschaut. Die Eisdämonin seufzt, dann reicht sie der Najade den Schlauch, die ihn überrascht annimmt.

Statt ihr ebenfalls Hilfe anzubieten, kehrt sie zu mir ans Gitter zurück und mustert mich eindringlich, als wolle sie meine Gedanken lesen.

»Was habt ihr mit uns vor?«, verlangt sie, zu wissen.

Sie streicht sich die Haare zurück und lenkt damit meine Aufmerksamkeit auf ihre verletzte Schulter. Obwohl ich kein Mitleid mit einer Bestie wie ihr haben will, plagen mich Schuldgefühle. Auf ihre Frage bleibe ich eine Antwort schuldig und schüttle nur den Kopf.

»Du bist dran, Frin«, richtet die Najade das Wort an sie.

Es kostet sie sichtlich Überwindung, sich vom Trinkschlauch zu lösen und ihn Frin zu überlassen. Auch das Äußere der Najade ist vom nährenden Extrakt der Nachtlilie verbessert worden. Doch das alles tritt für mich in den Hintergrund, als ich beobachte, wie Frin die letzten Tropfen der Flüssigkeit zu sich nimmt.

Tiefes Schwarz schwappt wie eine Welle über ihre Haare und verdrängt jeden Rest von Grau. Die Wunde an ihrer Schulter verschließt sich, sogar der Schmutz der Straße und der Unrat, mit dem die Stadtbewohnerinnen und -bewohner nach ihr geworfen haben, verschwinden. Die Risse in ihrem Kleid flicken sich von selbst, und statt einer abgekämpften Figur steht plötzlich wieder eine eindrucksvolle Eiskriegerin vor mir, deren gesamte Gestalt Ehrfurcht fordert und gleichzeitig Sehnsucht in mir auslöst. Ich fühle mich an den Moment vor drei Tagen zurückversetzt, als ich ihrer Schönheit beinahe erlegen wäre. Für einen Augenblick gibt es nichts, was begehrenswerter ist als diese Frau.

Das Kichern der Najade durchbricht den Zauber wie ein Schwall kaltes Wasser. »Sieh an, auf diesen Mann machst du selbst ohne Magie Eindruck«, äußert sie amüsiert.

Mir gefallen ihre Worte nicht, denn leider hat sie recht.

Mein Unterkiefer schmerzt, weil ich meine Zähne so fest aufeinanderpresse.

Statt auf die Worte der Najade einzugehen, hält Frin mir nur den leeren Schlauch hin, den ich nach kurzem Zögern nehme.

»Es ist falsch, uns gefangen zu halten«, erklärt sie inbrünstig. »Egal, was ihr mit uns vorhabt. Und noch schlimmer ist es, *ihn* hierzubehalten.«

Sie nickt zum Ende des Ganges, und es ist, als hätte der Drache ihre Worte gehört. Genau jetzt hallt sein tiefes Brüllen durch den Kerker. Natürlich kann ich aus diesem tierischen Geräusch nichts herauslesen, aber für mich kündet es von Schmerz und Trauer. Vom Wunsch nach Freiheit. Eigentlich weiß ich, dass Frin recht hat. Ein majestätisches Wesen wie ein Eisdrache gehört genauso wenig in diesen Kerker wie sie oder die anderen beiden. Trotzdem schüttle ich den Kopf und versuche, die Selbstvorwürfe zu verdrängen.

Bevor ich mich abwenden kann, greift Frin nach meiner Hand. Mit eiskalten Fingern, die sich dennoch viel zu angenehm auf meiner Haut anfühlen, hält sie mich fest und sieht mich eindringlich an.

»Denk darüber nach«, fordert sie mit sanfter Stimme.

Ich frage mich, wieso sie ihren Hochmut vergessen hat und mich nicht mehr nur mit Ablehnung behandelt. Hastig entziehe ich ihr meine Hand und stolpere von der Zelle zurück, bevor ich mich abwende und zurück zum Kerkerausgang eile.

»Bitte, Leif!«, ruft sie mir nach, was meine Schritte weiter beschleunigt.

Was auch immer der Grund für ihren Sinneswandel ist, ich wünsche mir instinktiv, dass sie wieder zu ihrem früheren Verhalten zurückkehrt. Obwohl es mir keine Freude bereitet hat, ihre Arroganz abzubekommen, ist das hier schlimmer. Denn ihre Worte, die aus tiefstem Herzen zu kommen scheinen, berühren mich. So ist es viel schwerer, nicht zu vergessen, was für ein Ungeheuer sie in Wahrheit ist.

Endgültig wie der Tod

Frin

Das Warten zermürbt mich. Normalerweise gehört es zu meinen Stärken, stundenlang reglos dazusitzen und auf Beute zu lauern. Ich verberge mich dann in meiner Schneeflockengestalt am Wegesrand, schwebe mit einer gelegentlichen Windböe weiter und halte Ausschau nach Menschen.

Doch diese Gefangennahme ist etwas ganz anderes. Mir fehlt Solvigs beständige Unterstützung, die ich selbst als Schneeflocke stets erkannt habe. Hier unten ist auch die Umgebung eine völlig andere. Ich befinde mich nicht in den weißen Weiten meiner Heimat, sondern sitze auf dreckigem Stroh in einer ungemütlichen Kerkerzelle. Gefangen mit zwei Wesen, von denen eines mit seiner Nebelmagie nur allzu tödlich für mich wäre, könnte seine Hitze doch meinen Schnee schmelzen. So ist es schwer, die Hoffnung nicht aufzugeben.

Dass Lava und Adelaide sich bereits mit ihrem Schicksal abgefunden haben, macht alles nur noch schlimmer. Zwar flammte auch bei ihnen kurzzeitig Hoffnung auf, als ich mit dem Dietrich im Zellenschloss herumstocherte. Aber als sich dies als erfolglos erwies, warteten sie ruhig an den ihnen zugedachten Orten und unterhielten sich leise.

Ich dagegen prüfe weiterhin jeden Winkel des Raumes, setze an allen erdenklichen Stellen Dietrich und Spanner ein oder versuche, an das hohe Fenster zu gelangen. Zwar erwarte ich von Adelaide mit ihrem Fischschwanz nicht viel Hilfe, aber zumindest Lava könnte ihren Stein für eine Weile mit sich herumtragen und ebenfalls nach einem Ausweg suchen. Die Najade denkt jedoch nicht daran, mich bei der Suche nach einem Fluchtweg zu unterstützen. Stattdessen schenkt sie mir und meinen Bemühungen bloß amüsierte Blicke.

»Ich schwöre dir, dass ich die Wahrheit sage«, versichert Adelaide ihr in diesem Moment. »Das Schloss unter den Wellen ist mindestens drei Mal so groß wie dieses hier. Jedes Fenster hat einen Rahmen aus reinem Gold. Die Diener reinigen sie täglich, damit keine Algen darauf wachsen.«

Lava wirkt ungläubig und angewidert zugleich.

»Aber wozu das Ganze?«, will sie wissen. »Das ist doch vollkommen überflüssig! Wer braucht ein Schloss, wenn die Natur unsere Heimat ist?«

Innerlich stimme ich zu, denn auch ich ziehe die Natur jedem Prunkbau vor. Ein Bett im Schnee, den Sternenhimmel über mir, mehr braucht eine Eisdämonin nicht. Kein Schloss könnte reizvoller sein als der vertraute Umriss des Fjorabergs und das Gefühl von Eis unter meinen Füßen.

Doch wir haben wichtigere Probleme.

»Wenn du dein verdammtes Schloss und du deine Natur jemals wiedersehen wollt, könntet ihr mir vielleicht ein wenig helfen«, fahre ich die beiden schärfer an als beabsichtigt.

»Für ein derart sinnloses Unterfangen verschwende ich ganz sicher keine Energie«, gibt Lava spöttisch zurück.

Ich blecke drohend die Zähne.

Wieder einmal ist Adelaide die Besonnenste von uns.

»Frin, ich habe dir bereits erklärt, dass Lava und ich längst jede Ecke abgesucht haben«, erklärt sie mild. »Es gibt keinen versteckten Ausgang und keinen Geheimweg, durch den wir fliehen könnten. Diese Kerkerzelle ist zu gut gesichert.«

»Und damit findet ihr euch ab?«, brause ich auf. »Ich sage nicht, dass es leicht ist! Aber wir können nicht aufgeben …«

Das Mitgefühl in Adelaides Miene schmerzt geradezu.

»Du willst es nicht hören, ich weiß. Doch unsere Chancen, das hier zu überstehen, sind gering.«

»Aber sie sind vorhanden«, widerspricht Lava, und ausnahmsweise wirken ihre Worte beruhigend auf mich. »Solange ich am Leben bin, werde ich nach einem Ausweg suchen. Nur nicht so.«

Sie macht eine Handbewegung in meine Richtung, während ich noch immer mit den Fingern die Wand abtaste.

»Wenn wir fliehen wollen, brauchen wir einen *sinnvollen* Plan. Ich warte auf eine günstigere Gelegenheit.«

Bevor ich nachhaken kann, welche Art Gelegenheit sie sich erhofft – will sie einen Wachmann betören und mit ihm durchbrennen? –, vernehmen wir das Geräusch von zahlreichen Stiefeln, die sich nähern. Im Kerker trägt jeder Laut weit, weshalb es einige Zeit dauert, bis die Menschen tatsächlich bei uns ankommen. Zeit, um sich Sorgen zu machen – und wider besseres Wissen zu hoffen. Der leise Wunsch, dass unsere Geiselnehmer es sich anders überlegen und uns gehen lassen, wirkt selbst auf mich wenig realistisch.

Leif kommt mit seiner Fackel als Erster in Sicht. Er wird begleitet von einigen Menschen, die auch auf der Reise hierher dabei gewesen sind. Einer von ihnen öffnet mit grimmigem Gesichtsausdruck die Tür zu unserer Zelle.

»Was habt ihr vor?«, will ich wissen und erhalte wieder einmal keine Antwort.

Leif greift nach meiner Kette, während zwei Männer den Wasserkasten anheben, in dem die Meerjungfrau verschreckt umherschaut und die gleiche Frage stellt wie ich. Der Heerführer nimmt Lavas Kette, und ein Soldat greift nach dem magischen Stein.

»Wohin gehen wir?«, frage ich Leif, als er mich aus der Zelle herausführt.

»Sei einfach still«, entgegnet er seufzend, und das Mitgefühl in seinem Blick beruhigt mich kein bisschen.

Gleichzeitig muss ich an Lavas Worte von eben denken. Ist dies die Chance, auf die wir gewartet haben? Sollten wir die Soldaten irgendwie überwältigen und dann flüchten?

Doch es sind zu viele, und die Najade scheint keineswegs kampflustig, sondern zahm und demütig. Will sie sie in Sicherheit wiegen?

»Nun komm schon«, verlangt Leif, da ich bei meinen Überlegungen unwillkürlich stehen geblieben bin.

Unglücklich verziehe ich das Gesicht, folge jedoch seiner Anweisung.

Zu meiner Überraschung werden wir nicht zurück zum Eingang des Kerkers gebracht, sondern die Männer führen uns tiefer in die Dunkelheit. Zahlreiche leere Zellen säumen den Weg, auf dem wir uns dem Brüllen des Drachen nähern.

Ist es das? Wollen sie uns an den Eisdrachen verfüttern? Der Gedanke scheint absurd.

Wieder einmal ertönt das Klagelied des Drachen, nun lauter und eindringlicher. Sogar Leif wirkt bei dem Geräusch zerknirscht, dennoch setzen wir unseren Weg fort und schreiten durch ein steinernes Tor am Ende des Kerkers, das hinter uns von den Wachposten geschlossen wird.

Verwirrt blinzle ich, als ich vor mir keinen weiteren Kerkerabschnitt erblicke, sondern wir plötzlich draußen sind. Über mir zucken die Polarlichter über den dunklen Himmel, und Schnee rieselt sanft herab. Vor uns ist ein Plateau, eine Vertiefung im Fels. Die Fläche wurde in den Berg gehauen, hohe Felswände grenzen den runden Raum ab, der nach oben offen ist. Zahlreiche Fackeln erleuchten die Nacht. Lassen sie uns etwa doch frei?

Aber die Wände des Berges um uns sind viel zu hoch, um sie überwinden zu können. Und die seltsam verschlungenen Muster auf dem Boden verraten mir, dass dieser Ort einem rituellen Zweck dient.

Erneut ertönt das Brüllen des Eisdrachen. Diesmal entdecke ich seine schwarz-violette Gestalt hinter einem metallenen Gitter, das eine Aushöhlung im Berg abriegelt. Kurz betrachte ich die majestätische Kreatur. Unzählige Metallringe sind um seinen Hals und seine Extremitäten geschlungen. Dennoch beeindrucken mich seine eleganten Flügel und scharfen Stacheln. Als er das Maul aufreißt und ich das helle Blau der Eisflammen in seinem Rachen erkenne, weiche ich unwillkürlich zurück. Doch statt des kalten Feuers speit er nur einen weiteren verzweifelten Laut aus.

Ob ihm das goldene Metall, mit dem er gebändigt wurde, ebenso den Zugriff auf seine Magie verwehrt wie mir?

Lange kann ich mich nicht darüber wundern. Neben dem Kerkereingang öffnet sich eine weitere Tür, die ich bisher nicht bemerkt habe, und eine Gestalt tritt heraus. Obwohl er diesmal weder seinen imposanten Wolfsmantel noch seine Krone trägt, erkenne ich den König sofort. Der schwarze Bart und die harschen Gesichtszüge haben sich mitsamt seinen Worten in mein Gedächtnis eingebrannt.

Du verlogenes Scheusal. Wärst du einfach gestorben wie der Rest deiner Familie!

Bisher habe ich mir nicht gestattet, über die Aussage nachzudenken, die gleichzeitig Neugier und Angst in mir weckt. Natürlich weiß ich, dass ich wie jede andere Eisdämonin ein Leben vor diesem Dasein hatte, an das ich mich nicht erinnere. Eigentlich habe ich längst meinen Frieden damit gemacht, dass ich einst ein Mensch war, Freunde und eine Familie hatte, die mir womöglich nahestand. Mein Kältetod hat mich in eine Eisdämonin verwandelt, wie es bei einer von Hunderten Frauen geschieht. Keiner weiß, warum manche Frauen nicht sterben, sondern sich verwandeln, nur, dass sich unsere Art so vermehrt. Ein seltener Zufall, durch den ich überlebt habe und zu dem Geschöpf geworden bin, das mich ermordet hat. Nur der Kuss einer Eisdämonin kann eine neue Eisdämonin wecken, und ich habe mich oft gefragt, welche meiner Schwestern einst mein Leben gestohlen hat.

Der König scheint etwas über mein Leben davor zu wissen. Über meine Familie, über meine Vergangenheit. Er wird es mir kaum erzählen, und ich will es nicht wissen. Welche Frau auch immer ich einst war, sie ist tot. Die Vergangenheit ist vorbei, und es ist wahrscheinlich das Beste, sie ruhen zu lassen. Ich sollte mich nicht von Geistern heimsuchen und verunsichern lassen.

Und doch frage ich mich, wie es war, menschlich zu sein. Wen ich liebte, wen ich hasste, was ich fühlte. Wenn ich einen kurzen Blick zurückwerfen könnte, um all das herauszufinden … Würde ich widerstehen?

Der König gibt mir diese Auswahlmöglichkeit nicht.

»Mach sie dort drüben fest«, weist er Leif schroff an und deutet auf eine Stelle auf dem Muster im Boden.

Eine kleine Öse im Stein ermöglicht es Leif, meine Kette daran festzumachen.

»Was hat er mit uns vor?«, will ich erneut von meinem Fänger wissen.

Leif schüttelt entschuldigend den Kopf und wendet sich ab.

Das weiße Muster unter mir, das einerseits wie mit weißer Kreide auf den schwarzen Stein eingezeichnet, andererseits so beständig wie eingebrannt erscheint, erstreckt sich über das gesamte

Plateau. Bei genauerem Hinsehen erkenne ich, dass die Linien leichte Vertiefungen im Stein sind, die weiß ausgemalt wurden. Es gibt so viele kunstvolle Schnörkel, dass ich erst nach einem Moment erkenne, dass sie eine Art dreizackigen Stern darstellen. Weitere Linien führen nach außen, was ihn wie eine gigantische Schneeflocke wirken lässt. Obwohl ich Derartiges nie gesehen habe, wirkt es auf mich wie schwarze Magie. Bei dem Gedanken überläuft mich ein kalter Schauer, und ich ziehe unwillkürlich an meinen Fesseln, die kein bisschen nachgeben.

Auf meiner linken Seite stellen die zwei Wachposten Adelaides Kasten unsanft auf einen weiteren Zacken des Sternmusters. Die Sirene wirkt ebenso verunsichert und unruhig, wie ich mich fühle, und sieht sich immer wieder nach allen Seiten um. Lava dagegen, die mit ihrem Hitzestein auf den dritten Zacken getragen und festgekettet wird, beißt stoisch die Zähne zusammen und reckt aufsässig das Kinn.

Der Herrscher der Menschen lächelt zufrieden, sobald wir uns in der vorgesehenen Position befinden, und macht dann eine scheuchende Handbewegung, woraufhin sich die Wachen entfernen. Hilfe suchend blicke ich zu Leif, aber er sieht mich bloß mitleidig an.

»Es ist so weit«, murmelt der König und stellt sich dann in die Mitte des Sterns.

Er mustert uns der Reihe nach. Seine grünen Augen, deren Farbe jener von Leifs Augen so ähnelt, wirken eiskalt und verursachen mir eine Gänsehaut. Langsam hebt er die Hände zum Himmel, über den noch immer die Polarlichter zucken, und schließt die Augen.

»Ich rufe die Nacht an«, verkündet er leise, und doch trägt seine Stimme weit über den Wind. »Ich rufe die Erde unter uns, die Luft um uns. Ich fordere die Geister des Landes auf, meinem Willen Folge zu leisten.«

Es sind Worte in einer fremden Sprache, die ich nicht kenne und doch unerklärlicherweise verstehe. Doch ihre Bedeutung ergibt für mich keinen Sinn. Es schwingt eine Macht darin, die selbst mich, eine Eisdämonin, frösteln lässt.

»Für eure Hilfe erbringe ich euch dieses Opfer«, fährt der König fort und senkt dann die Arme, um etwas aus einem unförmigen Beutel an seiner Robe zu ziehen.

Das markerschütternde Kreischen der Schneeeule, die er grob am Hals packt, lässt mich zurückschrecken. Lava stößt einen Schrei aus und schlingt entsetzt die Arme um sich, als der König mit der anderen Hand ein Messer aus dem seltsamen Metall hervorzieht und der Eule mit einem raschen Schnitt die Kehle durchtrennt.

Der Vogel schlägt noch einmal verzweifelt mit den Flügeln, bevor der Tod ihn zu sich holt und er still wird. Der König legt die Eule vor sich auf den Boden, wo das frische Blut das Sternmuster rot färbt. Als der Herrscher sich wieder erhebt, sind seine Augen nicht mehr grün, sondern leuchten weiß.

Was auch immer hier geschieht, es verstört mich. Am liebsten würde ich die Flucht vor dieser seltsamen Magie ergreifen, die sich so falsch, so bösartig anfühlt. Aber der Widerstand meiner Ketten ist unüberwindbar. Ich beginne, zu zittern, als sich eine unnatürliche Kälte auf dem Plateau bemerkbar macht, die sogar mir zu viel ist. Plötzlich riecht es nicht mehr nach frischem Schnee, sondern nach verfaulendem Fleisch. Ein Geruch, dem ich in den kalten Weiten Askjas selten begegnet bin. Als der leuchtende Blick des Königs mich trifft, fühle ich mich wie ein Hase, der sich vor dem Fuchs bloß zusammenkauern und auf das Ende warten kann.

Von einem Moment auf den nächsten ist das Zusammenkauern keine Option mehr, denn eine fremde Macht unterdrückt mein Zittern, und ich stelle mich gegen meinen Willen aufrechter hin. Ohne eigenes Zutun hebe ich den linken Arm mit der Handfläche nach oben und bemerke aus den Augenwinkeln, wie Adelaide und Lava dasselbe tun.

Der König vollführt eine rasche Geste und unvermittelt brennt meine Handfläche, schwarzes Blut quillt daraus hervor. Fassungslos betrachte ich, wie es zu Boden tropft, als mich die fremde Präsenz wieder verlässt und ich kraftlos zu Boden falle. Es bleibt keine Zeit, zu verstehen, was hier geschieht, denn im nächsten Moment materialisiert sich eine Gestalt neben mir.

»Fjora«, stoße ich ungläubig hervor, als ich ihr weißes Haar und die vertrauten Gesichtszüge erkenne.

Was macht sie hier? Ist sie gekommen, um mich zu retten? Hoffnung schießt durch mich hindurch, und ich verspüre die Gewissheit, dass nun alles gut wird. Diese Menschen mögen mächtig und rachsüchtig sein, die Magie des Königs so kraftvoll und unnatürlich, wie ich es nie erlebt habe. Aber meine Königin wird Rat wissen.

Ich höre Adelaide und Lava etwas rufen, bleibe jedoch völlig auf Fjora fixiert. Die Eiskönigin neigt sanft den Kopf und kniet sich neben mich.

»Frin«, spricht sie mich an und nimmt meine Hand, um mit ihrer Magie den Schnitt darin zu heilen.

Tränen der Erleichterung quellen aus meinen Augen, während ihre Gegenwart mich freier atmen lässt. Endlich ist dieser Albtraum vorbei.

Sie starrt mich an, die altbekannte Sorge in ihren Augen, und schüttelt langsam den Kopf.

»Frin, ich kann dich nicht retten«, erklärt sie mir, und ich blinzle verwirrt.

Sie schaut zurück, und ich erstarre, als ich ihrem Blick folge.

Hinter ihr liegt eine Sirene mit goldenem Fischschwanz auf dem Steinboden. An ihrer goldenen Krone erkenne ich die

Wellenkönigin, die Anführerin der Sirenen. Neben dem König steht eine rothaarige Najade, deren blau-graue Krone sie als Nebelkönigin auszeichnet. Sie hebt abwehrend ihren Stab, während dieser auf sie zugeht.

Was geschieht hier? Fassungslos sehe ich von Fjora zu den anderen und begreife, dass sie tatsächlich weder zu meiner Rettung noch aus freiem Willen hier ist.

»Was …«, entfährt es mir, aber Fjora legt mir einen Finger auf die Lippen.

»Frin, du musst mir zuhören«, flüstert sie hastig.

Die Dringlichkeit in ihren Worten, die an Panik grenzt, erschüttert mich. Sie wendet sich von der Szene hinter ihr ab, als wüsste sie genau, was dort geschieht, und konzentriert sich voll auf mich.

Ich dagegen bin völlig gebannt vom Schauspiel in ihrem Rücken: Die Nebelkönigin streckt ihren Stab in Richtung des Königs, aus dem ein gleißender Blitz direkt ins Herz des Menschen fährt. Der zuckt jedoch nicht mit der Wimper. Ein Stück goldenen Metalls leuchtet auf seiner Brust. Hat es den Blitz aufgefangen? Der König holt zum Gegenschlag mit einem goldenen Schwert aus, dem die Nebelkönigin gekonnt ausweicht.

»Frin«, zieht Fjora meine Aufmerksamkeit ungeduldig zurück auf sich, »wir haben keine Zeit!«

Gerade attackiert die Nebelkönigin mit einem Kampfschrei den König, während ich mich zwinge, den Blick wieder auf Fjora zu richten.

»Dieser Mensch wird mich töten«, verkündet sie mit bitterer Gewissheit, und ich keuche auf.

»Aber …«, will ich widersprechen, doch sie unterbricht mich.

»Ich kann es nicht verhindern. Meine Macht ist gegen ihn nutzlos, denn meine Magie kann ihm nichts anhaben.«

Sie drückt mir die Hand auf den Mund, als ich erneut protestieren will. Es ist unmöglich, dass Fjora, die Mächtigste von uns, den König nicht besiegen kann. Nichts könnte die Eiskönigin jemals aufhalten. Sie ist unbezwingbar wie der Winter, dessen Seele sie in sich trägt.

Dennoch schüttelt sie traurig den Kopf und spricht weiter: »Es bringt nichts, diese Tatsache zu leugnen. Der König will uns vernichten, uns alle. Jede Eisdämonin, jede Najade, jede Sirene. Er will die Magie von der Insel tilgen, als hätte es sie nie gegeben. Ich beobachte seine Machenschaften schon seit Langem und weiß, dass ich ihn nicht aufhalten kann.«

Ich will nicht akzeptieren, dass Fjora so einfach aufgibt. Ihre Worte ergeben keinen Sinn, und ich glaube ihr nicht für einen Augenblick.

Ein lautes Kreischen lenkt mich ab. Es ist so animalisch, dass ich erst beim Aufsehen erkenne, dass es von Lava stammt.

Der König kniet vor der Najade auf dem Boden, wobei er das goldene Schwert, das in der Brust der gefallenen Nebelkönigin steckt, fest mit den Händen umschließt. Grausam ist sein Grinsen, während ihr schwarzes Blut über ihr Kleid in den Schnee sickert und Lavas wehklagende Schreie mein Trommelfell zum Schwingen bringen. Jegliche Kampflust ist aus den Augen der Nebelkönigin gewichen, als ihr Lebenslicht schwindet, sie sich allmählich auflöst und zu Dampf wird, wie es für ihre Art üblich ist. Ein Luftzug weht über das Plateau, treibt ihre Überreste fort, und ich fühle eine tiefgreifende Veränderung in meiner Umgebung. Obwohl ich meine Magie nicht verwenden kann, spüre ich sie. Merke, wie sie sich wandelt. Bisher habe ich nie über den allgegenwärtigen Zauber nachgedacht, der überall in Askja zu spüren ist, bis er sich plötzlich anders anfühlt. Als wäre die Magie ein Meer und der Tod der Nebelkönigin ein Stein, der hineinfällt. Sein Aufprall schlägt Wellen, doch dieser Stein hat ein gewaltiges Ausmaß und die Wellen sind riesenhaft. Ich fühle, wie sich mit dem Tod der Nebelkönigin das Wesen der Magie, der Natur und ganz Askjas grundlegend verändert.

»Nein!«, schluchzt Lava und kämpft gegen ihre Fesseln, um an den Ort zu kommen, an dem ihre Königin gefallen und nichts zurückgeblieben ist.

Aber das Metall ist unnachgiebig. Der König würdigt sie keines Blickes, sondern erhebt sich und dreht sich dann um.

Adelaide zappelt im Wasser ihres Glaskastens, während die Wellenkönigin vor ihr die Gestalt gewechselt hat. Noch nie habe ich eine Sirene ohne Fischschwanz gesehen, wusste nicht mal, dass es möglich ist. Die Wellenkönigin steht auf und hebt ihren Dreizack.

In Fjoras Augen liegt grimmige Entschlossenheit, als sie sich wieder mir zuwendet und die Hand von meinem Mund nimmt.

»Ich lasse nicht zu, dass er bekommt, was er will«, erklärt sie, und trotz des herzzerreißenden Todes der Nebelkönigin durchfährt mich Erleichterung.

Da sind endlich die Worte, die ich hören wollte. Endlich Hoffnung!

»Es ist nicht zu spät«, fährt Fjora fort. »Du kannst ihn aufhalten, Frin. Ich glaube an dich.«

»Ich?«, echoe ich erschrocken.

Was soll *ich* gegen den Menschenkönig ausrichten können, der soeben brutal die Nebelkönigin, eine der mächtigsten Kreaturen Askjas, abgeschlachtet hat?

Fjora neigt zuversichtlich den Kopf.

»Ich vertraue dir«, bekräftigt sie ermutigend. »Du bist so stark wie das ewige Eis Askjas. Du wirst unser Volk beschützen.«

Ich starre sie fassungslos an, während hinter ihr der Menschenkönig nun die Wellenkönigin attackiert.

Was will sie mir damit sagen? Was bedeutet das? Ich begreife nicht im Geringsten, was hier vor sich geht. Warum legt Fjora diese Last ausgerechnet auf meine Schultern? Warum schützt sie unser Volk nicht selbst?

Mir kommt eine Vermutung, die mich ruhiger werden lässt. Falls Fjora recht hat und es sinnlos ist, zu kämpfen, muss sie fliehen. Sie kann uns nicht beschützen, wenn sie um ihr eigenes Leben bangen muss. Ich kann dem König wenig entgegensetzen, aber vielleicht kann ich ihr Zeit erkaufen. Ihn für einige Sekunden aufhalten. Heftig nicke ich, denn natürlich werde ich sie unterstützen.

»Ich werde tun, was du verlangst«, bestätige ich mit fester Stimme. »Du kannst dich auf mich verlassen.«

Fjora lächelt traurig und streichelt mir dann zärtlich über die Wange.

»Das weiß ich. Du wirst siegen, wo ich versagt habe. Du wirst die Eisdämoninnen retten.«

Am liebsten will ich Einspruch erheben, ihr versichern, dass sie nie versagt hat. Dass sie uns so viele Male gerettet hat und dass der heutige Tag keine Rolle spielt. Dass sie nicht verloren hat, solange sie nur überlebt. Ob sie nun gegen den König kämpft oder nicht. Aber ich schweige und neige zustimmend den Kopf, denn für diese Diskussion bleibt keine Zeit. Fjora muss gehen, und zwar jetzt.

»Lass sie in Ruhe!«, tönt Adelaides Stimme hinter ihr, woraufhin Fjora und ich zurück zum König sehen, der inzwischen auch die Wellenkönigin bezwungen hat.

Röchelnd liegt die blonde Sirene auf dem Boden und streckt verzweifelt die Hand nach dem Dreizack aus, der von ihr weggeschleudert wurde. Der König stellt seinen Stiefel auf ihr Handgelenk. Brutal schneidet er ihr mit seinem Schwert die Kehle durch.

Adelaides schmerzerfüllter Schrei fährt mir bis in die Knochen, und ich bin mir sicher, dass die gesamte Insel ihn hören kann. Nur die Wellenkönigin hört ihr Wehklagen nicht mehr. Ihr leerer Blick ist zum nachtschwarzen Himmel gerichtet, während ihr Körper sich langsam in Schaum verwandelt. Wieder fährt etwas durch unsere Magie hindurch, verändert unsere Welt. Ich schlucke erschrocken und frage mich, ob Askja jemals wieder wie früher sein wird oder ob unsere Heimat für immer verloren ist.

Nun ist Fjora an der Reihe, erkenne ich entsetzt, als der König sich uns zuwendet.

»Flieh!«, fordere ich sie hastig auf, aber die Eiskönigin verwandelt sich nicht in eine Schneeflocke.

Ebenso wenig richtet sie sich auf, um zu kämpfen. Stattdessen hebt sie die Eiskrone von ihrem Haar und setzt sie sanft auf meinen Kopf.

»Danke«, flüstert sie leise, bevor sie unvermittelt ihre Lippen auf meine drückt.

Ihr Kuss kommt zu unvermittelt, als dass ich mich wehren könnte, obwohl ich sofort spüren kann, dass das mehr als nur ein Kuss ist. Es ist ein Abschied für immer. Ein Neuanfang für mich und für sie ein Ende.

»Halt!«, brüllt der König hinter ihr, aber sie löst die Lippen bereits wieder von meinen.

So erkenne ich, wie sehr sie sich verändert hat.

Ihr Haar, sonst so rein wie frisch gefallener Schnee, ist schwarz wie mein Blut. Die hellen Augen sind nun so dunkel wie die jeder gewöhnlichen Eisdämonin. Auch ihr Kleid hat jeden Schimmer an Weiß verloren. In ihrem Blick steht die Liebe einer Mutter, und sie sieht nur mich an, als das Schwert des Königs ihr den Kopf abtrennt.

Zu spät, um aufzuhalten, was ihr Kuss bewirkt hat. Obwohl ihr Tod keine Erschütterung der Magie verursacht wie bei den anderen beiden Königinnen, ist es der, der mich am tiefsten trifft.

»Fjora!«, rufe ich bestürzt, während sich ihr Körper in Schnee verwandelt. »Nein!«

Ein Schluchzer schüttelt mich, als ich die Hand nach ihr ausstrecke.

Warum? Was hat sie das getan? Ich dachte, sie würde fliehen! Und stattdessen …

Schluckend mustere ich mein Kleid, das nun hell ist, meine Haare, die plötzlich weiß sind und meine Hüften umspielen. Statt sich selbst zu retten, hat sie mit ihrem Kuss eine neue Königin gekrönt.

Mich.

»Verdammt!«, flucht der König. Er ist ebenso fassungslos wie ich.

Mit großen Schritten kommt er auf mich zu, und ich weiche so weit zurück, wie meine Ketten es zulassen. Viel Bewegungsfreiheit habe ich nicht, sodass er mich schnell erreicht und grob am Kleid packt. Sein Blick ist hart, als er mich mustert, dann lässt er mich wieder los und verpasst mir eine schallende Ohrfeige.

Wimmernd presse ich mir die Hand auf meine Wange, aber der Schmerz ist nichts im Vergleich zu dem Leid, das mein Inneres zerreißt. Fjora … Ich strecke die Hand nach der Stelle aus, an der sich meine Königin soeben befunden hat. Nur der Schnee vor mir, der zunehmend vom Wind verweht wird, zeugt von ihrer Existenz. Nichts sonst ist von ihr zurückgeblieben.

Warum nur? Warum hat sie mich gekrönt, statt sich zu wehren oder zu fliehen? Wie konnte sie das mir und allen Eisdämoninnen antun?

Der König hat wenig Verständnis für meine Trauer.

»Dieses Miststück!«, tobt er und stößt mich zur Seite, um mit der Faust gegen den Schneehaufen zu boxen, der einst meine Königin war.

Seine Finger krallen sich hinein, die Wut steht ihm ins Gesicht geschrieben. Wenn mein Innerstes nicht völlig betäubt von Fjoras Tod wäre, würde ich angesichts seines Zorns wohl Genugtuung fühlen. So beobachte ich ihn nur stumm, während mich eine Mischung aus Schock und Schmerz gefangen hält. Bis er sich wieder mir zuwendet.

»Du bist schuld!«, schreit er mich an. »Du verdammtes Weib! Wegen dir …«

Er bleckt die Zähne und schlägt mit der flachen Seite seines Schwerts nach mir. Ich werde zur Seite geworfen, als das Metall schmerzhaft meine Schulter trifft.

»Wie kannst du es wagen, dich mir zu widersetzen?«, verlangt er zu wissen. »Leg die Krone sofort wieder ab! Ich muss die Eiskönigin vernichten!«

Wenn es nur so einfach wäre, die Krone wegzuwerfen, würde ich es womöglich in Erwägung ziehen. Ich will die Verantwortung nicht, die Fjora mir aufgezwungen hat. Doch es spielt ohnehin keine Rolle, denn ich bin mir sicher, dass der König mich jeden Augenblick umbringen wird.

Er holt erneut aus, und mir entfährt ein Aufschrei, als er scharf in meine Schulter schneidet. Die Wunde ist nicht tief genug, um mich zu töten, schmerzt aber unerträglich. Wieder hebt der König das Schwert, und ich kauere mich zusammen in der Hoffnung, dass er meinem Leben ein schnelles Ende bereitet, statt mich weiter zu quälen.

Denn er wird mich töten, oder?

Der König hat offenbar die Königinnen der drei magischen Frauenwesen Askjas beschworen, um sie zu ermorden und unsere Magie unwiederbringlich auszulöschen. Vermutlich war dies der Grund, weshalb Adelaide, Lava und ich gefangen genommen und hierhergebracht wurden. Doch Fjora hat mich vor ihrem Tod zur neuen Königin gemacht. Ich bin nun diejenige, die er umbringen muss, um sein Ziel zu erreichen.

Was war ihr Plan, als sie mich krönte? Uns beide in den Tod zu stürzen?

Ich keuche auf, als das Schwert des Königs mich am Bein trifft. Wieder schneidet er nicht tief genug, um mich ernsthaft zu verletzen. Ist es das, was er vorhat? Mich langsam ausbluten zu lassen, um mir einen grausamen Tod zu bescheren?

Noch immer schäumt der König vor Wut, flucht vor sich hin, während er mich mit seiner Waffe drangsaliert. Ich mime den geprügelten Hund, während die Fragen in meinem Inneren mit jedem Moment mehr werden. Warum bringt er es nicht endlich zu Ende?

Ich hebe den Kopf, den ich schützend unter meinen Armen verborgen hatte, und sehe, wie der Mann erneut ausholt. Doch er wird abrupt in seiner Bewegung zurückgehalten. Leif ist unbemerkt neben ihn getreten und hält seinen Arm in der Luft fest.

Erbost fährt der Herrscher Askjas zu seinem Sohn herum, der angesichts der ungezügelten Wut zusammenzuckt, sich jedoch schnell wieder sammelt.

»Willst du sie umbringen?«, fragt Leif seinen Vater mit fester Stimme. »Wenn ja, mach es schnell, nicht … *so*.«

Zum ersten Mal gilt der Ekel im Blick meines Fängers nicht mir. Stattdessen ist es mein dunkles Blut, das er ansieht. Ich spüre es meine Arme und Beine herablaufen, mein weißes Kleid saugt sich damit voll. Deutlich sehe ich die Missbilligung in seinem Blick angesichts der Grausamkeit seines Vaters. Beinahe würde mich das milde stimmen, aber er bat nicht gerade um Gnade für mich. Er wollte nicht, dass sein Vater mein Leben verschont, sondern nur, dass er meinen Tod nicht länger als nötig hinauszögert. Als könnte sein Gewissen es nicht verkraften, mir beim Leiden zuzusehen, dieser heuchlerische Eistroll.

»Ich kann sie nicht töten«, stößt der König zwischen zusammengebissenen Zähnen hervor. »Ich brauche sie noch.«

Ich sehe Leif an, dass er Einspruch erheben will, doch er überlegt es sich im letzten Moment anders und schüttelt den Kopf.

Meine Überraschung übertrifft die von Leif noch, schließlich urteilt der König gerade über mein Schicksal. Wofür will dieser Mensch mich benutzen? Nichts will ich mehr, als all seine Pläne zu vereiteln. Bei dem Gedanken daran, was mir noch alles bevorsteht, wünschte ich, ich wäre Fjora in den Tod gefolgt ...

»Bringt sie zurück in ihre Zelle«, befiehlt der König kalt. »Alle drei.«

Leif neigt den Kopf und winkt einige Wachen heran. Lavas Blick ist völlig leer, als sie losgemacht wird, während Adelaide jämmerlich in ihre Hände schluchzt.

Leif sieht mich nicht an, als er meine Kette von der Öse im Stein löst. Auch ich wende den Blick ab in der Hoffnung, dass der nach wie vor fallende Schnee meine Tränen verbirgt. Wir haben heute alles verloren, und ich befürchte, dass es von hier an nur noch schlimmer werden wird. Wie kann ich mit diesem Wissen weitermachen?

Unbeugsam wie der Sturm

Leif

Sosehr ich versuche, die Schuldgefühle zu verdrängen, es gelingt mir nicht. Frin und die anderen sind Monster, rufe ich mir in Erinnerung. Sie fühlen nicht wie wir, denken nicht wie wir. Ihr Schmerz ist nicht mit dem eines Menschen gleichzusetzen.

Doch selbst ich glaube diese Lügen nicht, die mein Gewissen beruhigen sollten. Die drei Frauen, die wir gerade zurück in ihre Kerkerzelle begleiten, leiden zu offensichtlich. Ich kann sehen, wie meine Wachen bei jedem herzzerreißenden Schluchzer der Sirene zusammenzucken, und bringe es nicht über mich, sie dafür zurechtzuweisen. Wie ungewöhnlich sanft sie mit der Najade umgehen, die unter Schock zu stehen scheint …

Auch ich selbst führe Frin sehr behutsam hinter mir her. Sie stolpert trotz unserer langsamen Schritte immer wieder. Aber in diesem Moment habe ich nicht das geringste Bedürfnis, ungeduldig an ihrer Kette zu zerren oder ihr zu befehlen, sich zusammenzureißen. Obwohl sie eine herzlose Mörderin ist und damit kein Mitleid verdient hat, ist ihr Schmerz spürbar und lässt jedes böse Wort auf meiner Zunge ersterben.

Ich wusste nicht, was mein Vater vorhatte. Hätte ich es gewusst, hätte ich ihn dennoch nicht aufgehalten. Die Königinnen der drei magischen Völker zu töten, ist ein nachvollziehbarer Plan. Ein nobles Vorhaben, das die Seelenräuberinnen schwächt und so die Gefahr, die sie für die Menschheit darstellen, verringert. Das Ritual meines Vaters wird vermutlich zahlreiche Menschenleben retten, was mich und die anderen mit Triumph erfüllen sollte.

Und doch kann ich keine Zufriedenheit darüber empfinden, kann seine Taten nicht einmal gutheißen. Das Mitgefühl ist zu groß, die Zweifel an der Richtigkeit dieser Morde zu drängend. Da ist diese innere Stimme, die mir zuflüstert, dass das hier falsch ist.

Meine Soldaten schweigen, während wir die drei Frauen zurück in ihre Zelle bringen. Die Stille wird nur vom wiederkehrenden Brüllen des Drachen unterbrochen, dessen markerschütternde Schreie mit den Schluchzern der Sirene konkurrieren.

Meine Soldaten setzen den Kasten der Meerjungfrau an der gleichen Stelle ab wie vorher. Sie sieht trotz der Bewegung nicht auf. Der Mann, der den Hitzestein der Najade trägt, legt ihn ab und schiebt die teilnahmslose Frau vorsichtig darauf. Ihre Füße sind blau vom kalten Kerkerboden, dennoch zeigt sie nicht die geringste Erleichterung angesichts der Wärme ihres Steines. Ich lasse Frin zwischen den beiden stehen, erwäge, etwas zu sagen, lasse dann jedoch den Mund geschlossen und wende mich ab.

Sofort begegne ich Berions ernstem Blick, der neben der Zelle auf mich wartet. Ein Wachposten schließt das Messinggefängnis hinter uns ab, und die Soldaten gehen den dunklen Gang entlang, während mein Mentor und ich langsam folgen.

»Was ist geschehen?«, will Berion wissen, der nicht zum Ritual vorgelassen wurde.

In knappen Worten schildere ich ihm das Geschehene. Meine Ablehnung gegen die Handlungen meines Vaters ist dabei deutlich zu hören. Berions Augenbrauen ziehen sich bei jedem Satz weiter zusammen.

»Wir wussten schon lange, dass der König die Seelenräuberinnen vernichten will, aber so etwas wie heute …«, überlegt er. »Das ist eine Kampfansage an die Magie selbst. Die Wellenkönigin und die Nebelkönigin, beinahe auch die Eiskönigin …«

Er seufzt, offensichtlich besorgt über die Folgen des Geschehenen. Dass ich mehr an der moralischen Richtigkeit zweifle und mir weniger über mögliche Vergeltungsschläge den Kopf zerbreche, behalte ich für mich. Als zukünftiger König Askjas Mitgefühl mit den Seelenräuberinnen zu haben … Kein Mensch würde mich verstehen.

»Wir müssen herausfinden, was die weiteren Pläne des Königs sind«, schließt Berion. »Wenn er das fortsetzt … Er könnte ganz Askja bedrohen. Die Magie war schon immer Teil unserer Welt, und ich weiß nicht, welche Auswirkungen ein derartiges Ritual mit sich bringt. Wir müssen vorbereitet sein.«

»Oder meinen Vater aufhalten«, murmle ich leise.

Berion zuckt zusammen und sieht sich dann hastig um, um sicherzugehen, dass niemand in Hörweite ist. Schließlich landet sein strenger Blick auf mir.

»Sag so etwas nie wieder, Junge«, fordert er. »Selbst wenn all unsere Pläne scheitern, darf niemand an deiner Loyalität zum König zweifeln. Niemand darf denken, dass du zum Verräter werden könntest. Du bist die Zukunft. Die Hoffnung Askjas.«

Viel zu oft schon hat Berion mir diese Worte mitgeteilt. Aber mein Vater ist nur auf seine Hexenjagd fixiert. So, wie er unser Volk vernachlässigt, fällt es mir immer schwerer, der Zukunft unseres Reiches mit Hoffnung entgegenzusehen.

Dennoch nicke ich. Denn Berion hat recht – mein Vater würde mich niemals zu seinem Nachfolger ernennen, sollte je der Verdacht aufkommen, ich könne ihn verraten.

***

»Mein König.«

Die Tür zu seinem Privatgemach steht offen, und ich betrete bedacht die Räumlichkeiten, wissend, dass jeder Schritt ein Fehler sein könnte. Doch mein Vater reagiert nicht verärgert auf mein Eindringen, hebt nur überrascht eine Braue und wendet sich dann wieder dem Feuer im Kamin zu.

Schweigend stelle ich mich neben ihn und folge seinem Blick in die Flammen. Es ist ungewöhnlich, ihn nachdenklich statt aufbrausend zu sehen, grüblerisch statt erfüllt von der inzwischen typischen Wut. Einen Moment lang gestatte ich ihm, sich weiter in seinen Gedanken zu verlieren, dann räuspere ich mich.

»Vater, das Ritual …«

Ich breche den Satz ab, da ich unsicher bin, wie ich ihn vollenden soll. Der König begegnet Zweifeln generell mit Zorn, und obwohl ich sein Temperament nur allzu gut kenne, will ich es heute möglichst nicht abbekommen. Es scheint, als habe er all seine Wut bereits an Frin ausgelassen, denn statt einer schlagfertigen Erwiderung seufzt der König.

»… ist gescheitert«, vollendet er meine Aussage mit ernstem Ton. »Statt drei Königinnen zu töten, hat ausgerechnet jene überlebt, die am wichtigsten ist. Ich habe versagt und konnte Askja nicht vom Joch der Eismagie befreien.«

Zu meinem Erstaunen wirkt der sonst so selbstsichere König beinahe erschüttert angesichts seines Misserfolgs. Seine Augen sind voller Schuldgefühle. Sein langer, von grauen Strähnen durchzogener Bart ist zerzaust davon, dass mein Vater immer wieder frustriert über sein Kinn reibt. Die Falten auf seiner Stirn scheinen sich in den letzten Stunden vertieft zu haben.

Seine wenig angriffslustige Haltung gibt mir den Mut, weiter nachzufragen.

»Warum ist ihr Tod so wichtig?«

Das bringt Leben zurück in meinen Vater, und statt des gescheiterten Mannes sieht nun wieder der überhebliche König zu mir.

»Sohn, manchmal zweifle ich daran, dass du dieses Königreich regieren kannst, so wenig, wie du begreifst«, teilt er mir mit.

Es klingt mehr wie eine Feststellung als eine Beleidigung, was nur noch mehr an meinem Stolz kratzt.

»Die Seelenräuberinnen bedrohen die Menschen Askjas seit Jahrhunderten, und wir haben nie etwas unternommen«, verteidige ich mich. »Was hat sich verändert?«

Sein Blick verdunkelt sich, und ich schelte mich innerlich selbst für diese Frage. Natürlich weiß ich, was anders ist – *ihr* Tod hat alles verändert. Eine einzige Frau, deren Tod den König unwiederbringlich verwandelt hat.

Mein Vater setzt an, mich zu rügen, dann überlegt er es sich anders. Er seufzt erneut und zieht das Porträt aus der Tasche, das er seit seiner Verlobung stets bei sich trägt.

»Wir verlieren zu viele Leben«, erklärt er mir traurig. »Zu viel Leid, zu viel Tod. Askja soll das nicht länger ertragen müssen. Es ist die Pflicht eines Königs, seinem Volk die beste Zukunft zu bieten. Ich will den Bewohnern unseres Königreichs eine sorglose Zukunft ermöglichen, und dafür muss ich diese Bedrohung eliminieren.«

Die Vision eines besseren Landes hat mein Vater mir schon so häufig erläutert. Auch nach all den Jahren sehe ich es nicht, dieses neue Askja, das er sich vorstellt. Ich weiß nicht, wie er dorthin gelangen will.

»Der Tod ihrer Königinnen ist der erste Schritt zur Ausrottung der Seelenräuberinnen«, fährt er fort. »Die Sirenen und die Najaden sind geschwächt, und wenn wir all unsere Ressourcen darauf verwenden, sie auszulöschen, würde es uns gelingen.«

Er spricht von der Vernichtung ganzer Arten, und ich bin nicht sicher, ob ich ihn dafür verurteilen oder ihm applaudieren soll. Es stimmt: Die Angriffe der magischen Wesen werden mehr. Ich erinnere mich an eine Zeit, in der es beinahe so unwahrscheinlich war, von einer Eisdämonin geraubt wie von einem Blitz getroffen zu werden. Heute kommt kaum die Hälfte der Menschen zurück in unsere Stadt, die das Firnisgebirge und die umliegenden Wälder betreten. Seit Jahren versuche ich meinen Vater zu überzeugen, ein Gesetz zu erlassen, das den Zugang zu diesen Orten beschränkt. Die Pelze, die unsere Jäger dort erbeuten, sind jedoch grundlegend für den Tribut, den wir an den Kaiser in Myredal zahlen müssen. Wir können nicht auf sie verzichten.

»Die Eiskönigin war die wichtigste«, murmle ich, »weil die Eisdämoninnen am meisten Askjer ermorden?«

Das Volk der Najaden ist viel kleiner, da es nur wenige heiße Quellen auf Askja gibt, die sie zum Überleben benötigen. Dort bleiben sie, weshalb es leichterfällt, sie zu meiden. Die Sirenen locken vor allem Seeleute in ihr verfrühtes Wassergrab, was den Handel mit dem Festland erschwert, aber selten unsere Landsleute trifft. Die Eisdämoninnen ernähren sich von den Menschen meines Königreichs.

Selbst wenn ich den intensiven Hass meines Vaters auf ihre Art nicht in seiner Gänze nachvollziehen kann, verstehe ich ihn zumindest.

»Nein«, widerspricht er mir, »wenn die Eiskönigin stirbt, wird ihr Fluch über Askja gebrochen. Der ewige Winter wäre vorbei.«

Über diese Aussage runzle ich irritiert die Stirn. Das Märchen vom ewigen Winter, mit dem die Eiskönigin Askja einst verfluchte, ist mir nur allzu vertraut. Jedes Kind in diesem Land kennt es, und viele glauben, dass unsere Insel deswegen nie grünt. Aber ich war in ähnlich nördlichen Gebieten auf dem Festland, habe die Neuen Inseln im Osten besucht, auf denen ebenso viel

Schnee liegt wie hier. Es wäre leichter, daran zu glauben, dass das Klima unseres Reiches von einem Fluch verursacht wurde. Ein Fluch, der gebrochen werden könnte, indem man die Magie seiner Verursacherin vernichtete. Doch inzwischen bezweifle ich es. Außerdem spielt es keine Rolle – dank der Magie des Heimatbergs haben wir, was wir brauchen, ohne je den Frühling oder den Sommer zu erleben.

Der König deutet meinen Gesichtsausdruck falsch.

»Keine Sorge, ich habe nicht vor, all unsere Krieger auf eine Hexenjagd gegen die Seelenräuberinnen zu entsenden«, beruhigt er mich. »Nein, sobald ich die Magie vollständig aus Askja verbannt habe, wird sich das Problem von selbst erledigen.«

»Die Magie verbannt?«, echoe ich erschrocken und denke an die grünen Wiesen und Felder des Heimatbergs. Falls unser Klima kein Fluch ist und der Schnee auch ohne Magie bleibt, wären wir verloren, wenn wir ohne die Magie der Natur dort keine Nahrung mehr anbauen könnten …

Die altbekannte Ungeduld kehrt ins Gesicht meines Vaters zurück.

»Hör richtig zu, sonst zweifle ich wirklich daran, dass du als Erbe geeignet bist!«, tadelt er mich. »Die Details übersteigen offensichtlich deine geistigen Kapazitäten, also belaste dich nicht damit. Sei versichert, dass ich Askja auch ohne deine Hilfe retten werde.«

Mir klappt der Mund auf, doch ich weiß nicht, was ich dazu sagen soll. Schließlich war ich es, der mithilfe meiner Truppe die gefährlichsten Wesen Askjas gefangen und ins Schloss geschleift hat. Noch immer zweifle ich daran, dass es das Richtige war – aber geholfen habe ich meinem Vater damit eindeutig.

»Und jetzt raus hier«, fährt er mich an. »Ich brauche Ruhe, um die nächsten Schritte vorzubereiten.«

Von denen werde ich wohl kein Teil sein. Oder ich werde über diese erst informiert, wenn ich die Drecksarbeit für ihn erledigen soll. Wut wallt in mir auf.

Bevor mir jedoch eine scharfe Erwiderung einfällt, fährt der König schon fort: »Und füttere die Eisdämonin. Ich brauche sie noch, sie darf nicht an ihren Verletzungen zugrunde gehen.«

Die Erwähnung von Frin lässt meinen Zorn wieder verebben, stattdessen steigt eine Mischung aus Angst und Sorge in mir auf, gepaart mit einem schlechten Gewissen. Schuldgefühle, weil ich Mitleid mit einem Monster habe.

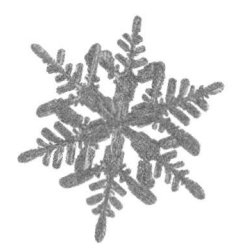

Bittersüß wie die Rache

Frin

Jedes Mal, wenn ich die Augen schließe, sehe ich den Blick Fjoras, als sie mir die Krone auf den Kopf setzt. Die Szene spielt sich immer und immer wieder in meinem Inneren ab. Ich erblicke die Mischung aus Zuversicht und Trauer, die in ihren Augen lag. Vernehme das ekelhafte Geräusch, als das Schwert des Königs den Kopf vom Körper trennte. Ihr dumpfer Aufprall auf dem Stein, während ihre Seele diese Welt verließ und nur Schnee zurückblieb.

Schnee, immer nur Schnee. Durch den Spalt in der Wand kann ich sehen, wie der Sturm außerhalb der Schlossmauern an Kraft gewinnt und mehr Eis als Schnee herumwirbelt. Regelmäßig werden ein paar Flocken in unsere Zelle geweht, die jedes Mal auf mir landen. Es wirkt, als würde der Wind mich selbst ohne meine Magie wiedererkennen. Die feinen Kristalle legen sich in mein Haar, auf meine Haut, meine Lippen. Eine Liebkosung des Winters, die ich kaum fühle, denn mein Inneres ist leer und spürt keinerlei Emotionen mehr.

Ich bin nur erfüllt von der sich wiederholenden Abfolge an

Bildern, die den Tod meiner Königin zeigen. Fjoras letzte Momente, in denen sie alles für mich aufgab und starb.

Ich hätte mich wehren müssen. Ich hätte kämpfen müssen! Wenn ich mein Leben beendet hätte, als ich die Chance dazu hatte … Als Leif mir bei meiner Gefangennahme sein Schwert an die Kehle hielt, hätte ich mich hineinstürzen sollen. Wäre ich tot, wäre das alles hier nicht geschehen. Dann wären die Eisdämoninnen noch sicher, unsere Königin noch bei uns.

Oder hätten sie einfach eine andere gefangen? Nein, wenn ich die Zeit zurückdrehen könnte, würde ich mir nicht selbst das Leben nehmen. Ich würde vielmehr eine ganz andere Entscheidung ändern: Ich würde nicht zögern, Leif das Leben zu nehmen. Dieser kurze Augenblick, in dem ich mit mir gerungen habe, ihn zu töten, hat mich alles gekostet, was mir etwas bedeutet.

Wie man es dreht und wendet, ich bin schuld. Es fühlt sich an, als hätte ich selbst Fjora den Kopf abgeschlagen, denn ich bin für ihren Tod verantwortlich. Und ich hasse mich zutiefst dafür.

Mich und Leif, denn er hat mich hierhergebracht und dieses Ritual dadurch überhaupt erst ermöglicht. Obwohl ich mir nichts mehr wünsche, als mich meiner Wut hinzugeben, überwiegt das Gefühl der Trauer. Ich will meinen Hass zurück, der mir Kraft schenkt. Doch die Tränen wollen nicht versiegen. Mein Leid macht mich schwach.

Es ist unmöglich, zu sagen, wie viel Zeit seit dem Ritual vergangen ist. Adelaides Schluchzer hallen vom Stein der Kerkermauern wider, während Lava steif wie eine Statue auf ihrer Wärmequelle sitzt, ins Leere starrt und nicht einmal zu blinzeln scheint. Ich will die beiden fragen, ob es ihnen gut geht, aber mir fehlt die Kraft, überhaupt den Mund zu öffnen. Ich bin nicht in der Verfassung, jemanden zu trösten, jetzt, da ich diesen Trost selbst so sehr benötige. Sogar wenn Solvig jetzt für mich da wäre, würde mir das nicht dabei helfen können, das soeben Geschehene zu verarbeiten. Die Ereignisse des heutigen Tages waren so einschneidend, dass ich mich frage, wie ich jemals darüber hinwegkommen sollte. Jede Schneeflocke erinnert mich an Fjora, die wie eine Mutter für mich war ...

Das Geräusch von Schritten durchbricht meine eintönigen Gedanken. Als ich ihren Rhythmus wiedererkenne, blicke ich von meinen Händen auf, in die ich mein Gesicht unbewusst vergraben habe. Schniefend wische ich mir die Tränen aus den Augen und versuche, aufzustehen.

Meine Beine gehorchen mir nicht. Obwohl mein Verstand mich anbrüllt, mich zusammenzureißen, ihn für seine Taten bezahlen zu lassen, siegt die Trauer. Mein Körper gehorcht mir nicht und will offenbar ebenso apathisch dasitzen wie Lava.

Leif steht vor der Tür unserer Kerkerzelle und wirkt geradezu unsicher, während er zu uns hineinspäht. Er beißt auf seine Lippe und hält einen Wasserschlauch in der Hand, bei dessen Anblick sich mein Hunger regt.

»Guten Morgen.«

Obwohl er endlich einsieht, dass wir mehr als gefühllose Monster sind, stellt sich keine Genugtuung bei mir ein. Offen zeigt er nun sein Mitleid, auch wenn wir ihm sicher nach wie vor zuwider sind. Trotzdem fühle ich mich nur müde und elend und enttäuscht.

Lava reagiert ebenfalls nicht auf seine Begrüßung, und Adelaides Schluchzer werden nur noch lauter. Leif mustert uns ratlos, dann bleibt sein Blick an mir hängen. Wahrscheinlich weil ich die Einzige bin, die ihn erwidert. Oder interessieren ihn die Veränderungen, die ich seit dem Ritual durchgemacht habe? Mein weißes Haar und das helle Kleid waren zuvor so dunkel wie die Nacht.

Die Erinnerung an meinen neuen Status lässt mich wegsehen und die Knie enger an den Körper ziehen.

Am liebsten möchte ich mir die Ohren zuhalten, damit seine besorgte Stimme nicht zu mir durchdringt, als er fragt: »Frin?«

Trotz allem hallt die Art, wie er meinen Namen ausspricht, bis in mein Innerstes. Heute schwingt kein Hass und keine Ablehnung in seinen Worten mit. Sein Tonfall ist ebenso resigniert und niedergeschlagen, wie ich mich fühle.

»Frin, ich …«, er räuspert sich erneut. »Hier ist Wasser für dich. Du brauchst Energie, um zu heilen.«

Als ich ihn wieder ansehe, steht eine stumme Entschuldigung in seinem Blick. Ich ignoriere ihn und die lächerliche Nahrung, die er mir bringt. Was will er damit erreichen? Meine Lebenskraft erhalten, damit ich hier weiter vor mich hinsiechen und für die Machenschaften des Königs verfügbar sein kann?

»Frin«, wiederholt er meinen Namen flehend.

Ich reagiere nicht, denke nur an Fjora. Sie hat sich geopfert, ohne mit der Wimper zu zucken. Die Frau, die sich all die Jahre um uns gekümmert hat, der nichts mehr am Herzen lag als das Wohlergehen jeder einzelnen Eisdämonin … Nun ist sie einfach fort.

»Najade?«, fragt Leif unbeholfen. »Sirene? Wollt ihr …?«

»Lass sie in Ruhe«, fahre ich ihn so heftig an, dass er zusammenzuckt.

Dennoch schleicht sich ein Lächeln in sein Gesicht, wohl, weil er mir überhaupt noch eine Reaktion entlocken konnte.

»Ich kenne ihre Namen nicht«, gesteht er.

Ich presse die Lippen aufeinander. Schließlich erhebe ich mich doch. Mit vier Schritten bin ich am Gitter und stoße ihn durch die Stäbe hindurch grob zurück, sodass er nach hinten stolpert.

»Ich bezweifle, dass sie ihn dir nennen wollen«, speie ich ihm entgegen, »und jetzt geh endlich.«

Da ist er endlich, mein Zorn. Nun verstehe ich die Abscheu, die er mir in den letzten Tagen entgegenbrachte, denn plötzlich spüre ich sie selbst um ein Vielfaches verstärkt. *Er ist schuld.* Ich will toben, ihn schlagen, ihn dafür töten, was er uns angetan hat.

»Es tut mir leid«, wispert er, und meine Wut verfliegt ebenso schnell, wie sie gekommen ist.

Nicht wegen seiner Entschuldigung, sondern wegen der Aufrichtigkeit darin. Auch wenn das nichts ändert, bedeutet es mir etwas. Dass er Reue zeigt, ist verblüffend. Ich kann nicht von ihm erwarten, dass er mich oder die anderen versteht. Wir sind seine Feinde, sind die Raubtiere, die seine Spezies auslöschen.

Was auch immer die Menschen uns antun, ist eigentlich nachvollziehbar.

Ich verdränge den Gedanken schnell wieder. Ich kann und will nicht glauben, dass Fjoras Tod in irgendeiner Weise rechtfertigbar, gar vertretbar ist. Mir ist egal, was wir seiner Spezies angetan haben. Wir Eisdämoninnen töten, um zu überleben. Der zufriedene Ausdruck im Gesicht des Königs ist mir zu gut in Erinnerung, als dass bloße Sorge um seine Art seine Motivation war. Er wollte die Königinnen töten, und er hat es genossen. Nichts kann das erklären.

Unvermittelt spüre ich eine warme Hand auf der Schulter und merke, dass ich in mich zusammengesackt bin und plötzlich auf dem eisigen Boden sitze.

»Wer war sie?«, will Leif mit so ehrlichem Interesse in der Stimme wissen, dass ich bitter auflache.

»Verstehst du gar nichts?«, gebe ich höhnisch zurück und schüttle seine Hand ab. »Sie war die Eiskönigin.«

Er nickt, als würde das alles erklären, und präzisiert seine Frage: »Wer war sie für dich?«

Fjora war eine der ersten Eisdämoninnen, die ich kennenlernte. Sie erklärte mir mein neues Leben, gab mir Halt, als meine gesamte Welt keinen Sinn mehr ergab. Sie war meine Beschützerin, meine Mentorin, meine Freundin. Nichts war unerschütterlicher als ihre Zuneigung. Sie brachte uns allen die Art Liebe entgegen, die Mütter für ihre Kinder empfinden. Sie half uns, gab uns Rat und litt mit uns. Sie war mehr, als ich Leif jemals erzählen könnte, deshalb versuche ich es nicht einmal.

»Warum bist du plötzlich so freundlich?«, will ich stattdessen wissen.

Die eiskalte Behandlung, die er mir davor zuteilwerden ließ und die jede Eisdämonin stolz machen würde, ist mir noch gut im Gedächtnis. Wie er mich fing und Solvigs Tod veranlassen wollte. Wie er zuließ, dass mich die Bewohnerinnen und Bewohner der Stadt drangsalierten und mit verrotteten Lebensmitteln bewarfen.

Aber ich erinnere mich auch daran, wie er mich davor bewahrte, an der Schlucht in den Tod zu stürzen.

Vorher konnte ich noch glauben, dass ich mir das Mitleid in seinen Augen eingebildet hätte, nun weiß ich, dass es echt ist. Er will ebenso wenig wie ich, dass all das hier geschieht. Lägen die Umstände anders … Freiwillig würde er mir das nicht antun. Es muss daran liegen, was der alte Mann im Thronsaal gesagt hat. Leifs Legitimation hängt davon ab, dass er den König unterstützt.

Was auch immer das bedeutet.

Leif hält mir schlicht den Wasserschlauch hin.

»Trink«, sagt er, und es klingt mehr nach einer Bitte als nach einem Befehl.

»Warum?«, verlange ich, zu wissen. »Damit ich für das nächste schwarze Ritual herhalten kann?«

Trotzdem nehme ich den Schlauch schließlich an, während Leif bloß betreten schweigt. Meine Willenskraft hält meinem Hunger nicht stand. Die Trauer hatte ihn betäubt, doch beim Anblick des Wasserschlauchs lechzt mein ganzer geschundener Körper nach Nahrung.

Ich habe mich schon immer an das Leben geklammert. Habe

gejagt wie keine andere Eisdämonin, während sich viele von uns ins Nichts auflösten. Wenn ich gehe, dann nicht wegen mangelnder Nahrungszufuhr. Nicht leise wie rieselnder Schnee, der immer weniger wird, sondern wie ein wütender Wintersturm, der dieses Schloss in seinen Grundfesten erschüttert.

»Du brauchst deine Kraft«, antwortet Leif. Recht hat er – wenn ich dieses Schloss zum Einsturz bringen will, muss ich zu alter Stärke zurückfinden.

Neuer Lebenswille steigt in mir auf. Bei den Eisgöttern, ich bin eine Eisdämonin. Fjoras Tod belastet mich, will mich aufgeben lassen. Dennoch wächst die Gewissheit in mir heran, dass ich stärker bin. Dass ich mich nicht von diesen Menschen herumschubsen lassen werde.

Ich bin zutiefst erschüttert, aber nicht gebrochen. Egal, was die Menschen versuchen, ich bin ihnen überlegen. Ich werde fliehen, und ich werde Rache nehmen. Am König und an den Menschen. Und Leif wird mir dabei helfen. Auch wenn er es selbst noch nicht weiß.

***

Leifs Erscheinen hat nicht nur mich aus meiner Starre gerissen. Kaum dass das Geräusch seiner sich entfernenden Schritte im Kerker verklingt, erhebt sich Lava von ihrem Stein und mustert mich vorwurfsvoll.

»Wie kannst du dich von ihm einwickeln lassen? Er ist für den Tod unserer Königinnen verantwortlich!«

Der Unglaube in ihren Augen überrascht mich. Ich hätte nicht gedacht, dass ich ihr in der kurzen Zeit unserer Bekanntschaft bereits nahe genug gekommen wäre, dass sie sich von mir verraten fühlen könnte, nur weil ich Leif nicht die Augen ausgekratzt habe.

»Ich lasse mich nicht einwickeln«, widerspreche ich ruhig.

Ich bin unerwartet erleichtert darüber, dass sie ihre Lethargie abgelegt hat. Scheinbar schweißt uns unser Schicksal mehr zusammen, als ich dachte.

»Du hast mit ihm gesprochen«, kritisiert sie, »und sogar auf ihn gehört.«

Mit zusammengepressten Lippen betrachtet sie mich von oben bis unten. Was auch immer Leif mir zu trinken gab, hat geholfen. Die blauen Flecken, die ich von der Prügelei des Königs davontrug, sind verschwunden. Mein weißes Kleid ist rein wie frisch gefallener Schnee, und es scheint sogar, als wären meine Haare gewachsen.

»Aber vielleicht besteht bei dir kein Grund für Schock oder Trauer«, fährt Lava bitter fort. »Schließlich hast *du* keine Königin verloren, sondern wurdest selbst zu einer.«

Meine Augen verengen sich angesichts dieser Unterstellung. Allein der Gedanke, dass ich nicht um Fjora trauern würde … Dass ich in irgendeiner Weise zufrieden mit den heutigen Entwicklungen sein könnte …

»Sie kann nichts dafür, Lava«, unterbricht uns Adelaides sanfte Stimme, bevor ich etwas erwidern kann.

Ich habe gar nicht mitbekommen, dass ihre ständigen Schluchzer verstummt sind. Als ich sie ansehe, sind ihre Augen trocken, obwohl man ihr die Tränen der letzten Stunden ansieht.

Lava schnaubt, als würde sie der Sirene nicht zustimmen.

»Fjora war das wichtigste Wesen in meinem Leben«, teile ich den beiden mit fester Stimme mit. »Ihr irrt euch, wenn ihr glaubt, dass ihr Verlust mich nicht mehr schmerzt als alles andere. Aber ich werde um sie trauern, sobald wir aus diesem verfluchten Kerker geflohen sind. Jetzt …«

Entschlossen sehe ich in die Richtung, in die Leif verschwunden ist.

»… jetzt werde ich Rache nehmen.«

»Rache?«, echot Lava, und anstelle des stillen Vorwurfs von eben höre ich nun Interesse.

Ich neige den Kopf und schaue zu den beiden anderen.

»Deshalb bist du auf ihn eingegangen«, stellt Adelaide fest.

»Um ihn in Sicherheit zu wiegen und ihm dann in den Rücken zu fallen?«

Und das, nachdem Leif mich erstmals wie ein menschliches Wesen behandelte. Eine gute Tat macht eben nicht alles wett … Dennoch schüttle ich den Kopf.

»Der König ist schuld an allem«, erkläre ich. »Also muss der König sterben.«

»Du willst den Prinzen benutzen, um an den König heranzukommen?«, hakt Lava beeindruckt nach. »Dass ich nicht selbst darauf gekommen bin.«

»Nun, ich glaube nicht, dass du sein Typ bist«, scherzt Adelaide.

Es wärmt mein Herz, ein leichtes Lächeln in ihrem Gesicht zu sehen. Ebenso der beleidigte Gesichtsausdruck, den Lava daraufhin aufsetzt. Irgendwie sind wir in dieser Zelle Freundinnen geworden, und es tut gut, sie aus ihrer Trauer erwachen zu sehen.

Doch schon senken sich Adelaides Mundwinkel wieder.

»Daina war wie eine Schwester für mich«, gesteht sie leise. »Ich … Ich kann nicht glauben, dass sie fort ist.«

Sie braucht nicht zu erklären, wer Daina ist, obwohl ich den Namen der Wellenkönigin zuvor nie gehört habe. Der Schmerz in ihren Augen sagt alles und lässt mich schlucken.

Lava dagegen schnaubt.

»Ich konnte Fylla nie leiden«, behauptet sie, obwohl ihr vorheriges Verhalten sie Lügen straft. »Sie tat stets so, als wäre sie jemand Besseres. Die Macht ist ihr zu Kopf gestiegen.«

Sie begegnet unseren irritierten Blicken und seufzt dann.

»Aber sie hat sich immer um uns Najaden gekümmert«, gibt sie verhalten zu. »Kein Zauber war ihr zu schwer, wenn sie uns dadurch schützen konnte. Vielleicht … Vielleicht war sie keine gute Freundin, aber sie war eine gute Königin.«

Daraufhin kann ich nur nicken. Kurz zögere ich, ob ich dem Beispiel der beiden folgen will. Dann überwinde ich meine Zweifel und erzähle mit brüchiger Stimme: »Fjora wusste immer, wie es jeder von uns ging. Sie war für uns da, egal, was war. Wie … wie eine Mutter.«

Adelaide lächelt schwach und streckt dann eine Hand nach mir aus. Ich weiß nicht, ob ich allein trauern oder ihren Beistand annehmen will. Mein Herz entscheidet für mich und setzt meinen Körper in Bewegung, bevor mein Verstand zustimmen kann. Adelaide nimmt meine Hand sacht in ihre und drückt sie, bis ich ihr Lächeln erwidere. Dann nickt sie in Lavas Richtung, und obwohl ich vor zwei Tagen noch dachte, Najaden wären meine Erzfeindinnen, strecke ich meine andere Hand nach ihr aus. Ich bin nicht einmal überrascht, als sie sie ergreift. In diesem Kerker konnten drei so unterschiedliche Wesen wie wir Verbündete werden.

»Warum gehst du ihm eigentlich so nahe?«, will die Sirene unvermittelt wissen.

Ich weiß sofort, wen sie meint. Als Antwort hebe ich nur die Schultern. Mir ist ebenfalls aufgefallen, dass Leif mich anders behandelt als sie oder Lava. Aber bis gestern hätte ich eher gedacht, dass er mich aus unerfindlichen Gründen mehr hasst als sie. Erst bei seinem Besuch eben schien es so, als würde er sich, im Gegenteil, mehr für mich interessieren. Nur meinen Namen wollte er bisher wissen.

»Vielleicht gefalle ich ihm?«, mutmaße ich wenig überzeugt.

Lava schüttelt den Kopf.

»Abgesehen davon, dass du heute äußerlich eine komplette Kehrtwende gemacht hast«, sie gestikuliert zu meinen weißen

Haaren und dem Kleid, »sind Adelaide und ich genauso schön wie du. Aber uns sieht er nicht so an wie dich. Mit dieser Mischung aus … Trauer und Trotz. Als hättet ihr eine gemeinsame Geschichte.«

»Hm«, mache ich und ziehe die Augenbrauen zusammen, »ich wüsste nicht, was ich getan haben sollte, um diese Reaktion bei ihm hervorzurufen.«

Es sei denn, er steht darauf, beinahe umgebracht zu werden.

»Wie auch immer«, meint Lava, und ihre Augen verengen sich leicht, »der Grund ist egal. Hauptsache, wir bekommen unsere Rache.«

Täuschend wie das Trugbild

Leif

»Nicht so«, murrt Berion, was die beiden Rekruten ertappt zusammenzucken lässt.

Der Heerführer schüttelt enttäuscht den Kopf, bevor er zu den nächsten beiden auszubildenden Soldaten geht. Wie immer überlässt er es mir, den armen Neuankömmlingen zu erklären, weshalb er unzufrieden ist. Damit ich lerne, wie man mit den Soldaten umgeht, sagte Berion einst. Inzwischen glaube ich, dass er nach all den Jahren nur keine Lust mehr hat, die immer gleichen Ermahnungen und Ratschläge von sich zu geben.

Ich seufze und nehme einem der beiden Soldaten das Holzschwert aus der Hand.

»Das ist eine Hiebwaffe«, erläutere ich den beiden und führe das Schwert mit einem kräftigen Schlag von oben nach unten, »keine Stichwaffe. Als Degen ist ein Schwert nicht zu gebrauchen, dafür entfaltet es so seine ganze Kraft.«

Ich demonstriere es ihnen mit ein paar Hieben gegen einen unsichtbaren Gegner und reiche anschließend dem Rekruten, der mich ehrfürchtig anblickt, seine Waffe zurück.

»Danke, Eure Hoheit.«

Diesmal bin ich es, der zusammenzuckt. Ich sehe den Soldaten mit einem strengen Ausdruck an, der Berion Konkurrenz machen könnte.

»Nenn mich nicht so«, weise ich ihn an, »ich bin Ser Leif. Nicht mehr und nicht weniger.«

Die Verwirrung steht ihm ins Gesicht geschrieben. Kopfschüttelnd wende ich mich ab und folge Berion. Ich hoffe, der Mann hat seine Lektion gelernt – sowohl die mit dem Schwert als auch die, wie er mich anzusprechen hat. Ich mag der Sohn des Königs sein, aber die einzige Person in Askja, die man als *Eure Hoheit* ansprechen darf, bleibt bis zu meiner Legitimation mein Vater. Wenn dieser Soldat sich nicht daran hält ... Es ist sein Leben, mit dem er spielt, nicht meines.

Was würde meine Mutter von alldem wohl halten? Davon, dass ihr Sohn, ein Prinz, nicht als solcher bezeichnet werden darf. Von der Art, wie mein Vater mich großgezogen hat, ohne mich je wirklich als seinen Nachfolger zu betrachten. Ob sie diese mögliche Zukunft bedacht hatte, als sie, ein gewöhnliches Küchenmädchen, den König verführte?

Oder ob sie wirklich so machthungrig war, wie mein Vater behauptet, und sich bloß die Krone erschleichen wollte. Noch immer höhnt er darüber, dass ihre Rechnung selbst dann nicht aufgegangen wäre, wenn sie meine Geburt überlebt hätte.

»Ser Leif«, reißt mich eine hohe Stimme aus meinen Gedanken, und ich entdecke Arvid, einen jungen Laufburschen, der auf mich zueilt.

Seine Wangen sind gerötet von der Dringlichkeit, mit der er zu mir hastet. Der Schrecken in seinen Augen verrät mir sofort, wer ihn geschickt hat.

»Seine Majestät König Umber verlangt nach Euch.«

Ich nicke stumm und bedeute Arvid mit einer Handbewegung, hierzubleiben. Obwohl der Innenhof des Schlosses inmitten der Kälte des Winters nicht der angenehmste Ort Asks ist, atmet er erleichtert auf.

Es bringt nichts, die Begegnung aufzuschieben. Also wappne ich mich, während ich mich zum Thronsaal begebe. Schnellen Schrittes geht der König darin auf und ab.

»Eure Hoheit«, begrüße ich ihn und verbeuge mich.

Er sieht mich überrascht an, als hätte er so schnell nicht mit mir gerechnet.

»Leif«, entgegnet er.

In seinen Augen steht kein Zorn, sondern die altbekannte Mischung aus Hochmut und Sorge.

»Soeben hat ein myredelisches Schiff am Hafen angedockt«, erklärt er. »Der Inquisitor stattet uns einen unangekündigten Besuch ab.«

Ich versuche, mir meinen Schock über diese Nachricht nicht anmerken zu lassen. Das Festland unterstützt meinen Vater bei seinem Krieg gegen die Magie schon lange. Sie haben ihn seine Rituale gelehrt, ihm die Messingfesseln geschenkt. Ohne sie wüssten wir nichts über die Wirkung der Nachtlilien und des Sonnentaus. Dennoch ist unsere Beziehung schwierig. Der Inquisitor steht jeder Form von Magie misstrauisch gegenüber. Auch die Magie unseres Heimatbergs, die uns alle ernährt, ist ihm schon lange ein Dorn im Auge.

Wie ich bei unserem Gespräch gestern erfahren habe, ist mein Vater inzwischen ebenfalls von dieser Ansicht überzeugt. Aber selbst wenn der Plan meines Vaters gelingt und das Verschwinden der Magie den Fluch der Eiskönigin bricht – heute wäre Askja noch nicht bereit dazu, alle Magie zu verlieren.

Es kommt hinzu, dass das Kaiserreich immer mehr Tribut von uns verlangt. Obwohl der Kaiser auf dem Kontinent regiert und weit von uns entfernt ist, sind wir seit Jahrhunderten Myredals

Vasallen. Damit ist Askja zwar größtenteils unabhängig, muss dem Kaiserreich jedoch Tribut zahlen und sich bei wichtigen Entscheidungen absprechen. Nicht zum ersten Mal wünsche ich mir, dass unsere Vorfahren gegen die kaiserliche Armada unsere Freiheit erkämpft hätten. Gleichzeitig weiß ich, dass wir gegen diese Übermacht nie eine Chance hatten, weshalb uns auch heute keine andere Wahl bleibt, als auf ihre Forderungen einzugehen. Bei seinem Besuch wird der Inquisitor wie immer nach Fehlern in unserer Verteidigung oder Anzeichen des Ungehorsams suchen. Er wird uns prüfen und Argumente sammeln, mit denen er uns erpressen kann.

»Ich werde die Schließung des Heimatberges für heute veranlassen«, verkünde ich ohne jegliche Emotion in der Stimme, »die Patrouillen verdoppeln, die Wachen an den Toren verstärken.«

»Und einen Ball vorbereiten«, fügt mein Vater ebenso tonlos hinzu, »mit Musikern, Tänzern und einem Festmahl. Lad alle Adligen ein.«

Ich nicke zustimmend. Der Inquisitor besteht auf einer angemessenen Begrüßung, einer Feier zu seinen Ehren – oder vielmehr zu Ehren der fruchtbaren Beziehungen zwischen Askja und Myredal. Scheinveranstaltungen dieser Art steigern meine Ablehnung gegen Bälle nur noch mehr.

»Ich werde mich darum kümmern«, versichere ich, woraufhin sich das Gesicht meines Vaters aufhellt.

Zumindest bei derart unangenehmen Aufgaben weiß er meinen Beitrag zu schätzen.

»Soll ich die Wachen am Kerker ebenfalls verdoppeln und alle Zugänge schließen lassen?«, will ich wissen.

Es ist unklar, ob solche Sicherheitsmaßnahmen den Inquisitor tatsächlich von unseren Gefangenen fernhalten würden. Geschlossene Türen und eine vermehrte Anzahl an Soldaten würden ihn daran hindern, den Kerker zu betreten. Aber womöglich erwecken sie auch seine Neugier, sodass er sich umso mehr bemühen könnte, in den Kerker zu kommen.

Mein Vater schüttelt den Kopf.

»Nein«, widerspricht er und lächelt, »er soll ruhig sehen, was uns mit seinen Geschenken gelungen ist. Veranlasse, dass die drei Seelenräuberinnen Teil des Festes sein werden.«

»Teil des Festes?«, echoe ich irritiert.

Will er in Erinnerung rufen, welche gefährlichen Kreaturen in Askja auf Menschenleben lauern? Ich bezweifle, dass das die Stimmung anheizt.

Der König verdreht die Augen.

»Sieh es als eine Kunstausstellung an«, erklärt er mir so langsam, als zweifle er ernsthaft an meinem Auffassungsvermögen, »mit lebendigen Objekten. Eine Sirene inmitten des Ballsaals, eine Najade auf dem Balkon und eine Eisdämonin, die sich unter die Gäste mischt ... Niemand kann die Macht Askjas anzweifeln, wenn sie sehen, dass wir es geschafft haben, die drei gefährlichsten Geschöpfe der Welt zu bändigen.«

Insbesondere der Inquisitor nicht, schwingt es unausgesprochen in seinen Worten mit. Dennoch zögere ich.

»Ist das nicht zu gefährlich?«, frage ich verunsichert.

Mir ist bewusst, dass die Messingfesseln und der Sonnentau den drei Frauen ihre Magie verwehren, aber sie haben nichts an Intelligenz verloren. Sie könnten außerhalb des Kerkers einen Weg finden, zu fliehen. Oder schlimmer – das Fest als Chance nutzen, einem Menschen zu schaden.

Der König schnaubt.

»Es ist deine Aufgabe, dafür zu sorgen, dass sie nichts anstellen«, trägt er mir das Unmögliche auf. »Kette die Najade fest und stell die Sirene so ab, dass ihr niemand zu nah kommen kann. Du wirst die Eisdämonin persönlich begleiten und auf Spur halten, während du sie den Gästen vorstellst.«

Den Gästen vorstellen? Was, beim Heimatberg, meint mein Vater damit? Ich zögere, nachzufragen, um nicht weiter von ihm zurechtgewiesen zu werden.

Zu meinem Glück erklärt sich der König von selbst: »Insbesondere die Eisdämonin wird die Anwesenden erschüttern und allen in Erinnerung rufen, warum wir diese Geschöpfe vernichten müssen. Ihre Anwesenheit wird ihnen und dem Inquisitor zeigen, dass uns das tatsächlich gelingen kann. Du wirst sie den Gästen vorführen, dafür sorgen, dass sie sich vor dem Inquisitor verneigt, und mit ihr tanzen, um allen zu beweisen, dass wir ein Geschöpf wie sie kontrollieren können.«

Wieder einmal macht der König mich sprachlos. Ich soll Frin kontrollieren? Gestern war ich noch froh darüber, in ihren Augen das Funkeln von Trotz und Kampfgeist wiederzuerkennen. Jetzt wird mir sehr bewusst, dass genau dieses Funkeln mir ziemliche Probleme bereiten könnte. Ja, wir haben sie gefangen und ihr die Magie genommen. Das bedeutet aber noch lange nicht, dass wir sie kontrollieren können. Wenn ich sie zu einem Tanz zwinge, ergeht es mir vermutlich ähnlich wie Aren, und ich werde mit einem Tritt in die Weichteile belohnt. Wie soll ich sie dazu bringen, die Anweisungen des Königs zu befolgen?

Natürlich hält sich mein Vater nicht mit solchen Details auf. Weder bietet er mir seine Hilfe noch ein Druckmittel an, das ich gegen sie verwenden könnte.

Stattdessen verkündet er nur: »Du wirst mich nicht enttäuschen.«

Ein Satz, der nicht sein Vertrauen in mich ausdrücken soll. Er dient einzig und allein als Drohung. Als ob ich in den letzten Jahren nicht zur Genüge unter Beweis gestellt hätte, die Wünsche des Königs zu seiner Zufriedenheit zu erfüllen.

»Zu Befehl, Eure Hoheit«, ist die einzige Antwort, die mir bleibt.

Ich verbeuge mich und verharre für einen Augenblick in der Position, bis mein Vater mir mit einem Fingerschnippen bedeutet, dass ich entlassen bin. Nur um mich mit der schier unmöglichen Aufgabe vor mir zu befassen.

***

Als ich mich wenige Stunden später mit einem Dutzend Wachposten in den Kerker begebe, plane ich, mit Frin zu verhandeln. Mir ist bewusst, dass der heutige Abend nicht leicht wird. Wie ich die Möglichkeiten in meinem Kopf drehe und wende, mir fällt kein genialer Schachzug ein, um Frin nach meiner Pfeife tanzen zu lassen. Im wahrsten Sinne des Wortes …

Schon biegen wir um die Ecke im Kerkergang, und die Messingzelle kommt in Sicht. Seit gestern hat sich etwas in der Haltung der drei Wesen verändert: Statt uns mit einem leeren Blick zu begrüßen, hebt die Najade bei unserem Anblick eine Augenbraue. Die Sirene, deren Augen noch immer rot und geschwollen sind, schluchzt nicht mehr, sondern setzt sich in ihrem Wasserbecken auf. Auch Frin erhebt sich.

»Leif«, begrüßt sie mich vorsichtig, aber neugierig.

Dann bemerkt sie meine Wachen, die ein Stück zurückgefallen sind und erst jetzt in den Gang abbiegen. Obwohl ihre Haut weiß wie Schnee ist, erblasst sie bei ihrem Anblick sichtlich und weicht ans hintere Ende der Zelle zurück.

»Wir sind nicht wegen eines weiteren Rituals hier«, beruhige ich sie und rüge mich gleichzeitig dafür, dass mir ihre Furcht so nahegeht.

Frin fängt sich schnell und hebt hochmütig das Kinn, als wolle sie demonstrieren, dass sie keine Angst vor uns hat.

»Warum beehren du und deine Leute uns dann mit einem Besuch?«, fragt sie spitz und sieht Malt neben mir böse an.

Ihre Mundwinkel heben sich zufrieden, als dieser unwillkürlich einen Schritt zurückweicht und in eine andere Wache stolpert.

Ich lasse den Blick von ihr zur Sirene schweifen, die interessiert den Kopf aufgestützt hat. Die Najade betrachtet mich bloß grinsend. Ich beschließe, es einfach hinter mich zu bringen.

»Heute Abend findet ein Ball im Schloss statt«, verkünde ich, und alle drei Seelenräuberinnen heben synchron eine Augenbraue.

»Ein Ball?«, echot Frin verwirrt, während die Najade ihre Chance sieht.

Sie wagt sich von ihrem Stein und kommt zum Gitter. Meine Soldaten treten vorsichtig zurück, was die Najade nicht davon abhält, sie verführerisch anzublinzeln.

»Wir lieben Bälle«, gurrt sie und hebt die Hände, um uns in einer deutlichen Aufforderung ihre Fesseln entgegenzustrecken. »Nehmt mir die Fesseln ab, dann werde ich gerne mit jedem von euch tanzen.«

»Netter Versuch«, entgegne ich. »Geh besser auf deinen Stein zurück, bevor dir die Füße abfrieren.«

Sie macht einen Schmollmund, kommt der Aufforderung aber tatsächlich nach. Die halbe Minute Kälte hat bereits genügt, um ihre Zehen blau zu färben, sodass sie erleichtert seufzt, sobald sie sich wieder im wärmenden Wasserdampf über ihrem Stein befindet.

»Warum erzählst du uns das?«, will Frin wissen.

»Weil ihr die heutige Hauptattraktion seid«, antworte ich und öffne das Messingschloss an der Kerkerzelle.

Malt und einige andere gehen zum Glaskasten der Sirene, die sich verwirrt umblickt.

»Was soll das bedeuten?«, fragt sie.

Die Wachen ignorieren sie wie angewiesen und heben sie hoch.

Drei weitere marschieren auf die Najade zu, und einer von ihnen nimmt ihren Stein, obwohl sie sich lautstark beschwert. Als die beiden anderen nach ihren Messingfesseln greifen wollen, reißt sie sich los und geht naserümpfend voraus, der Sirene hinterher.

»Denkt daran, regelmäßige Pausen mit dem Hitzestein einzulegen, um ihr nicht zu sehr zu schaden«, erinnere ich meine Truppe.

Zwar sollte jegliche Verletzung mit Nachtlilienextrakt behebbar sein. Aber ich will nicht riskieren, dass sie erfriert und wir eine weitere Najade fangen müssen. Es war so schon schwierig genug …

Nur Frin und ich bleiben in der Kerkerzelle zurück.

Schweigend mustert sie mich und hebt schließlich fragend eine Augenbraue. Ich seufze.

»Du wirst im Zentrum der Aufmerksamkeit stehen«, erkläre ich schließlich. »Der König hat befohlen, dich den Adligen und unseren anderen Gästen vorzustellen. Und … dich tanzen zu lassen.«

Frin blinzelt irritiert, als würde sie die Worte nicht ganz begreifen. Dann lacht sie.

»Ihr wollt eine Eisdämonin auf eurem Ball tanzen lassen?«, wiederholt sie ungläubig. »Ihr Menschen seid naiver, als ich dachte.«

»Nicht so«, widerspreche ich schnell und denke an den Abend, an dem wir sie gefangen haben. An den verführerischen Tanz ihrer Schwestern im Tal vor dem Fjoraberg, der schon viele Opfer angelockt hat. Jeder Schritt bei dieser Choreografie ist eine Falle, dazu gemacht, Menschen in ihr Verderben zu führen. Ich kann mir gut vorstellen, wie groß die Versuchung ist, die von Frin als tanzende Eisdämonin ausgeht …

»Ohne deine Magie hat dein Tanz ohnehin nicht die gleiche Wirkung«, füge ich hinzu, mehr um mich selbst zu beruhigen, denn um sie in die Schranken zu weisen.

Frin presst die Lippen aufeinander, widerspricht jedoch nicht.

»Du sollst mit mir tanzen«, präzisiere ich das Vorhaben meines Vaters. »Und ich soll dich den Höflingen präsentieren, als wärst du ein dressierter Hund.«

Obwohl kein Hund der Welt so gefährlich ist wie sie.

»Bin ich aber nicht«, entgegnet Frin mit einem überheblichen Grinsen. »Wie willst du mich dazu bringen, deinen Anweisungen brav zu folgen?«

Die Frage aller Fragen. Wortlos halte ich ihr den Trinkschlauch entgegen, was kurz Interesse in ihren Augen aufblitzen lässt. Dennoch schüttelt sie den Kopf.

»Mich weiter mästen, damit ihr mich anschließend wie ein Tier zur Schlachtbank führen könnt? Nein danke.«

Doch die Versuchung ist ihr anzusehen – immer wieder schielt sie zum Trinkschlauch. Sie ist und bleibt ein seelenfressendes Raubtier, das sollte ich nicht vergessen.

Also schlage ich ihr das einzig Logische vor: »Wie wäre es mit einem echten Menschen morgen?«

Mein Magen dreht sich dabei um, diesen Vorschlag überhaupt auszusprechen. Ich beruhige mich damit, dass ich nie einfach jemanden opfern würde. Ich habe mir genügend Gedanken dazu gemacht: Falls die Stadtwache in den nächsten Tagen einen Schwerverbrecher fängt, auf dessen Vergehen die Todesstrafe steht, wird Frin sein Henker sein. Eine andere Möglichkeit wäre ein Besuch im Hospital Asks: Dort lässt sich immer ein Todgeweihter finden, der ohnehin im Sterben liegt.

Frin lässt sich Zeit mit ihrer Antwort. Ich kann geradezu sehen, wie es in ihrem Kopf rattert. Wenn wir ihr eine Menschenseele anbieten, muss ich ihr die Fesseln abnehmen und ihr ihre Magie gewähren … Ein extrem gefährliches Unterfangen. Könnte ich ihr widerstehen, wenn sie im Vollbesitz ihrer Kräfte wäre?

Schließlich bewegt sie den Kopf langsam nach links und rechts.

»Ich werde mich nicht auf einen Handel einlassen, dessen Erfüllung noch aussteht. Wer garantiert mir, dass du dich daran hältst, nachdem ich meinen Teil getan habe?«

»Du kannst dich auf mein Wort verlassen«, gebe ich zurück, leicht beleidigt von der Unehrenhaftigkeit, die sie mir unterstellt.

Zwar ist mir bereits der Gedanke gekommen, sie bei dieser Verhandlung zu betrügen. Doch selbst bei einem seelenlosen Monster wie ihr könnte ich das nicht mit meinem Gewissen vereinbaren.

»Du verstehst sicher, dass ich deinem Wort kein Vertrauen schenken kann«, meint Frin herablassend und verschränkt die Arme vor der Brust.

Ihre störrische Miene zeigt mir, dass sie sich nicht umstimmen lassen wird. Dabei war ich sicher, dass sie der Aussicht auf ein Menschenleben nicht widerstehen kann … Bevor ich jedoch weiter verhandeln kann, grinst Frin und präsentiert wie zuvor schon die Najade ihre Fesseln.

»Ich kann dich nicht freilassen«, erwidere ich seufzend.

Wie sollte ich sie als freie Eisdämonin auf den Ball lassen? Schließlich ist mein Plan nicht, dass sie sämtlichen Gästen ihre Lebenskraft raubt …

Frin schnaubt.

»Hast du Angst, dass ich dir ohne dieses lächerliche Metall entkomme?«, spottet sie. »Oder befürchtest du, ohne Fesseln meinem Charme zu erliegen? Du musst sie mir nur abnehmen, und ich werde den ganzen Abend tun, was du verlangst.«

Sie lächelt verführerisch und tritt einen Schritt auf mich zu, sodass sie mich beinahe berührt. Erst da verstehe ich, dass sie glaubt, einzig das Messing würde ihre Magie blockieren. Gut, dass ich ihr nie erklärt habe, dass auch der Sonnentau im Nährgetränk ihre Magie hemmt. Solange ich Frin im Auge behalte und nicht entkommen lasse, sind ihre Fesseln nicht notwendig. Und ich habe nicht vor, ihr heute Abend von der Seite zu weichen.

»Wir haben einen Deal«, stimme ich zu und ziehe den Schlüssel aus der Tasche.

Schnell öffne ich ihre Handfesseln, bevor sie es sich anders überlegen kann. Frin beobachtet mich, nach wie vor das kokette Lächeln auf ihren Lippen. Mit einem Klirren fällt die Messingfessel zu Boden, und die Eisdämonin stürzt sich auf mich, bevor ich reagieren kann.

Mit einem Fluch falle ich zu Boden. Kurz zuckt mir der Gedanke durch den Kopf, dass ich aus Arens Fehler hätte lernen sollen. Doch sie rammt mir nicht ihr Knie zwischen die Beine, sondern presst ihre Lippen auf meine und fegt meinen Kopf damit völlig leer.

Frin küsst mich, als hinge ihr Leben davon ab.

Ich bin zu geschockt, um in irgendeiner Weise zu reagieren. Dieses Gefühl … Es ist unbeschreiblich. Ihr Geschmack nach Schnee ist betörend, der Druck ihrer Hüften auf meinen lässt mein Blut in meine Lendengegend fließen. Ich könnte Ewigkeiten in diesem Kuss verweilen. Denn ihre Nähe und das Gefühl ihrer zarten Lippen auf meinen berauschen mich.

Nur was …? Warum …? Habe ich das zwischen uns falsch interpretiert? Ich dachte, Frin hasst mich …

Viel zu spät verstehe ich, dass Frin mich weder aus Zuneigung noch aus Lust küsst, sondern aus ganz anderen Gründen. Sie glaubt tatsächlich, ihr Leben hinge davon ab … Oder zumindest ihre Möglichkeit auf eine Flucht. Bevor ich sie von mir stoßen kann, löst sie sich mit einem frustrierten Laut von meinen Lippen.

»Warum lebst du noch?«, fährt sie mich an.

Sie steht auf, hebt eine Hand und bewegt grazil ihre Finger. Versucht sie, Eismagie zu wirken? Natürlich geschieht nichts.

Obwohl ich durch ihren Kuss mehr aus dem Konzept gebracht bin, als ich zugeben will, kann ich nicht anders, als leise zu lachen.

»Dachtest du wirklich, es wäre so einfach?«

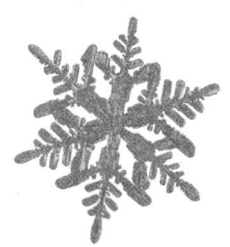

Vertraut wie das Déjà-vu

Frin

Bei den Eisgöttern, was soll das? Frustriert will ich ein Stoßgebet zur Eiskönigin schicken. Doch dann fällt mir ein, dass ich das inzwischen selbst bin. Dementsprechend kann ich nur verärgert die Lippen aufeinanderpressen, während Leif mich süffisant angrinst.

Warum funktioniert meine Magie noch immer nicht? Ich reibe über meine Handgelenke, die von den Fesseln schmerzen. Bei meiner Gefangennahme war es ähnlich: Auch damals konnte ich keine Magie nutzen, obwohl ich dem Metall kurz entkam. Ob das Metall längerfristige Nachwirkungen verursacht, die erst abklingen müssen?

Oder liegt der Grund für den Verlust meiner Magie ganz woanders? Es ist seltsam, dass ein Mensch mehr über meine Magie zu wissen scheint als ich. Leif jedenfalls ist sich offensichtlich sicher, dass meine Zauberkraft kein Problem für ihn darstellt und ich ihm nicht zur Gefahr werden kann. Zwar hat er durchaus willig auf meinen Kuss reagiert, was ihn nun erröten lässt, aber der Grund dafür hat mit meiner Magie nichts zu tun. Tatsächlich irritiert mich der Gedanke an unsere soeben durchlebte Nähe mehr, als ich zugeben will … Vor allem, wenn dabei keine Magie im Spiel war.

Dabei habe ich ihn nur geküsst, um ihm das Leben zu stehlen, wie ich mir vehement in Erinnerung rufe. Ich verschränke die Arme vor der Brust.

»Was ist mit meiner Magie los?«, verlange ich, zu wissen, obwohl ich kaum glaube, dass er mir diese Frage beantworten wird.

Leif hebt eine Augenbraue und bietet mir den Arm an, als wäre ich eine Hofdame auf dem Weg zum Fest und er meine Begleitung.

»Können wir dann?«

Ich schnaube verächtlich.

»Dir ist es mit diesem Ball wirklich ernst?«

Leif verdreht die Augen.

»Wäre ich sonst einen Handel mit dir eingegangen?«, fragt er zurück.

»Ich würde das nicht als einen Handel bezeichnen«, kritisiere ich spitz. »Schließlich hast du mich in die Irre geführt.«

Sein Gesicht verfinstert sich bei diesem Angriff auf seine Ehrenhaftigkeit. Es bereitet mir eine perfide Freude, ihn zu ärgern, obwohl ich besser darauf verzichten sollte. In der gegenwärtigen Situation hat er zu viel Macht über mich und mein Schicksal. Außerdem ist es für den Plan, den ich mit Adelaide und Lava besprochen habe, nicht förderlich. Auf diese Weise werde ich ihn kaum dazu bringen, mir zu vertrauen. Doch das muss er, damit ich Rache nehmen und einen Weg in die Freiheit finden kann …

Falls ich überhaupt noch eine Chance auf sein Vertrauen habe, nachdem ich ihn soeben noch umbringen wollte.

»Du hast gefordert, dass ich dir die Fesseln abnehme«, wiederholt Leif meine Worte. »Vom Zugang zu deiner Magie war nicht die Rede. Selbst schuld, wenn du deine Wünsche nicht ausformulierst.«

»Eistroll«, beleidige ich ihn, indem ich ihn mit den wohl ungehobeltesten Kreaturen Askjas gleichsetze. Wir wissen beide, was ich mit meiner Forderung impliziert habe …

Tatsächlich kann ich ihm kaum vorwerfen, mich in dieser Hinsicht betrogen zu haben – schließlich hatte ich ebenfalls nicht vor, mein Wort zu halten.

Letztendlich gebe ich mich geschlagen und lege meine Hand auf Leifs Arm.

Überrascht zuckt er zusammen, als hätte er nicht wirklich geglaubt, dass ich ihm gehorche. Oder zuckt er aus einem anderen Grund zusammen? Die Kälte meiner Hand wird ihn durch seine elegante, vielschichtige Kleidung kaum beeinträchtigen. Ob es an der plötzlichen Nähe nach unserem Kuss liegt? Es erfüllt mich mit einer bitteren Genugtuung, wenigstens in dieser Hinsicht ein wenig von meiner alten Macht zu spüren.

Gleichzeitig versuche ich, zu verdrängen, dass der Kuss auch für mich … anders war. Ich habe nie einen Menschen geküsst, ohne ihn zu töten. Der Gedanke erfüllt mich mit einer seltsamen Faszination.

»Alles in Ordnung?« Leifs Frage holt mich abrupt in die Gegenwart zurück.

Schnell senke ich die Finger meiner anderen Hand, die ich nachdenklich an meine Lippen gehoben habe, und hebe spöttisch eine Augenbraue.

»Das sollte ich dich fragen«, gebe ich zurück. »Wollen wir uns langsam auf den Weg machen oder sollen wir den Abend doch im Kerker verbringen?«

Mit einer Handbewegung zeige ich auf die Zelle, aus der wir keinen Schritt getan haben. Ertappt zuckt Leif zusammen und führt mich den Gang entlang.

»Auf dem Ball …«, setzt er an, bricht dann jedoch ab.

»… werde ich tun, was immer du verlangst«, beende ich seinen Satz seufzend. »Ist schon gut. Ich weiß, was ich versprochen habe.« Dass ich im Vergleich zu ihm deutlich weniger geneigt bin, zu meinem Wort zu stehen, verschweige ich. Leif scheint über diese Möglichkeit nicht einmal nachzudenken, denn er entspannt sich merklich. Schweigend schreiten wir voran, an den Wachposten am Kerkereingang vorbei und die vielen Treppen nach oben, an die ich mich von unserem Weg aus dem Thronsaal erinnere. Oben angekommen, wendet sich Leif in die gegenüberliegende Richtung vom Thronsaal, und wir gehen einen prunkvollen Gang entlang, der von Kronleuchtern erhellt wird. Am Ende erwartet uns eine offene Tür, neben der Wachposten strammstehen. In ihrer edlen Kleidung sehen sie mehr wie Höflinge als Soldaten aus. Nur die Schwerter an ihren Hüften verraten ihre eigentliche Funktion.

Bevor wir den Ballsaal betreten, tritt der alte Heerführer aus einem Seitengang und grinst amüsiert, als er mich sieht.

»So willst du mit ihr auf einen Ball gehen?«, fragt er Leif, anstatt ihn zu begrüßen.

Dieser zuckt mit den Achseln.

»Es wäre noch viel seltsamer, wenn ich sie in ein Ballkleid stecke, oder?«

Darüber lacht der Alte, und ich verdrehe die Augen.

»*Sie* ist anwesend«, lasse ich die beiden wissen. »Und *sie* würde das Ballkleid in Fetzen reißen, bevor ihr es *ihr* anzieht.«

Der Heerführer schnaubt, dann mustert er mich von oben bis unten.

»Hast du ihr schon Nahrung gegeben?«, fragt er Leif.

Ist es unter seiner Würde, mit mir direkt zu kommunizieren? Leif seufzt, dann löst er den Trinkschlauch von seinem Gürtel und streckt ihn mir hin.

»Es wird ein langer Abend«, lässt er mich wissen. »Deshalb bekommt jede von euch mehr hiervon.«

Ich weise ihn nicht darauf hin, dass er vorhin noch um diesen Trinkschlauch handeln wollte – was dementsprechend ebenfalls ein Schwindel war. Stattdessen nehme ich ihm den Trinkschlauch wortlos ab.

Ob es ein Wink des Schicksals ist, dass dieser naive Mensch mir noch mehr Kraft beschert? Jetzt, da ich mich außerhalb meiner Zelle befinde und die Fesseln losgeworden bin, kann ich sie sehr gut gebrauchen.

Ohne weiter darüber nachzudenken, hebe ich den Schlauch an die Lippen und stürze das Wasser hinunter. Nach wie vor habe ich keine Ahnung, was darin meine Energie auffüllt. Aber es wirkt fast so gut wie ein Menschenleben. Obwohl ich keinen Zugriff auf meine Magie habe, spüre ich sie durch mich hindurchfließen: wie sie mein Haar verdichtet, meine weiße Haut zum Leuchten und mein Kleid zum Funkeln bringt. Ich zwinkere Leif, der meine Verwandlung beobachtet, kokett zu und gebe ihm dann den leeren Schlauch zurück. Auch der Alte hat mir beim Trinken zugesehen und wirkt seltsam zufrieden.

»Die Hofdamen werden nicht glücklich darüber sein, von einer Eisdämonin überstrahlt zu werden«, bemerkt er schmunzelnd. »Noch viel weniger davon, dass du sie begleitest.« Dabei blickt er meinen Fänger an.

»Haben sie denn Grund, eifersüchtig zu sein?«, frage ich übertrieben seufzend und lehne mich in Leifs Richtung, sodass sich unsere Oberkörper leicht berühren.

Diesmal entlocken meine Worte dem Alten und auch Leif ein widerwilliges Lachen.

»Nun, einer meiner Befehle an dich für heute Abend ist, mich nicht erneut zu küssen«, meint Leif. »Ansonsten würden sich die meisten Anwesenden wohl ernsthafte Sorgen machen.«

Leider völlig umsonst … Oder nicht? Durch das Wasser fühle ich mich kraftvoll und mächtig und kann kaum glauben, dass meine Magie nach wie vor unerreichbar sein soll. Obwohl ich unauffällig versuche, Schneeflocken herbeizuzaubern, geschieht nichts.

Ich tätschle Leifs Arm.

»Willst du dir die Möglichkeit auf einen zweiten Kuss wirklich nehmen?«, flöte ich. »Wir beide könnten so viel Spaß haben. Meinetwegen gern ohne Zuschauer.«

Vielsagend sehe ich ihm in die Augen und bemerke zufrieden, wie Leif errötet, während der Heerführer das Gesicht verzieht und eine scheuchende Handbewegung macht.

»Geht endlich zum Ball«, fordert er.

Leif neigt den Kopf und zieht mich zum Eingang des Ballsaals, an dem die beiden Wachposten mich argwöhnisch betrachten und sich vor Leif verbeugen. Dann betrete ich zum ersten Mal in meiner Existenz als Eisdämonin einen Ball.

Wir befinden uns oben auf einem Absatz, von dem aus eine Treppe in den eigentlichen Saal führt. So kann ich das ganze Geschehen aufnehmen. Was ich sehe, verschlägt mir den Atem: Der Saal ist um ein Vielfaches größer als der Thronsaal, und durch die riesigen kunstvollen Kronleuchter ist jede Ecke ausgeleuchtet. Die Wände sind voller detailverliebter Malereien, die tanzende Gestalten und Festmähler zeigen, während der Boden mit dunklem Parkett bedeckt ist, auf dem sich zahlreiche Personen tummeln. Nie habe ich so viele Menschen auf einem Fleck gesehen: Höflinge, die in edlen Samt und Damast gekleidet sind, adlige Damen mit weiten, farbenfrohen Kleidern und funkelnden Edelsteinen an Ohren und Hals. Dazwischen die Diener, die in einfacherer Kleidung mit Tabletts auf dem Arm von einer Seite zur anderen hasten, um das Büfett stets gefüllt zu halten und den Gästen Häppchen sowie Gläser mit Schaumwein anzubieten.

Am anderen Ende des Saals sitzen einige Musikerinnen und Musiker, die bei unserem Eintreten das nächste Stück anstimmen. Die Melodie der Geigen, die mitreißenden Töne der Flöten … Für mich kommt nichts gegen die Harmonie des Winters an, aber diese Klänge haben auch ihren Reiz. Ich bin mit meiner Einschätzung offenbar nicht allein, denn unzählige Menschen stellen sich zum Zuhören in die Nähe des Orchesters, und noch einige mehr begeben sich in die Mitte des Saals auf die Tanzfläche. Paarweise fliegen die Menschen übers Parkett, und ich habe die seltsame Eingebung, dass auch ich es lieben würde, auf diese Weise zu tanzen.

Obwohl mich all das auf eine überraschende Weise fasziniert, wandert mein Blick unwillkürlich weiter zum Rand des Saals. Riesige Fenster geben den Blick auf die schneebedeckten Dächer der Menschenstadt frei. In zahlreichen Häusern brennt Licht, und die Schneeflocken, die ich durch die Dunkelheit rieseln sehe, erfüllen mein Herz mit Sehnsucht. Dieser Ballsaal wirkt bei Weitem nicht so unangenehm, wie Leifs versteifte Haltung erahnen lässt. Und doch gäbe ich alles dafür, nach draußen in die Kälte entfliehen zu können. Eine dieser Schneeflocken zu sein und mich vom Wind zurück zu meiner Heimat am Fjoraberg tragen zu lassen. Ein wehmütiger Seufzer entfährt mir, der Leif irritiert zu mir sehen lässt.

»Wir müssen nur ein wenig mit den Gästen reden und ein oder zwei Tänze hinlegen«, meint er, und ich frage mich, ob er damit mich oder sich selbst beruhigen will. »Ich habe nichts Unmenschliches mit dir vor.«

Darüber verdrehe ich die Augen.

»Da ich kein Mensch bin, ist das ohnehin unmöglich«, lasse ich ihn wissen.

Zu meiner Überraschung grinst Leif, statt eine abfällige Bemerkung über mich oder meine Art zu machen. So locker mit ihm umzugehen, ist ungewohnt – und deutet wohl darauf hin, wie sehr ihn dieser Ball aus dem Konzept bringt. Seltsam, denn bisher habe ich gedacht, dass er weit oben in der Rangfolge der menschlichen Gesellschaft steht. Anlässe wie dieser sollten dementsprechend zu seinem täglichen Repertoire gehören. Aber was weiß ich schon darüber, wie die Menschen ihr Leben verwalten?

Leif zögert, bevor er mich die letzten Schritte nach unten zum Ball führt. Ich bin unschlüssig: In dieser Menge wird es keinen Fluchtweg geben. Auch hier oben käme ich keine zehn Schritte weit, ohne von ihm oder seinen Wachen wieder eingefangen zu werden. Also ziehe ich sanft an Leifs Arm, und er lässt sich von mir zur Menge lenken.

»So unmenschlich wird es schon nicht«, necke ich ihn, und er spitzt verärgert die Lippen, widerspricht jedoch nicht.

Unten entdecke ich Lava, die direkt vor der Treppe an ihren Stein gekettet ist und genervt in die Menge starrt. Der Bereich um sie herum wurde mit einer roten Samtkordel weiträumig abgesperrt. Gaffende Menschen drängen sich an die Absperrung.

»So gefährlich sieht sie gar nicht aus«, höre ich einen Adligen murmeln.

»Du findest auch, dass ich viel hübscher bin als sie, oder?«, verlangt eine Hofdame von ihrer Begleitung zu wissen, jedoch ohne eine Reaktion zu bekommen.

»Machst du ein Kunststück für uns?«, ruft einer der Najade zu, woraufhin sie ihm einen tödlichen Blick zuwirft.

Dass diese primitiven Menschen so wenig Respekt zeigen … Vermutlich wird das ein langer Abend für Lava, und ich erwarte nicht, dass meiner angenehmer wird. Es sei denn, ich finde einen Fluchtweg …

Tatsächlich verstummt die Menge nach und nach, als die ersten Leif und mich entdecken.

»Die Eiskönigin!«, ruft ein Junge aus und lenkt damit die Aufmerksamkeit der anderen auf mich.

Statt mich ebenso zu verhöhnen wie Lava, beginnen die Leute, miteinander zu tuscheln. Einige wenden sogar den Blick ab, woraufhin sich meine Lippen unwillkürlich zu einem Grinsen verziehen. Ich mag in ihrem Königreich ohne Magie machtlos sein, aber sie haben noch immer Angst vor mir. Vielleicht sind die Menschen nicht so naiv, wie ich dachte.

»Bilde dir ja nichts darauf ein«, ruft mir Lava beleidigt zu und verschränkt die Arme vor der Brust.

Anscheinend kratzt es an ihrem Stolz, mit wie viel mehr Ehrfurcht die Menschen mir begegnen. Ich schicke ihr als Antwort einen Luftkuss.

»Frin«, stammelt da eine ältere Frau und hebt fassungslos die Hand zur Brust, als ich sie verwirrt ansehe.

»Hast du ihnen etwa meinen Namen verraten?«, frage ich Leif irritiert.

Nicht, dass er geheim wäre, nur … Irgendwie ist es seltsam.

Mein Begleiter schüttelt stumm den Kopf, während ein Mann beruhigend auf die Frau einredet und sie dann gemeinsam in der Menge verschwinden.

Ich grüble nicht lang über ihre Reaktion nach, denn diesmal ist es Leif, der mich weiterzieht und uns zielstrebig einen Weg durch den Trubel bahnt. Ich weiß nicht, ob die Ballgäste aus Respekt vor ihm oder aus Angst vor mir zurückweichen, aber der Abstand tut mir gut. Solange ich keinem von ihnen mit einem Kuss das Leben rauben kann, sollen sie mir lieber fern bleiben …

»Herzog von Klippenfall«, reißt mich Leifs förmliche Stimme aus meinen Gedanken, als wir vor einem Paar zum Stehen kommen, das noch prunkvoller gekleidet ist als die meisten Anwesenden.

Auf dem Haupt des alten Mannes ruht ein seltsamer Hut,

der wohl seine Stellung kennzeichnet. Er schürzt die Lippen und nickt Leif zu, bevor sein missbilligender Blick zu mir wandert.

»Darf ich Euch die Eiskönigin vorstellen?«

Der Herzog schnaubt.

»Ungewöhnlich, dass ihr eine derartige Begleitung für einen Ball wählt«, kommentiert er, und ich gebe ihm im Stillen recht.

Das Mädchen neben ihm fragt: »Papa, kann ich sie anfassen?«

Wie bitte? Ich blecke die Zähne.

»*Sie* beißt«, lasse ich sie wissen, woraufhin sie entsetzt zurückzuckt.

»Frin«, ermahnt Leif mich milde.

Bevor er mich weiter zurechtweist, entspanne ich meine Haltung und bedenke das Mädchen mit einem harmlosen Lächeln.

»Ich würde davon abraten«, weist Leif das Mädchen zu meiner Erleichterung dennoch in die Schranken.

Der Herzog fragt Leif, wie er mich gefangen habe. Da ich die Geschichte nur allzu gut kenne, blende ich das Gespräch aus und lasse die Augen durch den Ballsaal schweifen. Durch die Menschenmenge erhasche ich den Blick auf Adelaides Glaskasten, in dem die Sirene trotz der Schaulustigen um sie herum zu schlafen scheint. Wenigstens eine von uns, die den Abend sinnvoll nutzt.

Mehr interessiere ich mich jedoch für die Ausgänge. Adelaides Glaskasten steht direkt neben einer geöffneten Tür, die offensichtlich nach draußen führt. Ein Balkon oder eine Terrasse? Vielleicht sogar ein Weg in die Stadt – oder gar in die andere Richtung, den Berg hinauf?

Zudem gibt es zwei weitere Türen gegenüber dem Eingang, über den wir den Ballsaal betreten haben. Ob ich aus Leif irgendwie herausbekommen kann, was dahinterliegt?

Mein Begleiter hat sein Gespräch mit dem Herzog und dessen Tochter inzwischen beendet und zieht mich weiter zu den nächsten Adligen, denen er die Geschichte meiner Gefangennahme vorträgt. Hinter uns entspannen sich die Ballgäste zu meinem Leidwesen merklich, je mehr sie sich an meine Anwesenheit gewöhnen. Wie können sie sich beruhigen, während ich, eine Eisdämonin, unter ihnen weile? Ist es so offensichtlich, dass ich am heutigen Abend harmlos bin?

Das erschrockene Tuscheln wird wieder zu normalen Gesprächen, bei denen die Menschen scherzen und lachen. Die Tanzfläche, die sich bei unserer Ankunft geleert hat, wird erneut von Paaren betreten, und auch um das Büfett herrscht reger Andrang. Zwar legen die Gäste immer wieder einen Zwischenstopp bei Lava oder Adelaide ein, und auch ich kann ihre Blicke durch den Saal spüren. Aber offenbar werden wir nicht mehr als tödliche Bedrohung wahrgenommen, sondern mehr und mehr zu Ball-Attraktionen degradiert. Wie sehr ich mir wünschte, ihnen zeigen zu können, dass sie uns besser nicht unterschätzen …

Vor allem, als die Menschen nach und nach ihren Respekt mir gegenüber vergessen: Wenn ich meine Magie hätte, könnte ich sie mit einer Machtdemonstration in die Schranken weisen.

»Die weißen Haare sehen seltsam aus«, ist noch der harmloseste Kommentar, den ich mithöre.

»Wir sollten diese Mörderin hängen!«, fordert jemand hinter meinem Rücken.

»Nein, verbrennen sollten wir die Hexe«, gibt eine Frau zurück. Unverhohlen schlägt mir nun der Hass entgegen, den ich schon in der Stadt gespürt habe.

Zahlreiche Diskussionen drehen sich darum, wie ich am besten für meine Sünden bestraft werden soll. Andere tauschen Geschichten über die Grausamkeit der verachtenswerten Eisdämoninnen aus, bei denen meine Art nicht sonderlich gut wegkommt.

Die Meinung der Menschen, unserer Beute, sollte mir eigentlich völlig egal sein. Dennoch verspüre ich das Bedürfnis, ihnen zu widersprechen, zu erklären, dass wir jagen, um zu überleben.

Dass wir nicht so böse sind, wie sie alle behaupten. Dass ich nicht den abschreckenden Tod verdiene, den die Anwesenden für mich planen.

Wenigstens beteiligt sich Leif nicht an diesen Gesprächen, wofür ich einerseits dankbar bin. Andererseits liegt das vermutlich daran, dass er weiß, welches Schicksal mir tatsächlich bevorsteht. Obwohl es mir sicher nicht gefallen wird, will ich es wissen. Will den Plan der Menschen erfahren und durchkreuzen.

Ich fühle mich wie ein Zirkustier, das Leif von einer Gruppe Adliger zur nächsten schiebt, um mich vorzuzeigen. Gleichzeitig frage ich mich, woher ich überhaupt weiß, was ein Zirkus ist. Am heutigen Abend habe ich so viele Dinge unwillkürlich gewusst, Gegenstände erkannt, die in einem Leben als Eisdämonin nie einen Platz hatten. Ich muss sie aus der Zeit davor kennen, so ungern ich daran denke.

Stumm folge ich Leif durch die Menge. Es interessiert ohnehin niemanden, was ich zu sagen habe. Obwohl mich einige der Gäste verhöhnen, wollen sie keinen Konter von mir, und Leifs dankbarer Blick macht deutlich, dass mein Schweigen ihm lieber ist.

Es kommt mir vor, als würden wir jeden einzelnen Ballgast abklappern. Schließlich führt Leif mich nicht zum nächsten Höfling, sondern in eine Ecke des Saals, wo es etwas ruhiger ist.

Seine verhärteten Schultern entspannen sich etwas, als er meint: »Das sollten die Wichtigsten gewesen sein.«

Obwohl ich all das so emotionslos wie möglich über mich ergehen ließ, bin ich mehr als erleichtert über diese Worte. Viele Kommentare über mein Äußeres oder meine Grausamkeit hätte ich wohl nicht mehr artig lächelnd hinnehmen können …

Und so kann ich mich endlich dem wichtigen Teil des Abends widmen: meiner Fluchtmöglichkeit.

Bevor ich unauffällig auf eine der Türen zu sprechen kommen kann, nimmt Leif sich ein Glas Schaumwein von einem der umherlaufenden Diener.

»Willst du auch eins?«, fragt er mich.

Zögerlich nehme ich ein Glas an und fühle mich seltsam schuldig, als wäre mir das Getränk verboten. Ich weiß jedoch nicht, weshalb einer Eisdämonin eine derartige Erfrischung untersagt sein sollte. Und irgendetwas sagt mir, dass ich den Geschmack mögen werde.

Tatsächlich komme ich nicht umhin, genießerisch die Augen zu schließen, als ich die prickelnde Flüssigkeit schmecke. Kurz verspüre ich das Gefühl eines Déjà-vus, aber es entgleitet mir, bevor ich es definieren kann. Habe ich das hier schon einmal erlebt?

Was für ein Trollmist. Ich bin eine Eisdämonin, keine Adlige.

»Ich dachte, Eisdämoninnen essen und trinken nicht«, merkt Leif an.

Als ich die Augen öffne, sehe ich seine erhobene Braue.

»Tun wir auch nicht«, antworte ich, obwohl das Glas in meinen Händen die Aussage Lügen straft.

Warum eigentlich? Menschliche Nahrung kann unseren Hunger nicht stillen, aber wie ich gerade gespürt habe, können wir sie genießen. Andererseits haben wir am Fjoraberg keine menschliche Nahrung oder Getränke. Da es keinen Grund für uns gibt, den Aufwand dafür zu betreiben, verzichten wir womöglich aus praktischen Gründen.

»Vielleicht solltest du auch den Kuchen probieren«, schlägt Leif schmunzelnd vor und macht eine Geste in Richtung des Büfetts, an dem sich zahlreiche Torten aneinanderreihen, deren Anblick durchaus verlockend ist.

Dennoch schüttle ich den Kopf, denn die eine neue Erkenntnis über menschliches Essen reicht mir für diesen Abend. Nicht, dass ich auch noch Kuchen mein Leben lang nachtrauere, wenn ich endlich in meine Heimat zurückkehre.

Leif zuckt mit den Achseln, dann schaut er zurück zur Menge.

Seine Stirn ist leicht gerunzelt, was mich zur Frage veranlasst: »Du magst Bälle nicht besonders, oder?«

Er verzieht das Gesicht.

»Ich würde lieber Eisdämoninnen fangen«, entgegnet er und bringt mich trotz der unangenehmen Erinnerung an meine Situation zum Grinsen.

»Du hast ja schon eine«, meine ich.

Hoffentlich nicht mehr lange …

»Und du?«, fragt er mich überraschend zurück.

Nachdenklich sehe ich von ihm zu den Tanzenden dahinter, die trotz ihrer menschlichen Unbeholfenheit über das Parkett zu schweben scheinen. Die heitere Musik hat einen Sog, dessen ich mich nicht erwehren kann.

»Vielleicht könnte ich sie mögen«, offenbare ich und lasse den Blick zu den Gästen in unserer unmittelbaren Nähe schweifen, die immer wieder zu mir schauen und tuscheln. »Aber auf diesem hier bin ich offensichtlich nicht willkommen.«

Leicht wie ein Tanz

Leif

Die Traurigkeit, die in Frins Stimme mitschwingt, überrascht mich. Sollte eine herzlose Eisdämonin nicht über einem banalen Ball stehen? So wehmütig, wie sie die Tanzenden beobachtet, wird es ihr deutlich weniger ausmachen als mir, wenn wir uns auch für den Rest des Abends dazugesellen.

Unwillkürlich drängt sich mir die Frage auf, ob das mit ihrem alten Leben zusammenhängt. Früher hat Frin Bälle geliebt. Obwohl ich nicht alt genug war, um sie zu einem Tanz aufzufordern, konnte ich ihr begeistertes Lachen durch den ganzen Saal hören, wenn sie mit einem ihrer damaligen Verehrer tanzte.

Aber sie ist nicht die Frin von früher. Die weißhaarige Eiskönigin vor mir hat wenig mit der unbekümmerten Adligen von damals gemein. Ich bin froh, dass wir uns für den heutigen Abend auf einen Waffenstillstand geeinigt haben. Obwohl sie dadurch beinahe menschlich wirkt, darf ich nie vergessen, dass sie mich töten würde, sollte sie die Gelegenheit dazu haben. Sie hat es heute bereits versucht …

Außerdem sind wir nicht hier, damit ich ihre Gesellschaft genießen oder in Erinnerungen schwelgen kann. Ein Tanz, dann bringe ich sie zurück in ihre Zelle. Obwohl sich etwas in mir sträubt, sie wieder im eiskalten Kerker zurückzulassen, ist es das einzig Richtige.

Wortlos stelle ich Frins Glas beiseite und nehme ihre Hand in meine. Obwohl sie unnatürlich kalt ist, macht es mir überraschenderweise nichts aus, ihre makellose Haut zu berühren.

»Zeit für unseren ersten und hoffentlich letzten Tanz«, murmle ich.

Frin kichert amüsiert und umfasst meine Hand fester.

Doch bevor ich sie tatsächlich zur Tanzfläche führen kann, unterbricht uns eine kalte Stimme: »Sieh an, die Eiskönigin selbst beehrt uns mit ihrer Anwesenheit.«

Ich versteife mich und drehe mich dann langsam zum Inquisitor um, der sich uns unbemerkt genähert hat und jetzt Frin betrachtet. Unsere verschränkten Hände entgehen ihm nicht, obwohl ich die Eisdämonin sofort loslasse.

»Welch illustre Gesellschaft«, kommentiert er.

Wie immer ist der Inquisitor königlich gekleidet, aber auch der rote Brokatmantel kann die berechnende Kälte in seinen blauen Augen nicht verbergen. Sein langes blondes Haar hat er zusammengebunden, wie es auf dem Festland üblich ist. Sein makelloses Äußeres kann nicht darüber hinwegtäuschen, dass der Mann, der kaum älter ist als ich, alles andere als harmlos ist. Er war es, der meinen Vater auf Geheiß des Kaisers Rituale und Zauber lehrte. Mit einer beiläufigen Handbewegung lässt er einen Eiszapfen in seiner Hand entstehen und bietet diesen Frin an, die ihn mit aufgerissenen Augen annimmt. Will er uns mit dieser Demonstration seiner Kräfte etwa einschüchtern?

»Magie«, haucht Frin und betrachtet das Eisgebilde, das im warmen Saal bereits schmilzt.

Der Inquisitor schnaubt verächtlich.

»Dass gerade du von diesem Taschenspielertrick beeindruckt bist …«

Frin übergeht den abfälligen Tonfall und entgegnet schlicht: »Bis auf den König habe ich noch nie einen Menschen getroffen, der Magie wirken kann.«

»Das liegt daran, dass Magie vollkommen böse ist«, antwortet mein Vater.

Sein plötzliches Auftauchen lässt mich zusammenzucken. Nach wie vor verwirrt mich die Heuchelei hinter seiner Überzeugung: Er selbst nutzt Magie, um diese zu bekämpfen. Seine Zauber, mit denen er die Magie schwächt und langfristig vernichten will, sind völlig unnatürlich. Denn Frins Einwand ist sinnig, normalerweise können Menschen keine Magie wirken. Nur einige wenige Vertraute des Kaisers haben uralte Rituale studiert, um dies zu ermöglichen. Und jeder ihrer Zauber erfordert Opfer und viel Vorbereitung, statt wie bei den Seelenräuberinnen mühelos zu erscheinen.

Frin ist völlig fasziniert und dreht nach wie vor den Eiszapfen in ihren Händen.

»Warum haltet Ihr Magie für böse?«, will sie wissen.

Mein Vater presst missbilligend die Lippen aufeinander, als hätte er schon viel zu viel preisgegeben. Ich kenne den Grund, warum er die Magie so sehr hasst, besser als mir lieb ist.

Der Inquisitor erklärt an seiner Stelle: »Du und die Deinen sind das beste Beispiel, was Magie anrichten kann. Ihr seid Mörderinnen ohne Sinn und Verstand, denen Einhalt geboten werden muss. Der einzige rechtfertigbare Grund, Magie einzusetzen, ist, um andere Magie zu vernichten. Deshalb wird sie von so wenigen verwendet.«

Ich bezweifle, dass das der wahre Grund ist. Vielmehr glaube ich, dass die meisten Menschen Magie schlicht nicht beherrschen. Noch immer weiß ich nicht, wie mein Vater diese unheimliche

Macht vom Inquisitor erhalten hat, die er glücklicherweise nur selten einsetzt. Zuvor habe ich nie von einem anderen askischen Zauberer gehört, und außer dem Inquisitor ist mir auch kein Magier Myredals begegnet. Mir soll es recht sein, denn obwohl ich nicht aller Form von Magie ablehnend gegenüberstehe, bevorzuge ich das Schwert.

»Wofür war dann der Taschenspielertrick?«, fragt Frin und lässt das eisige Gebilde schließlich fallen, sodass es auf dem Boden zerschellt und kleine Eissplitter in alle Richtungen springen.

Sie beachtet sie nicht, sondern blickt herausfordernd vom Inquisitor zum König. Der Hass, der beim Anblick meines Vaters in ihren Augen auflodert, verschwindet so schnell, wie er aufgeflammt ist, und fällt wohl keinem außer mir auf. Beeindruckend, wie gut sie ihre Ablehnung verstecken kann …

Statt ihr eine Antwort zu geben, rümpft der Inquisitor die Nase. Auch ich frage mich, wie er begründen will, mit einem Eiszapfen gegen böse Magie zu arbeiten.

»Ein Geschöpf wie du verdient keine Erklärungen«, verkündet der König an seiner Stelle und wendet sich an den Inquisitor. »Darf ich Euch zum Büfett begleiten?«

Der Mann vom Kontinent mustert Frin noch einen Moment, dann nickt er und bahnt sich mit dem König einen Weg durch die Menge. Erst jetzt merke ich, wie sehr ich meine Schultern vor Anspannung verkrampft hatte, und lasse sie nun erleichtert sinken. Frin dagegen mahlt mit dem Kiefer, während sie den beiden hinterhersieht. Ohne Zweifel schmiedet sie bereits Rachepläne …

Schon hat sie sich wieder gefangen, grinst breit und streckt die Hand nach mir aus.

»Wie war das mit dem Tanz, den du mir versprochen hast?«

Unwillig seufze ich, dann ergreife ich schließlich wieder ihre Hand. Es bringt nichts, es weiter aufzuschieben.

»Kannst du tanzen?«, frage ich sie, während ich sie in die Mitte des Saales führe.

Sie hebt spöttisch eine Augenbraue, was mir die Unüberlegtheit meiner Frage ins Gedächtnis ruft. Eine Eisdämonin hat keinen Grund, Gesellschaftstänze zu lernen, und dass sie sich nicht an ihr früheres Leben erinnert, ist mir allzu bewusst.

»Nicht so«, antwortet sie schließlich und beobachtet stirnrunzelnd die Paare um uns herum, die sich für das nächste Musikstück bereit machen.

Ich verschweige, dass ich selbst nicht allzu begabt in dieser Disziplin bin, und hebe ihre rechte Hand, um uns in Position zu bringen.

»Lass dich einfach von mir führen«, fordere ich sie auf, woraufhin sie die Augen verdreht.

Wir wissen beide, dass zu einem guten Tanz mehr gehört, als sich von jemandem durch den Raum dirigieren zu lassen. Ich beruhige mich mit dem Gedanken, dass mein Vater zwar gefordert hat, dass wir tanzen. Aber er hat nicht verlangt, dass es ein guter Tanz wird.

Doch Frin überrascht mich. Kaum dass das Orchester die ersten Noten anklingen lässt, schleicht sich ein Lächeln auf ihr Gesicht. Und bevor ich den ersten Schritt gemacht habe, beginnt sie bereits. Ich bemühe mich, mit ihr mitzuhalten, was überraschenderweise nicht so schwierig ist wie bei all meinen vorherigen Partnerinnen. Nicht ich führe sie, wie es mir von meinem Tanzlehrer eingebläut wurde. Stattdessen gibt sie den Takt an und führt jeden Schritt so perfekt und elegant aus, als wäre sie einzig für das Tanzen geboren. Ich muss sie nicht anleiten, folge ihren Schritten, achte auf ihre kaum merklichen Signale und spiegele ihre Bewegungen. Unser gemeinsamer Walzer grenzt an Perfektion, wie ich es nie erlebt habe.

Vielleicht sollte ich mich darüber ärgern, dass sie entgegen allen gesellschaftlichen Konventionen die Kontrolle übernimmt, aber der Tanz ist so überraschend mühelos, dass sich meine Mundwinkel unwillkürlich zu einem Lächeln verziehen. Ich denke nicht über jeden Schritt und jeden Atemzug nach, sondern lasse mich fallen, wie ich es noch nie getan habe. Mit Frin wirble ich im Takt durch den Saal, spüre die Melodie der Geigen in jeder Bewegung, als wäre unser Tanz eine Verlängerung der Musik. Vor der Kälte von Frins Hand wäre ich bei jeder anderen Frau zurückgeschreckt, doch bei ihr stört es mich nicht. Es fühlt sich natürlich an, diese kühle und doch wunderschöne Frau in den Armen zu halten und sie an mir zu spüren. Trotz ihrer Kälte wird mir warm. Warm vom Tanz, von der Bewegung, aber auch … von ihrer Nähe.

Obwohl ich nur zu gut weiß, wer sie ist, *was* sie ist, kann ich nicht anders, als den Moment zu genießen. Trotz all meiner Vorbehalte lasse ich mich darauf ein. Ich muss akzeptieren, dass nicht alles an Frin schlecht ist. Dass sie mir selbst in ihrer neuen Existenz als Eisdämonin einen schönen Augenblick schenken kann, der nicht mit meinem Tod endet.

Die letzten Töne des Stücks verklingen, und Frin atmet schwer, als sie zum Stehen kommt und meine Hand loslässt. Es tut mir fast leid, sie nicht mehr zu halten.

»Menschliche Musik ist nicht so schlecht, wie ich dachte«, kommentiert sie mit einem Grinsen im Gesicht. »Eure Tänze hingegen sind nicht sonderlich kompliziert.«

Den Walzer hat sie auf Anhieb gemeistert. Dass ich wochenlang üben musste, um überhaupt die grundlegendsten Schritte korrekt auszuführen, verschweige ich. Erinnert sich ein Teil von ihr doch an ihr altes Leben, in dem sie zu den besten Tänzerinnen Asks gehörte? Nein, das will ich nicht einmal in Erwägung ziehen.

»So unbeholfen, wie du die letzten Tage warst, hätte ich nicht erwartet, dass du überhaupt tanzen kannst«, äußere ich stattdessen etwas herablassender als nötig.

Sie schnaubt.

»Mach dir keine Illusionen, Mensch«, meint sie. »Selbst an deinen besten Tagen wirst du nicht an mich heranreichen können.«

Damit wirft sie ihr weißes Haar zurück und stolziert von der Tanzfläche, sodass mir nichts anderes übrig bleibt, als ihr zu folgen. Sie marschiert auf direktem Weg zum Büfett.

Trotz der Abneigung, die von jeder Seite an sie gerichtet wird, machen die Leute ihr anstandslos Platz. Zwar wirkt Frin gerade harmlos, dennoch haben sie nicht vergessen, wer und was sie ist. So ist das Büfett völlig verlassen, als Frin ankommt und nachdenklich vor einem Glas Sahnecreme stehen bleibt.

»Ob ich das mit diesem Körper wohl essen könnte?«, stellt sie die Frage an sich selbst.

Sie dreht das Glas in Händen, bis sie bemerkt, dass ich neben ihr stehe.

»Da bist du ja«, bemerkt sie, als hätte sie schon lange auf mich gewartet, obwohl ich nur wenige Schritte hinter ihr war.

Ich spiegele ihr Grinsen automatisch und denke gerade, dass dieser Abend nicht so furchtbar ist wie erwartet, als sie fragt: »Was ist eigentlich hinter der Tür dort?«

Selbst wenn sie subtiler in der Überleitung gewesen wäre, hätte ich gewusst, worauf sie hinauswill.

»Kein Ausgang«, antworte ich geradeheraus, woraufhin sie das Gesicht verzieht. »Und selbst wenn es einer wäre, solltest du dich nicht der Illusion hingeben, dass du daraus entkommen kannst. Das gesamte Schlossgelände ist gesichert, und ich werde dich nicht aus den Augen lassen, bis du wieder in deiner Zelle sitzt.«

Trotz blitzt in ihren Augen auf, dann starrt sie wieder auf das Dessert in ihrer Hand.

»Ich wollte nur wissen, was dahinterliegt«, entgegnet sie spitz. »An einen Fluchtplan habe ich nicht gedacht.«

Wer's glaubt.

»Dort befindet sich die königliche Galerie«, erkläre ich in der Hoffnung, sie damit zufriedenzustellen. Dann zögere ich. »Willst du sie sehen?«

Ich bin mir sicher, dass sie ablehnen wird, schließlich hilft ihr die Galerie nicht bei ihren Flucht- und Racheplänen. Trotzdem würde es mir nichts ausmachen, sie ihr zu zeigen. Zwischen den Gemälden in der Sammlung meines Vaters müsste ich wenigstens nicht tanzen. Außerdem dürfte die Galerie aktuell kaum besucht sein. So wären auch weniger Menschen der Gefahr ausgesetzt, die trotz allem noch von Frin ausgeht.

Dass ich die Menschenmenge in Wahrheit verlassen will, um den höhnischen Bemerkungen und abfälligen Blicken zu entkommen, die allesamt Frin gelten, verdränge ich. Der schneidende Tonfall einer Adligen hinter mir, die gerade Frins leichenblasse Haut beleidigt, lässt die Eisdämonin kurz zusammenzucken. Sofort gibt sie wieder vor, nichts bemerkt zu haben.

»Ich würde die Galerie gern sehen«, beschließt Frin.

Ob es an dem Kommentar der Frau liegt?

Sie ist ein herzloses Monster, das all dies und Schlimmeres verdient hat, erinnere ich mich. Ein Monster, das sich sicher nicht um die Meinung von uns Menschen, die sie nur als Beute betrachtet, schert.

Aber wieder zuckt ihr Blick zu einem Höfling, der sich über sie lustig macht. Ihre Miene ist kaum lesbar, dennoch wallt Mitgefühl in mir auf. Ich weiß, wie stolz sie ist. Dem hier ausgesetzt zu sein, kann nicht leicht für sie sein …

»Folge mir«, schlage ich also vor und führe sie zur Galerie.

Irritierend wie die Vergangenheit

Frin

Zu meiner Enttäuschung verbirgt sich hinter der unscheinbaren Tür am Ende des Ballsaals tatsächlich eine Galerie in einem langen Gang, von dem weitere abgehen. Zwischen hohen Säulen, die reich verziert sind, hängen zahlreiche Bilder.

Sobald die Tür hinter uns ins Schloss fällt, verebben die Geräusche der Feier zu einem leisen Flüstern. Von einem Moment auf den anderen sind Leif und ich allein. Eine bessere Chance wird sich mir kaum bieten. Obwohl meine Magie noch immer nicht zu mir zurückkommen will, traue ich mir zu, einen einzelnen Mann zu überwältigen. Das Problem ist, dass ich nicht weiß, wohin ich mich anschließend retten soll. In der Galerie habe ich sicher bessere Fluchtchancen als im Ballsaal. Aber Leif hat nicht gelogen: Hier befindet sich kein Ausgang. Nicht einmal ein Fenster entdecke ich, nur endlose Gänge voller gerahmter Gemälde.

»Kunst ist das ja nicht gerade«, kommentiere ich, als ich das Abbild eines Mannes mit der bekannten Krone und dem königlichen Gewand im ersten Rahmen begutachte.

Leif zuckt mit den Schultern.

»Es ist mehr eine Ahnengalerie als alles andere«, stimmt er zu. »Obwohl sich hier auch einige Bilder von anderen Dingen befinden.«

Er deutet zum nächsten Rahmen, in dem sich ein Gemälde des Schlosses über der schneebedeckten Menschenstadt befindet.

Ich schnaube. Askja hat so vieles zu bieten – den mystischen Fjoraberg, das raue Firnisgebirge, die majestätischen Eisdrachen. Und dieser Maler fängt stattdessen das königliche Schloss mit seinen Farben ein? Ich weiß nicht, ob das mehr über den Geschmack des Malers oder über den des Käufers aussagt. Obwohl ich zugeben muss, dass das Schloss seinen Reiz hat, auch wenn es nichts ist im Vergleich zu all den Naturwundern auf dieser Insel.

Langsam schreite ich den Gang entlang und tue so, als würde ich die Bilder an den Wänden aufmerksam mustern. In Wahrheit suche ich allerdings nach einer versteckten Tür. Leif folgt mir schweigend, sichtlich gelangweilt von den Gemälden der Könige und Adligen. Doch zurückgehen möchte er offenbar auch nicht. Das nutze ich, indem ich in einen Gang nach dem anderen abbiege, meinen Blick stets auf die Gemälde gerichtet. So viele Könige, so viele Menschen. Wie lange regieren die Menschen Ask bereits? Wie alt ist das Schloss, durch das wir laufen?

Die Beschriftungen unter den Gemälden geben Hinweise auf die dargestellten Personen. Manchmal ist dort auch das Jahr verzeichnet, in dem das Gemälde angefertigt wurde. Ich pfeife durch die Zähne, als ich das Gemälde einer großen Seeschlacht von vor über fünfhundert Jahren entdecke. Ob es die Eisdämoninnen schon so lange gibt? Vermutlich, denn ich kann mir nicht vorstellen, dass es je eine Zeit ohne uns gab.

Selbst ein altes Schloss hat Ausgänge. Irgendeinen Ausweg muss es doch geben. Als ich endlich eine unscheinbare Holztür am Ende des nächsten Ganges entdecke, muss ich mich zusammenreißen, um nicht triumphierend zu lächeln.

Stattdessen zaubere ich einen überraschten Ausdruck auf mein Gesicht und frage Leif unschuldig: »Was befindet sich denn hinter dieser Tür?«

Seine Miene verdüstert sich augenblicklich, was Antwort genug ist.

»Nichts Wichtiges«, behauptet er.

Bemüht unbekümmert zucke ich mit den Achseln und gehe dann zum nächsten Gemälde an der Wand, auf dem eine Klippe dargestellt ist, an der sich eine Welle bricht. Während ich vermeintlich interessiert die sprühende Gischt betrachte, überlege ich, wie ich Leif am besten loswerde. Werde ich schneller sein als er, wenn ich losrenne? Obwohl ich mich inzwischen an die Schwere meines Körpers gewöhnt habe, bezweifle ich, dass ich ihm davonlaufen kann. Kann ich einen einzelnen Mann außer Gefecht setzen? Aus dem Augenwinkel mustere ich Leif und muss zugeben, dass ich keine Ahnung vom Kämpfen habe. Ob ich ihn tatsächlich überwältigen könnte?

Leif bemerkt meinen Blick und lächelt leicht, während er mir etwas über das Bild vor uns erzählt. Ich höre ihm nicht richtig zu. Das Einzige, was ich in mich aufnehmen kann, ist dieses Lächeln. Heute Abend ist er geradezu freundlich, obwohl er doch offenkundig davon überzeugt ist, dass ich seine Feindin bin. Es tut mir beinahe leid, seine neue Freundlichkeit auszunutzen.

Doch diese Gelegenheit kann ich nicht verstreichen lassen.

Wir sind gerade vom Bild mit der Klippe zum Porträt eines arrogant blickenden Monarchen gewandert, als Schritte im Korridor hinter uns ertönen. Erst befürchte ich, dass Leif Verstärkung erhält. Doch als wir uns umdrehen, entdecke ich hinter uns keine Wachen, sondern eine prächtig gekleidete Adlige, die ihre Tochter hinter sich herschleift. Bis auf die Falten im Gesicht der Älteren sehen sich die beiden unheimlich ähnlich. Im Gegensatz zur Begeisterung der Mutter scheint die Jüngere nicht hier sein zu wollen. Obwohl sie schnell ein breites Lächeln auf ihr Gesicht zwingt, als sie Leifs Blick bemerkt, habe ich ihre vorherige genervte Miene genau gesehen.

»Eure Hoheit«, flöten die beiden und vollführen einen eleganten Knicks vor Leif, der die Stirn runzelt.

»Ser Leif«, korrigiert er sie mit unerwarteter Schärfe in der Stimme.

Die Ältere neigt nur den Kopf, während ihre Tochter demütig zu Boden schaut. Mich würdigen sie keines Blickes, stattdessen sind die beiden voll auf Leif fixiert.

»Meine liebe Marissa und ich waren erschöpft vom Trubel des Balls und wollten Zuflucht in dieser wunderschönen Galerie suchen«, erklärt die Dame ihre Anwesenheit. »Was für eine Überraschung, Euch hier anzutreffen!«

Zuflucht vom Trubel des Balls? Nicht, dass ich das nicht verstehen könnte, aber dann wären sie kaum so durch die Gänge gehastet und hätten uns weit im Inneren der Galerie aufgespürt. Dass sie zu Leif wollten, ist eindeutig, und ich frage mich, warum sie sich überhaupt die Mühe gibt, es zu verschleiern. Menschen … Nachdem so viele Mütter auf dem Ball versucht haben, ihre Töchter Leif auf dem Silbertablett zu präsentieren, kann ich mir denken, worum es geht.

»Was für eine Überraschung«, echot Leif die Aussage der Frau lahm, und ich verdrehe innerlich die Augen.

Dafür, dass er ein Prinz ist, ist er außergewöhnlich schlecht darin, mit solchen Situationen umzugehen. Mir kann es egal sein.

Ich gähne demonstrativ, was mir einen hasserfüllten Blick der adligen Dame sowie einen mitfühlenden von Leif einbringt. Dann entferne ich mich ein wenig von den dreien und gebe vor, überaus interessiert das nächste Gemälde zu betrachten, das noch näher an der Tür hängt. Ein gepuderter Hund, dem jemand ein wertvolles Diadem aufgesetzt hat. Reizend …

Die adlige Frau hält Leif in Beschlag und preist die Vorzüge ihrer Tochter an – natürlich als unschuldige Konversation getarnt –, während ich von einem Bild zum nächsten schreite. Weitere Könige und Königinnen, Gemälde von Instrumenten und gedeckten Tafeln, zahlreiche Wappen ... Bei einigen Werken fällt es mir schwer, Interesse zu heucheln.

Zwar spüre ich immer wieder Leifs Augen auf mir, aber er schafft es nicht, sich der Konversation zu entziehen. Bis ich endlich nur noch drei Gemälde weit von der Tür entfernt bin.

Jetzt oder nie. Hinter mir höre ich, wie Leif eine Entschuldigung murmelt, um mir hinterherzukommen. Im gleichen Augenblick lasse ich alle Vorsicht fallen und renne auf die Tür los. In wenigen Schritten bin ich bei ihr angekommen und betätige hastig die Klinke. Doch sie lässt sich nicht drücken. Verdammt!

Bevor ich aufgeben kann, erinnere ich mich an Solvigs Dietrich und Spanner, die sich noch immer in einer Falte meines Kleides befinden. Schnell ziehe ich sie hervor und hoffe, dass das Schloss der Tür leichter zu knacken ist als jenes meiner Fesseln.

»Frin!«, ruft Leif hinter mir aus.

Ich stecke die beiden Gegenstände ins Schloss und bete zu den Eisgöttern um ein Wunder. Das prompt geschieht, denn ich stochere nur einen Wimpernschlag im Schloss herum, als dieses unvermittelt nachgibt und die Tür nach außen aufschwingt. Ich lasse die Werkzeuge zurück, stolpere in den kaum beleuchteten Raum und sehe mich gehetzt nach einem Ausgang um. Bis ich etwas sehe, das mich ins Stocken bringt.

Jeder Gedanke an Flucht ist vergessen, als ich das einzelne halb verhängte Gemälde entdecke, das direkt vor mir an der Wand hängt. Als ich *mich* entdecke.

»Frin«, keucht Leif, der mich in diesen kurzen Augenblicken eingeholt hat und nun ebenfalls durch die Tür stürmt.

Er stößt einen erleichterten Seufzer aus, als er mich entdeckt.

Ich achte nicht auf ihn. Ich bin wie hypnotisiert von dem Bild, gehe langsam darauf zu und hebe den Stoff darüber an, um den Rest davon zu sehen.

Ich kann es nicht glauben.

Nur das Licht, das hinter uns von den Fackeln im Flur hereinscheint, erleuchtet das Gemälde, das mich und meine Familie zeigt. Denn dieses blonde Mädchen mit den hellblauen Augen, das frech zum Betrachter schaut, bin eindeutig ich selbst. Die junge Frau daneben hat die gleichen hohen Wangen und großen Augen wie ich, schaut jedoch nicht zum Maler, sondern belustigt zu mir. Hinter uns befinden sich eine ältere Frau, deren scharf geschwungene Augenbrauen ich geerbt habe, und ein Mann, dessen schmale Nase genau wie meine aussieht. Ein Familienporträt. Das ist …

»Unmöglich«, hauche ich und fahre mit dem Finger über die Ölfarben, um mich von der Echtheit des Gemäldes zu überzeugen.

Ich verstehe das nicht, verstehe gar nichts mehr.

Leif tritt neben mich, und ich wirble zu ihm herum.

»Was ist das für eine schwarze Magie?«, verlange ich, zu wissen. Denn das ist die einzige Erklärung für das Unverständliche vor meiner Nase.

Irgendwie hat der König … Ich weiß nicht, warum oder wie, aber sicher hat er dieses Bild mit Magie erschaffen. Ein Bild von mir mit einer Familie.

Leifs Gesichtsausdruck ist gequält.

»Keine Magie«, antwortet er leise. »Die Vergangenheit.«

»Nein«, widerspreche ich und schaue wieder zum Bild. »Das … Das kann nicht sein.«

Natürlich weiß ich, dass jede Eisdämonin einst ein Mensch war, bevor sie den Kältetod starb und ihr neues Leben antrat. Dennoch … Ich habe trotz aller Andeutungen in den letzten Tagen stets den Gedanken unterdrückt, dass es für mich genauso gilt. Dass ich möglicherweise ebenso ein Leben hatte wie meine Opfer. Dass ich eine Familie hatte und Freunde. Außerdem sind wir Eisdämoninnen unverwundbar, und Zeit spielt für uns keine Rolle. Wer weiß, ob ich bereits seit Jahren oder sogar schon seit Jahrhunderten über Askjas schneebedeckte Weiten wandere? Die Wahrscheinlichkeit, eine Verbindung zu meinem alten Leben zu entdecken, ist so gering. Noch nie habe ich von einer Eisdämonin gehört, die Informationen über ihre Vergangenheit bekommen hat. Und doch sehe ich hier den Beweis für mein Davor.

Leif seufzt und setzt sich auf eine Holzbank, die in der Mitte des Raums steht.

»Es ist fünf Jahre her, dass du und deine Familie bei einem Ausflug kurz vor den Toren Asks verschwandet«, erzählt er. »Wir haben die Leichen deiner Eltern und deiner Schwester gefunden, gefroren im Schnee. Dein Körper war nicht dabei. Obwohl ein Teil von mir hoffte, dass es bedeutete, du wärst am Leben, wussten wir alle, was in Wahrheit aus dir geworden war.«

Er mustert mich von oben bis unten. Die schneefarbenen Haare, die blasse Haut, das verführerische Kleid. Er sieht die Eisdämonin in mir, und dennoch betrachtet er mich ausnahmsweise ohne Abscheu, sondern nur voller Trauer.

»Wir kannten uns?«, frage ich, ohne meine Gefühle nach außen dringen zu lassen.

Nach kurzem Zögern setze ich mich neben Leif, der nickt.

»Deine Familie, die Nevissons, waren in ganz Askja für ihre Pferdezuchten bekannt, was euch vor einigen Generationen in den Adelsstand aufsteigen ließ. Ihr wart bei Weitem nicht so reich und bedeutend wie manch andere Adelsfamilie, dennoch sah man euch häufiger am Hof als alle anderen. Denn deine Schwester war mit meinem Vater, König Umber, verlobt. Deshalb hängt noch immer euer Gemälde hier. Manchmal kommt er her, um sie anzuschauen.«

171

Er deutet zum Bild, auf die sanft wirkende Frau neben mir. Sie sollte den König heiraten? Ich erschaudere. Vielleicht war es ein Segen, dass eine Eisdämonin dieses Schicksal verhinderte.

Leif bemerkt meine Reaktion und schüttelt den Kopf.

»Klara und er haben sich geliebt«, behauptet er. »Mein Vater war nicht immer so ... kalt. Dass sie beinahe zehn Jahre Altersunterschied trennt, hat keinem von beiden etwas ausgemacht. Er machte deiner Schwester so leidenschaftlich den Hof, wie es kaum jemand in Ask je gesehen hat. Sie wäre Königin Askjas geworden, wenn sie nicht eine Woche vor der Hochzeit ...«

Er sieht wieder mich an, und es ist klar, was er sagen will. Wenn sie nicht von einem Monster wie mir ermordet worden wäre. So viel Schmerz und Verlust schwingt in Leifs Erzählung mit, der völlig ernst ist. Dennoch kann ich das alles einfach nicht glauben. Ich soll eine Schwester gehabt haben, die Königin werden sollte? Eine Adelsfamilie, die Pferde züchtete?

»Und ich?«, will ich tonlos wissen.

Leifs Lippen verziehen sich zu einem überraschenden Grinsen. »Obwohl du deutlich jünger warst als deine Schwester, habt ihr euch ausgezeichnet verstanden. Aber du hast dir kein Beispiel an ihrer Güte und Geduld genommen, sondern dem illegitimen Königssohn bei jeder Gelegenheit einen Streich gespielt.«

Er zwinkert mir zu. »Du warst vier Jahre älter als ich und schon immer *so* erwachsen. Du hast gern behauptet, viel zu reif zu sein, um mit einem Jungen wie mir Zeit zu verbringen. Dennoch habe ich dich nicht in Ruhe gelassen, denn du warst nicht nur die beste Tänzerin in ganz Ask, sondern auch die beste Reiterin. Ich habe dich gedrängt, es mir beizubringen, und irgendwann hast du nachgegeben. Obwohl du immer so getan hast, als wärst du genervt von mir, glaube ich, dass du meine Gesellschaft in Wahrheit gar nicht so schlimm fandest. Ich hoffte immer, dass wir eines Tages eine Familie sein würden.«

Es ist so seltsam, etwas über mich selbst zu erfahren, an das ich mich nicht erinnere. Ich habe nie eine besondere Verbindung zu Pferden gespürt, und kann mir nicht vorstellen, Leif nahegestanden zu haben. Auch kommt es mir abwegig vor, von ihm genervt zu sein, denn er scheint Menschen gegenüber ganz in Ordnung zu sein. Bei magischen Wesen sieht das etwas anders aus, immerhin hält er mich gefangen und liefert mich dem König aus.

»Also waren wir Freunde?«, vergewissere ich mich.

Er lächelt, und es wirkt ein wenig schüchtern.

»Darauf sollte es hinauslaufen«, stimmt er zu. »Natürlich hätte ich dafür erst über meine Schwärmerei für dich hinwegkommen müssen, die ja keine Zukunft hatte. Schließlich hast du keinen Hehl daraus gemacht, dass du viel zu alt für mich seist und gleichaltrige Männer bevorzugst.«

Bei dieser Aussage heben sich unwillkürlich meine Mundwinkel, so lächerlich ist sie. Das soll ich gesagt haben?

»Ich schätze, nachdem ich in den letzten fünf Jahren gealtert bin und du nicht, ist dieser Punkt hinfällig. Jetzt bin ich zwanzig Jahre alt, und du für immer neunzehn«, sinniert er, und ich pruste los.

Das ist nicht sein Ernst.

»Ich bin eine Eisdämonin«, erinnere ich ihn belustigt.

Auch er lacht, sodass klar wird, dass er diesen Kommentar keine Sekunde lang ernst gemeint hat. Der Gedanke ist so absurd …

Nicht, dass ich etwas dagegen hätte, ihn noch mal zu küssen. Allerdings wäre mein Ziel dabei nicht, ihn zu verführen, sondern ihm das Leben zu rauben. Das hat seine ganz eigene Romantik …

Leif dreht den Kopf zum Bild und wird abrupt wieder ernst.

»Was euch geschah, war eine große Tragödie für Askja«, meint er leise. »Nicht nur, dass wichtige Mitglieder unserer Gemeinschaft so nah an den Stadtmauern von uns gerissen wurden. Daraufhin fühlte sich kaum einer noch sicher. Mein Vater wurde zu einem völlig anderen Menschen und begann diesen Feldzug gegen die Magie, gegen die Seelenräuberinnen, insbesondere gegen die Eisdämoninnen.« Er nickt mir zu. »Und deshalb bist du jetzt hier.«

König Umber soll früher ein anderer gewesen sein und durch den Verlust meiner Schwester zu dem tobsüchtigen Herrscher geworden sein, der vor zwei Tagen meine Königin ermordete?

Die Erinnerung an Fjoras rollenden Kopf und ihr schwarzes Blut, das zu Schnee wurde, lässt mich in die harte Realität zurückkehren. Ich weiß nicht, ob ich Leifs Worten Glauben schenken möchte und ob ich früher tatsächlich eine Nevisson mit Pferdeliebe war. Es ist auch egal, denn in diesem Leben bin ich nicht nur eine Eisdämonin: Seit Fjoras Opfer bin ich die Eiskönigin. Ich bin nicht in diesem Raum, um Leifs Geschichten zu lauschen, sondern um zu fliehen und zu meinem Volk in die Freiheit zurückzukehren. Um die Pläne des Königs zu vereiteln und meine Schwestern vor allem zu schützen, was kommen mag.

Genau in diesem Moment entdecke ich aus dem Augenwinkel die zweite Tür, die aus diesem Gedenkraum führt. Das ist meine Chance zur Flucht. Ich muss nur irgendwie Leif loswerden, der mich nach wie vor nachdenklich ansieht.

Ich habe bereits ausgeschlossen, einfach wegzulaufen. Der Plan ist zum Scheitern verurteilt, vor allem, falls ich auch diese Tür knacken muss. Ebenso wenig kann ich Leif mit Gewalt außer Gefecht setzen.

Bleibt nur eins. Zwar ist mir der Zugang zu meiner Magie immer noch versperrt, aber ich trage die furchtbaren Fesseln bereits seit mehreren Stunden nicht mehr. Eine Strategie reift in mir. Doch kann ich Leif das wirklich antun? Ein Teil von mir hegt Zweifel, doch ich bringe ihn zum Schweigen.

Eine bessere Gelegenheit werde ich nicht bekommen, also beuge ich mich nach vorn, bevor ich meinen Plan weiter infrage stellen kann. Kein Zögern diesmal, kein Nachdenken. Leifs irritiertes Stirnrunzeln nehme ich kaum wahr, dann liegen meine Lippen bereits auf seinen.

Leif zuckt überrascht zusammen, aber ich schlinge den Arm um seinen Hals, um nicht zuzulassen, dass er sich von mir löst. Seine Lippen sind warm und weich, öffnen sich bereitwillig für mich, und mir kommt der Gedanke, dass ich diesen Kuss unter anderen Umständen genießen könnte. Leifs Nähe lässt ein Prickeln unter meine Haut fahren. Beinahe fühlt es sich an, als würden Schneeflocken in meiner Magengegend tanzen. Er erwidert den Kuss voller Verlangen, und auch in mir steigen zahlreiche Emotionen auf, die so gar nicht zu meinem Vorhaben passen. Ich rutsche enger an ihn heran, kann plötzlich gar nicht mehr genug von diesem Kuss bekommen. Es ist, als wäre ich verzaubert. Er legt die Hände an meine Hüfte und zum ersten Mal in meinem Leben erfahre ich, wie es ist, jemanden zu begehren. Die Schneeflocken in meinem Bauch steigern sich mit jedem Moment weiter zu einem wahren Schneesturm, der mich alles andere vergessen lässt. Ich will diesen Kuss nie beenden, die Sehnsucht und die Leidenschaft auskosten.

Erst als ich ihn mit der anderen Hand näher an mich ziehen will und dabei an die Handschellen komme, die er an seinem Gürtel festgemacht hat, komme ich wieder zu mir. Bei den Eisgöttern, beinahe hätte ich den wahren Grund für diesen Kuss vergessen. Ich schiebe die Gefühle beiseite und konzentriere mich auf meine eigentliche Intention: Leifs Lebenskraft zu rauben. Ich kann seine Energie deutlich vor mir spüren und will meine Magie darauf richten, um sie an mich zu reißen.

Nichts geschieht. Alles, was ich fühle, ist Leifs Nähe und seine Finger, die verführerisch über meine Taille wandern. Kein plötzlicher Kraftschub, nicht die Ekstase seiner Lebensenergie. Es funktioniert nicht.

Mir entfährt ein frustrierter Laut, und ich löse mich von Leif. Kurz kommt es mir so vor, als wolle er mich gar nicht gehen lassen. Aber dann lässt er zu, dass ich mich zurücklehne. Seine Augen sind halb geschlossen, und ein leichtes Lächeln zupft an seinen Mundwinkeln. Dann blinzelt er heftig und das Lächeln erstirbt, als er begreift.

»Du hast erneut versucht, mich umzubringen«, stellt er fest, und ich kann nicht behaupten, dass mich der Ausdruck von Verrat in seinen Augen kaltlässt.

Irgendein verräterischer Teil von mir ist sogar erleichtert, dass er lebt.

»Was hast du erwartet?«, frage ich.

Dass ich ihn einfach so küsse?

Offensichtlich genau das, was mich vollkommen verwirrt. Noch mehr verwundern mich die Schneeflocken in meiner Magengegend, die diese Erkenntnis auslösen. Leif dachte, ich würde ihn küssen, weil ich ihm nahe sein möchte – und er hat diesen Kuss erwidert, anstatt ihn abzulehnen. Warum bei allen Wintergöttern sollte er mich küssen wollen? Er weiß, dass ich eine Eisdämonin bin! Zwar weiß ich jetzt, wie unglaublich sinnlich sich ein Kuss mit ihm anfühlt, aber dennoch sollte er sich nicht danach verzehren.

Ein harter Zug legt sich um seinen Mund, als er erwidert: »Ja, was habe ich eigentlich erwartet?«

Er steht auf und wischt sich grob über den Mund, beinahe als könne er damit auch die Erinnerung an das soeben Geschehene entfernen.

»Ich …«, murmle ich, verstört von der Verletztheit, die ich an ihm erkenne. »Es tut mir leid.«

Die Worte haben meinen Mund verlassen, bevor ich sie verarbeitet habe. Habe ich mich gerade tatsächlich entschuldigt? Ich bin eine Eisdämonin, die Menschen mit ihrem Kuss das Leben raubt. Wieso entschuldige ich mich dafür? Mir sollte bloß leidtun, dass es nicht funktioniert hat.

Leif lacht bitter, dann schüttelt er den Kopf. Ihm scheint die Ironie der Situation nicht zu entgehen.

»Komm«, meint er dann. »Ich habe keine Lust, zurück auf den Ball zu gehen. Ich bringe dich zurück in deine Zelle.«

Am liebsten will ich widersprechen, doch Leif tritt zu mir, und ich spüre das altvertraute Metall an meinen Handgelenken.

»Aber …«, setze ich an und versuche, meine Arme wegzuziehen. Doch schon hat Leif die Fesseln geschlossen.

Mit dem klickenden Geräusch, das sie dabei machen, vergeht mir jede Hoffnung.

»Das war kein Vorschlag«, verkündet Leif das Offensichtliche und zieht mich mit einem Ruck auf die Beine.

»Und nur, dass du es weißt: Diese Fesseln sind nicht das Einzige, was deine Magie unterdrückt. Selbst wenn du sie loswirst, kannst du dir jeden weiteren Kussversuch sparen.«

Ich kann nur einen letzten, sehnsüchtigen Blick auf die Tür werfen, bevor er mich mit festem Griff hinter sich herzieht. Er macht überdeutlich, dass ich keine Chance habe, mich ihm zu entreißen. Zurück durch die Galerie, zurück in den Ballsaal, wo ich mit hängendem Kopf hinter ihm hergehe und nicht einmal bei den höhnischen Bemerkungen der Ballgäste aufsehe. Den ganzen Weg in den Kerker über schweigen wir, bis Leif mich zurück in meine Zelle verfrachtet hat und die vergitterte Tür zwischen uns schließt.

»Warte«, spreche ich ihn an, als er sich bereits abwendet. Ich weiß selbst nicht so recht, was ich von ihm will.

Er bedenkt mich mit einem langen Blick und lässt mich dann zurück, das Brüllen des Eisdrachen als einzige Gesellschaft.

Vergänglich wie ein Traum

Leif

»Was hältst du davon, Frin?«

»Hm?«, erwidert sie lang gezogen und blickt von dem Dessert auf, in dem sie bis eben gelangweilt herumgestochert hat.

»Umber hat vorgeschlagen, dass du auf der Hochzeit die Gastgeschenke am Eingang verteilst.«

Klara wirft einen verliebten Blick in Richtung meines Vaters, den dieser voller Inbrunst erwidert. Es fühlt sich seltsam an, dass ihn jemand beim Vornamen nennt, selbst wenn sie seine Verlobte ist.

»Vielleicht kannst du sie unterstützen, Leif«, meint mein Vater.

Unsere Beziehung war nie sonderlich innig, deshalb ist es ebenso ungewohnt, mit seinen kürzlichen Annäherungsversuchen umzugehen. Keine Ahnung, ob ich es schräg finden soll oder angenehm, welchen Einfluss Klara auf ihn ausübt.

»Gerne«, antworte ich gehorsam, während Frin neben mir seufzt und auf die Standuhr am Ende des Bankettsaals blickt.

Klara und mein Vater wenden sich wieder ihrem Gespräch zu, bei dem die Nevissons rege mitwirken. Auch die anderen Adligen am Tisch schenken uns keine Aufmerksamkeit, als ich mich zu Frin beuge.

»So gelangweilt?«, frage ich.

Sie seufzt erneut.

»Wenn es wenigstens ein Ball wäre und wir tanzen könnten«, bemerkt sie und schaut sehnsüchtig aus dem Fenster. »Aber bei diesem langweiligen Mittagessen wird es nur trockene Konversation geben.«

Ich folge ihrem Blick und sehe, wie die Sonne auf das schneebedeckte Ask scheint. Das Wetter lädt zu einem Ausritt ein … Doch selbst ein illegitimer Prinz wie ich muss sich an die Etikette halten, deshalb schlage ich stattdessen etwas anderes vor: »Sollen wir in die Galerie gehen?«

Frin schnaubt.

»Da ist es doch genauso langweilig wie hier«, behauptet sie.

Dennoch erhebt sie sich und geht voraus zur Tür am Ende des Saals. Ich warte auf die Erlaubnis meines Vaters, die er mir durch ein Nicken erteilt, bevor ich ihr folge. Als wir die Galerie betreten, sperren wir die Stimmen des versammelten Hofes endlich aus.

»Und was sollen wir hier machen?«, will Frin wissen.

Ich zucke mit den Achseln, denn eigentlich reicht es mir vollkommen aus, mit ihr allein zu sein.

»Wir könnten etwas spielen«, überlege ich trotzdem. »Wer findet das abstoßendste Gemälde oder so ähnlich.«

Frin hebt eine Augenbraue.

»Für so etwas bin ich zu alt«, informiert sie mich.

Dann schleicht sich ein schelmisches Grinsen auf ihr Gesicht.

»Wir spielen etwas anderes«, bestimmt sie. »Wer zuerst im Innenhof ist, hat gewonnen!«

Mit diesen Worten rennt sie los, und ich lache, als ich versuche, sie einzuholen. Ohne sich nach mir umzublicken, hastet sie um die Ecken in der Galerie und findet zielsicher den Ausgang durch die kleine Kapelle, in der ein verhängtes Bild meiner Großeltern hängt. Am Ende des Raumes stürzt Frin in den runden Innenhof, dessen Blumenbeete mit einem Glasdach geschützt sind. Trotz Askjas ewigem Winter

grünen hier Gras und tropische Pflanzen. Das Wasser eines Spring-
brunnens reflektiert die Sonnenstrahlen.

»Erste!«, verkündet Frin triumphierend.

So abrupt, wie sie stehen bleibt, kann ich nicht rechtzeitig brem-
sen. Sie stößt einen überraschten Laut aus, als ich in sie hineinstolpere.
Statt jedoch zu versuchen, das Gleichgewicht zu halten, lässt sie sich
ins weiche Gras fallen und zieht mich mit. Kurz überlege ich, wie viel
Ärger uns angesichts der Grasflecken auf unserer feinen Kleidung be-
vorsteht, dann lässt mich Frins ausgelassenes Lachen sämtliche Sorgen
vergessen. Ihr blondes Haar liegt aufgefächert auf der Wiese, und mit
ihren blauen Augen fixiert sie mich mit einem Ausdruck, durch den
meine Schwärmerei für sie wieder aufflammt.

Plötzlich spielt es keine Rolle mehr, was sie gesagt hat, als ich das
letzte Mal Andeutungen machte, mehr als eine Freundin in ihr zu
sehen. Die Einwände, dass sie mit den vier Jahren Altersunterschied
zu alt für mich sei, dass sie nach der Hochzeit meines Vaters und ihrer
Schwester quasi meine Tante wäre, verlieren an Gewicht. Ich vergesse
selbst meine Sorge, dass ich als unbedeutender Halbprinz keine Rolle
mehr an diesem Hof spielen würde und ihr nichts bieten könnte, sobald
mein Vater einen legitimen Erben zeugt. In diesem Augenblick zählen
nur Frins Lippen, die sich zu einem leichten Lächeln formen. Nichts
will ich lieber, als sie zu küssen.

Vorsichtig beuge ich mich in ihre Richtung, und gerade als ich glau-
be, sie ließe mich gewähren, blinzelt sie heftig und rappelt sich auf.

***

Welch Ironie des Schicksals, dass ich Frin nicht zum ersten Mal
durch diese Galerie jagte, bis zum Arkanum, das früher noch ganz
anders aussah als heute. Wie irritierend, dass ich sie einst mehr
küssen wollte als alles andere. Heute war es andersherum, und
sie wollte unbedingt mich küssen. Obwohl ihre Intention alles

andere als romantisch war. Wenn ich nur all diese Erinnerungen vergessen könnte …

»Dachte mir schon, dass ich dich hier finde.«

Berions Stimme lässt mich stocken, doch dann fahre ich damit fort, mit meinem Schwert auf die Strohpuppe vor mir einzudreschen. Selbst im Licht der einzelnen Fackel, die den Trainingsraum erleuchtet, ist sichtbar, dass ich die Figur schon völlig zugerichtet habe. Pfeile ragen aus ihrem Kopf, und der Rumpf ist von meinem Schwert durchlöchert. Das Stroh hat sich über den Boden verteilt und macht deutlich, warum ich meine Soldaten normalerweise ausschließlich im Hof mit den Strohpuppen trainieren lasse.

Dort war ich auch zunächst, aber ich konnte sehen, wie die Nordlichter über den Himmel zuckten, und spürte den sacht rieselnden Schnee wie Liebkosungen auf meiner Haut. Die Erinnerung an den eiskalten Kuss, den ich kaum eine Stunde zuvor erlebt habe, hat mich schnell wieder nach drinnen getrieben.

»Lass wenigstens das Gestell der Übungsfigur ganz, sonst müssen wir ein neues in Auftrag geben.«

Es ist nicht Berions spöttischer Tonfall, der mich zusammenzucken lässt. Unvermittelt steht er direkt neben mir und kreuzt sein Schwert mit meinem, sodass mein Hieb abrupt aufgehalten wird. Mit einem Grinsen stemmt er sich in die Bewegung und geht zum Angriff über. Trotz seines Alters kann ich die Kraft in seinem Hieb spüren, als ich pariere.

»Willst du mit mir kämpfen?«, frage ich stirnrunzelnd.

Er zuckt mit den Achseln.

»Ich bin ein würdigerer Gegner als der Strohmann.«

Unvermittelt macht er einen Schritt zur Seite und führt mit zusammengepressten Lippen seinen nächsten Angriff aus. Ich wehre seine Klinge ab und weiche zurück, nur um dann in einer plötzlichen Bewegung auf ihn zuzupreschen und einen Hieb in seine Richtung zu versuchen. Er sieht meine Attacke voraus, pariert und täuscht an, von links auf meine Hüfte zu zielen, wechselt im letzten Moment aber zu einem Hieb in Richtung meiner Schulter. Ich kenne seinen Kampfstil gut genug, um dennoch damit zu rechnen.

Unwillkürlich stiehlt sich ein Lächeln auf mein Gesicht, während wir uns mit unseren Schwertern messen. Im Halbdunkel tänzeln wir umeinander herum. Keiner unserer Schläge ist so hart wie in einem echten Kampf, doch das Duell lenkt mich ab. Berion hat recht: Mit ihm zu kämpfen, ist deutlich fordernder. Was er durch sein Alter an Schnelligkeit eingebüßt hat, macht er mit Erfahrung und Taktik wett. So kann keiner von uns einen Treffer landen, und es dauert nicht lange, bis ich heftig atmend die Hand als Zeichen der Niederlage hebe. Wir wissen beide, dass wir uns im Kampf ebenbürtig sind, und ich vermute, dass Berion mich nicht hierfür aufgesucht hat.

»So leicht gibst du auf?«, neckt er mich.

Mit einer Drehung schlage ich ihm das Schwert aus der Hand, dann lasse ich mein eigenes fallen. Verblüfft sieht Berion zu seiner Waffe am Boden.

»Selbst schuld, wenn du nicht vorbereitet bist«, sage ich, woraufhin sein Grinsen noch breiter wird.

Ich dagegen verziehe das Gesicht. Frin sagte stets diese Worte, wenn sie mich bei einer Schneeballschlacht oder mit einem Wettritt überraschte. Wie sehr ich mir wünschte, die Vergangenheit ändern zu können … Frin retten zu können, bevor ihre Seele von einer Eisdämonin gestohlen worden ist. Oder sie damals geküsst zu haben, nur ein einziges Mal. Als ich noch die Chance dazu hatte, als sie noch meine beste Freundin war. Jetzt ist sie eine Seelenräuberin. Die Erinnerungen an unsere gemeinsame Zeit sind zu einem Fluch geworden, der es mir erschwert, meine Aufgaben auszuführen.

»Sieh nur, wie viel du im Kampf von mir gelernt hast«, schwärmt Berion, wird aber schnell wieder ernst. »Alles in Ordnung?«

Ich zucke mit den Achseln. Der Ball war weniger schlimm als erwartet, dafür musste ich Frin die Geschichte ihrer Familie erzählen und selbst in diese dunklen Erinnerungen eintauchen.

Was mich am meisten beschäftigt, sind ihre Küsse heute – und die widerstreitenden Gefühle, die sie in mir ausgelöst haben. Zu gern würde ich es auf ihre magischen Verführungskünste schieben, dass ich mich nicht sofort gegen sie gewehrt habe. Ich weiß jedoch, dass ihre Magie dank des Sonnentauextrakts unerreichbar für sie bleibt. Das einzig Verführerische war sie selbst, und das hat mehr als genügt. Obwohl ich weiß, dass sie nicht die Frin von früher ist, obwohl es mehr als fünf Jahre her ist, spüre ich die alte Anziehung zu ihr stärker als je zuvor. Nicht nur das. Ein Teil von mir bildet sich sogar ein, dass ich mich auch von der heutigen Frin angezogen fühle – einer Eisdämonin.

Ich will nicht darüber nachdenken, wie es sich angefühlt hat, sie endlich zu küssen. Was ich dabei gedacht habe. Diese bodenlose Versuchung und Lust, die ich verspürt habe …

Das Geräusch, mit dem Berion das Schwert in seine Scheide schiebt, holt mich in die Gegenwart zurück. Der Heerführer betrachtet mich prüfend, dann seufzt er.

»Ich weiß, dass du Bälle hasst. Du solltest dennoch zurückgehen.«

»Warum?«, frage ich irritiert.

Ich habe nicht das geringste Bedürfnis, weitere Tänze über mich ergehen zu lassen – vor allem, weil jeder Tanz hinter dem mit Frin zurückbleiben würde. Auf die Konversation mit den Adligen und ihren heiratswilligen Töchtern kann ich ebenfalls verzichten. Für sie ist es nur eine Formsache, dass ich als Prinz noch legitimiert werden muss. Jede von ihnen will Prinzessin und eines Tages Königin sein.

»Weil dein Vater und der Inquisitor sich seit einer Weile in den hinteren Teil des Saals zurückgezogen haben und ich das Gefühl habe, dass du bei ihrem Gespräch dabei sein solltest.«

Berions Erklärung lässt jeglichen Gedanken an die Höflinge verschwinden. Ich soll es wagen, die beiden bei ihrem Gespräch zu unterbrechen?

»Dein Vater wirkte sehr ernst«, fährt er leise fort. »Ich denke, wir sollten um jeden Preis herausfinden, was sie besprechen.«

In anderen Worten: Ich habe keine andere Wahl. Askjas Schicksal ist bereits jetzt meine Verantwortung und bürdet mir unliebsame Pflichten wie diese auf. Ich presse die Lippen aufeinander und hebe mein Schwert auf, um es einzustecken.

»Dafür richte ich das hier wieder her«, räumt Berion schmunzelnd ein und nickt zur zerfetzten Strohpuppe.

Ich spare mir die Erwiderung, dass er diese Aufgabe vermutlich bloß delegieren wird. Stattdessen wende ich mich ab und marschiere zurück zum Ballsaal.

Der Diener, der die Namen ausruft, bewacht nicht länger den Saaleingang, seitdem alle Gäste eingetroffen sind. Es benötigt auch niemanden, um mein neuerliches Erscheinen zu verkünden: Sobald ich eintrete und mich der erste Höfling bemerkt, verbreitet sich die Nachricht wie ein Lauffeuer unter den Adligen. Einige bewegen sich sofort in meine Richtung, doch ich ignoriere sie alle und eile im Laufschritt zum hinteren Teil des Saals, wo es ruhiger ist. Mit jedem anderen Gast hätte mein Vater sich zu einer privaten Diskussion in das Kabinett oder in seine privaten Räumlichkeiten zurückgezogen. Doch der Inquisitor ist viel zu sehr darauf bedacht, Präsenz zu zeigen, die stets Unheil für uns verheißt. Als müssten wir durch seinen Anblick permanent daran erinnert werden, dass wir zwar ein eigenständiges Königreich sein dürfen, jedoch nach der Pfeife des Kaiserreichs tanzen müssen.

Bei der Vorbereitung des Balls war mir das bewusst, weshalb

ich hier am Saalende einige Sitzgruppen für privatere Unterhaltungen habe aufbauen lassen. Inzwischen sind alle Tische bis auf den direkt vor mir geleert, an dem der König und der Inquisitor sitzen und sich unterhalten. Die königlichen Leibwachen mit dem Drachen Askjas auf ihrer Rüstung haben die umliegenden Plätze belegt und machen so deutlich, dass sich sonst niemand nähern darf. Mich lassen sie mit einem Nicken passieren.

»Der Kaiser ist nach wie vor sehr besorgt, dass Ihr keinen legitimen Erben vorweisen könnt«, gibt der Inquisitor, der mit dem Rücken zu mir sitzt, gerade gespielt bekümmert zu bedenken. »Er macht sich große Gedanken, wen er eines Tages als Euren Nachfolger einsetzen könnte, sollte Euch ein Unglück ereilen.«

Wortlos ziehe ich den Stuhl neben meinem Vater zurück und setze mich.

»Sohn«, nimmt der König mich zur Kenntnis und wendet sich dann wieder an den Inquisitor. »Der Kaiser braucht sich nicht zu sorgen. Mein Legitimationsgesuch für Leif wird bereits aufgesetzt.«

Ob er das nur behauptet, um den Inquisitor zufriedenzustellen? Ich zumindest wusste nicht, dass das Schriftstück inzwischen in Arbeit wäre.

»Das ehrt Euch«, meint der Inquisitor, »doch wird Eurem Gesuch sicher stattgegeben?«

Der König schnaubt.

»Ich bin mir sicher, der Kaiser wird mir zustimmen und die askische Herrscherfamilie nicht infrage stellen.«

Eine kaum verhohlene Drohung schwingt in seiner Stimme mit. Doch was hat der König im Ernstfall gegen den Kaiser in der Hand? Askjas Armee ist klein. Unser Volk besteht aus Jägern und Fischern, nur wenigen Kriegern. Es gibt einen Grund, warum mein Urgroßvater sich auf friedlichem Wege dem Kaiserreich angeschlossen und uns zum Vasallstaat gemacht hat.

Dass der Kaiser das Legitimationsgesuch ablehnen könnte, ist mir jedoch neu. Mein Vater hat stets so getan, als läge diese Entscheidung hauptsächlich in seiner Verantwortung. Als müsste er es nur endlich losschicken, damit das Ganze umgesetzt würde. Vielleicht hat er recht: Ausgehend von seiner engen Zusammenarbeit mit dem Kaiser und den lukrativen Handelsverträgen, die wir mit dem Kontinent unterhalten, wäre es für den Kaiser das Einfachste, mit meiner Nachfolge alles so zu belassen. Hoffe ich ...

Das überhebliche Lächeln des Inquisitors deutet jedoch auf eine andere Möglichkeit hin.

»Selbstverständlich«, erwidert er ironisch. »Ich wäre untröstlich, wenn Askja in die falschen Hände fallen würde. Aber seid unbesorgt. Der Kaiser hat mich bereits darum ersucht, im Falle Eures frühzeitigen Ablebens einzuspringen. Natürlich habe ich ihm diese Bitte nicht abgeschlagen.«

Bisher hat der Inquisitor mich ignoriert, grinst mich nun aber direkt an. Ich benötige all meine Selbstbeherrschung, um nicht sichtlich zu erschaudern. Der Inquisitor als Regent Askjas ... Nur über meine Leiche.

Womit er vermutlich keine Probleme hätte. Das wird auch meinem Vater bewusst, der abrupt sein Weinglas abstellt.

»Glücklicherweise verfüge ich über eine ausgezeichnete Gesundheit«, antwortet er und erhebt sich dann. »Außerdem gibt es noch so viele Aufgaben, die ich auf Askja erfüllen muss, bevor ich bereit bin, zu gehen.«

Sprich: Der Kontinent braucht ihn noch.

»Sohn, wo befinden sich unsere besonderen Gäste des heutigen Abends?«

Scheinbar will er den Inquisitor direkt an seine Triumphe erinnern. Aber unser Gegenüber ist sicher nicht so leicht zu beeindrucken, schließlich hat er uns die Werkzeuge an die Hand gegeben, sie zu erreichen. Vermutlich könnte auch er problemlos die Seelenräuberinnen und sämtliche Magie vernichten. Obwohl mein Vater mit der Ermordung der drei Königinnen vermutlich bewiesen hat, nicht völlig wertlos zu sein.

»Folgt mir«, fordere ich die beiden auf und führe sie zum Glaskasten der Sirene.

Ich bin froh, Frin zurück in ihre Zelle gebracht zu haben. Obwohl ich ihr den Kuss noch lange nicht verziehen habe, sträubt sich ein Teil von mir bei der Vorstellung, sie dem Inquisitor auszusetzen. Er beobachtet die Sirene mit einem gierigen Blick, der mir einen Schauer über den Rücken laufen lässt. Die Seelenräuberin bekommt davon nichts mit, denn sie beachtet uns gar nicht, sondern scheint trotz des Trubels im Ballsaal zu schlafen.

»Welch erbärmliches Geschöpf«, urteilt mein Vater und wendet sich ab.

Offenbar hat er beschlossen, dass die Sirene seine Aufmerksamkeit nicht wert ist.

Ein erwartungsvoller Blick meines Vaters genügt als Aufforderung, sodass ich die beiden zur Najade führe, die alles andere als schläfrig wirkt. In einer verführerischen Pose steht sie auf ihrem Dampfstein und zwinkert dem Inquisitor zu, als wir vor ihr zum Stehen kommen.

»Ich habe mich schon gefragt, wann du mich besuchst«, spricht sie ihn an.

Mein Vater verzieht angewidert das Gesicht, doch der Inquisitor scheint tatsächlich fasziniert.

»Wie habt Ihr sie gefangen?«, will er von meinem Vater wissen, und nun weiß ich, worin sich die Macht der beiden unterscheidet: Mein Vater wird durch mich und mein Wissen über Askja unterstützt.

Ohne meine Hilfe bei der Beschaffung der Seelenräuberinnen könnte er seine dunklen Rituale nicht durchführen. Ein Gedanke, der mich dennoch nicht mit Genugtuung erfüllt.

»Vielleicht zeige ich es Euch eines Tages«, entgegnet der König geheimnisvoll.

Der Inquisitor nickt und wendet sich wieder der Najade zu. Während ich ihre Versuche beobachte, ihn zu bezirzen, wird das Gefühl des Grauens immer stärker. Wegen mir ist sie in dieser Situation. Es ist deutlich, dass sie den widerwärtigen Inquisitor zu verführen versucht, in der Hoffnung, er könne ihr helfen. Ein Spiel, worauf er nur zu gerne eingeht, ohne ihr jemals das zu bieten, was sie sich wünscht: die Freiheit, die ich ihr gestohlen habe.

Die Najade, die Sirene und Frin waren für mich Mittel zum Zweck, um meine Legitimation durchzusetzen. Eine Legitimation, von der ich mir so viel verspreche. Dennoch verspüre ich inzwischen die Gewissheit, dass ich keine der drei jemals hätte fangen dürfen.

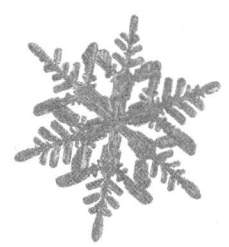

Unaufhaltsam wie
die Veränderung

Frin

Mir ist langweilig.

Seufzend reibe ich meine Finger aneinander und wende dann die Handfläche nach oben, beim hundertsten Versuch, darauf eine Schneeflocke entstehen zu lassen. Natürlich ist dieser Versuch ebenso erfolglos wie alle zuvor.

Dabei spüre ich inzwischen so viel von meiner Königin Fjora in mir. Dass sie sich geopfert hat, lässt mich nach wie vor schlucken. Die Auswirkungen kann ich nicht bestreiten: Mein Innerstes ist voller Eis und Schnee. Eine unglaubliche Menge an Magie strömt durch meine Adern, obwohl ich nichts davon benutzen kann.

Wegen dieser nervtötenden Fesseln an meinen Händen, an denen ich wieder einmal zerre. Und aus einem weiteren Grund, den Leif zwar angedeutet, jedoch nicht benannt hat.

Mir bleibt also nichts anderes, als auf das Unmögliche zu hoffen, weshalb ich mir erneut die Schneeflocke in meiner Hand vorstelle. Die Kühle ihrer Berührung, die filigranen Zacken ihrer Form … Nichts.

Ich stoße einen frustrierten Laut aus und bin kurz davor, mich entnervt auf einen der Strohhaufen in meiner Zelle zu werfen, als ich Geräusche höre, die mich innehalten lassen. Schritte hallen den Gang des Kerkers entlang, begleitet von Lavas kokettem Lachen.

»So tapfere Krieger wie ihr können keine Angst vor mir haben, oder?«, neckt sie die Soldaten, die sie zurück in unsere Zelle bringen.

Keine Antwort.

»Ich sage ja nur, wenn ihr mir die Fesseln abnehmen würdet …«

Die Gruppe kommt in mein Blickfeld, und ich sehe, wie Lava dem Mann neben ihr auffordernd die Hand hinstreckt.

»Ich würde euch allen mehr Wunder zeigen, als ihr euch vorstellen könnt.«

Sie zwinkert, aber der Soldat ignoriert sie. Mir entgeht nicht, wie ihr ein jüngerer Mann von der anderen Seite einen sehnsuchtsvollen Blick zuwirft. Offenbar ist ihr entgangen, wer das schwächste Glied der Gruppe ist. Sonst würde sie versuchen, den Jüngeren zu bezirzen.

Ersterer dagegen schließt nur stumm die Zelle auf und schiebt Lava unsanft hinein. Der jüngere Wachposten, der ihren Hitzestein getragen hat, platziert ihn an der gleichen Stelle wie vorhin, und schmollend setzt sich Lava darauf. Hinter der Gruppe kommen weitere Soldaten in Sicht, die eine ungerührte Adelaide in ihrem Glaskasten mit sich tragen.

»Schönen Abend gehabt?«, frage ich die beiden, während die Soldaten Adelaides Glaskasten am Zellenrand abstellen.

Um mich machen sie dabei einen großen Bogen. Dabei versuche ich gar nicht erst, die Soldaten einzuschüchtern. Zwar halten meine Fesseln mich nicht davon ab, mich auf einen von ihnen zu stürzen. Aber inzwischen weiß ich zu gut, wie machtlos ich bin. Mit einer derartigen Aktion würde ich mich nur selbst blamieren.

Lava schnaubt auf meine Frage hin.

»Wie denn, wenn diese Menschen nicht das Geringste von Spaß verstehen?«, gibt sie zurück. »Voraussetzung dafür wäre nämlich, seinen Gästen die Fesseln abzunehmen!«

Diesmal fokussiert sie den richtigen Soldaten mit ihrem Blick, der sichtlich schluckt, sich aber dennoch abwendet. Ich warte, bis die Truppe abgerückt und außer Hörweite ist.

»Es bringt sowieso nichts«, erkläre ich den beiden und berichte von meinem erfolglosen Versuch, Leif das Leben zu rauben.

»Aber …«, murmelt Adelaide leise.

Ich schüttle den Kopf. »Er hat angedeutet, dass noch etwas anderes meine Magie unterdrückt«, erzähle ich ihnen. »Nur habe ich nicht die geringste Ahnung, was.«

Lava verdreht die Augen.

»Ist es nicht offensichtlich?«, fragt sie. »Dass ich da nicht früher drauf gekommen bin!«

Adelaide und ich sehen sie verwirrt an.

»Euch ist schon aufgefallen, dass sie uns statt Menschenleben ein seltsames Gebräu zu trinken geben, das nicht unserer natürlichen Nahrung entspricht?« Lava gestikuliert zur Zellentür. »Sie geben irgendetwas in dieses Wasser, mit dem sie uns stärken. Wer sagt, dass sie nicht gleichzeitig etwas hinzufügen, das unsere Magie blockiert?«

Frustriert presse ich die Lippen aufeinander. Lavas Aussage klingt erschreckend logisch.

»Nur was?«, will ich wissen. »Ich habe nie von einer Zutat gehört, die unsere Magie blockiert. Weder in der Nahrung noch als Metall.« Zur Verdeutlichung klirre ich mit den Fesseln. »Ebenso wenig weiß ich von etwas, das uns stärken kann, ohne Menschenleben zu nehmen«, füge ich hinzu. »Woher kennen die Menschen diese seltsamen Tricks? Wie haben sie etwas über unsere Art herausgefunden, das nicht einmal uns selbst bewusst ist?«

Weder Lava noch Adelaide kennen die Antwort darauf.

»Mehr hat dir der Prinz nicht offenbart?«, hakt Adelaide nach. Die Tonlosigkeit ihrer Stimme schmerzt in meiner Brust, als ich stumm den Kopf schüttle.

»Immerhin hat er dir irgendetwas verraten«, kommentiert Lava. »Uns hat er nicht einmal nach unseren Namen gefragt. Was auch immer du für einen Einfluss auf ihn hast, du solltest ihn nutzen.«

Habe ich den? Nun, wenn ich an vorhin denke …

»Er hat zugelassen, dass ich ihn küsse«, erzähle ich nachdenklich und ignoriere das seltsame Gefühl, das sich beim Gedanken daran in meiner Magengegend ausbreitet. »Obwohl ich ihn nicht auf magische Weise dazu gebracht habe. Als … Als wolle er mich tatsächlich küssen.«

Ich hätte nicht gedacht, dass das möglich wäre, schließlich bin ich im Wesentlichen doch ein menschenfressendes Monster. Nicht unbedingt verführerisch, oder?

Lava pfeift durch die Zähne. »Anscheinend entsprichst du tatsächlich seinem Typ«, stellt sie fest.

Ich schüttle den Kopf. »Es geht weniger darum, was ich jetzt bin. Es geht darum, wer ich früher war«, erkläre ich und bin selbst ein wenig enttäuscht über die Erkenntnis.

Die Enttäuschung sollte nur daher rühren, dass sich vermutlich keine zweite Gelegenheit wie heute ergeben wird. Dass ich ihn nicht überwältigen und die Flucht ergreifen werde. Stattdessen wünscht sich ein Teil von mir eine Wiederholung des Kusses, ganz ohne weitere Hintergedanken.

»Was meinst du?«, hakt Adelaide nach, woraufhin ich den beiden von Leifs Geschichte über meine Familie erzähle, die ich nach wie vor kaum glauben kann.

Es ist surreal, sich vorzustellen, dass ich einst ein Mensch war. Aber dass ich eine Adlige an diesem Hof gewesen sein soll? Mit Familie und Freunden? Meine Fantasie reicht nicht dafür aus.

»Ich habe nur von einer Najade gehört, die ihr altes Leben wiederentdeckt hat, und das war lange vor meiner Zeit«, sinniert Lava, nachdem ich geschlossen habe.

Es deckt sich mit meiner Annahme, dass sich Najaden und Eisdämoninnen trotz der natürlichen Feindschaft von Hitze und Eis nicht unähnlich sind.

Adelaide zieht irritiert die Augenbrauen zusammen.

»Eisdämoninnen und Najaden waren also alle einst Menschen, die ihr umgebracht habt? Ihr habt eine interessante Art, euch zu vervielfältigen«, kommentiert sie.

Lava und ich tauschen einen verwirrten Blick.

»Ist es bei Sirenen anders?«

Das Lächeln, das auf Adelaides Lippen erscheint, wirkt widerwillig und belustigt zugleich. Es ist das erste Mal, dass ich sie seit dem Tod ihrer Königin ehrlich grinsen sehe.

»So verführerisch, wie unsere Arten sind, wundert es mich, dass ihr nie ausprobiert habt, mit jemandem zu schlafen«, bemerkt sie. »Ich verspreche euch, wir genießen Sex genauso sehr wie Menschen. Und manchmal entsteht dabei mehr als nur ein paar Orgasmen …«

»Ähm, wie bitte?«, unterbricht Lava sie. »Es gibt männliche Sirenen?«

Adelaides glockenhelles Lachen erfüllt die Zelle für einen kurzen Moment mit Sonnenstrahlen, obwohl es tiefste Nacht ist.

»Natürlich nicht«, antwortet sie. »Menschliche Männer sind glücklicherweise völlig ausreichend.«

Stirnrunzelnd sehe ich von ihrem Gesicht zu ihrem Fischschwanz. Ich erinnere mich daran, dass ihre Königin vor ihrem Tod eine menschliche Gestalt hatte. In diesem Moment war ich zu abgelenkt, um länger darüber nachzudenken. Bedeutet dies, dass alle Sirenen ihren Fischschwanz gegen Beine eintauschen können?

»Ich kann euch schlecht alle Geheimnisse der Sirenen verraten«, meint Adelaide trocken. »Aber ja, manchmal lassen wir die Seemänner, deren Schiffe wir zum Kentern bringen, am Leben. Einige nehmen wir sogar mit in unsere Heimat und lassen sie mit uns leben. Fast alle von uns werden wie Menschen geboren, nicht ... erschaffen.«

Es fällt mir schwer, Adelaides Worten zu glauben.

»Es ist gut, dass wir die Möglichkeit haben, uns auf diese Weise fortzupflanzen«, fügt sie nach einer kurzen Pause hinzu. »Schließlich hat der Kontinent mittlerweile verboten, Frauen auf Schiffen anzuheuern oder sie zu transportieren.«

Vermutlich wurde dieses Gesetz genau deshalb erlassen: damit die Sirenen nicht weitere von ihnen erschaffen, indem sie Frauen die Seele rauben. Offensichtlich haben sie einen anderen Weg gefunden.

»Aber das heißt, ihr könnt euch ...« Ich stocke und empfinde unerwartete Scham dabei, die Frage auszusprechen. »Ihr könnt euch mit Menschen vereinigen, ohne sie zu töten? Und sogar Kinder von ihnen austragen?«

Lava wirkt ebenso überrascht wie ich.

»Habt ihr wirklich noch nie versucht, einen Menschen zu küssen, ohne ihn umzubringen?«, will Adelaide wissen.

»Für mich war es heute das erste Mal«, entgegne ich.

Und das war keine Absicht.

Vielleicht sind Sirenen schlicht anders als Najaden und Eisdämoninnen. Aber Adelaide scheint davon auszugehen, dass die Lebensweise der Sirenen auch auf Eisdämoninnen und Najaden übertragbar ist. So ähnlich, wie unsere Arten sind, kann ich es mir vorstellen.

Der Gedanke, dass ihre Regeln auch für uns gelten könnten, fasziniert mich. Den Legenden nach sind Najaden, Sirenen und Eisdämoninnen drei Seiten des gleichen Elements. Wasser, Nebel und Schnee. Vermutlich können wir noch viel mehr voneinander lernen.

Obwohl der heutige Tag mir nicht die erhoffte Fluchtmöglichkeit beschert hat, ist er reich an neuen Erkenntnissen. Der Gedanke, dass ich auch im Vollbesitz meiner Kräfte einen Mann küssen könnte, ohne ihn zu töten, macht mich neugierig. Natürlich nur um der Erfahrung willen, wie ich mir einrede. Trotzdem bekomme ich bei dem Gedanken Leifs grüne Augen nicht aus dem Kopf.

***

»Schneller, Klara!«

Mein ausgelassenes Lachen hallt über die schneebedeckten Weiten Askjas, als ich meinen Rappen weiter antreibe. Meine Schwester ist längst zurückgefallen. Als feine Dame sitzt sie im Damensitz, kann also nicht so davonpreschen wie ich. Solange wir uns in Sichtweite der Hauptstadt befinden, würde Klara nie etwas tun, um ihren Status zu gefährden.

Sobald Ask jedoch hinter einer Hügelkuppe verschwunden ist, ändert sich das gewaltig.

»Na warte!«, ruft Klara mir zu, gibt den Damensitz auf und setzt sich rittlings auf ihre Stute, um mit ihr loszugaloppieren.

Ein Grinsen breitet sich auf meinem Gesicht aus, während ich zu ihr zurückblicke. Mein Vorsprung ist viel zu groß, als dass sie mich einholen könnte. Ich genieße es, Zeit mit meiner Schwester zu verbringen. Bis zu ihrer Hochzeit sind es nur wenige Wochen, und bei jedem dieser Ausritte habe ich Angst, dass er unser letzter sein könnte. Dass sich alles ändern wird, sobald sie Königin ist. Und weil ich unseren ge-

meinsamen Moment deshalb umso mehr auskosten will, zügle ich mein Pferd, um auf sie zu warten.

»Da bist du ja endlich«, bemerke ich süffisant, als wir auf einer Höhe sind.

Klara schnaubt zeitgleich mit ihrem Pferd, das sie anschließend in meine Richtung lenkt. Meine Stute weicht erschrocken aus, und ich muss mich lachend am Sattel festhalten, um nicht herunterzufallen. Was umso schwerer ist, da Klara mit der Hand versucht, mich von meiner Stute zu schubsen.

»Willst du wirklich, dass ich im Schnee lande?«, frage ich.

»Warum nicht?«, entgegnet sie achselzuckend und wiederholt das Manöver.

Diesmal bin ich vorbereitet und halte ihre Hand fest, um wiederum sie vom Pferd zu ziehen. Eine Aktion, bei der nicht nur mein Pferd erschrocken wiehert, sondern wir beide das Gleichgewicht verlieren und aus dem Sattel rutschen. Klara kreischt auf, als wir mit verschränkten Händen in den pudrigen Schnee fallen, der unseren Fall dämpft.

»Du hast angefangen!«, verkünde ich, bevor sie sich beschweren kann, und wir brechen zeitgleich in Gelächter aus.

»Klara, Frin!«, ertönt da die vorwurfsvolle Stimme unserer Mutter.

Sie springt vom Pferd ab, kaum dass sie und Vater in Reichweite sind, und stemmt die Hände in die Hüften.

»Ihr könnt nicht jedes Mal eure Kleider ruinieren, wenn wir einen Ausflug machen!«

Klara und ich tauschen einen Blick und lachen erneut. Selbst Mutters gespielte Verärgerung hält nicht lange an, denn Vater schleicht sich von hinten an sie heran und reißt sie dann ebenfalls in den Schnee. Bevor sie sich entrüstet wieder aufrappeln kann, habe ich einen Schneeball geformt und werfe ihn nach ihr.

»Habt ihr euch denn alle gegen mich verschworen?«, fragt sie, als sie der zweite Schneeball von Klara trifft.

»Keine Sorge, Liebes«, beruhigt sie mein Vater. »Es gilt alle gegen alle!«

Mit den Worten wirft er einen Schneeball nach mir, dem ich kreischend ausweiche. Gemeinsam tollen wir durch die Kälte und liefern uns die Schneeballschlacht des Jahres, an der sogar unsere sonst so vernünftige Mutter teilnimmt. Klaras Augen leuchten, Mutters Wangen sind gerötet, und Vaters Bart ist voller Schnee. Der Wintertag ist so sorglos und aufregend, wie es schon lange nicht mehr war. Aber kaum dass ich mich völlig auf das Spiel eingelassen habe, entdecke ich einen schwarz gekleideten Reiter auf dem Hügel.

Wir sind nicht mehr allein.

»Nicht schon wieder«, stoße ich entnervt aus und bringe damit auch den Rest meiner Familie zum Stocken.

Meine Miene versteinert, während Klaras Lächeln umso breiter wird. Es ist Leif, der direkt auf uns zureitet.

»Also ich finde es charmant, wie er hinter dir herläuft«, behauptet sie, woraufhin ich die Augen verdrehe.

»Wie ein treuer Welpe«, stimmt Mutter zu.

Vater ist anzusehen, dass er sich zurückhalten muss, um nicht in lautes Gelächter auszubrechen.

»Ein Welpe, den ich nicht mehr loswerde.«

Obwohl ich mich eigentlich beschweren wollte, klingt meine Stimme nicht so verärgert wie beabsichtigt. Es ist tatsächlich schwer, Leif abzuschütteln – aber eigentlich stört es mich nicht besonders. Inzwischen habe ich mich daran gewöhnt, einen besten Freund zu haben.

Ehrlich gesagt, habe ich nie ernsthaft versucht, ihn wegzuschicken. Nicht einmal letzte Woche, als er versuchte, mir näherzukommen. Bei unserem Altersunterschied und dem zukünftigen Verwandtschaftsgrad durch Klaras Ehe mit seinem Vater wäre das allerdings vollkommen unpassend. Oder?

Aber ich mag Leif, und meinetwegen kann er uns bei unserem Ausritt gern begleiten.

»Darf ich mitmachen?«, fragt er und wirkt ein wenig verunsichert, als er von meinen Eltern zu Klara und schließlich zu mir blickt.

Seine grünen Augen schauen ganz und gar nicht freundschaftlich, als er mich mustert, sodass meine Wangen warm werden. Etwas, womit ich mich lieber nicht länger beschäftige.

»Alle gegen Leif!«, rufe ich aus und werfe den ersten Schneeball nach dem Prinzen.

Meine Eltern und Klara unterstützen mich sofort, und ich kann die Gedanken an Leifs durchdringenden Blick beinahe abschütteln, während wir uns mit dem Königssohn duellieren. Aber nur beinahe.

✳ ✳ ✳

Meine Familie.

Ich schrecke hoch und hebe desorientiert die Hand an die Stirn, während der Traum in mir nachhallt. Ein Traum oder eine Erinnerung? Ist mein Kopf dabei, Leifs Erzählungen zu verarbeiten, oder ist die Schneeballschlacht vor den Toren Asks tatsächlich geschehen?

Meine Familie. Mein altes Leben. Leif.

Eine überraschende Sehnsucht nach der Unbeschwertheit, die ich in diesem Traum gespürt habe, steigt in mir auf. War ich einst wirklich so glücklich und sorglos? Wieso habe ich dieses schöne Leben nicht fortführen dürfen?

Weil eine Eisdämonin mir dieses Leben, meine Wünsche und meine Zukunft genommen hat. Eine Eisdämonin, wie ich es bin. Dieser Gedanke bringt mich beinahe dazu, mich für meine Art und meine Lebensweise zu schämen.

Egal, ob dieser Wintertag ein Traum oder eine Erinnerung war, es ist kaum etwas von der Vision übrig. Diese Familie ist tot, mein menschliches Leben ist vorbei. Das Einzige, was bleibt, ist Leif. Leif, dessen grüne Augen mich auch jetzt gerade fixieren, als ich mich frage, was mich geweckt hat und noch schlaftrunken den Blick hebe.

Der Ausdruck in Leifs Augen ist so anders und doch genau so wie in meinem Traum.

Ausweglos wie das Schicksal

Leif

Ich erkenne sofort, dass Frin aufwacht. Das leichte Lächeln, das ihre Lippen im Schlaf umspielt hat, erstirbt, und sein Verschwinden versetzt mir einen Stich ins Herz. Kurz wirkt sie verwirrt, dann entdeckt sie mich. Ihre Miene ist unergründlich, während sie mich betrachtet. Für einen Moment halte ich ihrem Blick stand und versuche, in ihren Augen zu lesen. Erfolglos.

»Leif«, sagt sie schließlich zur Begrüßung und unterbricht den Blickkontakt, um sich aufzurappeln und zu mir ans Gitter zu treten.

Die Najade und die Sirene sehen ebenfalls kurz auf, machen jedoch keine Anstalten, meine Anwesenheit zu kommentieren. Die Sirene starrt gedankenverloren zur Decke, während die Najade versucht, mit ihren Fingern ihr Haar glatt zu kämmen. Seltsam, dass nicht einmal sie versucht, mich aus der Reserve zu locken …

Aber das gelingt Frin ganz ohne Hilfe. Kaum dass sie sich in mein Blickfeld schiebt, zucke ich zusammen. Sie hebt eine Augenbraue.

200

»Raubtierfütterung?«, fragt sie und nickt zu dem Trinkschlauch in meinen Händen.

Wortlos strecke ich ihn ihr entgegen, und sie nimmt ihn an. Kurz wirkt sie, als wolle sie noch etwas sagen, dann wendet sie sich um und bringt ihn der Sirene. Wieder einmal überrascht mich ihre Fürsorglichkeit. Aber wenn sie sich um die anderen kümmert, muss ich ihnen nicht helfen. Nachdem sie mich gestern mit ihrem Kuss völlig aus dem Konzept gebracht hat, muss ich hier nicht weiter herumstehen und mir das dumpfe Gefühl in meinem Herzen antun, das mich bei ihrem Anblick überkommt.

»Leg ihn später einfach vor das Gitter«, weise ich sie an, was sie zum Stocken bringt.

»Warte«, bittet sie.

Die Unsicherheit in ihrer Stimme lässt mich wider besseres Wissen vor ihrer Zelle verharren.

Frin lässt die Sirene trinken und gibt den Wasserschlauch dann der Najade, ohne sich um sich selbst zu kümmern. Anschließend tritt sie wieder an die Stäbe der Zelle. Ich müsste nur die Hand ausstrecken, um sie zu berühren …

»Leif, ich …«, setzt sie an, stockt. »Warst du einmal bei einer Schneeballschlacht mit meiner Familie vor den Toren Asks dabei?«

Die Frage lässt mich die Stirn runzeln.

»Einmal?«, frage ich zurück. »Unzählige Male. Du und deine Familie habt den Schnee beinahe so sehr geliebt wie eure Pferde. Es verging kaum eine Woche, in der ihr euch nicht bei einer Schneeballschlacht klatschnass gemacht habt. Ich war häufig dabei, als wir danach alle bibbernd zurück zum Schloss geritten sind und die Bediensteten uns dafür gescholten haben, mal wieder unsere Kleidung waschen zu müssen.«

Bei der Erinnerung schleicht sich ein Lächeln auf mein Gesicht, das Frin auf beinahe schüchterne Art erwidert.

»Ich habe davon geträumt«, gesteht sie, und ihr Blick geht in die Ferne, als sehe sie ihren Traum noch einmal vor sich.

Der Schnee, das Lachen, die unbändige Freude. Wenn ich einen Tag in meinem Leben erneut durchleben könnte, wäre es wohl einer von diesen. Ein Tag vor all den Sorgen, die mich heute beschäftigen. Bevor ich meine beste Freundin und meinen größten Schwarm an eine Eisdämonin verloren habe.

»Es war die schönste Zeit meines Lebens«, murmle ich.

Obwohl ich es nicht ausspreche, hören wir wohl beide die Fortsetzung: *Aber nun ist sie vorbei.*

Es hilft niemandem, in der Vergangenheit zu schwelgen. Wieder will ich mich zum Gehen wenden, doch Frin schüttelt den Kopf und überrascht mich, indem sie die Hand durch das Gitter streckt. Ihre kühlen Finger umschließen meine und halten mich sanft zurück. Trotz allem genieße ich das Gefühl mehr, als ich es sollte.

»Leif, wegen gestern ...«, stammelt sie, »ich ... es ... es tut mir ...«

Sie schluckt und sieht weg, als brächte sie es nicht über sich, die Entschuldigung auszusprechen. Mich erstaunt, dass sie es überhaupt versucht.

»Schon gut«, erwidere ich leise. »Ich weiß, dass es dir nicht leidtut. Nicht leidtun *sollte*, denn wenn du Erfolg gehabt hättest, hättest du womöglich fliehen können.«

Mein Leben wäre der Preis für ihre Flucht gewesen. Durch den schmalen Durchbruch in der Zellenwand erkenne ich Schnee. Ich kann ihr nicht verübeln, frei sein zu wollen. Nicht einmal ich heiße die Pläne meines Vaters gut. Sie jedoch ist die Leidtragende.

»An deiner Stelle hätte ich wohl genauso gehandelt.« Ich habe die Worte ausgesprochen, bevor ich mich davon abhalten kann. Ich wünschte, ich könnte mein Mitgefühl und Verständnis für ihre Situation ablegen. Für Zweifel darüber, ob es richtig war, sie einzusperren, ist es zu spät. Wenigstens ist niemand außer den drei hier, der mitbekommen könnte, wie sehr mich ihre Situation beschäftigt.

Der erleichterte Ausdruck in Frins Augen ist es mir wert, die Gewissensbisse zugegeben zu haben.

Sie seufzt. »Ich wünschte, die Umstände wären andere«, gesteht sie. »Ich wünschte, dass …« Sie errötet, dann strafft sie sich. »… dass ich dich unter anderen Voraussetzungen küssen könnte.«

Wie bitte? Ihre Worte gehen mir bis ins Mark.

Verlegen schaut sie zur Seite, sodass ich nicht in ihrem Gesicht lesen kann, was sie mit dieser Aussage bewirken will. Auch ein Blick zu der Najade und der Sirene, die noch immer auffällig beschäftigt wirken, liefert mir keine Hinweise. Ich will es kaum zugeben, aber ich wünsche mir, dass ihre Worte wahr sind. Wahrscheinlicher ist jedoch, dass sie versucht, mich um den Finger zu wickeln.

»Selbst als wir uns am Nyvollpass getroffen haben und du nicht in Gefangenschaft warst, hast du versucht, mich zu töten«, erinnere ich uns beide leise.

Egal, unter welchen Umständen: Frin wird mir immer nur aus einem einzigen Grund näherkommen wollen. Je schneller mein Herz das versteht, umso besser.

»Aber nur, weil ich es musste!«, behauptet sie vehement, doch ich kann einen leisen Zweifel aus ihren Worten heraushören.

Bevor ich nachhaken kann, schüttelt sie den Kopf und wechselt das Thema: »Erzählst du mir von früher?«

Bei der Frage runzle ich unwillkürlich die Stirn, denn ich habe sie nicht erwartet.

»Wie war meine Familie?«, will sie wissen. »Wie war Klara? Und … Wie war ich?«

Der bittende Ausdruck in ihren großen Augen erinnert mich

schmerzhaft an damals. Und weil ich Frin nie einen Wunsch abschlagen konnte, füge ich mich. Erzähle ihr von unserer bittersüßen Vergangenheit, obwohl sich jedes Wort anfühlt, als würde ich mir selbst erneut das Herz aus der Brust reißen. Wenn sie so vor mir steht wie jetzt, ist es leicht zu vergessen, aber die unumstößliche Wahrheit ist: Ich habe Frin vor fünf Jahren unwiederbringlich verloren, und es wird mir nichts als Schmerz bringen, das auch nur für einen Augenblick zu vergessen.

**

Keine Ahnung, wie lange ich an Frins Zelle stehe und mich leise mit ihr über die Vergangenheit unterhalte. Irgendwann hat sie sich auf den kalten Boden sinken lassen, um mir zuzuhören, und ich habe es ihr gleichgetan, obwohl ich als Mensch viel empfindlicher auf die eisigen Temperaturen reagiere. Glücklicherweise ist die askische Rüstung auf den Winter ausgelegt. So sitzen wir nebeneinander, durch die Gitterstäbe getrennt, und ich spüre durchgehend ihren Blick auf mir, während ich erzähle. Sie unterbricht mich dauernd und fragt nach Einzelheiten, was mir nichts ausmacht. Im Gegenteil, ich genieße diesen Waffenstillstand mit ihr. Beinahe kann ich mir vorstellen, dass wir keine Feinde wären. Freunde wie früher, obwohl meine Gefühle für sie nie freundschaftlicher Natur waren. Es immer noch nicht sind, denn da ist eine Sehnsucht in meinem Herzen, die mich in Frins Nähe zieht.

Die Najade und die Sirene ignorieren uns, obwohl ich mir sicher bin, dass sie jedes Wort mitanhören. Unsere Zweisamkeit ist eine Illusion, die mir dennoch gefällt.

Ich weiß nicht, wie viele Stunden vergangen sind, als plötzlich Schritte durch den Kerker hallen. Der Kälte nach zu urteilen, die sich trotz der Rüstung in mir ausgebreitet hat, müssen es einige sein. Es gibt so viel zu erzählen, so viele Momente, die ich gemeinsam mit Frin und ihrer Familie verlebt habe, dass ich noch ewig weiterreden könnte.

Doch nun werden wir jäh unterbrochen. Frin springt auf, um zu der Najade zu gehen. Diese hält Frin den Wasserschlauch hin, der noch immer eine Ration enthält. Wortlos stürzt Frin das Getränk hinunter, und ich bin wieder einmal fasziniert davon, welche Auswirkungen es auf sie hat. Ihr weißes Haar wird seidig und erhält einen silbrigen Schimmer, ihre helle Haut leuchtet vor Energie, und ihr Kleid weht in einem nicht spürbaren Luftzug, sodass der Stoff sich verführerisch an ihren Körper schmiegt. Selbst ohne ihre Magie ist Frin eine einzige Versuchung.

Keine Versuchung, sondern ein Monster, erinnere ich mich selbst, während ich mich aufrapple. Die Schritte im Gang nähern sich, und Frin überreicht mir den Wasserschlauch. Ich stecke ihn gerade an meinen Gürtel, als der königliche Laufbursche um die Ecke im Gang biegt und in Sicht kommt.

»Ser Leif!«, ruft er voller Erleichterung.

Er wird schneller und rennt geradezu auf mich zu. Die drei Seelenräuberinnen hinter dem Gitter beachtet er nicht, obwohl sie ihn aufmerksam anschauen. Sehen sie in ihm den Jungen, der trotz seines Alters schon auf dem Schloss arbeitet, um seine Familie zu unterstützen? Oder sehen sie in ihm die Beute, die sie haben könnten, wenn ich ihre Magie nicht blockieren würde?

»Arvid«, begrüße ich ihn stirnrunzelnd. »Was gibt es?«

Die meisten Bewohner Asks wissen spätestens seit dem Ball darüber Bescheid, welche Kreaturen sich in unseren Kerkern befinden und dass ich die Verantwortung für sie trage. Angesichts der nach wie vor Furcht einflößenden Seelenräuberinnen ist dies der letzte Ort, an dem ein Diener freiwillig nach mir suchen würde. Eigentlich kann es nur eine Erklärung für Arvids Anwesenheit geben.

»Der König schickt mich«, stammelt der Junge, als er vor mir zum Stehen kommt, und bestätigt damit meine Annahme. »Er will Euch umgehend sprechen. Er … es …« Der Laufbursche schluckt sichtlich. »Es scheint dringend zu sein. Und er … Er wirkt verärgert.«

Die Angst in Arvids Augen deutet an, dass er Zeuge eines Wutausbruchs geworden ist. Ich presse die Lippen aufeinander.

»Bring mich zu ihm«, fordere ich den Jungen auf, der heftig nickt.

Als ich einen letzten Blick zurück zu Frin werfe, steht Sorge in ihren Augen, was mich berührt. Doch für derartige Gedanken ist jetzt keine Zeit. Stattdessen frage ich mich erfolglos, was meinen Vater in Rage gebracht haben könnte, während ich hinter Arvid durch das Schloss eile. Da der Inquisitor am Morgen bereits abgereist ist, scheinen die Möglichkeiten begrenzt …

»Geh«, weise ich Arvid an, als das Studierzimmer des Königs in Sicht kommt.

Bereits von Weitem kann ich sein Gebrüll hören.

Ohne zu zögern, verschwindet der Laufbursche in einem Seitengang. Ich dagegen nähere mich meinem Vater mit großen Schritten.

»Wir dürfen keine Zeit verlieren!«, donnert seine Stimme erzürnt, als ich die Tür öffne. »Hörst du, du nutzloser Eisbrocken? Jetzt schreib endlich auf, was ich dir aufgetragen habe!«

Erschrocken halte ich inne, als ich die Situation im Raum in mich aufnehme. Der König schäumt vor Wut. Er hält sein Schwert an die Kehle seines Sekretärs, der zitternd am Schreibtisch sitzt. Der Bedienstete ist vor Angst kaum fähig, die Feder in seiner Hand zu schwingen. Vor ihm liegt ein halb beschriebenes Blatt Papier auf dem Tisch, auf dem ich das königliche Wasserzeichen entdecke.

»Eure Majestät«, unterbreche ich die Szene ruhig und hoffe, seinen Ärger zu bändigen und ihn vom Schreiber abzubringen.

Meine Stimme scheint den gewünschten Effekt zu haben, denn mein Vater blinzelt verwirrt und lässt schließlich das Schwert sinken.

»Verschwinde«, zischt er den Sekretär an, der erleichtert aufatmet und keine Zeit verliert, aus dem Raum zu flüchten.

Der König steckt sein Schwert zurück in die Scheide, fixiert für einen Moment den angefangenen Brief und wendet sich dann mir zu.

»Du hast mich lange warten lassen«, fährt er mich an.

Es gibt nur eine mögliche Reaktion darauf. »Verzeiht, Eure Majestät«, entschuldige ich mich förmlich. »Ich war gerade mit der Verpflegung unserer Gefangenen beschäftigt, als ich hörte, dass Ihr nach mir verlangt?«

Den letzten Halbsatz betone ich als Frage. Hoffentlich rückt er schnell mit seinem Anliegen heraus, und wir müssen nicht weiter den Grund für meine Verspätung diskutieren. Ein Blick durchs Fenster zeigt mir, dass ich tatsächlich Stunden im Kerker verbracht habe – draußen ist bereits schwarze Nacht, in Ask brennt keine Fackel mehr.

Ich hätte Frins Wunsch nicht nachkommen sollen. Nie hätte ich zulassen dürfen, etwas anderes als Ekel und Ablehnung für sie zu empfinden. Unter allen Umständen muss ich verhindern, dass mein Vater davon erfährt.

Glücklicherweise ist er abgelenkt.

»Der Inquisitor droht uns«, verkündet er und ballt die Hände zu Fäusten. »Wir müssen früher handeln als geplant.«

Er nimmt ein zerknülltes Blatt Papier vom Schreibtisch und gibt es mir. Als ich es entfalte, erkenne ich ein offizielles Schreiben des Kaisers von Myredal. Mit gerunzelter Stirn lese ich den Inhalt, der meine Befürchtungen bestätigt.

Darin setzt der Kaiser den Inquisitor als Nachfolger und Erben des askischen Königs ein. Den Inquisitor, nicht mich. Falls der geringste Zweifel daran bestand, ob dessen Worte auf dem Ball ein leerer Bluff waren, ist er spätestens hiermit ausgeräumt.

»Das …«, murmle ich, doch mein Vater fällt mir ins Wort.

»Das ist inakzeptabel!«, vollendet er meinen Satz. »Was bildet sich der Kaiser ein, so etwas über mein Land zu entscheiden? Askja war schon immer ein selbstverwaltetes Königreich! Ich wähle meinen Erben, nicht er!«

Er schnaubt verächtlich, dann beginnt er, im Raum auf- und abzuschreiten.

»Für diese Dreistigkeit hätte das Kaiserreich Krieg verdient«, verkündet er, und ich schlucke.

So ablehnend ich dem Kontinent auch gegenüberstehe, so gering schätze ich zugleich unsere Siegeschancen ein. Das Kaiserreich verfügt über Armeen mit Tausenden ausgebildeten Soldaten, modernsten Waffen und bestem Stahl. Sie haben sogar Magier in ihren Reihen, wie der Inquisitor gestern demonstriert hat. Ich bezweifle, dass sie im Kriegsfall bei ihrer Einstellung bleiben würden, Magie ausschließlich für die Hexenjagd einzusetzen. Gegen diese Übermacht können wir nur verlieren.

Während ich noch darüber nachdenke, wie ich das dem König möglichst diplomatisch beibringe, schnaubt dieser erneut.

»Keine Sorge, ganz so weit werden wir nicht gehen«, beruhigt er mich. »Wir werden dieser Herausforderung auf andere Art begegnen.«

Er deutet zu dem angefangenen Brief auf seinem Schreibtisch.

»Den Antrag auf deine Legitimation werde ich abschließen, sobald dieser nutzlose Sekretär zurückgekehrt ist«, spricht er die Worte aus, auf die ich seit Jahren warte.

All meine Sorgen um Askja und unsere Zukunft könnten sich damit in Luft auflösen.

Doch bevor ich mich ausgiebig darüber freuen kann, fährt der König fort: »Das könnte jedoch nicht reichen, falls der Inquisitor recht hat und der Kaiser nicht geneigt ist, diesem Gesuch statt-zugeben. Daher müssen wir die Antwort von ihm erzwingen, die wir haben wollen.«

»Wie?«, frage ich, während ich neuerlich an die Übermacht des Kontinents denken muss.

»Ich brauche den Inquisitor nicht mehr«, entgegnet mein Va-ter, als wäre das eine Antwort. »Er hat mir in den letzten Jahren alles über Magie beigebracht, was er weiß. Genug, um meine Plä-ne ausführen zu können. Eigentlich wollte ich mich besser darauf vorbereiten, aber Zeit ist ein Luxus, den wir nicht haben. Vermut-lich ist der Inquisitor bereits dabei, ein Attentat auf mich vorzu-bereiten …«

Er lässt den Satz im Zimmer verhallen. Solange der Inquisitor der offizielle Erbe Askjas ist, geht Gefahr von ihm aus. Zwar ist er bereits wieder abgereist, aber er hat seine Lakaien überall. Sicher finanziert der Kaiser ihm ein Netzwerk aus Spionen – und wo-möglich auch Assassinen …

»Ich werde übermorgen das letzte große Ritual mit den See-lenräuberinnen durchführen«, offenbart er. »Sorg dafür, dass sie und der Eisdrache bereit sind. Mit der frei werdenden Magie werde ich den Inquisitor töten, bevor er mir zuvorkommt.«

Aus großen Augen starre ich ihn an. Dass mein Vater von Mord spricht, überrascht mich nicht, schließlich habe ich als Königssohn gelernt, die Behandlung unserer Feinde nicht allzu zimperlich anzugehen. Aber mittels der Magie, die er eigentlich vernichten will? Ich halte die Frage, wie genau das funktionieren soll, zurück. So, wie ich meinen Vater kenne, würde er es mir ohnehin nicht erklären – oder nur auf eine Art, die ich nicht verstehe.

»Ich werde die Kreaturen für das Ritual vorbereiten«, bestätige ich also schlicht und frage mich gleichzeitig, wie.

Schließlich waren die drei in seinem letzten Ritual bloß Objekte ohne Handlungsauftrag. Ihre Anwesenheit war die einzige Anforderung an sie.

»Lade morgen Abend all unsere Minister und die Botschafter ein«, weist der König mich an. »Plane ein großes Bankett, bei dem die drei Seelenräuberinnen unsere Ehrengäste sein werden. Wir sollten den Anlass nutzen, unseren Leuten noch einmal zu zeigen, wozu wir fähig sind. Es wird die letzte Gelegenheit sein.«

»Die letzte?«, echoe ich überrascht, obwohl ich weiß, wie sehr er es hasst, wenn ich seine Worte wiederhole.

»Die letzte«, bestätigt der König zufrieden. »Beim Ritual werde ich alle Seelenräuberinnen und den Eisdrachen töten.«

Es war kaum zu erwarten, dass er sie lebend gehen lassen würde. Dennoch ist die Aussage ein Schock.

»Dann werde ich alles in die Wege leiten«, erwidere ich und flüchte aus dem Studierzimmer des Königs, bevor er mich entlassen kann.

Zu viele Gedanken rasen in meinem Kopf umher, als dass ich länger bei ihm verweilen könnte. Übermorgen wird mein Vater die Sirene, die Najade und Frin töten. Er wird drei menschenfressende Monster vom Antlitz dieser Welt tilgen, und doch kann ich das Grauen, das bei diesem Plan in mir aufsteigt, nicht unterdrücken.

Ich denke an Frins leichtes Lächeln, als ich ihr von ihrer Familie erzählt habe. Ihre strahlende Miene beim Tanz, der verschwörerische Ausdruck in ihren Augen, während sie Fluchtpläne schmiedet. Sie mag eine Mörderin sein, trotzdem weiß ich nicht, ob ich es über mich bringen kann, ihrer Tötung beizuwohnen. Zwar weiß ich, dass sie nicht dieselbe ist wie früher. Dass sie eine Eisdämonin ist, die ich hassen sollte. Doch mir ihren Tod vorstellen … Ich kann es nicht. Frin ist mir nach wie vor nicht egal.

Stoisch befolge ich die Befehle des Königs. Währenddessen ist mein Verstand mit dem unlösbaren Rätsel beschäftigt, was ich nun tun soll. Ich plane das Bankett, prüfe die Zelle des Eisdrachen und bereite meine Krieger darauf vor, dass sie ihn in zwei Tagen genügend bändigen müssen, um ihn auf dem magischen Plateau meines Vaters zu halten. Ich verschicke Einladungen, spreche mit den Köchen, lasse die Bankettthalle reinigen und organisiere Musikerinnen und Musiker. Als ich endlich zu Bett gehe, kann ich trotz der späten Stunde nicht schlafen, denn noch immer denke ich an Frin. Ich wälze mich hin und her, stehe mehrfach auf und lege mich wieder hin, bis ich schließlich zu der unausweichlichen Erkenntnis komme: Ich kann Frin nicht dem Tod übergeben.

Entschlossen wie der Fels

Frin

»Du bist unsere einzige Hoffnung, Frin.«

Adelaides Worte lassen mich vom Lichtschacht, von dem ein winziger Ausschnitt des dunkel bewölkten Himmels erkennbar ist, zurück ins Innere unserer Kerkerzelle blicken.

Lava hat sich auf ihrem Hitzestein zusammengerollt, um zu schlafen. Die Position wirkt ungemütlich, aber sie versucht offenbar, so viel ihres Körpers wie möglich auf dem kleinen Stein zu halten, um die eisige Kälte des Kerkers zu meiden. Wenn ich meine Kräfte hätte, könnte ich das Eis von ihr fernhalten. Sie selbst könnte ihre Umgebung mit Wasserdampf füllen, um sich zu wärmen. Beides sind nutzlose Gedankenspielereien, denn unsere Magie ist und bleibt unerreichbar.

Adelaide dagegen hat keine Probleme mit der Temperatur, während sie in ihrem Glaskasten sitzt und mit den Fingern durch das Wasser gleitet, das sie umgibt. Ein Kasten Wasser im Vergleich zum wilden Meer, das ihr Zuhause ist? Nicht vergleichbar.

»Was meinst du damit, dass ich eure einzige Hoffnung bin?«, frage ich Adelaide, deren Worte mich verwirren.

»Wenn du von hier fliehen könntest …«

Das hatten wir doch schon.

»Es tut mir leid, dass ich es gestern nicht geschafft habe«, erwidere ich verärgert. »Aber ich kann es nicht ändern.«

Die Sirene schüttelt den Kopf.

»Das soll kein Vorwurf sein«, meint sie. »Nur … Denk daran, dass du auch für uns verantwortlich bist. Für Lava und mich gibt es nur eine Zukunft, wenn du flüchten und mit Hilfe zurückkehren kannst. Falls du überhaupt für uns zurückkommen würdest.«

Den letzten Satz fügt sie leiser hinzu, unsicherer. Das lässt meinen Ärger ersticken.

»Natürlich würde ich das«, verkünde ich mit fester Stimme.

Zwar habe ich keinen Schimmer, wie ich das anstellen soll. Falls Leif recht hat und dieses Schloss durch magische Barrieren geschützt ist, dürften eine Flucht und ein anschließendes Eindringen unmöglich sein. Doch ich würde versuchen, irgendwie einen Weg zu finden. Nie hätte ich gedacht, eine Najade und eine Sirene zu meinen Freundinnen zu zählen, aber die Tage im Kerker haben eine unerwartete Verbindung zwischen uns geschaffen. Ich würde sie retten, wenn ich könnte.

Allerdings sitze ich hier ebenso fest wie sie.

»Danke«, murmelt Adelaide auf meine Aussage hin. »Es ist nur … Ich hasse es, den ganzen Tag in diesem Glaskasten zu verbringen und auf bessere Zeiten zu hoffen.«

Sie deutet auf das schwappende Wasser unter sich. »Selbst wenn sich mir oder Lava die Möglichkeit zur Flucht ergeben würde, könnten wir sie nicht nutzen. Ohne Magie würde Lava innerhalb von Minuten erfrieren, und ich könnte nicht einmal laufen.«

Sie seufzt erneut und streicht über die Schuppen ihres Fischschwanzes, als wolle sie das Körperteil besänftigen, das sie gerade als minderwertig bezeichnet hat. Mitgefühl durchzuckt mich, und ich trete zu ihr, um ihr sanft die Hand auf die Schulter zu legen.

»Wir finden einen Weg«, verspreche ich.

Ich schätze, auch dafür sind Freunde da: um einander Hoffnung zu geben, selbst wenn die Situation aussichtslos erscheint. Wir tauschen einen Blick, und Adelaides vertrauensvolles Lächeln wärmt mich von innen.

Lange währt der Augenblick nicht, denn als plötzlich Schritte den Kerker entlanghallen, werde ich mir unserer Lebensrealität auf schmerzliche Weise wieder bewusst. Adelaide verzieht das Gesicht, und ich trete zum Gitter, um nach unserem Besuch Ausschau zu halten. Sogar Lava hebt den Kopf, sodass ich mich frage, ob sie tatsächlich geschlafen oder eher gelauscht hat.

Als ich Leif um die Ecke im Gang biegen sehe, erlaube ich mir für einen Moment, zu hoffen. Die Fantasie weiterzuspinnen, dass ich ihn tatsächlich um den Finger wickeln konnte und er hier ist, um mich zu befreien. Dass ihm unser Gespräch gestern und die vielen Momente auf dem Ball tatsächlich etwas bedeutet haben. Und obwohl er für mich ein Mittel zum Zweck sein sollte, muss ich in diesem Moment eingestehen, dass sie *mir* etwas bedeutet haben.

Meine Gedankenspielerei ist nur eine Illusion, denn ich vernehme die Schritte von weiteren Menschen. Hinter ihm eilen seine Soldaten auf uns zu. Leifs Gesicht ist ausdruckslos, während er auf mich zumarschiert und direkt vor mir zum Stehen kommt. Kurz mustert er mich, dann zieht er den Schlüssel für unsere Zelle aus einer Gürteltasche.

»Mach Platz!«, blafft er mich an, und ich kann nicht verhindern, dass ich angesichts dieser Feindseligkeit zusammenzucke.

Ich weiß, dass ich von einem Menschen nicht mehr erwarten sollte, aber von Leif ... Ich dachte, der gestrige Tag hätte etwas zwischen uns verändert.

Doch er würdigt mich keines weiteren Blickes. Er schließt die Zellentür auf, und seine Soldaten gehen wortlos an uns vorbei. Ein paar von ihnen treten zu Lava und vier weitere zu Adelaide.

»Was habt ihr mit uns vor?«, will ich wissen.

Leifs kühler Gesichtsausdruck schnürt mir die Kehle zu, doch er antwortet auch heute nicht auf diese Frage, während seine Krieger Adelaide davontragen. Die Sirene löchert die Menschen ebenfalls mit Fragen. Deren Schweigen macht mir mehr Angst, als ich zugeben möchte.

Wird der König heute sein nächstes Ritual mit uns durchführen? Ich dachte, ich hätte mehr Zeit … Habe ich vielleicht auch, denn die Männer transportieren Adelaide nicht in Richtung Felsplateau, sondern in Richtung Schlossinneres.

»Ich kann selbst gehen«, fährt Lava den Soldaten an, der gerade Anstalten macht, sie hochzuheben.

Der Mensch zuckt mit den Achseln und bedeutet ihr, vorzugehen, während seine Begleitung den warmen Stein aufhebt. Nur Leif und ich bleiben zurück.

»Wirst du dich heute an meine Regeln halten, oder müssen wir wieder einen Deal aushandeln?«, fragt er kühl.

Irritiert runzle ich die Stirn. Wird es von nun an so zwischen uns sein? In meiner Verwirrung verpasse ich beinahe, wie er mir zuzwinkert. Ich verstehe nicht …

Bevor ich etwas erwidern kann, zucken seine Augen zur Seite. Ein weiterer Soldat, der mir zuvor nicht aufgefallen war, steht an der Ecke im Gang, sodass er von der Zelle aus kaum sichtbar ist. All dieses Theater nur für die anderen Menschen? Ich dachte, Leif ist ein Prinz. Hat er so ein Versteckspiel wirklich nötig?

»Vertrau mir«, formt er die Worte mit den Lippen.

Ihm vertrauen? Es bleibt mir wohl nichts anderes übrig, also gebe ich ebenfalls vor, dass wir nicht mehr als Feinde sind. Hochmütig recke ich das Kinn.

»Ich bin kein Hund, dem man Befehle geben kann«, beantworte ich seine vorherige Frage. »Also nein, ich werde mich nicht an deine Regeln halten, wenn du mir keinen Deal vorschlägst.«

Leif brummt verärgert und verschränkt die Arme, was nicht zu dem verschwörerischen Grinsen in seinem Gesicht passt.

»Würde es helfen, wenn ich dir wieder die Fesseln abnehme?«

Seine Stimme klingt unzufrieden, was nach wie vor nicht zu seiner Miene passt. Was passiert hier gerade?

»Keine Fesseln und noch eine Tour durch die Galerie«, fordere ich.

Ich habe die vielversprechende Tür darin nicht vergessen …

Er zögert kurz, dann nickt er zustimmend. Ich strecke ihm meine Hände entgegen, und er tritt näher zu mir als nötig.

Als sich die Fesseln öffnen und zu Boden fallen, nimmt er wieder Abstand. Er umschließt mein Handgelenk mit seinen Fingern, als müsse er mich festhalten. Seine Berührung ist warm und bringt mich etwas aus dem Konzept. Er schult seine Miene in Gleichgültigkeit, während er sich umdreht und mich mit sich zieht.

Im Gang hat sich der andere Soldat bereits abgewendet, um den Weg zurück zum Schloss einzuschlagen.

»Eure Bälle müssen sehr langweilig sein, wenn ihr auf so furchterregende Gäste wie mich angewiesen seid.«

Ein schneller Blick in Leifs Richtung zeigt mir, dass er grinst. Wenn auch nur für einen kurzen Augenblick.

»Kein Ball heute«, erwidert er, »ein Bankett.«

Ein Bankett?

»Oh, das wäre doch nicht nötig gewesen«, schnurre ich. »Ich brauche keine große Veranstaltung mit Büfett. Ihr könnt die Menschen, die ihr loswerden wollt, gern direkt zu mir bringen.«

Leif verdreht die Augen.

»Ein Bankett für Menschen«, präzisiert er. »Aber ja, ihr dient heute als Unterhaltungsprogramm.«

Er nickt nach vorn, wo ich am Ende des Gangs Lava und ihre Entourage entdecke. Der Soldat, der uns begleitet, schweigt weiterhin.

»Und dein Plan ist …«, setze ich leise an, sodass nur Leif es hören kann. Statt einer vollständigen Frage hebe ich schlicht eine Augenbraue. Ich bin so verwirrt von seinem Verhalten, dass ich nicht einmal weiß, wie ich in Erfahrung bringen kann, was er vorhat.

Leif schüttelt den Kopf.

»Später«, formen seine Lippen, und für einen Augenblick bin ich wie hypnotisiert von seinem Mund, den ich vorgestern noch geküsst habe.

Erneut habe ich das Verlangen, den Kuss zu wiederholen – aber nicht, um ihm die Seele zu rauben.

Nun ist er es, der stumm eine Braue hebt, was mich ins Hier und Jetzt zurückbringt. Wird er mir helfen, oder ist diese Scharade dazu da, mich gefügig zu machen? Lava und Adelaide wollen, dass ich meinen Einfluss auf Leif nutze, um ihn zu manipulieren. Was jedoch ist mit seinem Einfluss auf mich? Es macht mir Angst, zuzugeben, dass er welchen hat.

Mit seiner Hand hält er nach wie vor meinen Arm fest, und ich zucke zusammen, als er sanft mit dem Daumen über meine Haut streichelt. Vielleicht soll die Geste mich beruhigen, doch stattdessen schickt sie Wärme durch meinen Körper. Leif weckt mit seiner Berührung ungeahnte Emotionen, und ich weiß kaum, wie mir geschieht.

Irgendwie fühlt es sich … gut an, und ich versuche nicht, mich seinem Griff zu entziehen, während wir durch das Schloss gehen. Das Kreisen seines Fingers auf meiner Haut ist so ablenkend. So fällt mir erst gar nicht auf, dass wir tatsächlich nicht den Weg zum Ballsaal nehmen, sondern in einen anderen Flügel des Schlosses abbiegen.

»Die Gäste sind noch nicht da«, bricht Leif sein Schweigen so plötzlich, dass ich erneut zusammenzucke.

»So haben wir genügend Zeit, euch eure Plätze zuzuweisen«, erklärt er. »Du wirst neben mir an einem Kopfende des Tisches sitzen, die Najade neben meinem Vater am anderen. Der Glaskasten der Sirene wird in der Mitte des Tisches stehen.«

Wir gehen durch eine Tür, und ich entdecke die lange Tafel, an deren Ende Lava bereits wie angekündigt wartet. Vier Soldaten sind damit beschäftigt, Adelaides Glaskasten, in dem das Wasser gefährlich schwappt, auf den Tisch zu stellen. Sie wird buchstäblich im Zentrum der Aufmerksamkeit stehen, und ich kann ihrem verärgerten Gesichtsausdruck ablesen, wie wenig ihr das gefällt.

»Das wirkt so, als ob es Fisch zum Hauptgang gibt«, witzelt der Soldat, der uns begleitet. Auffordernd schaut er zu Leif.

Zu seinem Glück kommentiert der Prinz das nicht weiter, ansonsten müsste ich gegen unseren Deal verstoßen und beweisen, dass man mich auch ohne meine Magie nicht unterschätzen sollte.

Woran ich vorgestern kläglich gescheitert bin.

Heute ist ein neuer Tag, eine neue Chance, meine Ziele zu erreichen.

»Die Tafel wird voller Menschen sein«, fährt Leif fort. »Und obwohl sie dir nahe sein werden, darfst du sie weder verletzen noch bedrohen. Verstanden?«

Ich schnaube verächtlich. Was sollte mich aufhalten?

»Wenn du dich benimmst, werde ich dir danach wie versprochen eine weitere, private Führung durch die Galerie geben«, beantwortet er meine unausgesprochene Frage. »Wenn nicht, bringe ich dich auf direktem Weg zurück in den Kerker.«

Schmollend schiebe ich eine Unterlippe vor. Die Galerie ist aktuell meine beste Chance zur Flucht, vor allem, wenn Leif und ich alleine sind – was er wohl mit *privater Führung* meint.

»Einverstanden«, stimme ich deshalb mit einem Seufzen zu.

Galant zieht Leif den Stuhl für mich zurück. Der Platz vor mir ist wie jeder andere an diesem Tisch mit prunkvollem Silberbesteck gedeckt, als wäre ich eine gleichwertige Teilnehmerin dieses Banketts.

Leif bemerkt meinen verwirrten Blick und meint: »Ich vermute, die Speisen des heutigen Abends werden nicht nach deinem Geschmack sein. Ich habe dafür etwas anderes für dich vorbereitet.«

Er nickt in Richtung einer Wasserkaraffe, die gerade so außerhalb meiner Reichweite steht. Der altbekannte Hunger steigt in mir auf, aber ich zwinge mich, bloß den Kopf zu neigen, um meine Gier zu verbergen.

»Unsere Gäste sollten jeden Moment eintreffen«, fährt er fort, während um uns herum die Dienerschaft letzte Anpassungen vornimmt.

Das kunstvolle Porzellan wird perfekt arrangiert, die Weingläser auf dem Tisch bereits gefüllt und die Blumengedecke in der Mitte ein letztes Mal zurechtgerückt. Wenige Augenblicke nach Leifs Ankündigung öffnen sich bereits die Türen am Ende des Saals, woraufhin die Diener an den Rand des Raums huschen, um dort im Spalier auf ihren Einsatz zu warten. Ein Diener tritt durch die Türen herein und verkündet: »Lady Mirya und Lord Berion Hjordir.«

Hinter ihm schreiten der alte Mann, den ich schon so oft mit Leif gesehen habe, und eine Frau in ähnlichem Alter an seinem Arm in den Saal. Als er Leif entdeckt, verziehen sich Berions Lippen zu einem Lächeln.

Die beiden machen sich auf den Weg zu ihrem Platz, während der Diener bereits die nächsten Gäste ankündigt: »Lady Brigitte und Ser Melchior Marksson mit ihren Töchtern.«

Eine Großfamilie strömt durch die Türen, und der Diener

setzt seine Namensnennungen fort, bis sich die Worte in meinen Ohren überlagern. Zahlreiche Adelstitel und noch mehr Familiennamen, die mir in meinem alten Leben vielleicht etwas bedeutet haben, sind für mich jetzt nicht mehr voneinander unterscheidbar. So viele Menschen, die den Raum betreten und Leif ein Zeichen ihres Respekts zukommen lassen. Sei es in Form eines freundlichen Nickens oder eines Knickses, wie es insbesondere die jungen Damen handhaben.

Für mich haben sie nur argwöhnische bis feindselige Blicke übrig, während sich die Tafel um uns herum langsam füllt. Bedienstete geleiten die Herrschaften zu ihren Plätzen, und das Stimmengewirr im Saal wird mit jeder eintretenden Familie lauter. Die Höflinge trinken ihren Wein, naschen von dem Obst, das bereits auf den Tischen bereitsteht, und diskutieren lautstark. Ich mustere die Menschen schweigend und versuche, mich geistig zurück an den Fjoraberg zu versetzen, um all das hier besser überstehen zu können. Leider schaffe ich es nicht, meine Umgebung komplett auszublenden. Viel zu häufig höre ich, wie die anwesenden Seelenräuberinnen besprochen werden – selten in einem freundlichen Ton. Auch Leif beteiligt sich kaum an den Gesprächen.

An unser Ende des Tisches gesellen sich ein Viscount mit Frau und Tochter sowie ein weiterer Ser mit Begleitung. Allesamt ignorieren mich vollkommen. Sogar thematisch klammern sie meine Anwesenheit völlig aus – die Gruppe diskutiert rege über die Tischdekoration und fragt Leif häufig nach seiner Meinung zu den unterschiedlichsten Banalitäten, die er stets einsilbig kundtut. Doch das hindert die Höflinge nicht daran, ihn unablässig ins Gespräch einbeziehen zu wollen. Ich starre derweil stumm in die Gegend und hoffe, dass all das hier schnell vorbei ist.

Als nur noch ein freier Stuhl am Tisch übrig ist und ich bereits vor Langeweile sterbe, tritt der Diener ein letztes Mal in den Raum.

»Seine Majestät, König Umber von Askja«, kündigt er feierlich an.

Unwillkürlich versteife ich mich ebenso wie die anderen Gäste, wie ich überrascht feststelle. Die Gespräche am Tisch verstummen, und die Adligen erheben sich. Alle wenden den Blick zur Tür, durch die in diesem Moment der König schreitet. Seine Schuhe verursachen ein dumpfes Geräusch auf dem Parkettboden, das durch den ganzen Raum hallt. Wie jedes Mal, wenn ich ihn gesehen habe, wirkt er unzufrieden. Seine Stirn ist gefurcht, die grünen Augen, die Leifs ähneln, schauen düster drein. Davon abgesehen ist er das Paradebeispiel eines Monarchen: Die langsam ergrauenden Haare liegen perfekt frisiert unter der prunkvollen Krone, seine dunkle Kleidung wirkt edler als die jeder anderen Person im Raum. Sein Mantel ist mit weißem Fuchsfell gesäumt, was mich schlucken lässt. Ich will mir nicht vorstellen, dass eine dieser wunderschönen Kreaturen für die menschliche Mode ihr Leben lassen musste.

Der König ist von zwei Leibwächtern flankiert, die ihm in den Raum folgen und sich neben seinen Stuhl stellen. Bevor er sich setzt, hält Leifs Vater am Kopfende des Tisches inne und mustert jeden Gast. Sein argwöhnischer Blick bleibt länger an Adelaide, mir und schließlich an Lava hängen, die direkt neben ihm sitzt und seinen Blick trotzig erwidert.

Endlich richtet er das Wort an die Menge: »Willkommen, meine Freunde und bedeutendsten Bürger Askjas. Ich danke Euch, dass Ihr unserer Einladung nachgekommen seid, heute mit uns zu speisen. Unsere Köche haben ein vorzügliches Menü für uns vorbereitet, und ich bin mir sicher, Ihr werdet auch Gefallen an der heutigen Gesellschaft finden.«

Sein Blick zuckt von Lava zurück zu mir.

»Einst dachten wir, die Seelenräuberinnen wären die gefährlichsten Geschöpfe Askjas. Mein Sohn und die tapferen Soldaten dieses Reiches haben bewiesen, dass wir sie bändigen können. Nutzt die Gelegenheit, die Angst vor ihnen hinter Euch zu lassen. Lernt ihr wahres, erbärmliches Wesen kennen, und vergesst nicht, dass *ich* dafür sorgen werde, dass sie nie wieder eine Gefahr für uns darstellen werden.«

Bei seiner Beleidigung blecke ich unwillkürlich die Zähne, doch Leif legt mir eine Hand auf den Arm, bevor ich etwas sagen kann. Lava wirkt ebenfalls so, als wolle sie widersprechen, aber ein scharfer Blick des Königs bringt sie zum Schweigen. Adelaide dagegen zieht bloß die Augenbrauen zusammen.

Der König schnaubt verächtlich, dann hebt er sein Weinglas. »Auf die glorreiche Zukunft Askjas!«

Die Adligen beeilen sich, es ihm gleichzutun und den Trinkspruch zu erwidern, während ich die Augen verdrehe. Auch Leif stößt nicht mit den anderen an, wie mir auffällt. Stattdessen greift er nach der Wasserkaraffe und füllt endlich mein Glas.

Schließlich setzt sich der König und mit ihm die Gäste, woraufhin das gedämpfte Gemurmel der vielen Gespräche wieder beginnt. Nur die dröhnende Stimme des Königs, der sich lautstark mit seinen Sitznachbarn unterhält, sticht aus dem Gewirr heraus. Lange kann ich mich nicht meiner Abscheu ihm gegenüber hingeben, denn Leif drückt mir mein Glas in die Hand.

»Trink«, fordert er mich ruhig auf, »dann wirst du dich besser fühlen.«

Inwiefern besser? Als ob sein Getränk die Untaten des Königs mindern könnte …

Trotzdem hebe ich das Glas an die Lippen. Im letzten Augenblick zögere ich, als ich mich an Lavas Worte erinnere: *Wer sagt, dass sie nicht gleichzeitig etwas hinzufügen, das unsere Magie blockiert?*

Doch die darin enthaltene Energie überzeugt mich mehr als die Hemmung meiner Magie. Ich bin nicht stolz darauf, aber der

Hunger – dieses wilde Wesen, das schon so lange ein Teil von mir ist – ist zu groß. Ich spüre, wie die ersten Tropfen meine Lippen benetzen, woraufhin ich meine Gier nicht länger zügeln kann.

Ohne es verhindern zu können, stürze ich das Wasser hinunter und genieße, wie mich die darin enthaltene Kraft durchströmt. Ich habe das Gefühl, die Welt erobern zu können, so machtvoll zu sein, dass der König und seine Lakaien mir niemals etwas entgegensetzen könnten.

Sobald das Glas leer ist und ich mich unwillkürlich nach Nachschub umsehe, schwindet die Illusion von Kraft bereits wieder. Zwar fühle ich mich gestärkt, aber mein Körper bleibt menschlich, meine Magie unerreichbar. Als ich den Blick zu Lava und Adelaide hebe, sehe ich, dass sie ebenfalls leere Gläser in der Hand halten, die die Wachen neben ihnen entgegennehmen. Eine von Adelaides Händen wurde dafür sogar von der Fessel befreit, die an ihrem Kasten befestigt ist. Beide haben unglücklich die Lippen aufeinandergepresst, womit sich die Frage erübrigt, ob sie standfester waren als ich.

»Was für eine Droge habt Ihr in das Getränk getan?«, fragt der Viscount Leif, was mich aufhorchen lässt. »Sie wirkt plötzlich wie ein wildes Tier.«

Die Dame neben ihm lacht auf.

»Sie *ist* ein wildes Tier«, korrigiert sie ihn abfällig und mustert mich.

Ich starre nur ausdruckslos zurück, bis sie den Blick abwendet. Dann richte ich meine Aufmerksamkeit auf Leif und hebe erwartungsvoll eine Augenbraue, denn seine Antwort auf die Frage des Viscounts interessiert mich durchaus. Auch einige andere Adlige um mich herum hören mit.

»Das Getränk enthält eine Pflanze, die die Magie der Seelenräuberinnen erhält«, erklärt er schließlich widerwillig und ergibt sich damit dem Druck seiner Zuhörerinnen und Zuhörer.

Die Frau neben ihm runzelt die Stirn.

»Eine Pflanze, die Magie erhält? Oder enthält?«, hakt sie nach.

Leif legt die Stirn in Falten und zögert, bevor er antwortet: »Laut dem Inquisitor bestehen die Seelenräuberinnen aus Magie, die sie aus der Umgebung aufnehmen und durch menschliche Energie erzeugen können. Deshalb rauben sie Menschenleben: Durch unsere Kraft bekommen sie die Magie, die sie zum Überleben brauchen. Auch Nachtlilien enthalten Magie. Sie blühen nur an Orten, die von der natürlichen Magie des Landes durchtränkt sind, und nehmen diese in sich auf. Sie sind sehr selten, scheinen aber als Ersatz auszureichen.«

Ich ziehe die Brauen zusammen.

»Nachtlilien?«, wiederhole ich überrascht, was dazu führt, dass die Hälfte der Gäste um mich herum erschrocken zusammenzuckt.

Ob sie bereits vergessen haben, dass ich ein lebendes, sprechendes Wesen bin?

Leif dagegen nickt und sieht mir in die Augen, als versuche er, mir stumm etwas zu sagen. Will er, dass ich die Nachtlilien für irgendetwas verwende? Nicht, dass ich eine Ahnung davon hätte: Zwar habe ich die seltenen Blumen schon ab und an im Firnisgebirge gesehen, doch nie habe ich etwas von einem Zusammenhang zwischen dieser Pflanze und meiner Magie gehört. Ich nehme mir vor, Fjora danach zu fragen, bis mir einfällt, dass sie und ihr Wissen für immer verloren sind.

Woran Leif und der König die Schuld tragen.

»Lass uns mit deinen Fragen in Ruhe«, weist mich die Adlige neben mir spitz an und holt mich damit aus meinen Gedanken zurück. »Bei einem zivilisierten Bankett wie diesem hast du nichts verloren. Keiner will wissen, was du zu sagen hast.«

Wie bitte? Ungläubig schaue ich von ihr zu Leif, dann lache ich bitter auf.

»Zu schade, dass du diese Meinung nicht dem König mitgeteilt hast«, erwidere ich. »Ich stimme nämlich zu, dass ich nicht hierhergehöre. Du darfst mich gern hinausbegleiten.«

Ich zeige mein süßestes Lächeln und hoffe, dass damit deutlich wird, was ich am liebsten mit ihr und allen anderen Anwesenden anstellen würde. Diese erbärmlichen Menschen sollten sich besser daran erinnern, wie anders unsere Situation wäre, wenn der König und Leif mich freiließen …

Der Dame klappt schockiert der Mund auf, und ihr Mann stellt mit einem Klirren sein Weinglas zurück auf den Tisch, wohl, um seine Entrüstung zu zeigen. Sowohl er als auch Leif setzen dazu an, etwas zu sagen, aber eine helle Stimme kommt beiden zuvor.

»Lass sie in Ruhe, Mutter. Frin ist ebenso wenig aus freien Stücken hier wie wir.«

Die junge Frau auf der anderen Seite des Tisches, die kaum volljährig sein dürfte, hebt herausfordernd das Kinn. Als sie meinen Blick bemerkt, schenkt sie mir ein vorsichtiges Lächeln.

Ich weiß nicht, welche Erkenntnis mich mehr verblüfft: dass sie meinen Namen kennt – womöglich aus meinem alten Leben? Oder dass sie *nicht* freiwillig hier sitzt, um Leif zu bezirzen. Ich dachte, alle Adligen suchten Leifs Gesellschaft. Vielleicht aber, dass sie mich gerade tatsächlich verteidigt hat.

Ihre Worte erstaunen nicht nur mich, auch der Rest des Tisches wird still. Selbst die Gäste von den Nachbartischen drehen sich zu uns. Die Frau neben mir, die eindeutig ihre Mutter ist, wirkt vollkommen schockiert. Statt ihre Tochter jedoch zu maßregeln, wendet sie sich hastig an Leif.

»Mein Prinz … Wir … Also, was …«, versucht sie mehrfach, ihn anzusprechen, doch ihr scheinen die richtigen Worte zu fehlen.

Ihr Stammeln ist das einzige Geräusch in der Stille, bis der König schließlich fragt: »Sohn, was ist hier los?«

Der Atem der Frau wird hektisch, und zu meiner Verwunderung habe ich nicht das Gefühl, dass sie sich vor *mir* fürchtet. Es scheint um etwas anderes zu gehen. Denn statt seinem Vater die Wahrheit zu sagen, verzieht Leif die Lippen zu einem gezwungenen Grinsen.

»Carina hat mich gerade eben nach den Eigenschaften gefragt, die meine zukünftige Ehefrau erfüllen sollte«, behauptet er langsam. »Scheinbar ist dieses Thema für viele Gäste von großem Interesse.«

Leif schnaubt und neigt dann den Kopf in Richtung der jungen Frau, die mich verteidigt hat. »Um deine Frage zu beantworten: Bisher habe ich mir noch keine Gedanken darüber gemacht.«

Carina lächelt, und die Frau neben mir stößt erleichtert die Luft aus, während der König abfällig schnaubt. In dem Moment kommen weitere Bedienstete herein und servieren den ersten Gang, woraufhin die Konversationen um uns herum wieder aufgenommen werden. Hauptsächlich geht es nun darum, wie gut das Essen sei. Das kann ich leider nicht beurteilen, da mein Teller leer bleibt.

»Danke«, murmelt die Frau neben mir schließlich, woraufhin Leif nur nickt.

Den Rest des Abends würdigt mich keiner der Anwesenden mehr eines Blickes.

Zerbrechlich wie der Augenblick

Leif

Es dauert eine Ewigkeit, bis alle sieben Gänge serviert, gegessen und wieder abgeräumt werden. Endlose Stunden vergehen, voller Gespräche über das Essen, das Wetter und die aktuelle Mode auf dem Kontinent. Die Adeligen wagen es nicht noch einmal, irgendetwas Verfänglicheres anzusprechen. Selbst Carina schweigt die meiste Zeit, obwohl sie immer wieder neugierige Blicke auf Frin wirft. Eigentlich ist sie zu jung, um früher mit Frin befreundet gewesen zu sein. Allerdings ist der Kreis der Adligen Askjas überschaubar genug, um einander gekannt zu haben. Vielleicht wird Carina es mir eines Tages verraten.

Irgendwann ist es endlich so weit: Das Dessert wird abgeräumt, und mein Vater erhebt sich, um sich mit einigen Ministern für einen Schnaps zurückzuziehen. Manche der anwesenden Damen machen sich auf den Weg zum Gesellschaftszimmer, während andere Familien sitzen bleiben und plaudern oder sich bereits verabschieden. Bevor mich irgendjemand fragen kann, ob ich mich zu einer der Gruppen dazu gesellen möchte, erhebe ich mich und bedeute Frin, mir aus dem Bankettsaal zu folgen.

»Was hast du vor?«, fragt sie, doch ich bringe sie mit einem Kopfschütteln zum Schweigen.

»Ich löse meinen Teil des Handels ein und führe sie durch die Galerie«, erkläre ich Malt, der kaum von meiner Seite weicht. »Du musst nicht mitkommen, ich habe sie im Griff.«

Nicht zum ersten Mal bin ich froh darüber, dass Frins tödlicher Blick mir nicht wirklich etwas anhaben kann. Sie scheint wenig erbaut über die Behauptung, harmlos zu sein.

»Aber …«, setzt Malt zum Widerspruch an, stockt jedoch. Er nimmt den Befehl des Königs sehr ernst, heute Abend gemeinsam mit mir für Frin zuständig zu sein. Ich frage mich, warum mein Vater ihn gegeben hat – falls er mir misstraut, wäre das fatal …

»Du musst das nicht tun«, gibt Malt leiser zu bedenken. »Sie ist kein Mensch, bei dem du dich an dein Wort halten müsstest. Ein Handel mit ihr verpflichtet dich zu nichts.«

Ich schüttle den Kopf.

»Ich halte meine Versprechen«, verfüge ich.

Unglücklich sieht er von mir zu Frin.

»Geh nach Hause«, fahre ich ruhig fort. »Das ist ein Befehl.«

Bei diesen Worten nimmt der Soldat Haltung an.

»Natürlich, Ser Leif«, erwidert er, zeigt seine Zweifel nicht weiter, sondern wendet sich ab und marschiert davon.

»Hm«, macht Frin und sieht ihm so lange nach, dass sie sich danach beeilen muss, um mich wieder einzuholen.

»Wir können gleich reden«, ersticke ich ihren Versuch, mehr zu sagen.

Sie hebt irritiert eine Braue, nickt jedoch.

Schnellen Schrittes führe ich sie durch das Schloss in den Flügel auf der anderen Seite, wo der Ballsaal und die Galerie liegen. Da keiner der Räume heute benutzt wird, wird die Anzahl an Wachposten entlang des Weges zunehmend geringer. Zielstrebig halte ich den Kurs zur Galerie. Vor dem Ballsaal ignoriere ich allerdings die prunkvollen Flügeltüren und gehe daran vorbei. Einen Gang und drei Treppen später erreichen wir meine Gemächer. Schnell öffne ich die unscheinbare Tür, überprüfe noch einmal, dass niemand uns bemerkt hat, und lasse Frin dann eintreten. Als ich die Tür hinter mir schließe, habe ich das Gefühl, dass ein unsichtbares Gewicht von mir abfällt.

»Das ist nicht die Galerie«, kommentiert Frin trocken.

Ich entzünde eine Kerze, und sie macht ein paar zögerliche Schritte tiefer in den Raum. Versonnen streicht sie über die Buchrücken in meinen Bücherregalen.

Es ist seltsam, sie an diesem Ort zu sehen, den ich normalerweise mit niemandem teile. Ein Ort, den sie selbst früher nie besucht hat, obwohl ich mir das heimlich erhoffte. Ihr weißes Kleid sticht zwischen dem dunklen Holz der Möbel und des Bodens hervor, als sie sich umsieht. Meine Räumlichkeiten sind schlicht, die Wände sind im Gegensatz zu den meisten Zimmern im Schloss frei von Malereien, und die Schränke tragen keine Verzierungen. Außer den Bücherregalen stehen ein Kleiderschrank, eine Truhe, ein Schreibtisch und mein Bett im Raum. Eine ebenfalls hölzerne Tür geht zum Badezimmer ab. Mehr haben meine Gemächer nicht zu bieten. Dennoch sieht Frin sich fasziniert um, als sähe sie zum ersten Mal das Schlafzimmer eines Menschen.

Vielleicht ist es so. Ich kann mir nicht vorstellen, dass die Eisdämoninnen am Fjoraberg in ähnlich alltäglichen Zimmern wohnen.

»Nein, ist sie nicht«, meine ich schließlich.

Frin sieht überrascht auf, als hätte sie nicht mehr mit einer Erwiderung gerechnet.

»Das sind meine Gemächer.«

Ihr Gesicht verrät keinerlei Emotion.

»Warum sind wir hier?«, will sie wissen.

Ich zögere. Was ich vorhabe, ist Hochverrat. Dennoch habe

ich keinen Augenblick an meinem Plan gezweifelt, seitdem ich ihn gefasst habe.

Frin hebt eine Augenbraue und setzt sich schwungvoll aufs Bett.

»Normalerweise bin ich es, die versucht, die Sterblichen zu verführen, nicht umgekehrt«, gurrt sie, was die Anspannung auflöst und mich zum Grinsen bringt.

»Bilde dir nichts ein«, gebe ich spöttisch zurück.

Kurz überlege ich, ob ich mich auf dem Lesesessel niederlassen soll, dann verwerfe ich den Gedanken und setze mich neben sie. Frin blickt mich erwartungsvoll an, und mir fällt auf, dass sie die erste Frau auf meinem Bett ist. Als ihr Blick zu meinen Lippen wandert, muss ich schlucken.

Meine Stimme klingt belegt, als ich fortfahre: »Wir sind hier, um darauf zu warten, dass deine Magie zurückkehrt.«

Frin lächelt gerade noch verführerisch, dann erst scheint sie meine Worte zu verarbeiten, und blinzelt überrascht.

»Wie bitte?«

»Du hast richtig gehört«, antworte ich und kann ein Seufzen nicht unterdrücken. »Du hast dein Ziel erreicht. Ich werde dich freilassen.«

Sie zieht ungläubig die Augenbrauen zusammen.

»Aber ... Wie? *Warum?*«

Ich starre auf meine Schuhspitzen, während ich antworte: »Normalerweise fügen wir dem Nachtlilienwasser Sonnentau hinzu, was deine Eismagie unterdrückt, doch heute Abend hast du reines Nachtlilienextrakt zu dir genommen. Ohne die Messingfesseln sollte deine Magie in den nächsten Stunden zurückkehren.«

Zumindest hoffe ich das. Mein Wissen über die Magie und ihre Wirkungsweise ist nicht gerade tiefgehend, auch wenn mein Vater über die Jahre das eine oder andere weitergegeben hat. Unter anderem die Aufforderung, den Seelenräuberinnen mindestens einmal täglich Sonnentau einzuflößen, um ihre Magie sicher unterdrückt zu halten.

»Den anderen beiden habe ich ebenfalls keinen Sonnentau ins Wasser getan. Ich befürchte nur, dass ihnen das nicht helfen wird.«

Ich hätte gern mehr für sie getan. Wenn ich meinen Vater verrate, dann schon gründlich. Aber bei der Sirene und der Najade ist mir keine Möglichkeit eingefallen, sie freizulassen. Das Messing im Dampfstein und dem Glaskasten wird sie ebenso wie die Gitterstäbe des Kerkers weiterhin daran hindern, zu fliehen. Mir gefällt der Gedanke nicht, dass ich sie zu ihrem Tod verdamme, doch wenn ich ehrlich bin, hat Frin für mich Priorität. Obwohl ich wissen sollte, dass heute alles anders ist. Sie ist eine Eisdämonin, dennoch kann ich nichts daran ändern, dass ihr Tod für mich inakzeptabel ist. Diese … Gefühle, die in meiner Position eigentlich nichts zu suchen haben, hindern mich daran, ihren Tod zuzulassen.

»Vermutlich nicht«, stimmt mir Frin leise zu. »Lavas Fußfessel kettet sie an ihren Stein, und Adelaide ist an den Glaskasten gebunden.«

Zum ersten Mal höre ich die Namen der beiden, was den Gedanken an morgen noch schwerer macht.

»Wir befinden uns gerade in einem Turm«, fahre ich fort und deute zum Fenster neben dem Bett. »Die Schutzzauber, die das Schloss umgeben, müssten hier am schwächsten sein. Ich vermute, du hast eine Möglichkeit, zu fliegen?«

Anders kann ich mir nicht erklären, wie Eisdämoninnen scheinbar aus dem Nichts auftauchen, wie es auch Frin und die andere am Nyvollpass getan haben.

Frin nickt, und ich atme erleichtert auf. Da sich mein Schlafzimmer im dritten Obergeschoss befindet, wäre alles andere schwierig geworden. Wobei sie mit ihrer Magie vermutlich mehr bewerkstelligen kann, als meine Vorstellungskraft hergibt.

»Das heißt, du lässt mich wirklich gehen?«, hakt Frin nach. »Das ist kein Trick?«

Ich zucke mit den Achseln.

»Was hätte ich davon, dir jetzt noch etwas vorzuspielen?«

Sie antwortet nicht, sieht mir nur prüfend in die Augen, als wolle sie sich so vergewissern, dass ich nicht lüge. Obwohl es die Wahrheit ist, halte ich ihrem Blick nicht lange stand, sondern sehe wieder zu meinen Schuhen, als lieferten die ledernen Objekte den spannendsten Anblick seit Langem.

»Meine Gemächer liegen oberhalb der Galerie, und niemand hat uns gesehen, als wir hierhergekommen sind«, führe ich weiter aus. »Falls jemand nachfragt, werde ich behaupten, dass wir über den Hinterausgang zum Arkanum gegangen sind und ich dich von dort aus zurück in deine Zelle gebracht habe. Ich glaube allerdings kaum, dass sich jemand darüber Gedanken machen wird – die Soldatinnen und Soldaten Askjas vertrauen mir vollkommen. Mit etwas Glück wird bis zum Morgengrauen niemand bemerken, dass du weg bist.«

Hoffentlich hat sie so genügend Zeit, eine große Distanz zwischen sich und diesem Schloss zu gewinnen. Sobald mein Vater erfährt, dass sie verschwunden ist …

»Wirst du dafür nicht bestraft werden?«, fragt Frin, nach wie vor diese tiefgehende Verwirrung in der Stimme.

Wieder zucke ich mit den Schultern.

»Vermutlich«, antworte ich betont unbekümmert. »Aber ich bin der Erbe Askjas, was kann mein Vater da schon tun?«

Die Antwort lautet: vieles. Wenn ich an seine Wutausbrüche in den letzten Monaten denke, gibt es selbst für mich keine Garantie mehr, seinem Zorn unbeschadet zu entkommen. Falls ich jedoch den Unwissenden spiele, bis er sich etwas beruhigt hat …

Schön wird es nicht, aber ich hoffe, dass ich mit dem Leben davonkomme. Die Alternative wäre, Frin sterben zu lassen, und das kann ich nicht in Kauf nehmen.

»Ich verstehe immer noch nicht, warum du mir hilfst«, meint sie schließlich.

Als ich nicht antworte, spüre ich plötzlich ihre kalten Finger an der Wange, mit denen sie meinen Kopf in ihre Richtung dreht, sodass ich gezwungen bin, ihren Blick zu erwidern.

»Wenn du mich fliehen lässt, vereitelst du die Pläne deines Vaters, und er könnte dir etwas antun«, fasst sie die Situation zusammen. »Warum würdest du das tun?«

Es scheint, als versuche sie, mir in die Seele zu blicken. Ihre Hand liegt an meiner Wange, und trotz der Kühle ihrer Finger finde ich ihre Berührung alles andere als unangenehm. Im Gegenteil, es erfordert meine sämtliche Selbstbeherrschung, mich nicht in ihre Hand zu schmiegen.

Ich bin ein Narr. Sie ist das tödlichste Wesen Askjas, sie kann Männern und Frauen mit einem einzigen Kuss das Leben rauben, und ich verfalle ihr ganz ohne ihre Magie.

»Der König wird morgen sein letztes Ritual durchführen«, erwidere ich schließlich. »Er plant, euch dabei zu töten.«

Erschüttert blickt sie mich an.

»Ich ... Das konnte ich nicht zulassen.«

Ich kann ihr ansehen, wie sie das Gesagte verarbeitet. Dass sie sterben soll und dass ich mich deswegen gegen alles stelle, was mir wichtig sein sollte. Wenn Berion hiervon wüsste ... Vielleicht muss ich nicht meinen Vater, sondern den Heerführer fürchten. All unsere Pläne, die Zukunft Askjas, der Thron ... Für Frin setze ich alles aufs Spiel.

»Also rettest du mir das Leben«, schließt Frin schockiert, »und bringst damit dein eigenes in Gefahr.«

Mir bleibt nichts übrig, als zu nicken.

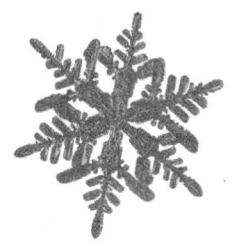

Unvergleichlich wie
die Leidenschaft

Frin

Leif neigt den Kopf, und ich verstehe die Welt nicht mehr. Er stellt mich über sich selbst?

Das war das Ziel, als Adelaide und Lava mich beschworen haben, ihn auf unsere Seite zu ziehen. Doch ich habe nicht das Gefühl, ihn durch Manipulation oder Lügen zu diesem Opfer gebracht zu haben. Der Gedanke, dass ihm etwas zustoßen könnte, besorgt mich mehr, als ich zugeben möchte. Wenn hier jemand jemanden verzaubert hat, dann er mich. Denn anders kann ich mir dieses tiefe Bedürfnis nach seiner Nähe nicht erklären.

Ich weiß nur, dass sein Geständnis mich berührt. Dass ich ihm trotz allem so wichtig bin, dass er sich selbst in Gefahr bringt … Es ist vollkommen abwegig und wunderschön zugleich. Nie habe ich ein solches Glück verspürt wie in diesem Moment. Jede Faser meines Körpers ist wie elektrisiert davon, dass Leif meinen Blick erwidert und sich noch immer nicht meiner Berührung entzieht. Als würde es ihn nicht stören, dass ich eine Kreatur aus Eis bin und er ein Wesen aus Fleisch und Blut.

Ich habe das Gefühl, nichts anderes tun zu können, als ihn anzusehen und die Wärme seiner grünen Augen zu genießen. Bis mein Blick schließlich tiefer zu seinen Lippen wandert, und ich beschließe, dass ich mir doch noch ganz andere Dinge vorstellen kann. Es ist mehr ein Impuls als eine richtige Entscheidung: Bevor ich länger darüber nachgedacht habe, ziehe ich ihn zu mir und presse meine Lippen auf seine.

Diesmal verschwende ich nicht den geringsten Gedanken daran, seine Seele zu rauben. Stattdessen konzentriere ich mich ganz auf die Wärme seiner Lippen, die Weichheit seines Mundes. Es scheint, als würde das Eis in meinen Adern gleichzeitig schmelzen und erneut gefrieren, so ekstatisch ist dieses Gefühl. Leif erwidert den Kuss, und mein gesamter Körper beginnt, wohlig zu kribbeln. Er saugt an meiner Unterlippe, und ich weiß bereits jetzt, dass ich nie genug von diesem Gefühl bekommen werde.

Mir entfährt unwillkürlich ein Laut des Protests, als Leif sich nach einem Augenblick sanft von mir löst.

Seine Augen wirken traurig, als er meint: »Es wird noch ein paar Stunden dauern, bis deine Magie zurückkehrt. Bis dahin kannst du mir mein Leben nicht nehmen.«

Bei den Eisgöttern, er dachte, ich wolle ihn umbringen. Zugegebenermaßen wollte ich es bei unseren letzten beiden Küssen. Heute ist alles anders.

»Ich weiß«, gestehe ich heiser und schlinge die Arme um seinen Nacken, um ihn erneut an mich zu ziehen.

Leifs Überraschung ist deutlich spürbar. Obwohl er zulässt, dass ich seine Lippen mit meinen berühre, schiebt er mich nach einem Moment wieder von sich.

Mit zusammengezogenen Augenbrauen fragt er: »Aber ... warum ...?«

Seine Lippen sind leicht geöffnet und glänzen verführerisch, sodass ich angesichts der Unterbrechung unseres Kusses verärgert schnaube. Müssen wir das wirklich jetzt ausdiskutieren? Ich weiß nicht, was ich ihm antworten soll, um ihn zufriedenzustellen. Nie zuvor in meinem Leben hatte ich das Bedürfnis, einen Menschen auf diese Weise zu küssen. Wie soll ich das in Worte fassen, wenn ich es doch selbst kaum verstehe?

»Ich weiß nicht genau, warum ich dich küssen will«, gebe ich zu. »So habe ich noch nie zuvor gefühlt. Ich möchte dir nahe sein. Nicht, um deine Seele zu stehlen, sondern …« Ich breche ab und beiße mir verunsichert auf die Unterlippe. Ja, warum eigentlich? »… weil ich dich mag und mir das Gefühl gefällt, das deine Berührung in mir auslöst«, ende ich, obwohl das kaum beschreibt, was ich fühle.

Leif starrt mich an, als begreife er ebenso wenig wie ich, was hier los ist.

»Vielleicht sollte ich widerstehen«, murmelt er mehr zu sich selbst als zu mir. »Und sei es nur, um mir nicht erneut von dir das Herz brechen zu lassen. Doch wer weiß schon, was der Morgen bringt?«

Mit diesen Worten beugt er sich zu mir und legt seine Lippen auf meine. Nie hätte ich gedacht, dass ich Wärme so viel abgewinnen könnte. Doch während ich in seiner Hitze zu verbrennen scheine, kann ich mir nichts Schöneres vorstellen. Seine Lippen streichen über meine, und all diese seltsamen Empfindungen entlocken mir ein Seufzen, das nur noch tiefer wird, als Leif seine Arme um mich schlingt.

So viele ungekannte Gefühle steigen in mir auf, Bedürfnisse, die ich noch nie zuvor verspürt habe. Ich könnte nicht in Worte fassen, was ich will. Doch mein Körper weiß es intuitiv. Er übernimmt die Kontrolle, und schon sitze ich rittlings auf Leifs Schoß. Zwischen meinen Beinen spüre ich eindeutig seine Erektion. Er keucht auf, als ich mit den Händen über seine Festkleidung streiche, die mit dem Wappen der Menschen bestickt ist.

Seine Finger spielen mit dem Saum meines Kleids, schieben es nach oben, sodass er die nackte Haut auf meinem Oberschenkel berührt. Ohne darüber nachzudenken, finde ich die Schnürung seines Lederwamses und öffne sie.

»Frin«, keucht Leif, atmet tief durch und legt dann seine Stirn an meine. Gleichzeitig lässt er zu, dass ich ihm das Wams mitsamt des Leinenhemdes darunter über den Kopf ziehe.

»Das sind mehr als nur Küsse. Was machen wir hier?«

»Ich weiß es nicht«, gebe ich zu und kann doch nicht aufhören. Ich küsse seinen Kiefer entlang bis zu seinem Hals, fühle die kratzigen Stoppeln auf seiner Haut und entlocke ihm dabei ein Stöhnen.

»Warte«, bittet er mich, und obwohl sich alles in mir dagegen wehrt, gehorche ich. Ich weiche sogar einige Zentimeter zurück, um ihn zu betrachten. Heftig atmend sieht er mich an, die Lippen immer noch leicht geöffnet.

»Wenn …«, setzt er an, stockt. »Wenn du das hier wirklich willst …« Er beißt sich auf die Unterlippe und stößt dann die Luft aus. »Frin, wir sollten darüber sprechen«, fährt er mit etwas festerer Stimme fort. »Du musst vorher wissen, was es bedeutet, wenn ein Mann und eine Frau …«

Eine Eisdämonin errötet nicht, und doch fühlen sich meine Wangen plötzlich verdächtig warm an. Will ich wirklich mit ihm schlafen? Ist es das, worum ich ihn bitte, ohne die Worte zu finden?

»Ich weiß, was passiert, wenn ein Paar beieinanderliegt«, wende ich ein.

Unter seinem forschenden Blick glüht meine Haut noch mehr. Wieder einmal weiß ich nicht, woher mein Wissen zu diesem Thema kommt, denn in diesem Leben bin ich keinem Wesen nahe genug gekommen, um eine solche Erfahrung zu machen. Auch wenn es gemäß den Erzählungen von Adelaide möglich wäre. Doch meine fehlende Erfahrung ist unbedeutend, denn ich will Leif. Je länger ich Leif ansehe, desto mehr begreife ich, wie der verführerische Zauber einer Eisdämonin wirkt. Ich verfalle Leif ebenso sehr. Ob sich unsere Opfer in dem Ausmaß nach unserer Berührung verzehren, wie ich mir gerade Leifs Nähe wünsche? Da ist ein Ziehen in meinem Unterleib, das Verlangen, meine Lippen wieder auf seine zu senken und weit mehr mit ihm zu teilen als nur Küsse. Ich will herausfinden, wie tief diese Sehnsucht zwischen uns geht, diese Gefühle, denen ich keinen Namen geben kann und will.

Und warum sollte ich jetzt aufhören? Wehmütig denke ich daran, dass Leif mich freilässt und dies unsere letzten gemeinsamen Stunden sind. Sobald meine Magie erstarkt, werde ich an den Fjoraberg zurückkehren und ihn nie wieder sehen.

Dann werde ich nie erfahren, was dieses Feuer bedeutet, das ich zwischen uns spüre. Obwohl ich eine Eisdämonin bin, will ich in diesem Moment nichts mehr, als zu brennen.

»Wir haben nur diese Nacht«, erinnere ich Leif. »Wollen wir sie nicht nutzen?«

Seine Stimme ist rau, als er antwortet: »Doch, wollen wir. Mehr als alles andere.«

Diesmal ist er es, der mich an sich zieht und mich küsst. Nach den letzten Wochen, in denen er mich so ablehnend und grob behandelt hat, ist es eine Offenbarung, wie zärtlich er mir nun über den Körper streicht. Für einen Moment kann ich kaum glauben, dass er mir tatsächlich mein Kleid über den Kopf streift. Verlangen umgibt mich nun anstelle des weißen Stoffes. Ein Verlangen, das mich komplett ausfüllt und das ich auch in seinen Augen sehe. Er hilft mir mit der Schnürung seiner Hose, und als er schließlich auch nackt ist, vergesse ich beinahe, dass ich eine derartige Begegnung bis vor Kurzem noch für unmöglich gehalten habe. Eine Eisdämonin, die mit einem Menschen das Bett teilt?

Nichts will ich mit meinem heftig klopfenden Herzen und meinem in Flammen stehenden Körper mehr, als diese Unwahrscheinlichkeit wahrzumachen. Ich drücke Leif auf sein Bett, lasse mich von ihm neben sich unter die Decke dirigieren. Unsere Beine verschränken sich miteinander. Mit seinen Händen hinterlässt er glühende Spuren auf meiner Haut. Er berührt meine Brüste, liebkost die Rundung meines Gesäßes. Schließlich tastet er über meine Hüftknochen zu meiner Mitte. Ich ziehe scharf die Luft ein, als er mit dem Daumen über meine Klitoris streichelt. So gut sich das anfühlt, ich brauche mehr.

Für einen Augenblick bin ich abgelenkt, als ich plötzlich die Macht des Eises unter meinen Händen fühle. Ich spüre, wie meine Magie in einem stetigen Strom zu mir zurückkehrt, auch wenn ich noch nicht wieder in ihrem vollständigen Besitz bin. Sie würde reichen, damit ich mich in eine Schneeflocke verwandeln und fliehen könnte. Doch stattdessen nutze ich meine neu gewonnene Kraft, um Leif auf den Rücken zu drehen und mich über ihm zu positionieren.

»Frin«, murmelt er, und obwohl sein Blick vor Lust verdunkelt ist, entdecke ich noch so viel mehr in seinen warmen Augen.

Als er seine Hände an meine Hüften legt, zögere ich nicht länger. Mit einem Seufzen senke ich mich auf ihn, spüre dabei, wie feucht ich schon bin. Langsam dringt er in mich ein, bis er mich komplett ausfüllt. Ich halte seinen Blick, während ich meine Hüfte auf und ab bewege. Jedes Mal, wenn ich mein Becken anhebe und wieder nach unten dränge, glaube ich, von all diesen fremdartigen Empfindungen überschwemmt zu werden. Ich bin eine Schneeflocke in einem Sturm, doch ich bin dem Wind nicht ausgesetzt. Ich steuere ihn, um ihn noch schneller, noch unnachgiebiger und härter zu machen. Jede Sekunde auszukosten. Leif kommt mir entgegen, bewegt seine Hüfte mit meiner, um noch tiefer in mich einzudringen. Ihn in mir zu fühlen, schafft eine ungekannte Nähe zwischen uns, ein Band, das ich nicht reißen lassen will. Die Art, wie er in mich hinein- und hinausgleitet, erzeugt eine Spannung in mir, die süchtig macht. Kälte und Feuer durchfluten mich gleichermaßen.

Bis es schließlich zu viel wird und sich die Spannung zwischen uns entlädt. Ich keuche Leifs Namen, während sich mein ganzer Leib zusammenzieht und mein Höhepunkt mich wie ein Blitz durchzuckt. Meine Magie füllt den Raum mit Schneeflocken, während Leif ein letztes Mal tief in mich stößt. Sein Griff um meine Hüften wird stärker, seine Augenbrauen ziehen sich zusammen, und dann spüre ich, wie er sich ebenfalls dem Sturm ergibt. Ich spüre seine Wärme in meinem Innersten.

»Frin«, flüstert er erneut, und es klingt so ungläubig, wie ich mich fühle.

Ohne zu antworten, lege ich mich neben ihn und lasse zu, dass er sich an mich schmiegt. In diesem Moment sind Leif und ich das Einzige, was zählt, während die Nacht stillzustehen scheint.

Schmerzhaft wie der Verrat

Frin

Zärtlich streichle ich über Leifs geschlossene Augenlider, die Kurve seines Halses, seine nackten Schultern. Sein regelmäßiger Atem zeugt von einem tiefen Schlaf, während ich wacher bin als je zuvor. Noch immer verstehe ich kaum, was er mit mir macht. Schaffe es nicht, die Eindrücke zu verarbeiten. Ich kann ein Lächeln kaum unterdrücken, das nicht von Belustigung, sondern von diesem alles ausfüllenden Gefühl von Glück und Wärme ausgelöst wird. Was soll eine Eisdämonin wie ich mit der Erinnerung an heute anfangen? In einer Welt aus Schnee und Winter ist für so etwas kein Platz. Dennoch kann ich mich nicht gegen dieses Kribbeln wehren, das mich erfüllt, das vom Nachhall seiner Berührungen und seiner geflüsterten Worte in mir ausgelöst wird.

Diese Nacht werde ich wohl nie vergessen. Für immer wird sie einen Ort in meinem Herzen wärmen, selbst wenn ich durch den ewigen Winter Askjas streife.

Der Gedanke an mein wahres Zuhause lässt mich seufzen. Meine Magie ist längst zurückgekehrt. Nur die wenigen Schneeflocken, die noch immer um uns herum zu Boden rieseln, zeugen davon. Ansonsten habe ich sie sorgfältig unterdrückt, um Leif nicht zu schaden. Zu meiner Erleichterung stimmt es, was Adelaide gesagt hat: Ich konnte Leif küssen, ohne ihn zu töten, wie das stetige Heben und Senken seiner Brust beweist.

Zugleich bedeutet die Rückkehr meiner Magie, dass ich heimkehren kann. Das Firnisgebirge, der Fjoraberg und meine Schwestern warten auf mich. Leif hat mich hierhergebracht, um mich zu retten, obwohl mein Herz schwer wird bei dem Gedanken, dass er sich dadurch in Gefahr bringt.

Doch mein Platz ist da draußen, wo die Schneeflocken durch die Finsternis der Nacht wirbeln. Obwohl die Kerze beinahe heruntergebrannt und durch das Fenster kaum etwas zu sehen ist, spüre ich sie dank meiner Magie mit jeder Faser meines Seins. Schnee, Eis, Winter. Meine Heimat.

Widerwillig schlüpfe ich unter der Decke hervor, die Leif über uns beide gebreitet hat. Ich ziehe mir mein Kleid an und nehme mir dann die Zeit, mir im Licht der sterbenden Kerze noch einmal Leifs Gesichtszüge einzuprägen. Sanft streiche ich mit den Fingern durch seine dunklen Haare, bevor ich mich zu ihm beuge, um ihm einen letzten Kuss auf die Lippen zu hauchen.

Dann gebe ich mir einen Ruck und wende mich ab, den Blick zum Fenster gerichtet. Mit drei großen Schritten durchquere ich den Raum und hantiere am Fensterverschluss herum, dessen Mechanismus mir unnötig kompliziert erscheint.

Leif hat seine Decke, und ich habe keine Zeit zu verlieren, also hebe ich meine linke Hand und schicke einen eisigen Windstoß gegen das Glas, dem es nicht standhält. Mit einem Klirren zerspringt das Fenster, was mich zufrieden grinsen lässt. Meine Magie ist zurück, und sie ist stärker als jemals zuvor.

Ein Blick zurück zeigt mir, dass selbst das zerspringende Glas Leifs tiefen Schlaf nicht stört. Beinahe bedaure ich, dass er nicht erwacht. Die Süße eines letzten Abschieds …

Doch es würde mir nur schwererfallen, zu gehen, wenn ich noch einmal seinen Blick auf mir spüren würde. Mit aufeinandergepressten Lippen klettere ich auf das Fensterbrett.

Ich muss mir eingestehen, dass ich Lava und Adelaide ihrem Schicksal überlasse, wenn ich jetzt gehe. Selbst mit einer Armee an Eisdämoninnen könnte ich dieses Schloss nicht einnehmen und sie aus dem Kerker retten. Auch Leif wird einen Preis für mein Verschwinden zahlen müssen. Aber was wäre die Alternative? Nur meine eigene Zukunft kann ich jetzt noch ändern. Ich trage nicht nur die Verantwortung für meine neuen Freundinnen, sondern vor allem für die Eisdämoninnen, seit Fjora mich zur Eiskönigin gekrönt hat. Ich habe keine Wahl und kann trotzdem nicht anders, als mit den Umständen zu hadern. Meine beschränkten Möglichkeiten im Kopf durchzugehen, obwohl es aufs Gleiche hinausläuft: Ich muss gehen.

Ein unvermeidbarer Entschluss, den ich schließlich einsehe. Doch bevor ich mich in eine Schneeflocke verwandle, spüre ich etwas im Sturm, das mich innehalten lässt. Eine vertraute Präsenz, die ich viel zu lange nicht gefühlt habe.

»Solvig!«, rufe ich aus, während meine beste Freundin vor mir aus der Schneeflockengestalt zurück in den Körper einer Eisdämonin wechselt.

Ihr schwarzes Haar, ihre dunklen Augen, das im Wind wehende Kleid … Erst jetzt fällt mir auf, wie sehr ich sie vermisst habe. In den letzten Jahren gab es keinen Tag, den wir nicht zusammen verbracht haben, was durch die Geschehnisse der letzten Wochen schmerzhaft unterbrochen wurde.

»Frin«, erwidert Solvig und lächelt.

Sie schwebt in einigem Abstand vor mir in der Luft. Als ich sie näher zu mir winke, schüttelt sie den Kopf.

»Der Schutzzauber um das Schloss wirkt bis hier«, erklärt sie und winkt mich wiederum zu sich.

Die Magie des Königs überrascht mich immer wieder. Wie kann es sein, dass ich hier drinnen zaubern kann, Solvig dagegen ferngehalten wird?

»Komm schon, Frin«, fordert Solvig mich auf. »Lass uns endlich gehen!«

Genau deswegen bin ich hier und sitze auf diesem Fensterbrett. Irgendetwas jedoch lässt mich zögern, ich werfe einen Blick zurück zu Leif, der nach wie vor schläft. Wie gerne würde ich hierbleiben, mir sein Gesicht in tausend weiteren Situationen einprägen und herausfinden, was genau das zwischen uns ist. Dass ich ihn nie wieder sehen werde, fühlt sich an, als würde sich ein Loch in meiner Brust auftun.

»Frin!«, lenkt Solvig meine Aufmerksamkeit wieder auf sich. Verwirrung steht in ihrem schönen Gesicht. »Worauf wartest du?«

Auf eine andere Zukunft. Ein anderes Leben. Eine Chance, doch mit Leif zusammen zu sein und ihn nicht zurücklassen zu müssen.

Mir bleibt nichts übrig, als mich kraftvoll vom Fensterbrett abzustoßen. Mit meiner Magie rufe ich einen Wind herbei, der mich schwerelos zum schneebedeckten Boden vor dem Schloss gleiten lässt. Noch verwandle ich mich nicht in eine Schneeflocke. Irgendetwas hält mich auf und sorgt dafür, dass ich zu Fuß über den Schnee schreite. Es erfüllt mich mit einer tiefen Zufriedenheit, nicht mehr darin einzusinken, sondern schwerelos wie früher zu sein. Die Magie wieder in meinen Adern und in meinem ganzen Sein zu spüren.

Auch Solvig schwebt herab und wartet hinter der unsichtbaren Barriere auf mich. Bevor ich sie durchquere, halte ich erneut inne, woraufhin meine Freundin die Augenbrauen zusammenzieht.

»Was ist los?«, will sie wissen, als ich einen Blick nach oben zu dem zerbrochenen Fenster im Turm werfe.

Wenn ich jetzt gehe, wird Leif dafür bestraft. Kann ich das mit meinem Gewissen vereinbaren?

»Mein Fänger hat mir erzählt, dass ich einst eine Familie hatte«, entfährt es mir, obwohl ich bis eben gar nicht wusste, wie sehr mich diese Information noch immer beschäftigt. »Eine Adelsfamilie, mit der ich häufig hier im Schloss zu Gast war. Menschen, die mich liebten.«

Solvig sieht weg, und die Haare wehen ihr ins Gesicht.

»Ich weiß«, murmelt sie so leise, dass ich beinahe glaube, mich verhört zu haben.

»Was?«, hake ich irritiert nach.

»Ich weiß«, wiederholt sie diesmal lauter.

Defensiver.

Wie kann sie das wissen? Bis Leif mir das Gemälde zeigte, hatte ich selbst keine Ahnung von meiner Vergangenheit. Erwartungsvoll schaue ich sie an. Solvig seufzt und streicht sich die Haare aus der Stirn.

»Können wir das zu Hause besprechen?«, bittet sie.

Ich rühre mich nicht.

Da ist dieses seltsame Gefühl von Zerbrechlichkeit in meiner Brust, das meinen Körper zu Eis erstarren lässt und Bewegungen unmöglich macht.

Meine beste Freundin verzieht das Gesicht, dann lässt sie sich in den Schnee fallen. Ihre Pose erinnert mich an unser letztes Zusammensein an der Wintersonnenwende. Seitdem ist so viel geschehen.

Sie sieht zum Himmel, und die Polarlichter spiegeln sich in ihren Augen, als sie gesteht: »Ich war es, die dir und deiner Familie das Leben nahm.«

Scharf ziehe ich die Luft ein.

»Wie bitte?«, frage ich ungläubig.

Sie seufzt erneut und klopft dann auf den Schnee neben

sich. Eine eindeutige Aufforderung. Sie spricht nicht weiter, bis ich klein beigebe und mich auf meiner Seite des Schutzzaubers ebenfalls niederlasse. Sie hat meine Familie ermordet. Mich ermordet! Ich will ihre Erklärung nicht hören, und doch brauche ich sie.

»Es ist schon einige Jahre her«, erzählt sie. »Damals ging es uns Eisdämoninnen gut. Der ewige Hunger, der heute ein Teil unseres Daseins ist, war noch nicht so stark. Wir mussten uns nur selten von Menschen nähren, vielleicht eine Seele alle paar Jahre, wenn überhaupt. Manche Eisdämoninnen entschieden sich für ein ewiges Dasein als Schneeflocke, ohne je die Seele eines Menschen geraubt zu haben.«

Solvigs Erzählung klingt ebenso unglaublich wie Leifs Geschichte von meiner Familie vor wenigen Tagen. Eisdämoninnen, die sich so selten nährten? Ich erinnere mich, dass ich zu Beginn meiner Existenz weniger jagen musste, aber zuletzt konnten wir kaum wenige Wochen ohne ein Menschenleben überstehen.

»Ich war immer anders«, fährt Solvig fort, ohne meine Zweifel zu bemerken. »Mein Hunger war größer, meine Sehnsucht nach dem Leben stärker. Fjora behauptete immer, dass ich unheimlich viel Energie in mir trage. So viel, dass ich mehr Nachschub als die anderen brauche.«

Das kann ich bestätigen. Solvig benötigte immer mehr Nahrung als ich, um zu überleben. Doch was hat das mit mir zu tun?

»Zu dieser Zeit war es uns verboten, außerhalb des Herzens des Firnisgebirges zu jagen«, führt sie weiter aus und wirft mein Weltbild erneut aus der Bahn.

Eine Eisdämonin, die nicht jagt?

»Wir brauchten die Menschenleben nicht. Laut Fjora war unsere Aufgabe in der Welt, das Leid der zum Sterben Verdammten zu beenden. Unsere einzigen Opfer waren Wanderer, die im Firnisgebirge vom Weg abgekommen sind. Menschen, die sich inmitten von Eis und Schnee verlaufen haben. Für die es keine Hoffnung mehr gab, außer durch unseren Kuss einen letzten Moment des Friedens zu fühlen und erlöst zu werden.«

Sie lacht bitter, während das Grauen in meinem Herzen immer größer wird.

»Für mich war das nie genug.«

Die Polarlichter am Himmel versiegen im gleichen Moment, in dem sie mit brüchiger Stimme weitererzählt: »Mein Hunger war so allumfassend, dass ich mich nicht an Fjoras Gesetze hielt. Ich reiste weiter als alle anderen Eisdämoninnen, um verlorene Wanderer zu finden, deren Seelen ich rauben konnte. Und wenn es keine gab, vergriff ich mich an allen, die meinen Weg kreuzten, ob sie sich verlaufen hatten oder nicht. Aber auch das genügte mir nicht.«

Ihr Seufzen geht fast im Wind unter.

»Fünf Jahre ist es her, dass ich bis zur Grenze des Firnisgebirges und schließlich darüber hinaus reiste. Ich hatte den Hunger nicht unter Kontrolle, und er trieb mich weiter, bis ich deine Familie sah. Vier Menschen, so voller Kraft und Leben, dass mich nichts aufhalten konnte. Ich stahl die Seelen deiner Eltern, deiner Schwester und schließlich deine.«

Endlich sieht Solvig mich direkt an. Wenn ich die Hand ausstreckte, könnte ich sie berühren, aber ich behalte sie fest an mich gepresst. Meine Familie …

»Erst als ich spürte, dass du zu einer von uns wirst, kam ich wieder zu mir. Ich nahm deinen Körper an mich und zog dich hinter eine Schneewehe, genau in dem Moment, als ein junger Mann deine Familie fand. Deine Verwandlung hat ihm das Leben gerettet.«

Ich erinnere mich an den Traum von der Schneeballschlacht, an Leifs Bestätigung, dass wir häufig so zusammen unterwegs waren. Mein Herz zieht sich zusammen, als ich verstehe, dass er es war, der meine Familie fand. Wie so oft wollte er sich uns anschließen. Statt einer ausgelassenen Gesellschaft fand er jedoch ihre eiskalten Leichen. Inzwischen verstehe ich, warum Leif mich anfangs so hasste. Nicht nur, dass ich ihn an früher erinnerte und in meiner Erscheinung so gleich und doch so anders war. Ich bin eine Eisdämonin wie Solvig, die ihm vor Jahren seine Ersatzfamilie genommen hat.

Solvig, die mich umgebracht hat.

»Als du wieder zu dir kamst, wusstest du natürlich nichts mehr von deinem alten Leben«, fährt sie mit dem Teil der Geschichte fort, den ich schon kenne.

Ich habe mir nie Gedanken darüber gemacht, was es bedeutet, dass Solvig die erste Eisdämonin war, die ich kennenlernte.

»Ich brachte dich zu Fjora, und du wurdest eine von uns, ohne je von meinem Vergehen zu erfahren. Fjora war enttäuscht von mir, aber sie konnte keiner von uns lange böse sein. Vor allem, da ich ihr dich brachte. Du wurdest so schnell zu einer ihrer Lieblingsdämoninnen.«

Es stimmt, dass Fjora und ich eine ganz besondere Verbindung hatten. Ihr Tod legt sich wie ein Schatten über die schönen Erinnerungen, die ich an sie habe. Auch kann meine Freundschaft zu unserer Königin nicht die Umstände meines eigenen Endes mildern.

»Ich sah es als meine Pflicht an, in deiner Nähe zu bleiben. Ich hatte dir alles genommen, konnte dir aber immerhin helfen, dich in deinem neuen Leben zurechtzufinden. Nie hätte ich gedacht, dass wir beste Freundinnen werden, aber ich könnte nicht glücklicher darüber sein.«

Das also ist die Grundlage unserer Freundschaft? Solvigs schlechtes Gewissen darüber, meine Mörderin zu sein?

Solvig lächelt leicht und setzt sich auf. Sie bietet mir ihre Hand an, eine Aufforderung und gleichzeitig ein Friedensangebot.

»Du hast mich ermordet«, verkünde ich leise, und Solvig zuckt zusammen, als hätte ich sie geschlagen.

»Wir sind Eisdämoninnen, Frin«, erwidert sie, als wäre das eine Entschuldigung.

Und vielleicht ist es das auch. Wie oft habe ich mit genau dieser Begründung einem Menschen das Leben gestohlen? Es ist mein Wesen, meine Art, mich von Seelen zu ernähren. Ich bin ein Raubtier, das Jagd auf Menschen macht. Genau das habe ich mir gesagt, jedes Mal, wenn ich ein Leben beendete. Ich habe mich und mein Handeln gerechtfertigt, denn wie sollte ich mich gegen diese grundlegende Eigenschaft meines Wesens wehren?

So viele Ausreden, die ich für mein eigenes Gewissen parat hatte. Jetzt zu hören, dass mir genau das angetan wurde, was ich ohne Gewissensbisse anderen zufügte, schmerzt. Der rationale Teil in mir fragt sich, was ich erwartet hatte. Schließlich wusste ich immer, wie Eisdämoninnen entstehen. In Solvigs vertrautes Gesicht zu sehen und zu wissen, dass meine Mörderin vor mir sitzt …

Es ändert nichts und doch alles.

»Es tut mir leid, Frin«, meint Solvig leise, nachdem ich mich nach wie vor nicht rühre.

Seufzend rapple ich mich auf. Ihre Augen wirken traurig, ihre Entschuldigung ist aufrichtig, aber … Das tiefe Gefühl des Verrats bleibt. Dabei ist mir bewusst, dass nicht Solvig der Grund für mein Entsetzen ist, denn sie hat ja recht: Wir sind Eisdämoninnen. Sie hat mich und meine Familie nicht aus Bosheit getötet, sondern aus Hunger. Das Ende meines menschlichen Lebens geschah nicht aus Grausamkeit, sondern aus Kontrollverlust. Und habe ich nicht immer selbst behauptet, dass der Kuss einer Eisdämonin eines der schönsten Enden ist, die ein Mensch erleben kann? Ich kann mir wenigstens sicher sein, dass meine Eltern, meine Schwester und ich in unseren letzten Momenten glücklich waren.

Nein, ich bin nicht wütend auf Solvig. Eher bin ich enttäuscht von mir selbst, dass ich meine Entstehung und meine Lebensweise bisher nie reflektiert habe.

»Ich vergebe dir«, verkünde ich leise und schenke ihr ein schwaches Lächeln, das sie voller Erleichterung erwidert.

Eine der Schneeflocken, die noch immer um uns herumwirbeln, landet auf meinen Lippen. Sie fühlt sich an wie ein eiskalter Kuss, der mich an die letzte Berührung meines Mundes erinnert.

Leif ist bereit, sein Leben für meines aufs Spiel zu setzen. Der Mann, der in beiden Leben mein Freund und so viel mehr war, will mich um jeden Preis retten. Ich verdiene es nicht.

»Ich werde nicht mit dir kommen«, informiere ich Solvig und trete einen Schritt von der Barriere zurück.

Ihre Augen weiten sich vor Schock.

»Es gibt noch eine andere Möglichkeit, uns zu nähren«, fahre ich fort. »Nachtlilienblüten können uns ebenso mit Magie erfüllen wie menschliche Seelen. Bitte nutze dieses Wissen, gib es weiter und passe auf die anderen auf.«

Genau aus diesem Grund hat Leif die Nachtlilien beim Abendessen erwähnt, wird mir klar. In der Hoffnung, dass die Eisdämoninnen einen anderen Weg finden, zu überleben. Einen besseren.

»Frin, nein!«, protestiert Solvig und streckt die Hände nach mir aus, wird jedoch vom Schutzzauber abgehalten.

Ich schüttle den Kopf. Kurz erwäge ich, zu ihr zu gehen und sie zur neuen Eiskönigin zu krönen, wie Fjora es vor ihrem Tod mit mir gemacht hat. Aber wenn ich die Barriere einmal durchschreite, kann ich nicht zurückkehren. Die Eisdämoninnen werden vorerst ohne Königin überdauern müssen.

»Lebe wohl, Solvig«, verabschiede ich mich und wende mich ab, um zurück zum Schloss zu gehen.

»Frin, ich bitte dich, tu das nicht!«, ruft Solvig mir hinterher.

Ihre Schreie verhallen im Heulen des Sturms, sodass ich ihren Protest bald nicht mehr höre. Ein weiterer Teil von mir zerbricht, als ich mich von der besten Freundin trenne, die ich in diesem Leben kannte.

Ich kann einfach nicht zulassen, dass Leif sich für mich opfert. Meine Gefühle für ihn, die ich noch immer nicht genau definieren kann, sind stark. Aber das ist nicht der einzige Grund, der mich zu diesem Entschluss zwingt. Es ist die Gewissheit darüber, dass er ein guter Mensch ist – und ich nicht. Vielleicht wird Solvig die Eisdämoninnen in eine bessere Zukunft führen, vielleicht nicht. Doch das Blut der Toten wird für immer an unseren Händen kleben. An *meinen* Händen kleben.

Ich bin es nicht wert, gerettet zu werden, und dieser Selbsthass treibt mich bis zu dem Spalt in der Mauer, hinter dem ich Adelaide und Lava erspähe. Mit einem einzigen Gedanken verwandle ich mich in eine Schneeflocke und schwebe hindurch, um auf der anderen Seite in meine Eisdämoninnengestalt zurückzukehren, was beide aufschrecken lässt.

»Frin!«, ruft Adelaide erschrocken aus. »Was machst du hier?«

Ein Blick auf ihre Handschellen und das Metall um Lavas Füße macht deutlich, dass es keine Möglichkeit gibt, sie zu befreien. Selbst wenn ich den Dietrich und Spanner noch hätte, bezweifle ich, dass es mir diesmal gelingen würde, die Schlösser zu knacken.

»Ich kann euch nicht retten«, antworte ich daher. »Aber ich werde euch nicht zurücklassen.«

Mehr sage ich nicht, bevor ich die Augen schließe und vorgebe, zu schlafen. Die Aufforderungen der beiden, zu gehen und mich so selbst zu schützen, ihre Beteuerungen, dass sie ohne mich zurechtkommen werden, prallen an mir ab. Schließlich hören sie auf, auf mich einzureden. Stattdessen diskutieren sie nun die Gründe, die mich zu ihnen zurückgeführt haben. Ich will beinahe meine Tarnung aufgeben und bitter auflachen, als sie überlegen, ob ich wegen Leif bleibe. Offenbar bin ich weit weniger subtil und geheimnisvoll, als ich immer dachte.

Doch ich bin hier, bei ihnen, und Leif ist sicher. Es bleibt mir nichts anderes zu tun, als mich innerlich auf das vorzubereiten, was der nächste Tag bringen wird.

Dunkel wie das Blut

Leif

Eine kalte Brise weckt mich, die mir beinahe wie eine Liebkosung vorkommt. Blinzelnd setze ich mich auf. Das ewige Dunkel des Winters ist bereits etwas lichter, was darauf hindeutet, dass irgendwo außerhalb Askjas die Sonne aufgeht. Im Zwielicht betrachte ich meine Umgebung.

Im Bett befinden sich nur meine Decke und ich, die Kerze ist erloschen, mein Schlafzimmer eiskalt und das Fenster zerbrochen. Eine tiefe Leere erfüllt mich, als ich erkenne, dass Frin fort ist. Gleichzeitig bin ich erleichtert, dass sie geflohen ist. Endlich ist sie frei und kehrt in ihre Heimat zurück. Was bedeutet, dass ich sie vermutlich nie wieder sehen werde.

Mit der Hand streiche ich über das Kissen neben mir, in dem eine Kuhle zeigt, dass in der letzten Nacht noch ein weiterer Körper hier lag. Ich weiß nicht, ob ich einen Rest von Frins nichtexistenter Wärme suche oder etwas anderes. Einen Nachhall von ihr finde ich wohl eher im Schneehaufen vor dem zerbrochenen Fenster. Tatsächlich erfüllt mich eine seltsame Zärtlichkeit, als ich die Schneeflocken betrachte, die der Wind hereinweht.

Was bin ich für ein törichter Narr. Verliebt in eine Eisdämonin, deren Kuss so tödlich ist wie die Klinge meines Schwertes. Doch Frin hat mir mein Leben gelassen, obwohl ich in dieser Nacht ein leichtes und williges Opfer war. Ein Teil von mir bedauert beinahe, dass sie meine Seele nicht geraubt hat. So hätte sie mich wenigstens vor den Konsequenzen meines Handelns bewahrt.

Mein Vater wird toben, und Berion wird mich einen Kopf kürzer machen. Dennoch bereue ich nicht, Frin die Freiheit geschenkt zu haben. Ebenso wenig wie das, was davor zwischen uns geschehen ist. Sie und ich haben keine Zukunft, aber das, was wir geteilt haben, war bittersüß und überwältigend. Diese atemberaubende Nacht wird mich für immer prägen. Ein kurzer Augenblick in der Ewigkeit des Seins, der auf seine Weise perfekt war.

Ich kann nur hoffen, dass ich noch lange nach meiner Zeit in Frins unsterblicher Erinnerung überdauern werde.

Ein Klopfen an der Tür reißt mich aus meinen Gedanken.

»Ser Leif?«, höre ich die panische Stimme Arvids. Scheint, als wäre es so weit.

»Was gibt es?«, frage ich und trotze der Kälte im Raum, indem ich mir schnell meine Lederrüstung überziehe, nachdem ich die Decke zurückgeschlagen habe.

»Der König will Euch sprechen«, antwortet der Junge atemlos. »Sofort.« Zitternd blickt der Laufbursche zu mir auf.

Zeit, sich dem Zorn meines Vaters zu stellen. Ich straffe die Schultern und öffne die Tür.

»Führ mich zu ihm.«

***

Das angsterfüllte Verhalten des Jungen sollte mir alles über den Zustand meines Vaters sagen, was ich wissen muss. Doch als er mich durch die Galerie zum Plateau führt, runzle ich verwirrt die

Stirn. Ich hätte erwartet, dass mein Vater mich im Studierzimmer oder im Thronsaal erwartet, um ein öffentliches Spektakel aus meiner Bestrafung machen zu können. Stattdessen bewege ich mich gerade auf den Ort zu, an dem er die Königinnen der Seelenräuberinnen ermordet hat. Aber wenn mein Vater etwas ist, dann unberechenbar.

Als wir aus dem Schloss treten und ich den Laufburschen mit einer Handbewegung fortschicke, entdecke ich den König im Licht der Fackeln. Er trägt einen feierlichen blauen Brokatmantel und ein Zepter in der Hand, als wäre durch die Krone auf seinem Kopf nicht deutlich genug, welchen Rang er hat. Statt einem erbosten Gesichtsausdruck erhellt überraschenderweise ein zufriedenes Grinsen seine Miene, und er winkt mich zu sich, sobald er mich sieht.

»Da bist du ja endlich«, begrüßt er mich beschwingt. »Ich befürchtete schon, das Ritual verzögert sich deinetwegen.«

Ich runzle die Stirn, denn eigentlich müsste Frins Verschwinden längst aufgefallen sein.

Bevor ich mehr herausfinden kann, öffnet sich die Tür zum Kerker und vier Soldaten tragen den Glaskasten der Sirene aufs Plateau, die wild um sich schaut. Hinter ihr führen zwei Männer die Najade, und danach …

Ich traue meinen Augen kaum. Am Ende der Prozession befindet sich Frin. Ihre Handgelenke stecken in den Messingfesseln, und sie folgt Malt mit gesenktem Kopf.

»Was …?«, entfährt es mir unwillkürlich, ohne dass mich jemand beachtet.

Ich war mir so sicher, dass sie geflohen ist!

Blinzelnd versuche ich mich davon zu überzeugen, dass ich mir ihre Gestalt nur einbilde. Ich habe Frin die Freiheit geschenkt. Mein Fenster war zerbrochen. Alles deutete darauf hin, dass sie fort ist. Aber ihre Anwesenheit belehrt mich eines Besseren.

Als würde sie bemerken, dass ich sie anstarre, hebt Frin den Kopf, und unsere Blicke treffen sich. Der leere Ausdruck in ihren Augen ist erschreckend, dann blinzelt auch sie und hebt trotzig das Kinn. Beinahe, als wolle sie sagen, dass sie aus freien Stücken hier ist. Obwohl das vollkommen unmöglich ist. Oder?

Schließlich habe ich ihr verraten, was der König mit ihr vorhat. Wenn ich nichts dagegen unternehme, wird Frin heute sterben – vor meinen Augen.

Mein Vater bekommt von dem Chaos in meinem Inneren nichts mit. Er ist viel zu beschäftigt damit, den Kriegern Anweisungen zu geben. Auch heute platziert er die Seelenräuberinnen an den Enden des schneeflockenartigen Sterns. Statt sich jedoch wie beim letzten Ritual in dessen Zentrum zu begeben, scheucht er mich mit einer Handbewegung in Richtung des Eisdrachen. Ich hatte beinahe vergessen, dass er ihn heute benötigen wird.

Schluckend folge ich seiner Aufforderung. Während ich fieberhaft darüber nachdenke, wie ich all das hier verhindern kann – ob es überhaupt möglich ist, dieses Ritual noch zu stoppen –, gehe ich zu dem Dutzend Soldaten, das bereits am Gitter der Zelle auf mich wartet.

Im Gegensatz zu den letzten Malen wirft sich der Eisdrache heute nicht wild gegen die Messingstäbe. Auch versucht er nicht, Eisflammen auf uns zu speien. Das riesige Tier scheint beinahe resigniert, wie es in seiner Felsenhöhle auf dem Boden liegt und nicht einmal den Kopf hebt, als ich herantrete. Selbst in diesem Zustand wirkt der Drache wie von einer anderen Welt, majestätischer als der König selbst, und mein Wissen, dass all das hier falsch ist, verstärkt sich.

Doch wenn ich meine Teilnahme verweigere, wird der König andere damit beauftragen, den Drachen zu bändigen, und das Ritual einfach ohne mich durchführen. Frin zu befreien, habe ich bereits versucht, und die anderen hätten keine Möglichkeit, zu gehen. Einen Eisdrachen direkt bei Ask auf freien Fuß zu setzen, wäre ebenfalls undenkbar. Die einzig andere Komponente, die für dieses Ritual unerlässlich ist, ist mein Vater selbst.

Ich brauche nicht zu versuchen, ihn umzustimmen, denn ich weiß, dass es verschwendete Energie ist. Die Hand gegen meinen Vater zu erheben, wäre jedoch Hochverrat. Sämtliche Soldaten im Arkanum würden sich gegen mich stellen und den Versuch im Keim ersticken.

»Ser Leif?«, spricht mich Aren an, offenbar verwundert darüber, dass ich schon viel zu lange vor dem Gitter stehe und den Drachen anstarre.

So lange, dass selbst das Tier es bemerkt hat und inzwischen zurückstarrt.

Mir wird klar, dass ich keine gute Möglichkeit finden werde, all das hier zu beenden. Das Einzige, was mir bleibt, ist, mitzumachen und zu hoffen, dass ich im richtigen Moment eine Eingebung habe.

»Macht euch bereit«, weise ich die Soldaten um mich herum an und ziehe ebenso wie sie ein dickes Seil aus der Tasche, in das Messingsplitter eingearbeitet sind.

Dann gebe ich den Soldaten neben der Zelle das Zeichen, das Fallgitter zu öffnen. Als der Drache merkt, dass sich die Stäbe heben, springt er auf, und sein lautes Brüllen erschüttert das Plateau. Die wenigen noch intakten Ketten, die ihn am Boden halten, bersten. In großen Schritten stürmt er auf uns zu, aber bevor er sich durch die Öffnung zwängen kann, schlüpfen Aren und ich mit einigen anderen hindurch.

Arens Seil verfehlt sein Ziel, ich treffe den Kopf des Drachen, und das Lasso schlingt sich um seinen Hals. Auch einigen der anderen Soldaten gelingt der Wurf. Der Kontakt mit dem Messing schwächt ihn sichtlich und erleichtert es, seinen wütenden Bissen auszuweichen, während wir ihn langsam auf das Plateau ziehen.

Sein stachelbewehrter Schwanz schlägt nach mir, kommt jedoch nicht bei mir an, weil ihm die Kraft zu fehlen scheint. Wieder brüllt der Drache, doch es ist ein kläglicher Laut.

Nun liegt es nicht mehr in meiner Macht, ihn freizulassen, denn die Seile der anderen halten ihn fest. Mit vereinten Kräften zerren wir ihn in die Mitte des dreizackigen Sterns. Dort binden wir die Seile an Ösen im Boden, sodass der Drache sich trotz seines wiederholten Aufbäumens kaum rühren kann.

»Ausgezeichnet«, lobt mein Vater, als ich schließlich mein Seil festgebunden habe und zu ihm zurückkehre.

Ich wische mir den Schweiß von der Stirn, den der Kampf mit dem Drachen trotz der Kälte verursacht hat.

»Nun ist beinahe alles bereit«, fährt der König fort. »Die Seelenräuberinnen an den Enden des Sterns, der Drache in seiner Mitte. Mit dem Tod der vier werde ich sämtliche Magie auf Askja für immer verbannen.«

»Alle Magie?«, echoe ich erschrocken.

Ich weiß, dass sein Hass auf die Magie groß ist und dies schon immer sein Vorhaben war, aber … Ich dachte nicht, dass er das tatsächlich durchzieht. Auch wir Menschen brauchen die Magie Askjas. Schließlich sind wir auf jene im Heimatberg angewiesen, falls die Legende um den Fluch der Eiskönigin nicht stimmt. Die Eisdrachen, die Eisdämoninnen, die Najaden und die Sirenen – all diese Wesen werden ohne Magie sterben. Und vielleicht werden auch wir Menschen zugrunde gehen.

Frins bevorstehender Tod schwebt nach wie vor wie ein Damoklesschwert über mir, doch er ist nicht das Einzige, was mir Sorgen bereitet. Aber es ist zu spät, um meinen Vater aufzuhalten. Noch immer warte ich auf die passende Gelegenheit …

Ohne auf meine Nachfrage zu reagieren, tritt er nach vorn zum Stern und zieht sein Messingschwert. Er ignoriert den sich windenden Eisdrachen und marschiert direkt auf Frin zu.

»Beim letzten Mal habe ich den Fehler gemacht, mich dir und deiner Eiskönigin zuletzt zuzuwenden«, raunt er ihr zu. »Das wird dieses Mal nicht passieren.«

»Mögen die Eisgötter dich verfluchen«, zischt sie zurück und bleckt die Zähne.

Obwohl sie sich sichtlich wehrt, hat sie ihm nichts entgegenzusetzen, als er sie packt und ihr seinen Schwertknauf gegen den Kopf rammt. Ihre Augen verdrehen sich, und sie wird bewusstlos, sodass der König sie stützen muss, um ihren Arm zu heben, ihre Fesseln zu öffnen und sein Schwert an ihren Handgelenken anzusetzen.

»Nein«, hauche ich und will zu ihnen stürzen.

Ich muss irgendetwas unternehmen, egal, was, um das hier zu verhindern. Aber wie aus dem Nichts steht plötzlich Berion neben mir und hält mich fest, um genau das zu verhindern.

»Das ist es nicht wert, Junge«, brummt er.

Ich will ihm widersprechen, erklären, dass Frin mir *alles* wert ist, doch ich bin zu gebannt von dem Anblick vor mir. Ich schaffe es nicht, mich von Berion loszureißen, sehe dabei zu, wie mein Vater Frins Arm einen tiefen Schnitt zufügt. Aus der Wunde tropft schwarzes Blut, das mein Vater in die Rillen des Sterns fließen lässt. Dann schneidet er in ihren anderen Arm und lässt ihren Körper daraufhin zu Boden fallen. Der dumpfe Laut, mit dem sie aufkommt, zerbricht etwas in mir.

»Lass mich los«, befehle ich Berion und stoße den alten Mann von mir.

Doch sobald sich seine Hände von mir lösen, stehen auch schon Aren und Malt neben mir und halten mich zurück.

»Beruhigt Euch, Ser Leif«, bittet Malt voller Verwirrung in der Stimme.

Es ist deutlich, dass er keinen Schimmer hat, was mit mir los ist.

»Die Hexe muss ihn verzaubert haben«, mutmaßt Aren.

Malt stimmt zu, während Berion nachdenklich brummt. Ich habe nur Augen für Frin, die auf dem eisigen Plateau ausblutet. Die schwarze Flüssigkeit füllt den Stern mit jedem Augenblick weiter, bis der gesamte Zacken voll ist. Wie viel Blut kann eine Eisdämonin verlieren, bevor sie stirbt?

Währenddessen widmet mein Vater sich der Najade und der Sirene. Die Najade wehrt sich mit aller Kraft und beißt ihm in den Arm, als er versucht, sie zu fixieren. Der König flucht, kann sie aber überwältigen und schlägt auch sie bewusstlos, um sie ebenso zu Boden sinken und ausbluten zu lassen. Die Sirene dagegen hat ihm kaum etwas entgegenzusetzen, versucht, ihn mit ihrem Fischschwanz zu treffen, was er bloß belächelt. Dann lässt er ihr das gleiche Schicksal zuteilwerden. Anschließend wendet er sich dem Eisdrachen zu, der sich nach wie vor erfolglos gegen seine Fesseln stemmt. Will er das mächtige Tier ebenfalls bewusstlos schlagen? Dafür wird der Knauf seines Schwertes kaum ausreichen …

Das Blut der drei Seelenräuberinnen hat inzwischen den gesamten Stern gefüllt und beginnt bereits, überzuschwappen und über das Plateau zu laufen.

»Lasst mich gehen«, fordere ich die drei Männer hinter mir auf. »Das ist ein Befehl!«

Doch aus dem Augenwinkel sehe ich, wie Berion den Kopf schüttelt, sodass ihr Griff stählern bleibt.

»Ruhig«, murmelt mein Vater, der von alldem nichts mitbekommt, dem Eisdrachen zu.

Er hebt das Zepter, das er noch immer in der anderen Hand trägt, und wispert etwas in einer mir fremden Sprache. Der Drache bäumt sich auf und wehrt sich, bis eine unsichtbare Macht ihn unterwirft. Seine Gegenwehr erlahmt, er wird zu Boden gedrückt, und seine Bewegungen werden langsamer, schließlich wirkt er wie versteinert. Einzig sein Schwanz zuckt schwach, als mein Vater sich zu ihm beugt und mit dem Schwert seine Kehle aufschneidet. Nicht so tief, um das Tier sofort zu töten, nur tief genug, um das eisige weiße Blut daraus hervorquellen zu lassen. Die Flüssigkeit füllt die Rille im Boden, die einen Kreis in der Mitte des Sterns bildet.

Die blau-violetten Augen des Drachen füllen sich mit Schmerz und Resignation, als er sich seinem Schicksal ergibt. Mein Vater beachtet ihn nicht weiter, sondern lässt sich neben ihm auf dem Boden nieder. Er senkt Schwert und Zepter und hebt die Hände, um einen Zauber zu murmeln. Sogar ich kann fühlen, wie eine fremde Macht das Arkanum erfüllt, während die blutgefüllten Rinnen im Stein um ihn zu leuchten beginnen.

Meine Aufmerksamkeit gilt jetzt Frin, deren Gesicht noch bleicher wirkt als sonst, während das Blut aus ihr herausfließt.

Berion beugt sich an mein Ohr.

»Der König hat mir verraten, dass die Ausführung des Zaubers mehrere Minuten dauern wird«, flüstert er. Dann lauter: »Lasst ihn los.«

Aren und Malt gehorchen, und von einem Moment auf den nächsten bin ich frei. Ich habe kaum Zeit, zu verstehen, dass Berion, so unwahrscheinlich es scheint, womöglich doch auf meiner Seite ist. Sofort stürze ich zu Frin, die mit geschlossenen Augen auf dem Stein liegt.

»Frin!«, rufe ich flehend.

Ohne die Eiseskälte des Bodens wahrzunehmen, knie ich mich neben sie und bette ihren Kopf auf meinen Schoß. Ihre Augen sind geschlossen, ihre Brust hebt und senkt sich nur schwach. Verzweiflung erfüllt mich. Ich kann sie nicht verlieren!

»Frin, bleib bei mir«, bitte ich sie.

Ich ziehe ihre schlaffen Handgelenke zu mir, um ihre Verletzungen zu inspizieren. Inzwischen versiegt der Blutfluss langsam. Könnte das bedeuten, dass ihre Wunden verheilen? Ohne die Fesseln ist sie momentan im Vollbesitz ihrer Magie und sollte beinahe alles überstehen … Gleichzeitig habe ich solche Angst, dass es zu spät ist und ihr Körper bereits seine gesamte Energie verloren hat.

Ich bin versucht, ihre Wunden zu verbinden, und weiß gleichzeitig, dass es nichts bringen wird. Wenn mein Vater mit seinem Ritual Erfolg hat, wird sie gemeinsam mit allen anderen Eisdämoninnen sterben. Laut den Theorien meines Vaters bestehen die Seelenräuberinnen aus reiner Magie, und ohne deren Existenz kann sie nicht überleben. Hat Berion mich nur zu ihr gehen lassen, damit ich mich verabschieden kann?

Ich weigere mich, das zu glauben. Erneut gehe ich im Kopf die Möglichkeiten durch und erkenne ohnmächtig, dass ich nichts tun kann. Selbst wenn ich mich jetzt auf meinen Vater stürzen würde, würde ich sein Ritual bestenfalls verzögern. Unweigerlich würde ich ihm, seiner Magie und seinen Soldaten unterliegen.

Ich kann ihn nicht aufhalten, das ist eindeutig. Doch als Frins Lider flattern und sie langsam zu sich kommt, wird mir klar: *Sie* kann es.

Tapfer wie eine Königin

Frin

Mein Bewusstsein kehrt stückweise zurück, wobei ich ein Stöhnen nicht unterdrücken kann. So schwach wie in diesem Moment habe ich mich in meiner ganzen Existenz noch nie gefühlt. Schmerzen dröhnen in meinem Kopf, ziehen durch meine Arme und meinen gesamten Leib. Verwirrende Feuchtigkeit benetzt meine Handgelenke, und der Boden unter mir ist eiskalt: eine Kälte, die ich sonst nur wahrnehmen und dank dem Eis in meinem Blut nie wirklich spüren würde. In diesem Moment jedoch ist sie unangenehm wie nie. Mein Kopf liegt erhöht und auf einem angenehm warmen Untergrund.

Meine letzte Erinnerung ist die an den König, der mir seinen Schwertknauf gegen die Stirn schlägt. Danach … Dunkelheit. Eine Dunkelheit, die sich trotz des Feuerscheins um mich herum wieder ausbreitet und mich erneut zu verschlingen droht.

»Frin«, wispert eine bekannte Stimme neben mir, und eine warme Hand legt sich an meine Wange.

Blinzelnd schlage ich die Augen auf und versuche, etwas zu erkennen. Meine Umgebung ist verschwommen und gewinnt erst allmählich an Schärfe. Über mir erkenne ich Leifs Gesicht. Es ist sein Körper, auf dem ich ruhe. Seine Hand, die über meine Wange streichelt.

»Leif«, krächze ich. »Was ist geschehen?«

Ich versuche, mich aufzusetzen, doch er hält mich mit seiner anderen Hand am Boden.

»Langsam«, mahnt er zärtlich und lächelt schwach. »Du hast viel Blut verloren.«

Das merke ich selbst, denn noch immer ist da diese Dunkelheit am Rande meines Bewusstseins, gegen die ich mich kaum wehren kann. Wenn ich ihr folgen würde – könnte ich jemals wieder aufwachen? Die Bewusstlosigkeit erscheint verlockend, aber ein seltsames Gefühl von Dringlichkeit und der Geruch nach verfaulendem Fleisch halten mich im Hier und Jetzt.

»Was ist passiert?«, frage ich erneut und drehe den Kopf, um wenigstens etwas von meiner Umgebung zu erfassen.

Scharf atme ich ein, als ich zu meiner Linken Lava entdecke, die bewusstlos auf dem Plateau liegt und der das schwarze Blut aus den Armen läuft. Auf der anderen Seite erblicke ich Adelaide, ebenso ohnmächtig und ebenso dabei, auszubluten. Leif stützt meinen Kopf, sodass ich ihn leicht anheben kann und vor mir den Eisdrachen erkenne, dessen violette Augen leblos erscheinen, während weißes Blut aus seiner Kehle strömt. Daneben sitzt der König, die Augen geschlossen. Er murmelt Worte in einer fremden Sprache, die ich dennoch verstehen kann.

»Vernichte die Magie«, wispert er immer wieder vor sich hin, »verwehre den Eisgöttern den Zugang zu unserer Insel. Befreie Askja von den Fängen der Seelenräuberinnen, der Eisdrachen und Trolle. Vernichte die Magie.«

Eine Gänsehaut überzieht meinen Körper.

»Warum bist du nicht geflohen?«, will Leif wissen und lenkt meine Aufmerksamkeit damit zurück auf sich.

Obwohl mein Arm unendlich schwer ist, gelingt es mir, eine Hand an seine Wange zu heben.

»Weil du die Konsequenzen dafür getragen hättest«, antworte ich leise, »und ich es nicht verdient habe, dass andere für mich leiden.«

Vor allem nicht Leif, dem noch so viel in dieser Welt bevorsteht. Ich bin nur ein Monster, er ... Er hat ein Leben, ein menschliches Leben. Er wird eines Tages König werden. Eine Königin krönen, Kinder zeugen. Er wird ohne mich glücklich sein. Für jemanden wie mich ist in seiner Zukunft kein Platz. Noch weniger sollte dort Platz sein für die Bestrafung, die ihm meinetwegen blühen würde.

Leif scheint das anders zu sehen, denn er schüttelt heftig den Kopf.

»Ich wollte, dass du gehst«, presst er hervor. »Egal, was die Konsequenzen sind, ich wollte, dass du lebst!«

»Wir können nicht immer bekommen, was wir wollen«, erwidere ich.

Meine Hand wird zu schwer, sodass ich sie zurück zu Boden fallen lasse. Der Schmerz, mit dem sie auf dem harten Stein aufkommt, berührt mich kaum. Die Dunkelheit am Rande meines Bewusstseins wird größer. Lange werde ich nicht mehr durchhalten.

»Leb wohl, Leif«, wispere ich.

»Nein«, widerspricht er, »du darfst jetzt nicht aufgeben.«

Entschlossenheit tritt in seine Miene. »Hör zu, Frin, dieses Ritual ... Der König will damit sämtliche Magie aus Askja verbannen.«

Sein alarmierter Tonfall lässt mich leicht lächeln.

»Ich weiß«, entgegne ich, was ihn schockiert blinzeln lässt.

Auch wenn ich es nicht wahrhaben will: Ich habe die gemurmelten Worte des Königs verstanden und begriffen, was sie für mich und die anderen magischen Wesen bedeuten. Selbst wenn ich mich jetzt nicht der Ohnmacht ergebe, werde ich mich in Schnee verwandeln, sobald der König seinen Zauber beendet. Ebenso werden Solvig und alle anderen Eisdämoninnen schwinden, die Sirenen werden zu Meerschaum und die Najaden zu Wasserdampf werden. Die Eisdrachen werden nie wieder Feuer speien und nur noch gewöhnliche Raubtiere sein.

Trotz der Zweifel, die ich seit meiner Unterhaltung mit Solvig an meiner Lebensweise habe – dass es so weit kommt und wir alle vernichtet werden, habe ich nicht gewollt. Vielleicht hat Leif recht, und ich hätte fliehen sollen, als ich es konnte. Wenn nicht um meinetwillen, dann für alle anderen: Ohne mich könnte der König dieses verhängnisvolle Ritual nie durchführen.

Die Gelegenheit ist verstrichen, und nun ist es zu spät. Es ist nur eine Frage der Zeit, bis es so weit ist. Das Ende naht, auf die eine oder andere Weise.

»Du musst etwas unternehmen!«, rüttelt Leif mich auf. »Wenn nicht, werden du und alle anderen magischen Wesen Askjas sterben. Die Magie des Heimatbergs wird vergehen, und die Menschen werden verhungern.«

»Sieh mich an«, fordere ich schwach. »Was, denkst du, könnte ich in diesem Zustand unternehmen?«

Und wie kann er es wagen, mir diese Aufgabe auferlegen zu wollen, während ich im Sterben liege? Er trägt ein Schwert an der Hüfte. Wieso ficht er seine Kämpfe nicht selbst aus?

»Ich kann ihn nicht besiegen«, erklärt er. »Aber du … Du bist eine Königin, Frin. Also verhalte dich so!«

Mit diesen Worten beugt er sich zu mir herunter und drückt seine Lippen auf meine. Ich bin so schwach, dass ich sie kaum unterdrücken kann, die Versuchung, diese Berührung zu nutzen. Mir Leifs Seele einzuverleiben, um zu meiner alten Stärke zurückzukehren.

Dann wird mir plötzlich klar, dass es genau das ist, was er beabsichtigt. Obwohl es mich all meine Stärke kostet, löse ich meine Lippen von seinen und drehe den Kopf weg.

»Nein, Leif!«, wehre ich ihn ab. »Wenn ich dich jetzt töte, war alles umsonst.«

Sanft dreht er mein Gesicht wieder zu sich, und seine warmen Augen scheinen bis in die Tiefen meiner Seele zu blicken.

»Es geht nicht mehr nur um dich und mich, Frin.«

Hat Leif recht? Irgendjemand hat mir die Messingfesseln abgenommen. Wenn ich ihm sein Leben nähme, würde meine Kraft zurückkehren. Könnte ich es mit dem König aufnehmen? Die Wellenkönigin und die Nebelkönigin haben es versucht und versagt. Warum sollte mir gelingen, was sie nicht geschafft haben?

Noch immer erwidert Leif entschlossen meinen Blick, und ich gestatte mir, für einen Moment ernsthaft darüber nachzudenken. Egal, ob ich Erfolg habe oder nicht, wäre es nicht meine Pflicht, es zu versuchen? Es stimmt, ich bin die Eiskönigin. Das Leben meines Volkes steht auf dem Spiel, und ich müsste alles tun, um es zu retten. Aber könnte ich dafür Leif aufgeben?

Ich sollte es tun, und doch widerstrebt allein der Gedanke jeder Faser meines Körpers.

»Du warst bereit, für mich zu sterben«, murmelt Leif. »Lass mich dasselbe für dich tun.«

Wieder senkt er seinen Kopf und berührt meinen Mund mit seinem. Einen Augenblick genieße ich den Kuss, seine Nähe, das Glück, das er in mir auslöst und das es mir so unmöglich macht, das Richtige zu tun.

Denn ja, es stimmt, was er sagt. Ich habe die Chance auf einen Versuch, die magischen Völker Askjas zu retten. Und wenn er die Wahrheit über den Heimatberg spricht, liegt selbst das Schicksal der Menschen in meiner Hand. Ich bin es ihnen schuldig, diese Möglichkeit zu nutzen. Leif *will*, dass ich sie nutze.

Doch etwas zerbricht in mir, als ich die Entscheidung treffe. Als ich aus unserem Kuss etwas anderes mache.

Der Hunger in meinem Inneren reagiert wie von selbst, als ich ihm nachgebe. Ein tiefer Sog entsteht in mir, der sich auf Leifs Wärme, auf seine Lebensenergie ausrichtet. Ich fühle, wie seine Seele nachgibt, wie sich die Kraft von seinem Körper löst und über seine Lippen in meinen Leib fließt. Wie sein Herzschlag langsamer wird und schließlich stockt, während ich meine eigene Kraft zurückkehren fühle. Die Schmerzen in meinen Armen lassen ebenso nach wie das Schwächegefühl. Meine Magie kreist in meinem Inneren wie ein mächtiger Sturm. Dennoch würde ich mich am liebsten verkriechen und so lange schluchzen, bis all das hier vorbei ist.

Stattdessen schiebe ich Leifs leblosen Körper sanft von mir. Seine Lippen sind blau, seine Augen geschlossen, und ein Ausdruck der Zufriedenheit erfüllt sein Gesicht, der mich beinahe glauben lässt, er würde schlafen. Ich weiß es besser und kann die Tränen kaum zurückhalten, die meine Augen füllen.

»Die Eiskönigin!«, warnt einer der Soldaten alarmiert, als ich mich erhebe.

Sofort macht er Anstalten, auf mich zuzukommen.

Heute nicht, Menschen. Mit einer Handbewegung erschaffe ich eine Mauer aus Schnee und Eis um den Stern herum, der jegliches Durchkommen unmöglich macht. Ich kann die Rufe der Soldaten dahinter vernehmen, höre, wie sie auf das Eis einschlagen und versuchen, hindurchzukommen. Doch meine Magie ist stärker als ihre menschlichen Waffen. Und die Gegenstände aus Messing, die mir gefährlich werden könnten, scheinen sich hier drin, bei mir, zu befinden.

»Frin«, krächzt Adelaide zu meiner Rechten und lenkt damit meine Aufmerksamkeit auf sich.

Dieselbe Schwäche, die ich eben noch gefühlt habe, dominiert ihre ganze Gestalt, als sie sich auf ihrem Glaskasten aufstützt und zu mir blickt.

»Nimm auch meine Energie«, fordert sie mich leise auf.

Ich will protestieren. Sie hat offensichtlich kaum etwas, das sie mir geben kann, und wenn ich versage …

Wenn ich versage, wird sie so oder so zu Schaum.

»Du brauchst alles, was du bekommen kannst«, meint sie leise. »Lass mich dir helfen.«

Und ich verstehe es. Nicht nur, dass sie recht hat: Ich kann es mir nicht leisten, wählerisch zu sein.

Das ist ihr Beitrag. Das ist die einzige Möglichkeit, mit der sie mir helfen kann, und es ist ihre Entscheidung, diese zu nutzen.

So bleibt mir nur, zu nicken und auf Adelaide zuzugehen. Sie wendet mir das Gesicht zu, sodass ich meine Lippen auf ihre senken kann. Es dauert nur einen Sekundenbruchteil, mir ihre Energie einzuverleiben, dann sackt sie bewusstlos zusammen. Ein Teil von mir fühlt sich schrecklich, einer Freundin das anzutun, doch meine Entschlossenheit überwiegt. Adelaides Opfer, Leifs Opfer – sie dürfen nicht umsonst gewesen sein.

»Frin«, höre ich da Lavas schwache Stimme von der anderen Seite des Sterns.

Sie muss nicht aussprechen, was sie will. Mit wenigen Schritten bin ich bei ihr und nehme ihre Magie ebenfalls an mich. Ihr ohnmächtiger Körper versetzt mir einen Stich ins Herz. Aber ich zwinge mich, nun den König zu fixieren, der wie in Trance neben dem Eisdrachen sitzt und weiterhin seinen Zauberspruch vor sich hin murmelt.

Ob ich ihn überraschen kann? Ich strecke die Hand aus, in der sich mithilfe eines einzigen Gedankens ein Speer aus Eis materialisiert. Bevor ich ihn auf den König schleudern kann, stoppt mich ein Knurren, dass ich selbst im Boden unter meinen Füßen spüre.

Überrascht sehe ich zum Eisdrachen, dem nach wie vor das Blut aus der Kehle tropft. Seine blau-violetten Augen fixieren mich, und er macht wieder dieses Geräusch, das ich schließlich nicht als Knurren, sondern als Aufforderung erkenne.

»Bist du sicher?«, frage ich das eindrucksvolle Tier, und wieder gibt es dieses Geräusch von sich.

Ich bilde mir ein, dass seine Augen bittend wirken. Dass selbst der Drache mich unterstützen will. Kurz frage ich mich, wie ich einem Drachen das Leben rauben soll, doch ich lasse mich von meinem Instinkt leiten und gehe in die Knie. Vorsichtig berühre ich seine Kehle mit meinen Lippen, und der Kontakt mit dem machtvollen Blut raubt mir beinahe die Sinne. So viel Energie habe ich noch nie gespürt, und kurz wundere ich mich darüber, dass wir Eisdämoninnen Menschen und nicht Drachen jagen.

Den Fluss seiner Energie umzuleiten, fällt mir überraschend leicht. Die Blutung an seinem Hals versiegt, während ich fühle, wie seine Kraft zu meiner wird. Wie ich mehr Magie in mir aufnehme, als vermutlich je eine Eisdämonin in sich trug.

Entschlossen wende ich mich dem König zu, dessen Gemurmel in diesem Augenblick lauter wird. Ich spüre, wie eine fremde Macht das Plateau einhüllt, und weiß, dass ich nicht mehr viel Zeit habe. Ohne weiter zu zögern, schleudere ich meinen Speer auf ihn. Atemlos beobachte ich, wie die Waffe durch die Luft segelt. Sollte es wirklich so leicht sein? Niemand ist hier, der ihn schützen, der ihn retten kann. Nur ich und er, der in seiner Trance nicht einmal bemerkt hat, was um ihn herum vor sich geht.

Der Speer hat ihn beinahe erreicht, als die leisen Worte aus seinem Mund unvermittelt abbrechen und er die Augen aufschlägt. In einer fließenden Bewegung springt er auf die Füße und weicht dem Speer aus, der hinter ihm auf dem Boden zerspringt.

»Eisdämonin«, zischt der König und zieht sein Messingschwert.

Ich straffe mich und lasse ein Eisschwert in meiner Hand entstehen, das ich drohend hebe, als er einen Schritt auf mich zutritt. Kurz versuche ich mich am bekannten Verführungszauber der Eisdämoninnen, doch er reagiert nicht im Geringsten darauf. Das bestätigt meine Vermutung, dass er gegen meinen Zauber immun ist. Ansonsten hätte er die anderen Königinnen nie besiegen können.

»Wie kannst du es wagen, dich zwischen mich und meine Pläne zu stellen?«, grollt der König und führt einen Schlag mit dem Schwert aus, dem ich spielerisch ausweiche.

Ich bin eine Eisdämonin. Noch nie in meinem Leben habe ich ein Schwert gehalten, geschweige denn damit gekämpft. Aber Eismagie durchströmt meine Adern, und ich weiß, dass ich mich auf sie verlassen kann.

»Es ist alles andere als anmaßend, dass ich die Vernichtung aller magischen Wesen verhindere«, entgegne ich stolz.

Statt das Schwert zu heben, bringe ich ihn mit einem Windstoß zum Stolpern. Er fängt sich schnell wieder.

»Vermutlich kann man von einem Monster wie dir nicht erwarten, zu verstehen, warum gerade diese für unser Land so essenziell ist«, gibt der König abfällig zurück und rümpft die Nase, bevor er erneut mit dem Schwert nach mir schlägt.

Mit einem flinken Schritt bringe ich mich aus seiner Reichweite und lasse gleichzeitig einen Hügel aus Schnee an der Stelle entstehen, an der ich soeben stand. Der König versteht meine Taktik nicht rechtzeitig und flucht, als er mit dem Schwert im Schnee stecken bleibt. Ein Vorteil, den ich nutzen will. Aber innerhalb eines Sekundenbruchteils hat er das Schwert wieder herausgezogen.

Bei den Eisgöttern. Wie soll ich ihn überwältigen?

»Ich frage mich, wer uns zu diesen Monstern gemacht hat.« Vielleicht kann ich ihn mit Worten aus dem Konzept bringen.

»Früher gab es genügend Magie auf Askja, um uns zu nähren, ohne Jagd auf die Menschen machen zu müssen. Was hat sich geändert?«

Die Ablenkung funktioniert. Der König schnaubt, und sein nächster Schlag ist halbherzig.

»Ihr wart immer Monster und werdet es immer sein. Wenn ich mit meinen Ritualen die Magie auf Askja und damit auch euch geschwächt habe, bereue ich es kein bisschen.«

Nun verstehe ich Solvigs Geschichte besser. Früher mussten wir Eisdämoninnen uns viel seltener nähren – weil wir durch die Magie des Landes gestärkt wurden. Unser Hunger begann erst nach dem Ende meines alten Lebens. Dann, als der König den Tod meiner Schwester vergelten wollte, indem er seinen Rachefeldzug gegen uns und die Magie begann.

Er holt erneut aus, und diesmal schaffe ich es nicht rechtzeitig, auszuweichen. Zwar versuche ich, seine Waffe mit meinem Eisschwert zu blockieren. Doch er schneidet hindurch, als wäre es Butter, und trifft mich am Arm. Fluchend weiche ich zurück und begutachte den Schnitt, der von meinem Blut schwarz gefärbt wird. *Nur ein Kratzer,* überzeuge ich mich selbst.

Mit einem Ruck drehe ich mich zum König und lasse Hagelkörner auf ihn regnen. Den meisten kann er ausweichen, dann trifft ihn eines direkt neben dem Auge, und er stöhnt auf. Es bringt mich auf die Idee, noch mehr Gefrorenes auf ihn niederprasseln zu lassen. Doch bevor ich ihn in einer Lawine aus Schnee begraben kann, attackiert er mich erneut.

»Ob Klara damit einverstanden wäre, dass du ihre Schwester bekämpfst?«, will ich wissen und wirble nach hinten, um seinem nächsten Hieb auszuweichen.

Dabei fällt mein Blick zur Seite auf Leif und seine Waffe, die neben ihm liegt. Mein Eis besteht nicht gegen sein Schwert, aber Stahl kann Stahl aufhalten.

Ich greife nach Leifs Waffe und stelle mich dem König, der hämisch lacht.

»Leif könnte mich vielleicht im Zweikampf besiegen«, gibt er zu. »Aber du ganz sicher nicht.«

Mit diesen Worten greift er an und lässt das Schwert erst zu meiner Linken, dann zu meiner Rechten zu Boden gehen, sodass ich nur im letzten Moment ausweichen kann. Als er ein drittes Mal ausholt, gebe ich meine passive Rolle auf. Leifs Schwert liegt schwer in meiner Hand, und ich hebe es, um zu parieren.

Ich ächze, als seine Waffe hart auf meine trifft. Diesmal, ohne sie zu zerstören. Der König ist stark, aber meine Magie ist stärker. Die Lebensenergien von Leif, von Adelaide, Lava und dem Eisdrachen erfüllen mich mit ungeahnter Körperkraft. So gelingt es mir, seinem Schlag standzuhalten, obwohl es mir mehr abverlangt, als ich erwartet hätte. Er brummt verwirrt, fängt sich jedoch und versucht es nun von der anderen Seite.

Schlag.

Ausweichen.

Schlag.

Parieren.

Schlag.

Ausweichen.

Die Bewegungen des Königs sind so schnell, dass ich nur dank meiner Magie reagieren kann. Es ist wie eine Art Tanz. Doch während ich auf dem Ball mit Leif die Schritte vorausahnen und mich darauf vorbereiten konnte, fehlt mir hier jegliche Intuition. Ich reiße nur das Schwert im letzten Moment hoch oder springe zur Seite und hoffe, nicht getroffen zu werden. Immer wieder muss ich einen Schritt nach hinten machen, um seinem Schwert zu entgehen, und bald merke ich, dass die Eiswand hinter mir bedrohlich näher kommt.

Gerade als ich denke, dass ich mich für eine Anfängerin trotzdem gut mache, lässt der König das Schwert sinken. Er wischt sich den Schweiß von der Stirn: die Gelegenheit, auf die ich gewartet habe. Blitzschnell steche ich mit der Waffe nach ihm, doch er hebt gelangweilt seine eigene. Mit einer drehenden Handbewegung sorgt er dafür, dass ich meine nicht mehr halten kann. Klirrend fällt Leifs Schwert zu Boden.

»Genug mit den Spielchen«, knurrt er, während ich mit meiner Verzweiflung kämpfe.

Ja, ihn mit dem Schwert zu besiegen, war beinahe aussichtslos. Nur, was bleibt mir noch? Er gibt mir nicht die Zeit, darüber nachzudenken, denn ich muss ausweichen, um dem nächsten Schwerthieb zu entgehen. Und dem nächsten.

Als er das dritte Mal angreift, bin ich nicht schnell genug. Wie in Zeitlupe sehe ich das Schwert auf mich zurasen und begreife, dass ich es nicht schaffen werde. Dass dieser Hieb, mit tödlicher Präzision ausgeführt, mein Ende bedeutet.

Es tut mir leid, Leif. Adelaide, Lava, Eisdrache. Eure Opfer waren umsonst.

Meine Magie weigert sich, mein Schicksal zu akzeptieren. Im letzten Moment schickt sie ganz ohne mein Zutun einen Windstoß gegen den König, der ihn zurücktaumeln lässt. Dennoch trifft er mich an der Hüfte, und ich fühle, wie aus dem tiefen Schnitt Blut hervorquillt. Der Schmerz lässt mich aufstöhnen.

»Es ist vorbei, Hexe«, grollt der König, der sich wieder gefangen hat. »Gib endlich auf, und bewahre dir so den letzten Rest deiner Würde.«

Aber was bedeutet Würde, wenn ich ohnehin sterben werde? Ich bin die Einzige, die zwischen ihm und der Vernichtung der Magie steht. Und wie ich soeben gemerkt habe, hat die Magie ihren eigenen Willen. Neue Zuversicht erfüllt mich. Ich muss und werde alles geben, um ihn zu besiegen. Eine würdevolle Hinrichtung interessiert mich nicht.

Hinter mir ist die Eiswand, sodass ich auch nicht weiter ausweichen könnte, selbst wenn die Wunde an meiner Hüfte mich nicht lähmen würde. Mit wenigen Schritten ist der König wieder bei mir. Mir ist inzwischen mehr als klar, dass ich ihn nicht im Zweikampf besiegen kann.

Ich bin eine Eisdämonin, keine Kämpferin.

»Ja, es ist vorbei«, antworte ich dem König, der innehält.

Glaubt er wirklich, ich würde aufgeben? Statt seine Erwartung zu erfüllen, hebe ich die Hand und lasse einen weiteren Windstoß gegen ihn prallen. Und einen weiteren.

Erschrocken konzentriert sich der König darauf, das Gleichgewicht zu halten. Ich lasse Eiszapfen in den Wind einfließen, Hagelkörner, die mit jedem Windstoß auf ihn einprasseln und ihn wanken lassen.

»Lass das!«, fordert der König atemlos.

Er schlägt mit dem Schwert nach mir, verfehlt mich jedoch um Armeslänge, da er zu sehr damit beschäftigt ist, dem Wind und dem Eis standzuhalten. Ich lasse die Eiszapfen größer werden, webe dicke Schneeflocken dazu, die ihn binnen eines Augenblicks durchnässen. Die Kälte verlangsamt seine Bewegungen, und ich kann die Bahn meiner Eisgeschosse präzisieren. Ein Hagelkorn, so groß wie meine Faust, trifft seine Schulter. Ein spitzer Eiszapfen streift seinen Hals. Feuchte Schneeflocken bedecken seine Augen, sodass er nichts mehr sehen kann.

Während er mit den Elementen kämpft, erstarke ich. Meine Magie heilt den Schnitt an meiner Hüfte, sodass ich mich wieder bewegen kann. Ich straffe die Schultern und gehe Schritt für Schritt auf den König zu, der mir kaum noch seine Aufmerksamkeit schenkt. Ich lasse der Magie freien Lauf, gebe jegliche Kontrolle ab und beobachte, wie der Schnee und das Eis ihn in Bedrängnis bringen.

Ein bitteres Lächeln umspielt meine Lippen, als ich erkenne, dass ich es schaffen werde. Der Kampf hat sich zu meinen Gunsten gewendet. Bleibt nur noch, diese *Spielchen,* wie der König meine Gegenwehr nannte, zu beenden.

Mit einem Fingerzucken lasse ich einen Schneeball in meiner Hand entstehen und schleudere ihn nach dem König. Noch im Flug wirke ich mit meiner Magie Eis in das Geschoss ein, vergrößere es, verleihe ihm noch mehr Geschwindigkeit. Als es den König trifft, ist es endgültig um sein Gleichgewicht geschehen. Er taumelt, versucht erfolglos, sich zu fangen, und fällt schließlich zu Boden.

Binnen eines Sekundenbruchteils rufe ich den Schnee zu mir und bedecke seinen gesamten Körper mit einer dicken Schicht, die jegliche Bewegung unmöglich macht. Nur seinen Kopf lasse ich frei, sodass ich weiterhin das wütende Funkeln sehen kann, mit dem er mich anblitzt.

Ich trete neben ihn.

»Die Magie und die Eisdämoninnen sind ein Teil Askjas«, erkläre ich ihm ruhig, beinahe sanft. »Und wir werden es für immer bleiben.«

Bevor er widersprechen kann, knie ich mich nieder und senke meine Lippen auf seine. Gewissensbisse darüber, einem Menschen das Leben zu rauben, melden sich. Aber wenn jemand den Tod verdient hat, dann dieser Mann. Und ich habe nicht vergessen, dass meine Lippen meine tödlichste Waffe sind.

Ich verstärke unseren Kuss, woraufhin auch sein letzter Widerstand schwindet, als ich sein Leben in mich aufnehme. Neue Kraft erfüllt mich, nachdem ich fast all meine Energie für diesen Kampf gegeben habe. Eine menschliche Seele, die mich erstarken lässt.

Als ich schließlich von ihm ablasse, sind die Augen des Königs geschlossen. Derselbe selige Gesichtsausdruck erfüllt sein Gesicht, den jedes unserer Opfer trägt. Mich durchzuckt der Gedanke, dass dieser Tod beinahe zu gut für ihn ist. Doch meine Wut auf ihn schwindet zeitgleich mit den letzten Tropfen seines Lebens.

Er hasste die Eisdämoninnen, hasste mich, und das nicht ohne Grund. Er war zwar mein Feind und Bösewicht in meiner Geschichte. Doch er ist nicht grundlos zu demjenigen geworden, der er heute ist. Der Tod seiner großen Liebe, meiner eigenen Schwester, hat ihn verändert. Beinahe verstehe ich ihn. Vielleicht könnte ich ihm sogar vergeben, jetzt, wo er fort ist.

Sobald ich sicher bin, dass es vorbei ist, erhebe ich mich. Ein einziger Gedanke füllt nun alles in mir aus.

»Leif«, hauche ich.

Ich entdecke seinen leblosen Körper, am Boden liegend, und eile zu ihm. Er ruht direkt neben der von mir beschworenen Eiswand, die an Kraft verliert, da ich sie nicht mehr bewusst verstärke. Der König ist tot, und ich brauche sie nicht mehr.

Leif trägt denselben friedlichen Gesichtsausdruck auf seiner Miene wie der König, und es bricht mir das Herz. Ja, ich habe getan, was er von mir verlangte. Doch was ist der Preis? Leif zu verlieren, erscheint mir als das schlimmste Schicksal, das ich mir vorstellen kann.

Ich schlucke und setze mich neben ihn, um seinen Kopf auf meinen Schoß zu ziehen. Seine Haut ist eiskalt, seine Lippen blau. Kein Lebenszeichen ist an seinem Körper zu erkennen, und der Schmerz in meinem Herzen ist schlimmer als alles, was ich jemals gefühlt habe. Beinahe wünsche ich mir, erneut von ihm und seinen Leuten tagelang durch das Firnisgebirge getrieben zu werden, nur um den Blick aus seinen warmen grünen Augen wieder auf mir zu spüren.

»Nein«, murmle ich. »Nein, nein, nein!«

Ich weigere mich, das hier zu akzeptieren. Weigere mich, Leifs Tod als endgültig hinzunehmen. Ich spüre den Lebensfunken des

Königs deutlicher als je zuvor in mir. Obwohl ich weiß, dass die Chancen schlecht stehen, muss ich versuchen, ihn zu retten. Ich folge dem Impuls und drücke meine Lippen auf Leifs.

Er rührt sich nicht, begegnet meiner Berührung nicht, nimmt meine Magie nicht an. Ich rühre mich nicht und versuche zum ersten Mal in meiner Existenz, den Prozess umzukehren. Statt das Leben eines anderen an mich zu reißen, bringe ich die Energie in meinem Inneren dazu, in die andere Richtung zu fließen. Lasse all meine Kraft, all meine Magie, in Leifs leere Hülle strömen.

Es fühlt sich an, als würde ich meine Magie ins Nichts schicken. Als würde ich all meine Energie in ein tiefes Loch werfen, ohne zu wissen, wo der Boden ist. Ich habe keine Hoffnung, sie je zurückzuerhalten. Für Leif würde ich alles aufgeben.

Mit jedem Wimpernschlag werde ich schwächer, lässt die Kraft in meinen Gliedern nach. Ich sinke neben Leif zu Boden, ohne den Kuss zu unterbrechen. Schlinge die Arme um ihn, während ich merke, dass meine Energiereserve kleiner und kleiner wird. Sie nähert sich einem kritischen Level. Inzwischen wäre es gefährlich, mich in eine Schneeflocke zu verwandeln, da ich nun nicht mehr genug Kraft hätte, mich zurückzuverwandeln. Noch immer rührt Leif sich nicht, also gebe ich noch mehr. Bis ich schließlich weiß, dass der Moment gekommen ist, an dem ich aufhören muss, wenn ich weiterleben will.

Ich habe ihm alle Magie übertragen, die ich geben kann, ohne selbst zugrunde zu gehen. Und doch ist es nicht genug.

Ein verzweifelter Schluchzer entfährt mir.

»Bitte, Leif«, murmle ich an seine eiskalten Lippen.

Ist es wirklich zu spät? Ich weigere mich, das zu glauben. Es darf nicht sein.

Obwohl ich spüre, wie eine tiefe Müdigkeit von mir Besitz ergreift, vertiefe ich unseren Kuss ein letztes Mal. Zwinge den letzten Rest meiner Lebensenergie, der sich verzweifelt an mich klammert, loszulassen und in Leif zu fließen. Damit übertrage ich ihm jeden Tropfen Magie, den ich habe.

Die Dunkelheit ergreift Besitz von meinem Bewusstsein. Im letzten Moment glaube ich, eine Regung in Leifs Körper zu spüren. Dann wird alles schwarz.

Sterblich wie ein Mensch

Leif

Ein tiefer Atemzug, der sich anfühlt wie mein erster. Das stolpernde Klopfen meines Herzens, das seine Aufgabe erst wieder neu lernen muss. Ein schweres Gewicht auf meiner Brust. Eiseskälte, die in meine Glieder sickert.

Mit einem Stöhnen schlage ich die Augen auf und blicke in den grauen Himmel über mir, aus dem nach wie vor die Schneeflocken rieseln. Um mich herum höre ich die aufgebrachten Rufe meiner Soldaten. Vernehme hackende Geräusche, als bearbeite jemand Eis. Mit Erfolg: Mit einem Krachen gibt das Eis der Schneemauer nach, die während meiner Bewusstlosigkeit um mich herum entstanden sein muss. Aren und Malt kommen dahinter zum Vorschein.

Der Gedanke an meine Ohnmacht lässt mich stocken. Ich erinnere mich deutlich an meine letzten wachen Momente, Frins innigen Kuss, auf den nur noch Dunkelheit folgte. Ich habe ihr mein Leben gegeben. Ich sollte tot sein.

Ich hebe den Kopf, und der Schock durchfährt mich wie ein Blitz, als ich Frin entdecke, die bewegungslos auf meiner Brust liegt. Ihre Augen sind geschlossen, ihre Lippen leicht geöffnet. Sie ist eiskalt wie immer, aber irgendetwas sagt mir, dass ihre Kälte jetzt eine andere ist. Ihre weißen Haare, die helle Haut – mit jedem Augenblick sieht sie mehr aus wie eine Schneeskulptur als wie ein lebendes Wesen.

»Frin«, spreche ich sie alarmiert an.

Vorsichtig bette ich ihren Kopf in meinen Schoß, während ich mich aufsetze und versuche, zu verstehen, was geschehen ist. Um mich herum entdecke ich die regungslosen Gestalten der anderen Seelenräuberinnen, des Eisdrachen und die meines Vaters. Sein Anblick trifft mich tiefer, als ich gedacht hätte. Trotz allem war er immer noch mein Vater …

Doch sein leichenblasses Gesicht und die geschlossenen Augen bedeuten, dass Frin erfolgreich war. Sie hat ihn besiegt und dann …

… kam sie zurück zu mir. Irgendwie muss es ihr gelungen sein, mir mein Leben zurückzugeben.

»Nein«, murmle ich entsetzt. Falls dem so ist, war es auf Kosten ihres eigenen.

Ich fahre mit den Fingern über ihre Wange, ihren Hals. Ihr Körper sieht so zerbrechlich aus, dass ich es nicht wage, sie zu bewegen. Verzweifelt senke ich meine Lippen auf ihre, doch nichts geschieht. Ich kann ihr meine Kraft nicht geben, wenn sie sie nicht selbst nimmt.

Da fällt mein Blick auf ihre Hände. Tiefes Entsetzen erfüllt mich, als ich bemerke, dass ihre Fingerspitzen fehlen. Stattdessen rieselt Schnee aus den Resten ihrer Hand, die mit jedem Augenblick kleiner wird.

»Nein!«, rufe ich, und der Laut könnte dem Brüllen eines Eisdrachen Konkurrenz machen.

Doch mit jedem Moment schwindet Frin weiter, und es gibt nichts, womit ich diesen Prozess aufhalten kann.

Nein, nein, nein!

Obwohl ich nicht an sie glaube, flehe ich innerlich die Eisgötter an, ihr zu helfen. Bete, dass all das hier ein Albtraum ist. In Wahrheit sollte ich tot im Schnee liegen, nicht sie, und es wäre mir lieber so.

Aren hat sich inzwischen einen Weg durch die Schneemauer gebahnt.

»Ser Leif!«, ruft er erleichtert. Dann entdeckt er meinen Vater, und seine Augen werden groß.

Hinter ihm drängen weitere Soldaten durch den Durchbruch in der Mauer, während er auf den König zueilt und dessen Lebenszeichen prüft. Berion und Malt dagegen kommen direkt auf mich zu. Der Heerführer legt mir tröstend eine Hand auf die Schulter, als er Frin entdeckt. Malt lässt etwas Abstand zu uns.

»Soll ... Soll ich Euch helfen, sie zu entfernen?«, fragt Malt verunsichert und zuckt dann angesichts meines aufgebrachten Blicks erschrocken zusammen.

Er kann nichts dafür, dass er es nicht versteht.

»Der König ist tot«, verkündet ein Soldat neben Aren, Rune, in diesem Moment und richtet seinen Blick auf mich.

»Lang lebe der König!«, fügt Berion ernst hinzu.

Er drückt meine Schulter, und erst da begreife ich. Frin ist es gelungen, meinen Vater zu besiegen. Das bedeutet, dass Askja einen neuen Herrscher braucht. Ich bin der einzige Nachkomme meines Vaters, sein einziger Erbe. Doch wenn es nach dem Festland geht, werde nicht ich der nächste König sein.

Mir fehlt die Kraft, mich in diesem Moment mit diesem Problem zu befassen. Die Krone ist mir egal. Das Einzige, was zählt, ist Frin. Frin, die ich gerade für immer verliere.

Inzwischen ist ihre Hand vollständig zu Schnee geworden, und die Zersetzung frisst sich weiter ihren Arm hinauf.

»Gibt es denn nichts, das ich tun kann?«, flüstere ich.

Natürlich antwortet sie nicht auf meine Frage. Malt und Berion betrachten mich verständnislos.

Von einem Augenblick zum nächsten wird der Schnee um uns herum dichter. Kurz glaube ich, ein Sturm zieht auf, denn die Flocken wirbeln um uns herum, und der Wind wird stärker. Als aus den Eiskristallen plötzlich dunkelhaarige Frauen werden, begreife ich, was geschieht.

»Eisdämoninnen!«, warnt eine Soldatin erschrocken, und ich höre das metallische Geräusch mehrerer Waffen, die gezogen werden.

»Senkt eure Waffen«, befiehlt Berion, bevor ich es tun kann.

Unwillkürlich ziehe ich Frin enger an mich, während ich die zwanzig Eisdämoninnen beobachte, die mich keines Blickes würdigen. Stattdessen starren sie alle die Dämonin an, die sich direkt neben mir materialisiert hat und die nur Augen für Frin hat. Wie die anderen hat sie nachtschwarzes Haar und dunkle Augen, in denen blankes Entsetzen steht.

»Oh, Frin«, murmelt sie betroffen.

Dann wendet sie sich ihren Schwestern zu.

»Leben die anderen Seelenräuberinnen und der Drache noch? Was ist mit dem König?«, fragt sie.

Prüfend beugen sich einige Dämoninnen aus ihrem Gefolge daraufhin zur Sirene, der Najade und dem Eisdrachen. Aren weicht zurück, als eine von ihnen die Hand an den Hals des Königs legt.

»Der König ist tot«, bestätigt sie das Urteil meines Soldaten.

»Die Najade ist bewusstlos, nicht tot«, fügt eine andere hinzu.

»Die Sirene ist ebenfalls bewusstlos«, wirft die nächste ein.

»Der Eisdrache auch, aber lange hat er nicht mehr zu leben.«

Die Eisdämonin neben mir nickt ernst.

»Frin hat ihnen nur die überschüssige Energie genommen. Wir können sie retten.« Sie lässt den Blick über das Plateau schweifen. »Jede von uns gibt ein bisschen«, fordert sie die Eis-dämoninnen auf. »Die drei magischen Wesen haben unserer Kö-nigin geholfen, den menschlichen König aufzuhalten. Jetzt ist es an uns, sie zu retten.«

Ohne ein Wort des Einspruches folgen die Eisdämoninnen ihrer Anweisung. Eine nach der anderen beugt sich zur Sirene, zur Najade und zum Eisdrachen. Sie hauchen ihnen einen Kuss auf die Lippen. Im Falle des Eisdrachen beugen sie sich zu seiner Kehle. Sobald sie sich wieder aufrichten, ist ihr Haar von grauen Strähnen durchzogen, und ihr Gang ist weniger fließend. Dafür ist deutlich sichtbar, wie die Bewusstlosen erstarken.

Berion hinter mir räuspert sich.

»Hol die Reste des Nachtlilienextrakts«, weist er Malt an, der mit einem Nicken verschwindet.

Die Eisdämonin neben mir, die scheinbar die Anführerin ist, beugt sich zu mir herunter. Als sie die Hand nach Frin ausstreckt, verspüre ich den Impuls, ihren Körper schützend aus der Reich-weite der Fremden zu ziehen. Doch dann wird mir bewusst, dass sie von einer anderen Eisdämonin vermutlich nichts zu befürch-ten hat. Im Gegenteil, vielleicht waren sie sogar Freundinnen, Vertraute. Die andere hat das Recht, sich von Frin zu verabschie-den. Also zwinge ich mich, zuzulassen, dass sie die Hand an Frins leblose Wange legt.

»Oh, Frin«, wiederholt sie leise. »Was hast du getan?«

Ihr Blick wandert zu Frins Armstümpfen und den Schnee-haufen daneben.

Frin antwortet nicht. Es ist an mir, zu erklären, was geschehen ist.

»Sie hat ihr Leben für meines gegeben.«

Kurz wirkt die Eisdämonin überrascht, als hätte sie nicht er-wartet, dass ich sie anspreche. Dann nickt sie ernst.

»Ich weiß«, erwidert sie. »Ich habe es gesehen. Meine Schwestern und ich konnten den Schutzzauber um das Schloss nicht durchbrechen, solange der König lebte. Aber wir haben alles aus der Ferne beobachtet.«

Das erklärt, wieso sie nach dem Tod meines Vaters so schnell hier waren.

Ein lautes Platschen lässt mich aufblicken, und ich entdecke die Sirene, die in ihrem Glaskasten hustend zu sich kommt. Auf der anderen Seite blinzelt die Najade heftig, während sich die Eisdämoninnen von ihr zurückziehen. Ein schweres Atmen zeugt davon, dass sich auch der Eisdrache erholt.

Die Eisdämonin neben mir bemerkt dies ebenfalls, woraufhin ein zufriedenes Lächeln ihr Gesicht durchzuckt. Dann beugt sie sich nach unten und presst ihre Lippen auf Frins.

Natürlich. Ich kann Frin nicht helfen, ihr nichts von meinem Leben geben. Aber sie kann es. So, wie Frin mir meine Energie zurückgegeben hat, wie ihre Schwestern den anderen auf dem Plateau geholfen haben, kann die Dämonin Frin etwas von ihrer Magie übertragen. Hoffnung steigt in mir auf, als ich beobachte, wie das schwarze Haar der Fremden sich langsam grau färbt. Ihre glatte Haut wird faltiger, ihr schwarzes Kleid hängt plötzlich in Fetzen von ihrem Leib. Als sie sich wieder erhebt, ist die eben noch so majestätische Eisdämonin schwach und ausgezehrt.

Frin dagegen wirkt unverändert. Mir wird das Herz schwer, als ich erkenne, dass ihre Arme sich weiterhin in Schnee auflösen. Die Zehen ihrer nackten Füße sind nicht mehr zu erkennen, und auch ihr Haar ist kürzer geworden und wird stattdessen zu Schnee.

Ein Schatten fällt auf mich, und erst jetzt bemerke ich, dass die anderen Eisdämoninnen sowie die Najade sich um uns scharen und alle besorgt Frin betrachten.

»Wir haben nicht mehr viel Energie«, offenbart eine von ihnen sichtlich schluckend. »Doch vielleicht ist es genug?«

Die geschwächte Dämonin schüttelt den Kopf. Mit rauer Stimme verkündet sie: »Nein.«

Sie mustert eine Eisdämonin nach der anderen, dann senkt sie ihren Blick wieder auf Frin.

»Sie hat *alles* gegeben«, fährt sie fort. »Ihre Magie, ihre Kraft, ihren Lebensfunken. Sie hat ihre Existenz aufgegeben. Um Frin zu retten … Ich vermute, wir können sie nur zurückholen, wenn jemand anderes dasselbe opfert.«

Die Worte gehen mir durch und durch. Ich wollte nie, dass Frin für mich stirbt.

»Gib ihr mein Leben«, stolpern die Worte aus meinem Mund, noch bevor ich richtig darüber nachgedacht habe.

»Auf keinen Fall!«, widerspricht Berion, was ihm einen bösen Blick von mir einbringt.

Mir ist egal, was der alte Mann denkt. Ich allein entscheide über mein Leben und darüber, was damit geschieht.

Die Eisdämonin lächelt traurig.

»Selbst wenn du es könntest, Mensch, würde ich es nicht zulassen«, entgegnet sie. »Frin hat sich für dich geopfert. Sie würde nicht wollen, dass du dieses Opfer rückgängig machst.«

Bevor ich protestieren kann, fügt sie hinzu: »Außerdem glaube ich, dass es das Leben einer anderen Eisdämonin braucht, um sie zu retten.«

Mehrere Münder um uns klappen auf, Eisdämoninnen setzen zum Sprechen an. Wollen sie sich etwa freiwillig melden? Würden sie wirklich alle ihr Leben für Frin geben? Ich hatte nicht gewusst, dass ihre Schwestern ihr so nahestehen. Dass die Loyalität der Eisdämoninnen so groß ist, dass sie für Frin sterben würden.

Doch die Eisdämonin neben mir schneidet ihnen das Wort ab.

»Ich werde es tun.« Ihre entschlossene Stimme hallt über das Plateau. Zärtlich sieht sie Frin an. »Einst habe ich ihr Leben genommen«, gesteht sie leise. »Nun ist es an der Zeit, die Schuld zurückzuzahlen.«

»Aber du bist ihre beste Freundin, die rechte Hand unserer neuen Königin. Sie braucht dich«, widerspricht eine andere.

»Sie braucht mich nicht. Und unsere Freundschaft ist nur ein weiterer Grund, es zu tun.« Sie wendet den Blick zu mir. »Sag Frin, dass es mir leidtut, was ich damals getan habe«, weist sie mich an. »Und ... Sag ihr, dass ich es dennoch nicht bereue, denn sonst hätte ich sie nie kennengelernt. Sie war mehr als eine weitere Eisdämonin, mehr als eine Freundin für mich. Sie war meine Schwester.«

Ich nicke wortlos, bevor sie sich erneut zu Frin beugt. Einige der anderen Eisdämoninnen ziehen scharf die Luft ein, während wir gemeinsam beobachten, wie sich eine Dämonin für ihre Schwester opfert. Frins Schicksal vollendet sich nun an der ohnehin schon geschwächten Eisdämonin: Ihr graues Haar löst sich nach und nach zu Schnee auf, ihre Fingerspitzen verschwinden, ebenso ihre Zehen. Von einem Moment auf den nächsten befindet sich statt einer lebendigen Gestalt nur noch Schnee vor mir. Schnee, der vom Wind verweht wird. Schnee, unter dem ich nun Frins Gesicht erblicke.

Zarte Hoffnung breitet sich in mir aus. Frins Haut scheint weniger fragil zu sein, und ich meine, zu erkennen, wie ihre Brust sich langsam hebt und senkt. Ihre Finger sind wieder Finger, keine Schneehaufen mehr, und ihre hellen Haare sind so lang, dass sie bis an ihre Hüfte reichen. Ich strecke die Hand nach ihrem Gesicht aus, kann sehen, wie sie die Stirn runzelt.

Dann, mit einem heftigen Einatmen, schlägt sie die Augen auf.

Starr wie der Frost

Frin

Irgendetwas stimmt nicht.

Ich fühle meinen Atem, meinen Herzschlag. Fühle, wie sich der Schnee unter mir an mich schmiegt. Gleichzeitig habe ich die unumstößliche Gewissheit, dass ich nichts davon spüren sollte. Dass ich tot sein müsste.

Ich schlage die Augen auf, und mein Blick begegnet Leifs, woraufhin ich erleichtert meine Schultern senke. Tränen füllen meine Augen, als ich erkenne, dass es funktioniert hat. Es geht ihm gut, und seine Hand an meiner Wange ist die schönste Berührung, die ich je verspürt habe.

Dann bemerke ich, dass wir nicht allein sind. Hinter Leif steht der Heerführer, der sich sichtlich unwohl fühlt. Lava beugt sich über mich. Und dann sind da noch zahlreiche Eisdämoninnen, die sich aneinanderdrängen, um mich zu sehen.

Ein Lächeln schleicht sich auf mein Gesicht, als ich eine nach der anderen mustere. Lovis, Finnja, Lisra … Sie alle kenne ich schon so lange. Meine Schwestern.

Eine jedoch fehlt.

»Wo ist Solvig?« Meine Stimme hört sich an wie ein Krächzen.

Ein Schatten fällt über das Gesicht der anderen, und für einen Moment schweigen alle, als wagten sie nicht, zu sprechen.

Es ist Leif, der schließlich das Wort ergreift.

»Du hast dein Leben für meines gegeben«, erklärt er mir, was ich ohnehin schon wusste. »Eine andere musste ihres für deines geben, um dich zu retten.«

Ich … Was …? Nein! Entsetzen erfüllt mich, als ich verstehe.

»Ich soll dir sagen, dass es ihr leidtut«, fährt er leise fort. »Und dass du wie eine Schwester für sie warst. Sie hat dich geliebt.«

Und ich habe sie geliebt. Meine beste Freundin, meine stetige Begleiterin, mein Anhaltspunkt in dieser Existenz als Eisdämonin. Sie kann nicht einfach fort sein!

Und doch ist sie es. Ich sehe es in Leifs Augen, in den Gesichtern der anderen Eisdämoninnen.

»Sie sah es als ihre Verantwortung«, fügt Lovis hinzu. »Um wiedergutzumachen, dass sie dich einst tötete.«

»Aber ich habe ihr vergeben!« Meine Stimme ist rau und wund.

Ich kann nicht begreifen, dass sie fort ist. Dass sie sich für mich geopfert haben soll. Es war meine Wahl, genau das für Leif zu tun. Warum konnte sie es nicht dabei belassen?

Vielleicht war es ebenso ihre Entscheidung, ihr Leben für meines zu geben. Ich will es nicht wahrhaben, aber die Realität entspricht nicht meinen Wünschen. Sie ist fort, und das für immer.

Tränen füllen meine Augen, und ich streichle über die Schneeflocken, die auf mir liegen. Das ist alles, was von meiner besten Freundin übrig geblieben ist.

»Warum?«, gebe ich erstickt von mir. »Warum nur, Solvig?«

Der Schnee antwortet nicht. War ihr schlechtes Gewissen so groß, dass sie sich zu dieser Tat verpflichtet gefühlt hat?

»Wir hätten alle unser Leben für deines gegeben«, meint Finnja sanft. »Du bist unsere Königin, Frin, und unsere Freundin.«

Ist es das? War es kein Akt aus Schuldgefühlen, sondern einer aus Liebe? So oder so ist sie fort. Doch mein Herz wird ein wenig leichter bei dem Gedanken, dass sie sich nicht aus falschem Pflichtgefühl geopfert hat. Ich habe aus Liebe schon ähnlich gehandelt. Nicht nur in Bezug auf Leif, auch für Solvig. Wie oft habe ich ihr meine Beute überlassen? Mein Schwinden riskiert, damit sie überlebt?

Dennoch … es ist *Solvig*. Wie soll ich ohne sie weitermachen?

Meine Kehle schnürt sich zu, als die Tränen in meinen Augen überquellen. Solvig, meine Solvig. Meine Mörderin und gleichzeitig die, die mir ein neues Leben ermöglicht hat. Sie hat meine Existenz als Eisdämonin zu einer glücklichen Zeit gemacht. Warum hat niemand sie aufgehalten? Sie war so lange der wichtigste Bezugspunkt in meinem Leben, der Grund, für diese Existenz zu kämpfen. Ich fühle mich so elend, dass ich mich am liebsten neben ihre Überreste in den Schnee legen und ihr nachfolgen möchte. Dann könnte ich mit ihr gemeinsam als Schneeflocke über Askja fliegen.

Da zieht Leif mich in seine Arme, und ich weiß, dass sie nicht mehr der einzige Anker ist, der mich auf Askja hält. Über seine Schulter hinweg entdecke ich Adelaide, die mich traurig ansieht. Lava, die sich in mein Blickfeld schiebt. Die anderen Eisdämoninnen, deren Anführerin ich unfreiwillig geworden bin. Ich schluchze in Leifs Armen, wünsche mir so sehr, bei Solvig zu sein, und weiß gleichzeitig, dass ich bleiben werde.

Ich werde sie jeden Tag meines Lebens vermissen, aber es wird noch lange dauern, bis ich ihr tatsächlich nachfolgen werde. Es gibt noch so vieles, was ich vorher erledigen muss und erleben will. Freundschaften, die ich vertiefen möchte. Eine Liebe, die ich mit Leif ergründen will.

Doch obwohl ich beinahe für ihn gestorben wäre und er für mich, kann es für uns keine Zukunft geben. Dennoch schmiege ich mein tränenüberströmtes Gesicht an seine Brust und lasse zu, dass er mich festhält. Lasse seine Wärme auf mich übergehen und genieße sie, auch wenn sie gefährlich für mich ist. Nicht nur, weil ich eine Eisdämonin bin und die Kälte zum Leben brauche. Auch bringt die falsche Hoffnung mein Herz zum Schmelzen.

Und ich weiß nicht, was eine Eiskönigin mit Liebe statt Eis in ihrem Herzen auf Askja zu suchen hat.

*＊＊

Eine halbe Ewigkeit lang verweile ich in Leifs Armen. Keiner von uns rührt sich, während Berion hinter ihm Befehle brüllt und seine Soldaten mühsam die Eismauer um uns abtragen. Die Eisdämoninnen helfen ihnen ohne Aufforderung, während Lava auf ihrem Stein und Adelaide in ihrem Glaskasten zusammengesunken sind. Sie sind zwar bei Bewusstsein, jedoch nach wie vor geschwächt, bis schließlich einer von Leifs Soldaten mit einem Beutel und mehreren Wasserschläuchen auf dem Plateau erscheint.

»Gib ihnen zuerst etwas«, weist Leif den Mann an und nickt zu meinen beiden Mitgefangenen und dem Eisdrachen.

»Was ist mit dem Sonnentau?«, fragt der Soldat.

Leif schüttelt entschlossen den Kopf.

»Verbrenn alles, was wir haben. Wir brauchen das Kraut nicht mehr.«

Ein Schaudern fährt durch seinen Körper. Mit einem Schniefen weiche ich etwas zurück und bemerke erst jetzt, dass er zittert. Hastig trockne ich meine Tränen, und als ich die Hand an seine Wange lege, merke ich, dass er beinahe so eiskalt ist wie ich.

Obwohl der Steinboden mit Schnee bedeckt ist und ein unnachgiebiger Wind über das Plateau fegt, hat Leif mich an seiner Brust weinen lassen, ohne sich zu rühren. Mein Körper hat ihn kein bisschen gewärmt, sodass er völlig ausgekühlt ist.

»Du musst rein ins Warme«, krächze ich, meine Stimme belegt von den Tränen.

Er will widersprechen, aber der Heerführer verpasst ihm einen Schlag auf den Rücken.

»Es hat lange genug gedauert, bis sie das erkannt hat«, merkt er an. »Jetzt hör auf sie.«

Der alte Mann wirft mir einen Blick zu – eine Mischung aus Anerkennung und Vorsicht. Hatte er zu viel Angst vor mir, um Leif ohne meine Zustimmung reinzuschicken?

»Es geht mir gut«, entgegnet Leif sanft.

Ich schüttle den Kopf. Vorhin habe ich ihm das Leben geraubt. Leif ist durch meinen Kuss den Kältetod gestorben, und das Letzte, was ich will, ist, dass er es durch meine Nachlässigkeit erneut tut. Er muss sich dringend aufwärmen. Außerdem lenkt es mich von Solvig ab, mich um Leif zu kümmern.

»Los jetzt!«, befehle ich und stehe auf.

Etwas gröber als nötig zerre ich an seinem Arm, als er mir nicht direkt gehorcht. Mit einem Seufzer erhebt er sich schließlich, dann schaut er sich um.

»Was machen wir mit ihnen?«, spricht einer seiner Soldaten die Frage aus, die ich auch in Leifs Gesicht lesen kann.

Damit bringt er mich zu der anderen Aufgabe, die Fjora mir ungewollt übertragen hat: Zum einen musste ich den König besiegen. Zum anderen trage ich nun die Verantwortung für meine Schwestern, so wenig ich auch darum gebeten habe.

Leif wendet sich an mich.

»Würdest du ... würdet ihr noch etwas bleiben?«, fragt er, wobei es sich eher anhört wie eine Bitte.

Auch wenn es keinen wirklichen Grund gibt, seiner Bitte

nachzukommen, nicke ich nur. Ich verspüre ebenfalls nicht den Wunsch, zu gehen.

»Führt alle in den Ballsaal«, befiehlt er seinen Soldaten. »Und meinen Vater ...« Er stockt. »... bringt meinen Vater in sein Gemach und ruft einen Priester. Er soll die Vorbereitungen für seine Beerdigung treffen.«

Als Eisdämonin weiß ich nicht genau, welche Riten die Menschen treffen, um einen der Ihren zu beerdigen. Doch irgendetwas sagt mir, dass sie von einem Winterpriester durchgeführt werden. Ebenso wie wir huldigen die Menschen den Eisgöttern, die laut askischen Legenden die Insel erschaffen haben. Ihre Gebräuche unterscheiden sich allerdings völlig von unseren Tänzen im Schnee, und ich meine, dass alle askischen Könige in einem Tempel bestattet werden. Ob das wieder eine Erinnerung aus meinem alten Leben ist?

Ein zustimmendes Raunen geht durch die Reihen der Krieger. Einige bleiben zurück, um den König aus seinem eisigen Grab zu befreien, während ich und die anderen Eisdämoninnen Leif zu einer Tür zum Schloss folgen. Auch Lava, um die herum Dampf aufsteigt, läuft uns hinterher. Ebenso Adelaide, die aus ihrem Glaskasten steigt und ihren Fischschwanz gegen nackte, menschliche Beine tauscht. Jetzt, da ihre Magie nicht mehr unterbunden wird, kann sie sich endlich wieder selbstständig bewegen. Ein Soldat reicht ihr einen Mantel, um ihre Blöße zu verbergen. Ihre Schritte sind unsicher, als wäre sie das Gehen nicht gewohnt, und ich weise Lisra an, sie zu stützen.

Ich höre einige der Eisdämoninnen flüstern, als wir die Galerie betreten und sie das Gemälde meiner Familie entdecken. Nun weiß ich endlich, wohin die Hoffnung verheißende Tür führte. Wenn ich Leif in der Galerie entkommen wäre, hätte ich nur auf das Plateau flüchten können, von dem aus es keinen weiteren Ausgang gibt. Mein Plan war von Anfang an zum Scheitern verurteilt.

In diesem Moment ist das Letzte, was ich will, vor Leif zu fliehen. Zwar sehe ich die Skepsis und das Misstrauen in den Gesichtern der Eisdämoninnen, und auch in denen von Lava und Adelaide. Doch ich weiß es besser. Ich würde Leif mein Leben anvertrauen. *Habe* ihm bereits mein Leben anvertraut.

Tatsächlich bringt er uns in den Ballsaal, in dem wir Seelenräuberinnen so fehl am Platz wirken, und lässt uns dort von seinen Soldaten Stühle bringen. Ich muss angesichts der irritierten Gesichtsausdrücke der Dämoninnen beinahe lachen, denn die meisten wissen nicht, was sie damit anfangen sollen. Ich mache vor, wie man einen Stuhl benutzt. Einige beäugen die Möbelstücke skeptisch, aber die meisten folgen meinem Beispiel. Auch Leif setzt sich. Der Heerführer bringt ihm eine Decke, die er zögernd annimmt. Ein schlechtes Gewissen durchzuckt mich, weil ich so wenig an sein Wohlergehen gedacht habe.

Ich bin so abgelenkt von anderen Dingen.

Beim Gedanken an Solvig werden meine Augen feucht. Schnell blinzle ich die Tränen weg und verschiebe die Trauer auf später.

Einer der Soldaten führt den Eisdrachen in den Saal. Das Tier brummt und verhält sich überraschend friedlich, während es langsam ein Bein vor das andere setzt. Offensichtlich ist es noch immer geschwächt.

Der Mann mit dem Nachtlilienextrakt kommt auf Leif zu.

»Was ist mit dem Rest?«, will er wissen.

Leif nimmt ihm den Beutel und einen Trinkschlauch ab und legt beides in meinen Schoß.

»Entscheide du«, beschließt er. »Eine Prise genügt, um einen Trinkschlauch mit Magie zu füllen, der drei Seelenräuberinnen nährt.«

Überrascht sehe ich von ihm zum Beutel, der größer als meine Faust und voll mit getrockneten schwarzen Blüten ist. Das ist also das Nachtlilienextrakt, mit dem er mich und die anderen genährt hat. Es ist nach wie vor so viel. Wie lange werde ich die Eisdämoninnen damit ernähren können? Jetzt, wo der König tot ist, ist die Macht seiner Rituale gebrochen. Die Magie kann auf Askja wieder frei fließen, wodurch wir sicher weniger davon zum Überleben benötigen. Eine Zukunft ohne Jagd und Tod tut sich vor mir auf, und sie kommt mir beinahe wie eine Illusion vor, so schön ist sie. Ich werfe einen Blick zu Lava und Adelaide, die hungrig auf das Säckchen in meinem Schoß starren. Sie haben ebenfalls ein Anrecht auf den Inhalt. Aber selbst wenn wir es unter unseren drei Völkern aufteilen, wird es noch lange reichen. Außerdem können wir uns selbst auf die Suche nach den Nachtlilien begeben, die im Firnisgebirge blühen. Sie sind selten, aber wenn so wenig so viel bewirkt …

Doch können wir Eisdämoninnen unsere Lebensweise wirklich aufgeben? Wir sind Raubtiere, Jägerinnen. Keine Schafe, die sich von Pflanzen und Wasser ernähren, sondern Wölfe. Selbst wenn wir laut Solvigs Erzählungen nur selten Leben nehmen müssen, ist die Jagd ein Teil von uns.

»Ich habe euch gebeten, zu bleiben, damit wir gemeinsam entscheiden, wie es weitergeht«, richtet Leif das Wort an uns alle.

Meine Schwestern ziehen irritiert die Brauen zusammen, während Lava verächtlich schnaubt.

»Ein Mensch, den unsere Meinung interessiert?«, fragt sie spöttisch. »Nicht nur, dass es das erste Mal wäre. Es steht dir auch nicht zu, zu wissen oder gar Einfluss zu nehmen, was wir entscheiden.«

Leif nickt mit ernstem Gesichtsausdruck.

»Es stimmt, eure Entscheidung geht mich nichts an«, gibt er zu. »Dennoch möchte ich jegliche Unterstützung anbieten, die ich kann. Das, und …«

Er holt tief Luft.

»… und ich möchte mich entschuldigen. Was mein Vater, was *wir* getan haben, war nicht richtig. Ich hätte ihn früher aufhalten müssen, es wäre unser aller Pflicht gewesen.«

Er lässt einen Blick über die Runde schweifen und fixiert die Soldaten, die verwirrt und gleichzeitig schuldbewusst zu sein scheinen.

»Ihr und die Magie seid ein Teil Askjas«, fährt er fort. »Ich verspreche, dass das nie wieder infrage gestellt werden wird.«

Lava spitzt abfällig die Lippen, wirkt jedoch etwas besänftigt.

»Ich werde zwei Delegationen abstellen, um dich und Adelaide zurück in eure Heimat zu begleiten«, erklärt er weiter.

Kurz scheinen beide überrascht, dass er ihre Namen kennt. Adelaide schnaubt.

»Menschliche Delegationen?«, hakt sie nach. »Können wir ihnen vertrauen?«

Leif können sie vertrauen, bei den anderen Menschen bin ich mir selbst nicht so sicher.

»Einige meiner Eisdämoninnen werden ebenfalls mit euch reisen«, werfe ich ein. »Sie werden sichergehen, dass sich alle an die Abmachung halten.«

Diesmal fixiere ich die anwesenden Menschen. Einige schlucken sichtlich, während Leif mir einen dankbaren Blick für meine Worte zuwirft. Und obwohl Najaden und Eisdämoninnen eigentlich Erzfeindinnen sind, obwohl wir mit den Sirenen nie viel zu tun hatten, vertrauen Lava und Adelaide mir. Beide neigen zufrieden den Kopf.

Ein Brüllen lässt uns zum Eisdrachen sehen, der offensichtlich nicht vergessen werden will. Unruhig verlagert er das Gewicht von einem Bein auf die anderen. Zwar wirkt er nicht aggressiv, aber die Menschen um ihn herum treten dennoch einige Schritte zurück.

Ich nehme den Trinkschlauch und gebe eine großzügige Portion getrockneter Blüten hinein, bevor ich ihn Lovis überreiche.

Auch sie scheint Respekt vor dem Tier zu haben, nickt jedoch und geht dann zu ihm, um ihm das Wasser einzuflößen.

»Lass ihn frei«, fordere ich Leif auf. »Er findet selbst nach Hause.«

Der Drache brummt zustimmend. Leif scheint weniger überzeugt.

»Ihn freilassen, hier, direkt bei Ask?« Die Sorge in seiner Stimme ist nicht zu überhören.

Ich verdrehe die Augen. »Er interessiert sich nicht für deine Menschenstadt. Lass ihn gehen.«

Er zögert, doch mein fester Blick überzeugt ihn schließlich.

»In Ordnung«, stimmt er zu und bedeutet einigen Soldaten, den Befehl auszuführen.

Ich schicke zwei meiner Eisdämoninnen hinterher, die sicherstellen sollen, dass die Soldaten sich daran halten, was ihnen aufgetragen wurde. Ich habe Adelaides Einwand noch immer im Kopf. Dann wende ich mich Leif zu. Die Wärme in seinen grünen Augen trifft mich tief und droht wieder einmal, mir das Herz zu schmelzen. Gerade darf ich aber nicht vergessen, dass ich die Eiskönigin bin. Und in diesem Moment spreche ich nicht als Frin, sondern als Königin zu ihm.

»Danke, dass du uns deine Hilfe anbietest. Wir brauchen sie nicht. Die Nachtlilien werden uns unterstützen, und es ist gut, wenn ihr Lava und Adelaide nach Hause bringt. Aber unsere Zukunft, die Zukunft der magischen Wesen auf dieser Insel, obliegt einzig uns. Menschliche Einflüsse haben darin keinen Platz.«

Unmerklich zuckt er zusammen, wie auch mein Herz es tut. Denn genau genommen bedeutet es auch, dass er keinen Platz in meiner Zukunft hat. Ich weiß, dass die Entscheidung richtig ist, und dennoch schmerzt es, die Worte auszusprechen.

Ihm bleibt nichts anderes, als meinen Beschluss zu akzeptieren.

»Ich verstehe«, erwidert er, als sich plötzlich die Tür zum Ballsaal öffnet und eine Soldatin auf ihn zustürmt.

»Ser Leif!«, ruft sie aus und stockt dann. »Ich meine, Prinz Leif. Eure Majestät …«

Ihr Stottern lässt mich die Augen verdrehen, doch endlich fährt sie fort: »Rune ist verschwunden, ebenso wie der kaiserliche Botschafter.«

Ich kann die Verwirrung in Leifs Augen sehen. Der Blick des Heerführers hingegen verdüstert sich sofort, und er flucht.

»Rune war schon länger ein Handlanger des Botschafters«, erklärt er auf Leifs fragenden Blick. »Er wird ihm berichten, was im Arkanum geschehen ist.«

Umfassend wie die Magie

Leif

Berions Worte sind ein Schock für mich.

»Rune war ein myredelischer Spion?«, frage ich nach. »Du wusstest davon und hast es mir nicht berichtet?«

Ein harter Zug legt sich um die Lippen des Heerführers. »Es gab dringendere Angelegenheiten, um die du dich kümmern musstest.«

Verärgert verschränke ich die Arme. Ich dachte, Berion und ich haben die gleichen Pläne und Ziele. Vor allem nahm ich an, dass wir einander vertrauen können und keine Geheimnisse zwischen uns liegen. Ein Verrat in den eigenen Reihen … Darüber hätte ich Bescheid wissen müssen.

»Es war nicht an dir, das zu entscheiden.«

Der Heerführer hält meinem Blick stand, und ich sehe keinen Funken Reue darin. Dann senkt er den Kopf.

»Jawohl, Eure Majestät.«

Ich verspüre das seltsame Bedürfnis, zu lachen. Dass er ausgerechnet jetzt auf meine Position hinweisen und Demut vorgeben will …

»Nenn mich nicht so«, fahre ich ihn an. »Du magst es dir wünschen, aber ich werde niemals König sein.«

Meine Legitimation stand noch aus, als Frin meinem Vater das Leben nahm. Ohne ihn habe ich keine Möglichkeit, diese zu beantragen, geschweige denn den Kaiser zu überzeugen, ihr stattzugeben. All meine Pläne für Askja, die Zukunft, die ich mir für mich und dieses Reich erhofft habe … All das ist mit meinem Vater gestorben. Dennoch bereue ich nicht, Frin geholfen zu haben, ihn zu töten.

Ich begegne ihrem verwirrten Blick und nehme ihre kalte Hand in meine. Es ist seltsam: Vor einigen Wochen wäre ich vor ihrer Berührung zurückgeschreckt, hätte das Eis in ihren Adern abgelehnt und mich um jeden Preis von ihresgleichen ferngehalten. Jetzt fühle ich die Kälte ihres Körpers und kann mir nichts Begehrenswerteres vorstellen, als ihr nahe zu sein. Die Erinnerung an diese kühlen Finger auf meiner Haut, an das Vertrauen und die Zuneigung in ihren schönen Augen verschlägt mir beinahe den Atem.

Obwohl ein Teil von mir bedauert, die Chance auf den Thron verspielt zu haben, fühle ich mich zugleich seltsam frei. Frin ist eine Eisdämonin und wird in die Tiefen des Firnisgebirges zurückkehren. Nun halten mich keine Verpflichtungen am Hofe davon ab, ihr zu folgen. Wenn sie es zulässt … Sie kommt aus einer anderen Welt. Einer Welt voll von Eis und Schnee, und ich weiß nicht, ob darin Platz für meine Menschlichkeit ist. Doch ich muss es herausfinden …

»Du wirst König werden«, brummt Berion entschlossen. »Und wenn ich dafür in den Krieg ziehen muss.«

Das reißt mich aus meinen Gedanken.

»Wir können nicht gegen das Kaiserreich kämpfen«, erinnere ich ihn. »Askja hätte keine Chance gegen die Legionen an Soldaten, die sie auf dem Festland ausbilden. Es ist aussichtslos.«

»Du bist der Sohn des Königs«, merkt Frin sanft an. »Würden sie wirklich einen anderen krönen?«

Dass der Einwand ausgerechnet von ihr kommt …

»Der Kaiser hat den Inquisitor zum Nachfolger meines Vaters ernannt«, erkläre ich. »Zwar wollte der König mich legitimieren, aber das ist noch nicht geschehen. Es ist unwahrscheinlich, dass der Kaiser seine Meinung ändert. Schließlich ist der Inquisitor seine treue Marionette, und er wird ihn als König Askjas bevorzugen.« Ich seufze. »Sobald der Botschafter ihm vom Tod meines Vaters berichtet, wird der Inquisitor sich auf den Weg hierhermachen und seine Krönung planen. Die kaiserlichen Truppen werden ihn begleiten. Den Inquisitor als Thronfolger anzuerkennen, ist der einzige Weg, einen unnützen Krieg zu vermeiden.«

»Aber was geschieht dann mit dir?«, will Frin wissen.

Ich zucke mit den Achseln. Die Aussicht, ihr zu folgen, wohin auch immer sie geht, erscheint mir mit jedem Augenblick verlockender. Doch das ist etwas, das ich mit ihr unter vier Augen besprechen sollte, nicht in diesem Saal voller Zuhörerinnen und Zuhörer. Erst muss ich herausfinden, was sie davon hält …

»Der Inquisitor wird das Risiko nicht eingehen, dass ein weiterer Anwärter auf Askjas Thron lebt«, antwortet Berion an meiner Stelle. »Leif könnte das Volk unter sich vereinen und gegen das Kaiserreich rebellieren. Selbst wenn Leif das Gegenteil schwört, wird der Inquisitor es nicht darauf ankommen lassen. Sie werden einen Vorwand finden, Zeugen und Beweise auftreiben, die bestätigen, dass Leif Hochverrat begehen wollte. Dann werden sie ihn hängen.«

Ich kann die Wahrheit in Berions Worten nicht verleugnen. Futter für diesen Plan habe ich dem Kaiserreich bereits geliefert. Denn Rune wird sicher nicht unterschlagen, welche Rolle ich beim Tod meines Vaters gespielt habe. Ich habe Frin bei seinem Mord unterstützt, den Tod meines Königs bewusst zugelassen.

Hochverrat und Vatermord. Mehr als genug, um mich zu verurteilen. Aber was ist mein Leben schon wert, im Vergleich zu einer friedlichen Zukunft für Askja? Ich will keinen Krieg auslösen, indem ich mich gegen den Willen des Kaiserreichs krönen lasse.

»Sie werden dich töten?«, echot Frin erschrocken.

Ich streiche ihr beruhigend über den Arm.

»Nein, denn ich werde nicht bleiben, um das zuzulassen. Ich werde untertauchen, an einen Ort gehen, an dem sie mich nie finden werden.« Mehr will ich nicht andeuten. »Aber ich werde nicht zulassen, dass Askja meinetwegen kämpft und verliert.«

Ein wütendes Schnauben erinnert mich daran, dass nicht nur Frin, Berion und ich uns in diesem Raum befinden.

»Das heißt, deine Versprechen sind nicht mehr als hohle Worte«, stößt die Najade anklagend aus. »Du hast eben noch geschworen, die Magie auf Askja werde nie mehr infrage gestellt, wir für immer geschützt? Du wirst nicht König und hast keine Autorität, für die Menschen zu sprechen. Oder wird dieser Inquisitor uns in Ruhe lassen?«

Eine unheimliche Stille senkt sich über den Saal, keiner bewegt sich, als uns die Ausmaße ihrer Frage bewusst werden. Ihre Frage ist berechtigt, und ich kenne die Antwort.

»Der Inquisitor wird uns weiter jagen«, spricht Frin meine Gedanken leise aus. »Er wird nicht ruhen, ehe er nicht vollendet hat, was der König begann. Bis sämtliche Magie auf Askja ausgelöscht ist und wir mit ihr.«

Entsetzt sehe ich von ihr zu den anderen Seelenräuberinnen um uns. Es stimmt, sie werden weiter gejagt werden. Wieder und wieder, ohne Unterlass, denn der Magiehass des Festlands ist zu stark, um sie am Leben zu lassen. Der Inquisitor wird einen Weg finden, die Magie auf Askja zu zerstören. Gegen das Kaiserreich kann Askja nur unterliegen, sie sind schlicht zu stark. Und die

Folgen werden weitreichend sein: Weder die magischen Wesen werden dies überleben noch wir Menschen. Denn ohne die Magie wird der Heimatberg uns nicht mehr ernähren können. Das Bild der verheißungsvollen Zukunft, in dem ich mit Frin in den Eisbergen lebe, verblasst. Egal, welchen Weg wir wählen, es gibt keine Zukunft für uns. Weder für die Eisdämoninnen, die Najaden, die Sirenen noch für die Menschen.

Ich weiß nicht, was ich sagen oder wie ich entscheiden soll, und das Schweigen im Saal wird mit jedem Moment undurchdringlicher. Erbitterter. Der böse Blick, mit dem mich die Najade durchbohrt, ist deutlich spürbar. Sogar den Eisdämoninnen scheint unwohl zu sein. Immer wieder sehen sie mich ablehnend an, obwohl Frins Hand nach wie vor in meiner ruht. Vielleicht gerade deshalb.

Das Seufzen, das die Sirene von sich gibt, hallt im ganzen Saal wider. »Es gibt einen Weg«, offenbart sie ruhig. »Eine Möglichkeit, all das aufzuhalten.«

Ich hatte sie beinahe vergessen. Nahtlos reiht sie sich trotz ihrem hellen Haar und ohne den Glaskasten in die Riege der Eisdämoninnen ein.

»Askja ist vom Festland unabhängig, oder?«, fragt sie. »Theoretisch braucht ihr Myredal nicht, um zu überleben. Eure Landwirtschaft ist nachhaltig, eure Lebensweise nicht auf den Handel ausgelegt.«

Ich bin zu verwirrt, um etwas zu entgegnen, obwohl sie mich direkt ansieht.

»Ja, das ist richtig«, bestätigt Berion.

»Dachte ich mir«, meint sie, und ihre Mundwinkel heben sich. »Schließlich haben wir auf euren Schiffen nie etwas anderes als Felle und Schmuck gefunden.«

Ich verstehe nicht, worauf sie hinauswill. Will sie uns bloß daran erinnern, warum ein Teil unserer Schiffe nie zurückkehrt?

»Daina hat immer viel mit ihrer Magie experimentiert«, berichtet sie, und ich habe keine Ahnung, von was oder wem sie spricht. »Sie trug so viel Macht in sich, dass sie stets nach einem Weg suchte, diese zu nutzen. Um uns das Leben zu erleichtern.«

»Sie war eine gute Königin«, bemerkt die Najade so sanft, wie ich es von ihr noch nicht erlebt habe.

Sie sprechen also von der Wellenkönigin …

»Schon seit Jahren hatte sie eine Theorie«, fährt sie fort. »Die Idee für einen Zauber, der mächtiger ist als alles andere zuvor. Doch diese Idee ist nur umsetzbar, wenn sich Najaden, Eisdämoninnen und Sirenen auf wundersame Weise vertragen und zusammenarbeiten würden. Sie entsann einen Zauber, der es mit der Magie aller drei Völker schaffen würde, diese Insel vollkommen von der Außenwelt abzuschneiden. Es ging darum, Askja abzuschirmen. Für immer.«

Es hört sich zu gut an, um wahr zu sein.

»Ich war eine der wenigen, der sie von dieser unglaublichen Vision erzählte. Wir nahmen an, dass es nie die Notwendigkeit für einen derartigen Schritt geben würde. Auch waren wir uns sicher, dass sich die Möglichkeit dazu nie bieten würde, schließlich hatten wir die Eisdämoninnen immer nur von Weitem gesehen und nie eine Najade vom Meer aus erblickt. Vielleicht ist nun der Augenblick gekommen, ihre Idee auszuprobieren.«

»Wie?«, will ich wissen und wage doch kaum, zu hoffen.

Es klingt vollkommen abwegig und dennoch so vielversprechend. Eine Chance für Askja, ohne das Festland, ohne das Kaiserreich zu leben, würde uns von so vielen Problemen befreien. Wir zahlen seit etlichen Jahren Tribut, beugen uns den kaiserlichen Regeln.

»Daina vermutete, dass die drei Völker gemeinsam einen undurchdringlichen Sturm erschaffen könnten«, erklärt die Sirene. »Er würde es jedem Schiff und jeder Armee unmöglich machen, diesen Sturm zu durchqueren. So wäre Askja vor der Außenwelt geschützt.«

Ihre Worte malen ein Bild von Freiheit. Ich kenne die Magie der Seelenräuberinnen, weiß, wie stark sie ist. Trotzdem zweifle ich, dass das möglich ist.

Viel wichtiger ist die Frage, ob wir das wollen. Askja würde sich in eine selbst auferlegte Isolation begeben, von den Landkarten verschwinden und für alle unzugänglich werden. Doch was hat uns das Festland jemals gegeben?

Ich könnte noch immer König werden. All die Pläne, die ich für Askja hatte, könnte ich dann durchführen. Ich könnte mein Volk in ein besseres Leben führen, ohne Tribute, ohne fremde Mitbestimmung.

Berion ist die Zustimmung zu diesem Plan deutlich anzumerken. Diesmal wagt er es jedoch nicht, an meiner Stelle zu antworten. Alle Menschen im Raum richten ihre Blicke auf mich und warten ab, während ich die Option abwäge. Während ich zögere, zweifle und dennoch bereits weiß, dass es nur eine richtige Antwort gibt.

»Ihr würdet uns damit einen großen Gefallen erweisen«, beschließe ich schließlich. »Würdet ihr das denn tun?«

Frin und die anderen beiden Seelenräuberinnen tauschen einen Blick.

»Wir machen das nicht für euch«, entgegnet die Sirene, »sondern für uns. Wir werden die Menschen auf Askja schützen, ja. Aber wir verhindern damit vor allem, dass je wieder eine Seelenräuberin erleben muss, was wir durchgemacht haben. Wenn du uns dein Wort gibst, dass wir von den Deinen nichts zu befürchten haben, werden wir dafür sorgen, dass von außen keine Gefahr mehr besteht. Dass wir in Frieden leben können.«

»Frieden«, wiederhole ich.

Ein schöner Gedanke.

Mein bestätigendes Nicken genügt, damit Frin sich erhebt und zur Sirene geht. Auch die Najade begibt sich an ihre Seite.

»Wir müssen zurück zum Arkanum«, verkündet die Sirene, und für einen Moment kommt mein Herz ins Stocken.

Vor wenigen Augenblicken lag dort noch die Leiche meines Vaters. Dieser Ort ist mit so viel Entsetzen verbunden. Doch vielleicht, ganz vielleicht, wird er auch bald die Hoffnung auf einen Neuanfang symbolisieren.

Gebrochen wie das Herz

Frin

Nie hätte ich gedacht, dass ich mich einmal freiwillig in die Zacke des Sterns auf dem Plateau begeben würde. Die Polarlichter färben den Himmel violett und rot, das Eis um uns spiegelt seine Farben. Ein scharfer Wind lässt mich aufatmen, denn er erinnert mich an die Weiten Askjas.

Das getrocknete Blut, das die Ränder des Sterns färbt, wirkt bei diesem Licht noch bedrohlicher. Schwarz in den Zacken, silbrig-weiß im Kreis in der Mitte. Stille Mahnungen des menschlichen Machthungers und eine Erinnerung an all das, was hier geschehen ist. An Fjoras Tod. Daran, dass Leif, Lava, Adelaide und der Eisdrache beinahe ihr Leben gegeben hätten. An den Kampf, den ich durchgestanden habe. Daran, dass Solvig sich hier für mich geopfert hat, erinnert nicht einmal mehr ein Schneehaufen.

Diesmal wurde ich nicht von Soldaten hergeführt, sondern bin aus eigenem Antrieb hier. Freiwillig kehre ich an diesen schrecklichen Ort zurück.

»Gebt mir eure Hände«, fordert Adelaide uns auf.

Sie und Lava scheinen ähnliche Gedanken wie ich zu haben, dem verstörten Ausdruck in ihren Augen nach zu urteilen.

Aber sowohl die Najade als auch ich gehorchen. Wir kommen zur Mitte des Sterns und reichen Adelaide die Hand, bevor wir unsere Finger miteinander verschränken. So stehen wir drei am Rand des Kreises in der Mitte des Sterns und halten uns gegenseitig fest.

Leif und seine Krieger beobachten uns ebenso wie die Eisdämoninnen aus sicherer Entfernung, während Adelaide uns das Ritual erklärt.

»Habt ihr verstanden?«

Lava und ich neigen zustimmend den Kopf.

Adelaide hebt die Stimme. »Askja«, ruft sie über das Arkanum. »Meeresgötter, Eisgötter, Hitzegötter. Hört uns und helft uns.«

»Gewährt uns euer Eis«, bitte ich ebenso laut.

»Gewährt uns euren Nebel«, fährt Lava fort.

»Gewährt uns eure Wellen«, endet Adelaide.

Wir wiederholen die Worte, diesmal nicht auf Askisch, sondern mit den seltsamen Lauten, die Adelaide uns beigebracht hat. Die Sprache der Magie. Die Sprache der Götter, die sich anfühlt, als kenne ich sie schon immer, während sie mir gleichzeitig völlig fremd erscheint.

»Um Askja zu schützen, bitten wir um eure Kräfte«, verkündet Adelaide in ebendieser Sprache. »Verbindet unsere Magie mit dem Land, mit der See, mit dem Himmel. Verbergt uns vor den Augen unserer Feinde, hindert sie daran, uns jemals zu erreichen. Schützt uns und die Unseren.«

Ihr Griff wird fester, als Lava und ich die Worte wiederholen. Ich spüre, dass sich etwas auf dem Plateau verändert. Plötzlich stehen nicht nur wir drei in dem Stern, sondern eine fremde Macht erfüllt die Umgebung. Eine Präsenz oder vielleicht auch mehrere, die uns beobachten.

Die uns womöglich helfen werden.

Ich hoffe, Adelaides Theorie ist korrekt, und wir werden uns dieser Hilfe als würdig erweisen. Die Kraft, die plötzlich in der Luft liegt, schüchtert mich mehr ein, als ich zugeben möchte.

»Ich rufe die Wellen«, macht sie weiter. »Ich rufe den Sturm, die Strömungen, das Meer. Sie sollen jedes Schiff von seinem Kurs abbringen, jeden verschlingen, der es wagt, sich unserer Insel zu nähern.«

Und ihnen ein feuchtes Grab bescheren, füge ich in Gedanken hinzu.

»Ich beschwöre den Nebel.« Lavas sonst so spöttische Stimme ist ernst, während die Worte über das Plateau hallen. »Ich beschwöre die dichtesten Wolken, beschwöre tödliche Gewitter und die heiß-kalten Winde, die den Sturm unberechenbar machen. Sie sollen unseren Feinden die Sicht nehmen und jeden mit bösen Absichten vernichten.«

Das Wissen, dass die fremde Präsenz jedes unserer Worte belauscht, ist irritierend. Dennoch bleibt mir nichts, als fortzufahren.

»Ich erbitte das Eis.« Selbst meine Worte sind kalt, als ich es ausspreche. Kalt und doch voller Hoffnung. »Ich erbitte den Winter, den Hagel, die Eisschollen. Sie sollen jedem Gegner die Wärme nehmen, die Schiffe zerbrechen und die Überfahrt unmöglich machen.«

Kaum merklich spüre ich, wie die Präsenz sich regt. Sich aufrichtet und größer wird.

»Wellen«, wiederholt Adelaide.

In der Ferne vernehme ich das Geräusch des tosenden Meeres, das mit jedem Augenblick dröhnender wird.

»Nebel.«

Plötzlich liegt eine Feuchtigkeit in der Luft, die die Lautstärke des Meeres dämpft.

»Eis.«

Sobald ich das Wort ausspreche, spüre ich einen Sog an meiner Magie. Ich kann die Eisbrocken fühlen, die sich im Meer hinter der Hauptstadt der Menschen bilden, den Hagelsturm, der aufsteigt. Die durchdringende Kälte, tiefer und unentrinnbarer als im Firnisgebirge.

»Wellen.«

»Nebel.«

»Eis.«

Drei Seiten eines Elements, so anders und doch so gleich. Drei Verbündete, die gemeinsam einen Zauber weben, der größer ist als alle zuvor. Ich fühle, wie sich unsere Magie miteinander verbindet, während die Atmosphäre sich verändert. Wie die seltsame Präsenz auf dem Plateau uns für würdig erachtet, wie daraufhin weitere Energie in den Zauber mit einfließt. Das Ritual zehrt an meiner Kraft, an meinem Sein, aber ich halte stand.

In der Ferne höre ich den Ruf eines Eisdrachen, dann ist die Zeremonie plötzlich vorbei. Von einem Moment auf den nächsten trennt sich die Verbindung zwischen uns. Der Fluss meiner Magie in die Umgebung wird zu einem sachten Tröpfeln, und die fremde Präsenz auf dem Plateau verschwindet.

Hat es funktioniert?

Nach wie vor speist ein kleiner Teil meiner Magie etwas anderes, geht verloren. Das muss heißen, dass es funktioniert hat, oder?

Mit einem Blick zu Lava und Adelaide, die ebenso verunsichert und hoffnungsvoll wie ich scheinen, springe ich in die Luft und beschwöre einen Wind, der mich nach oben zum Rand der Felskuppe über dem Plateau trägt. Kurz freue ich mich schlicht darüber, nach den Wochen ohne Magie endlich wieder die Möglichkeit zu haben, Derartiges zu vollbringen. Auch wenn der Preis dafür hoch war, denn Solvigs Verlust schneidet tief in mein Herz.

Dann richte ich den Blick auf das Meer und ziehe scharf die Luft ein.

Die Bucht, an der die Hauptstadt der Menschen liegt, ist ruhig und still wie immer. Dicht hinter der letzten Landzunge jedoch erkenne ich eine undurchdringliche Wand aus Nebel, die immer wieder von einem Blitz erhellt wird. Riesige Wellen peitschen gegen Felsen aus Eis, die auf dem Meer schwimmen. Mit Genugtuung betrachte ich den unpassierbaren Sturm, der selbst für mich mit meiner Magie tödlich wäre. Doch hier beim Schloss ist nichts davon zu spüren. Ich höre weder den prasselnden Regen noch den Donner. Das Meer in der Bucht bleibt unbewegt wie immer. Obwohl meine gesamte Existenz von Magie geprägt ist, ich sie schon in so vielen Formen kennenlernte, bringt ihre Macht selbst mich zum Staunen. Trotz allem, was heute geschehen ist, muss ich lächeln.

»Und?«, will Lava wissen, als ich mich wieder aufs Plateau sinken lasse und zu den anderen umdrehe.

Ich nicke schlicht und trete näher zu meinen neuen Freundinnen.

Ein Klatschen lässt mich aufsehen. Berion schlägt die Hände gegeneinander, Leif folgt seinem Vorbild und nach und nach fallen auch die anderen Menschen in ihren Applaus mit ein. Ein zaghaftes Grinsen schleicht sich auf die Gesichter der Soldaten, und ich kann die gleiche Hoffnung in ihren Augen lesen, die ich selbst fühle. Die Hoffnung auf eine friedliche Zukunft.

Wer hätte jemals gedacht, dass wir, eine Najade, eine Sirene und eine Eisdämonin, zusammenarbeiten würden, um Frieden für die Menschen zu sichern? Wie unwahrscheinlich erschien es mir noch vor einigen Wochen, Menschen nicht nur als Feinde zu sehen, Beute, der ich als Jägerin gegenüberstehe? Nun betrachte ich sie als Verbündete. Niemals hätte ich vermutet, dass ein Mensch mir applaudieren würde, doch das Klatschen der vielen Hände belehrt mich eines Besseren. Anerkennung und Respekt spricht aus der Haltung der Menschen, obwohl ich nach wie vor eine gewisse Vorsicht an ihnen entdecke. Vermutlich ist das nur weise, denn wir sind noch immer, was wir sind.

»Daina hatte recht«, meint Adelaide mit einem breiten Lächeln. »Das ist *ihr* Vermächtnis.«

»Ihres und Fyllas und Fjoras«, stimme ich zu.

Obwohl Lava behauptete, ihre Königin nicht gemocht zu haben, bemerke ich, dass ihre Augen feucht werden. Ebenso wie meine, denn der Gedanke an Fjora ist bittersüß. Meine Königin, meine Mentorin, die genau hier gestorben ist. Die mich so stark geprägt und stets unterstützt hat. Ich habe das Gefühl, dass sie in diesem Moment bei mir ist. Und wer weiß, wenn ich an die seltsame Präsenz vorhin denke … Vielleicht war sie es auch. Vielleicht waren sie alle hier, die Seelenräuberinnen, die uns vorhergingen und uns womöglich nie verließen.

»Was werdet ihr jetzt machen?«, frage ich die anderen beiden, um uns alle von der Trauer abzulenken.

Adelaide schnieft trotz ihres Lächelns.

»Nach Hause gehen«, antwortet sie schlicht.

»Die Najaden werden eine neue Königin krönen«, meint Lava nachdenklich. »Es spielt keine Rolle, ob sie so mächtig ist wie die alte. Wir brauchen eine Anführerin. Vielleicht wählen wir diesmal jemand Sympathischeren.«

Ihre Mundwinkel heben sich.

»Ich kann mir nicht vorstellen, eine andere als Daina mit einer Krone zu sehen«, murmelt Adelaide. »Aber vermutlich ist es das, was auch bei den Sirenen geschehen wird. Obwohl ich keine Ahnung habe, was ich vorfinden werde, wenn ich zu meinem Volk zurückkehre.«

Die Sorge um ihresgleichen steht ihr deutlich ins Gesicht geschrieben. Meine Eisdämoninnen sind hier, ich weiß, dass es ihnen gut geht. Obwohl es deutlich weniger sind als noch vor einigen Wochen. Doch die Zukunft erscheint vielversprechend, dank des Nachtlilienextrakts und der starken Magie, die endlich wieder in der Luft liegt.

»Deine Heimat wirst du vorfinden«, antworte ich Adelaide und drücke ihre Schulter.

Sie nickt und strafft sich.

»Der einzige Weg, diesen Sturm zu durchqueren, ist unter Wasser«, erklärt sie. »Es wird die Aufgabe der Sirenen sein, das Festland zu überwachen und sicherzustellen, dass niemand die Grenze überwindet.«

Es ist eine große Verantwortung, die sie sich damit aufbürdet.

»Und es wird auch eure Aufgabe sein, ihre Schiffe zu versenken und euren Hunger mit ihren Seemännern zu stillen, hm?«, neckt Lava sie.

Adelaide zuckt mit den Achseln. »Das gehört dazu, oder?«

Die Art, wie sie übers Morden reden, ist seltsam. Das Beenden von menschlichem Leben ist und bleibt wohl irgendwie Teil unserer Art.

Ich ziehe den Beutel mit den Nachtlilien hervor und erschaffe zwei Kästchen aus Eis, sodass ich den Inhalt aufteilen kann.

»Falls du mal keine Lust auf einen Matrosen hast«, meine ich, als ich Adelaide ein Kästchen gebe.

Lava zögert, meines anzunehmen.

»Es wird nicht schmelzen«, versichere ich ihr schmunzelnd. »Ich habe Magie hineingewebt.«

Ich habe den Satz kaum zu Ende gesprochen, da schnappt sie mir das Kästchen schon aus der Hand.

»Werden wir in Kontakt bleiben?«, fragt Lava, bevor ich mich abwenden kann.

Adelaides Blick ist ebenso überrascht wie meiner. Ausgerechnet Lava, die selbst mich in Gefühlskälte übertreffen könnte, stellt diese Frage und sorgt damit dafür, dass meine Mundwinkel sich weiter heben.

»Natürlich«, erwidert Adelaide, als hätte es daran nie einen Zweifel gegeben. »Ich muss euch doch auf dem Laufenden darüber halten, was auf dem Kontinent passiert.«

»Und unter Wasser«, fügt Lava hinzu. »Ich will mehr über das Leben der Sirenen hören.«

»Und über dich«, werfe ich mit einem Grinsen ein.

Die Zukunft erscheint mir gleich noch rosiger.

»Ob wir den Menschen dafür danken müssen, dass drei so ungleiche Wesen wie wir Freundinnen werden konnten?«, überlegt Adelaide.

Schmollend schiebt Lava die Unterlippe vor, als wolle sie nach wie vor nicht zugeben, dass wir ihr Herz erweichen konnten. Ich dagegen ziehe die beiden in meine Arme und genieße, dass sie die Umarmung vorbehaltlos erwidern.

Denn Adelaide hat recht, dank den Menschen sind wir genau das geworden: Freundinnen.

Es dauert eine Weile, bis wir uns wieder voneinander lösen. Adelaide ist die Erste, die zurückweicht und mir einen vielsagenden Blick zuwirft. Erst da bemerke ich, dass Leif hinter mir steht.

»Danke«, verkündet er und sieht jede Einzelne von uns an.

An mir bleibt sein Blick am längsten hängen.

»Ihr ermöglicht uns mehr, als ihr euch vorstellen könnt. Wenn wir irgendwie helfen, euch eine Gegenleistung geben könnten …«

Mit einer Handbewegung schneidet Lava ihm das Wort ab. »Wie anmaßend, dass ein Mensch glaubt, er hätte irgendetwas, das wir begehren«, meint sie abfällig, aber das Glitzern in ihren Augen zeigt, dass sie sich über ihn lustig macht.

»Ich will endlich nach Hause. Wo ist der Geleitschutz, der mir versprochen wurde?«, fragt Adelaide etwas hochmütig und zwinkert mir zu.

»Natürlich«, beeilt sich Leif, zu sagen.

Er winkt einige Soldaten zu sich und teilt sie in zwei Lager auf. Das eine weist er Adelaide zu, das andere Lava. Sein Befehl, sie an jeden beliebigen Ort zu bringen, lässt mich schmunzeln. Lava wird sie womöglich tagelang im Kreis herumführen …

Wobei ich ihr ansehen kann, wie dringend sie nach Hause will. Vermutlich nehmen sie doch den direkten Weg.

Kurz darauf brechen sie bereits auf. Offenbar wünscht auch Lava keine weitere Verzögerung. Selbst der einsetzende Schneefall hält sie nicht auf. Für Adelaide ist es nicht weit bis zur Bucht, von der aus sie allein nach Hause schwimmen kann, aber Lava hat einen weiten Weg vor sich. Und obwohl sie beide es mit ihrer Magie auch allein zurück in ihre Heimat schaffen könnten, ist mir wohler dabei, dass sie Begleitung haben – insbesondere bei Adelaide, die kaum zehn gerade Schritte auf den für sie ungewohnten Beinen zustande bringt.

Ich beauftrage einige Eisdämoninnen wie versprochen, den beiden Gruppen zu folgen, dann winke ich meinen Freundinnen ein letztes Mal zu. Leif schickt den Rest seiner Soldaten weg, und meine Eisdämoninnen halten sich im Hintergrund, sodass nur wir beide auf dem Plateau zurückbleiben.

»Was wirst du jetzt tun?«, fragt er leise, während der Schnee uns von sämtlichen Blicken abschirmt.

Er steht wenige Schritte von mir entfernt, und doch fühlt es sich an, als wäre er unendlich weit weg. Eine unsichtbare Distanz trennt uns, schafft einen starken Kontrast zur letzten Nacht. Unsere Küsse und Berührungen in seinen Gemächern scheinen eine Ewigkeit zurückzuliegen.

Ich weiß, es gibt nur eine Antwort.

»Wir gehen nach Hause«, wiederhole ich Adelaides Worte und werfe einen Blick zu meinen Eisdämoninnen.

In der Dunkelheit sind sie Silhouetten im Mondlicht. Flüchtige Schatten, die für jeden Menschen das Ende bedeuten könnten. Inzwischen erkenne ich, wie bedrohlich wir wirken, wie wenig menschlich. Selbst, wenn der ewige Hunger nun schwindet und wir uns hauptsächlich von Nachtlilienextrakt ernähren sollten – auch ein satter Wolf bleibt ein Wolf.

»Wir sind Eisdämoninnen«, verkünde ich, als würde das alles erklären. »Raubtiere, die nicht gezähmt werden können. Unsere menschlichen Leben sind vorbei, wir gehören nicht mehr in eure Gesellschaft. Ich danke dir für die Nachtlilien, für das Wiedererstarken der Magie und für alles andere.«

Ich gehe einen Schritt auf ihn zu, bleibe wieder stehen. Das Bedürfnis, ihn zu berühren, ihm nahe zu sein, ist beinahe übermächtig. Gleichzeitig hält mich das Wissen zurück, dass unsere Verbindung keine Zukunft hat. Wir kommen aus zwei unterschiedlichen Welten.

»Warne deine Leute«, fordere ich ihn stattdessen auf. »Zwar werden wir nicht mehr so erbarmungslos nach ihren Seelen jagen wie früher, trotzdem bleiben wir, was wir sind. Wenn sich Menschen im Firnisgebirge verirren, wenn es keinen Weg der Rückkehr mehr gibt, sind sie vor uns nach wie vor nicht sicher.«

Dass ich beschlossen habe, allen Menschen zu helfen, falls noch eine Chance für ihr Überleben besteht, erzähle ich ihm nicht. Das ist unsere Sache und geht ihn nichts an.

Leif schluckt sichtlich, neigt jedoch den Kopf.

»Mehr dürfen wir nicht verlangen«, meint er. »Ich werde es den Menschen in Askja mitteilen.«

Damit gibt es nichts mehr zu sagen. Ich habe das Gefühl, als würde ein tiefes Loch in meiner Brust entstehen, als ich mich abwende, um zurück zu meinen Schwestern zu gehen. Am liebsten würde ich bleiben, Leif ein letztes Mal küssen. Nein, lieber würde ich Leif noch viele Male küssen und nie fortgehen. Aber ich kenne meinen Platz in dieser Welt. Und ich kenne seinen. Sie sind nicht miteinander vereinbar.

»Warte!«, hält Leif mich auf, bevor ich die anderen erreiche.

Mit wenigen Schritten ist er bei mir und hält mich am Arm fest, zwingt mich, ihn anzusehen. Sein Blick wirkt so verzweifelt, wie ich mich fühle.

»Wirst du wiederkommen?«, will er wissen.

Vermutlich kennen wir beide die Antwort auf diese Frage, auch wenn ich zögere, sie auszusprechen. Was wir geteilt haben, wird mich für immer begleiten, und doch ist es vorbei. Denn wie könnte ein Mensch eine Eisdämonin lieben?

Und wie könnte die Eiskönigin – mit ihrem Herzen aus reiner Kälte – je einen Menschen lieben?

Doch genau dieses Herz bricht in diesem Moment, als ich verneinen will. Als ich ihm sagen will, dass diese Trennung für immer ist. Ich schaffe es einfach nicht, die Worte über meine Lippen zu bringen.

»Bitte«, fügt er hinzu.

Da ist so viel Flehen, so viel Sehnsucht in seinem Blick, so viele Gefühle, die meinen eigenen entsprechen. Seine grünen Augen sind voller Wärme und Schmerz, und ich erinnere mich wieder daran, dass ich ihm nichts abschlagen kann. Obwohl es auf seine Frage nur eine Antwort gibt, gebe ich dennoch nach.

»In Ordnung«, flüstere ich und weiß, dass es eine Lüge ist.

Ich darf nicht zurückkehren, niemals. Die Illusion der Menschlichkeit ist zu trügerisch, denn ich bin keine Adlige mehr, sondern eine Seelenräuberin. Gefährlich für alle Menschen in meiner Umgebung – weswegen sie mich niemals in der Nähe ihres neuen Königs akzeptieren würden. Außerdem muss ich mich um meinesgleichen kümmern, denn als Königin trage ich nun die Verantwortung für mein Volk. Die Schmerzen in meiner Brust beweisen nur allzu sehr, wie sehr es mich zerreißen würde, die Illusion eines menschlichen Lebens aufrecht zu erhalten. Auch Leif sehe ich an, dass er meine Worte als die Lüge erkennt, die sie sind. Er schluckt und lässt mich schließlich los.

Ein letztes Mal spüre ich seinen Blick auf mir, dann zwinge ich mich, den Abschied nicht länger hinauszuzögern. Ohne ein weiteres Wort verwandle ich mich in eine Schneeflocke, gleite auf dem Wind in meine Heimat, während meine Schwestern mir folgen. Augenblicklich wird der Schnee dichter, sodass unser Schwarm sich nicht mehr von gewöhnlichen Schneeflocken unterscheiden lässt.

Der Wind weht uns davon, trägt mich weg von Leif, und als ich schon beinahe außer Hörweite bin, meine ich, drei Worte zu hören.

Drei Worte, die alles und doch nichts bedeuten.

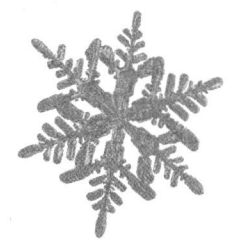

Ewig wie der Winter

Frin

Ich habe es ihm versprochen.

Es ist keine Rechtfertigung, dennoch hallt dieser Satz wieder und wieder in meinen Gedanken nach. Nicht einmal Lovis' und Finnjas gut gemeinte Worte haben es geschafft, mich aufzuhalten.

Der Wind spielt gegen mich, denn er trägt mich in seine Richtung, obwohl er mich eigentlich von ihm fernhalten sollte. Das Firnisgebirge, in dem ich meine Schwestern zurückgelassen habe, ist nur noch eine Silhouette am Horizont. Mein Verstand fordert überlaut, dass ich umkehren soll. Dass ich bei meinen Schwestern bleiben soll, statt meinem Herz diesen sinnlosen Wunsch zu erfüllen, den es gar nicht erst haben dürfte.

Aber ... Es ist Wochen her, dass wir uns das letzte Mal gesehen haben. Dass wir uns am Schloss verabschiedet haben in dem Wissen, einander niemals wieder zu treffen. Ob es ihm gut geht? Ob die Askjer ihn gekrönt haben? Das Bedürfnis, all das und mehr zu erfahren, ist so groß. Ob er sich ebenso nach mir sehnt wie ich mich nach ihm?

Ich werde nur kurz nach ihm sehen, denke ich, während der

Wind mich über die schneebedeckten Weiten Askjas trägt. *Nur einen kleinen Blick erhaschen. Herausfinden, ob alles so geschehen ist, wie Leif es sich wünschte.*

Ich muss nicht einmal meine Schneeflockengestalt ablegen, denn ich habe nur versprochen, zurückzukommen – nicht, ihn tatsächlich zu treffen.

Die Abenddämmerung bricht über Askja herein und färbt die Wolken violett und rot, gerade als die Hauptstadt der Menschen in Sicht kommt. In den Häusern unter mir werden Feuer und Laternen entzündet. Ich erkenne die Silhouetten zahlreicher Menschen, die über die Straßen hasten. Die Erinnerung an meinen Marsch durch diese Stadt, bei dem sie mich mit Steinen und Gemüse beworfen haben, lässt mich schlucken. Warum bin ich hier? Das ist eine der schlechtesten Ideen, die ich jemals hatte.

Dennoch gleite ich weiter auf das Schloss zu, dessen Zinnen im Abendrot glitzern. Zahlreiche Fenster sind erhellt und zeugen vom Leben, das darin stattfindet. Der Wärme, die darin zu finden ist. Von außen erkenne ich nur den Ballsaal und frage mich unwillkürlich, was sich hinter den vielen anderen Fenstern befindet. Welche Menschen leben im Schloss? Womit verbringen sie ihre Zeit?

Doch meine Flugbahn bleibt zielstrebig auf den Turm am Rand des Schlosses gerichtet. Das Fenster zu Leifs Schlafzimmer würde ich selbst in einem Schneesturm finden. Dabei weiß ich nicht einmal, ob es noch seine Gemächer sind. In den letzten Wochen sind die Erinnerungen an mein früheres, menschliches Leben, Bruchstück für Bruchstück zurückgekehrt. Lovis, die älteste meiner Eisdämoninnen, behauptete, das sei normal. Sie kannte in ihrem langen Leben bereits zwei andere Seelenräuberinnen, die Kontakt zu ihrem menschlichen Leben hatten. Ihr Gedächtnis kehrte nach und nach zurück, was sie letztendlich so sehr quälte, dass sie sich für den Weg des Schnees entschieden.

Ich habe nicht vor, die Eisdämoninnen langfristig zu verlassen. Ich will ihn nur sehen. Doch dank meines früheren Lebens weiß ich wieder, dass die königlichen Gemächer von Monarch zu Monarch weitergegeben werden.

Womöglich wird das Zimmer leer sein, ein weiterer Grund, der mich aufhalten sollte. Doch die Erinnerung an Leifs ausgelassenes Lachen bei den gemeinsamen Schneeballschlachten treibt mich an, sodass ich den Wind in die korrekte Richtung dirigiere, während die Dunkelheit Askja erobert. Ich schmiege mich direkt ans Glas seines Fensters, um hineinzuspähen.

Im Zimmer brennt Licht, wie ich erleichtert feststelle.

Und da sitzt er.

Sein Rücken ist mir zugewandt, trotzdem erkenne ich seine Statur. Seine Haare sind zerzaust. Statt einem königlichen Mantel trägt er seine lederne Rüstung und beugt sich mit einer Schreibfeder in der Hand über zahlreiche Blätter Papier. Neben ihm liegt die königliche Krone, achtlos an den Rand des Schreibtisches geschoben.

Er hat es also geschafft. Leif ist König, wie er es geplant hat. Zwar weiß ich nicht, weshalb er dann nach wie vor dieses kleine Eckzimmer bewohnt, das Wichtigste ist jedoch, dass seine Träume in Erfüllung gegangen sind. Dass er glücklich ist.

Wobei das zugleich die Gewissheit dafür ist, dass es in seinem Leben keinen Platz für mich gibt. Die Menschen stehen für ihn nun an erster Stelle, nicht ich. So, wie es für mich mit den Eisdämoninnen sein sollte. Unsere Pflichten und unsere Gefühle sind zu gegensätzlich, um vereinbar zu sein. Ich schelte mich selbst dafür, auch nur einen Augenblick auf etwas anderes gehofft zu haben – denn im Leben welches Menschen ist schon Raum für eine Eisdämonin? Mein uneinsichtiges Herz hört nicht auf meinen Verstand, ist noch immer voller Sehnsucht, die mich zu ihm zieht.

Eisdämoninnen sollten kein Herz haben, zumindest kein so

verletzliches, also zwinge ich mich, den Wind erneut zu rufen. Ich habe Leif gesehen und die Bestätigung für sein Wohlergehen erhalten. Damit habe ich erfüllt, weswegen ich gekommen bin. Also ist es Zeit, wieder heimzukehren. Zurück zum Fjoraberg zu fliegen und mir Leif ein für alle Mal aus dem Kopf zu schlagen. Diesmal endgültig.

Doch gerade als ich mich in die Umarmung des Windes begeben will, hebt Leif den Kopf und schaut zum Fenster. Er kann nicht wissen, dass ich hier bin und mich zwischen den zahlreichen Schneeflocken vor seinem Fenster verstecke. Dennoch habe ich das Gefühl, dass er mich direkt ansieht. Und sein Blick ist von ebenjener Sehnsucht erfüllt, die auch ich spüre. Oder bilde ich mir das ein?

Sorge erfüllt mich, als ich ihn näher mustere. Tiefe Schatten liegen unter seinen Augen, und sein sonst so glatt rasiertes Kinn ist mit Bartstoppeln bedeckt, als hätte er nicht die Zeit oder die Kraft gefunden, sie zu beseitigen.

Während ich noch damit beschäftigt bin, über die möglichen Gründe dafür zu grübeln, erhebt sich Leif und schreitet zum Fenster. Seine plötzliche Nähe lenkt mich zu sehr ab, um zu begreifen, was er vorhaben könnte. Da öffnet er schon das Fenster nach innen. Als Schneeflocke hafte ich nicht sonderlich gut am spiegelglatten Fensterglas, sodass ich mit einem Häufchen Schnee auf Leifs Parkettboden lande. Ich bin zu überrascht, um den Wind zu lenken und mich davontragen zu lassen, wie es eigentlich meine Absicht war. Leif lehnt sich derweil an die Fensterbank und starrt nach draußen. Polarlichter zucken über den Himmel, und er seufzt.

»Warum seufzt du?«

Bei den Eisgöttern, was tue ich? Es war nicht geplant, aber das Bedürfnis, die Antwort auf diese Frage zu wissen, genügt, um mich in meine Eisdämoninnengestalt zu verwandeln und die

Worte auszusprechen. Ich zeige mich ihm, rede mit ihm, obwohl ich gehen wollte.

Leif schreckt zusammen, und für einen Augenblick befürchte ich, dass er aus dem Fenster fällt, so abrupt wirbelt er zu mir herum.

»Frin?« Ungläubig mustert er mich von oben bis unten.

Äh, ja, ich hatte auch nicht hiermit gerechnet.

Ich antworte mit einem vorsichtigen Lächeln.

»Träume ich?«, will er wissen und blinzelt immer wieder, als befürchtete er, ich könnte beim nächsten Augenaufschlag verschwunden sein.

Theoretisch könnte ich sofort wieder die Flucht ergreifen, aber jetzt, wo ich einmal hier bin und in meiner wahren Gestalt vor ihm stehe … Ich kann nicht einfach gehen.

»Warum wirkst du so erschöpft?«, frage ich zurück. »Gibt es Probleme bei euch Menschen?«

Er schüttelt den Kopf und kommt näher, sodass uns nur noch ein Schritt voneinander trennt. Vorsichtig streckt er die Hand nach mir aus, und obwohl ich zurückweichen und die Berührung nicht zulassen sollte, rühre ich mich nicht. Zärtlich streichelt er über meinen Arm. Seine Berührung schickt Hitze durch meine eisigen Glieder, und doch genieße ich sie.

»Du bist tatsächlich hier«, haucht er, und seine Mundwinkel heben sich.

Im nächsten Moment schlingt er auch schon seine Arme um mich und drückt mich an sich. Die Umarmung wirkt beinahe verzweifelt, und ich kann nicht anders, als sie zu erwidern. Wie oft habe ich geträumt, ihm noch einmal so nahe zu sein? Wie sehr habe ich mich nach ihm gesehnt?

»Ich habe es versprochen«, flüstere ich in sein Ohr.

»Ich dachte nicht, dass du dein Versprechen hältst«, erwidert er leise.

Dass ich es tatsächlich nicht vorhatte, gibt ihm recht.

In diesem Augenblick kann ich jedoch nicht an meine guten Vorsätze von damals denken, sondern nur seinen unvergleichlichen Geruch einatmen. Seine Wärme spüren, die ich als Eisdämonin ablehnen sollte und nach der ich mich dennoch verzehre. Endlich wieder bei ihm zu sein, macht mich fast schwindelig vor Glück.

Wenn ich schon mal hier bin, will ich aber auch Antworten auf meine Fragen.

»Ist alles in Ordnung?«, frage ich sanft.

Die Worte streichen über die nackte Haut an seinem Hals und lassen ihn erschaudern.

»Jetzt schon«, gibt er rau zurück und zieht mich enger an sich, als wolle er mich nie mehr gehen lassen.

Ein Gefühl, dass ich gut nachvollziehen kann. Ich lasse es zu, genieße die Berührung in dem schmerzlichen Wissen, dass sie allzu bald vorbei sein wird.

»Es gibt viel zu tun in Ask«, fährt er schließlich fort, als ich geduldig schweige. »Mein Vater hat viele offene Fragen zurückgelassen, viele Probleme nicht in Angriff genommen, die längst hätten beseitigt werden sollen. Es ist meine Pflicht, mich so schnell wie möglich um all das zu kümmern.«

»Und dich dabei so zu verausgaben?«

Ich kann spüren, wie er mit den Achseln zuckt, während er mich weiterhin in seinen Armen hält.

»Je eher, desto besser«, erwidert er. »Außerdem hilft es mir, mich abzulenken. Ich …« Er atmet tief ein. »… ich wollte mich nicht damit beschäftigen, dich nie wiederzusehen«, gesteht er. »Konnte den Gedanken nicht zulassen, dass ich eigentlich ins Firnisgebirge reisen und dich suchen wollte. Obwohl der Plan mit jedem Tag verlockender wurde. Ich wusste, dass du das nicht willst, aber …« Er stockt. »Egal, wie sehr ich mich auf meine

Pflichten als König besann, die Einsamkeit blieb. Das Verlangen danach, dich zumindest noch ein einziges Mal wiederzusehen.«

»Du wolltest ins Firnisgebirge reisen, um mich zu finden?«, echoe ich gleichermaßen erschrocken und gerührt.

Leif mag in Askja aufgewachsen sein und es schon einmal bis zum Nyvollpass geschafft haben. Ich bezweifle jedoch, dass er erneut so viel Glück haben würde. Die Eisdrachen patrouillieren seit dem Tod des Königs die Bergketten, als hätte ihr zurückgekehrter Artgenosse sie vor der Gefährlichkeit der Menschen gewarnt. Inzwischen sind wir Eisdämoninnen also bei Weitem nicht mehr die gefährlichste Spezies im Gebirge. Ich habe meine Schwestern ebenfalls angewiesen, Menschen von unserer Heimat am Fjoraberg fernzuhalten. Nur, weil Leif König ist, hat sein Volk seinen Hass auf uns nicht vergessen. Deshalb führen wir jeden Wanderer weg vom Herzen des Firnisgebirges und rauben ihm zur Not das Leben, falls er unserem Zuhause zu nahe kommen würde. Unsere Sicherheit ist wichtiger, als unsere Hände frei von Blut zu halten. Nicht alle Eisdämoninnen waren bei meiner Rettung beteiligt und wissen daher nicht, wie Leif aussieht. Möglicherweise hätte eine von ihnen seine Seele geraubt, oder ein Eisdrache hätte ihn getötet. Ganz zu schweigen von den Trollen, die jetzt, wo die Tage länger und die Nächte kürzer werden, wieder aktiver sind.

»Ja, ich musste dich wiedersehen«, antwortet Leif inbrünstig.

Ich entziehe mich seiner Umarmung und trete einen Schritt zurück, um ihn erbost anzusehen.

»Das Firnisgebirge ist kein Ort für dich«, verkünde ich mit harscher Stimme und hoffe, dass er es versteht.

Leif schluckt und fixiert mich mit seinen grünen Augen, dann beißt er sich auf die Lippe und nickt.

»Es ist viel zu gefährlich«, setze ich hinzu. »Bitte, versprich mir, dass du niemals einen Fuß hineinsetzt.«

»Ich ...«, setzt er an.

Ich komme wieder näher, halte ihn an den Armen und blicke ihm fest in die Augen, bis er nachgibt.

Seine Schultern fallen kraftlos herab, als würde die Verzweiflung ihn übermannen.

»In Ordnung«, murmelt er und wendet den Blick ab.

Erleichtert atme ich auf. Sein Schicksal sollte mich nicht interessieren, dennoch war meine Angst um ihn für einen Augenblick übermächtig. Egal, was seine Zukunft bringt, ich will, dass er sicher ist.

»Und überarbeite dich nicht«, fordere ich mit einem Blick zu dem Papierstapel auf seinem Schreibtisch.

Wenn ich ihn schon zu seinem Wohlergehen zwinge, dann richtig.

Leif folgt meinem Blick und schnaubt.

»Das geht dich nichts an«, entgegnet er.

Ich lasse ihn abrupt los. Er hat recht, obwohl ich es ungern akzeptiere.

»Ja«, gebe ich zu. »Aber ...«

Ich weiß selbst nicht, was ich sagen will, als er mich schon unterbricht: »Nichts *aber*, Frin. Du bist gegangen.«

Aufgebracht fährt er sich mit der Hand durchs Haar.

»Du bist gegangen, und wir wissen beide, dass du nicht zurückkehren wolltest. Du hast mich mit alldem zurückgelassen und damit das Recht abgetreten, dich in mein Leben einzumischen.«

Unglücklich presse ich die Lippen aufeinander.

»Was hätte ich sonst tun sollen?«, erwidere ich traurig. »Wir wissen beide, dass ich nicht bleiben konnte.«

Leifs Augen sehen feucht aus, als er meinem Blick begegnet.

»Wissen wir das?«

Seine verzweifelten Worte lassen mein Herz schwer werden. Es ist eine Frage, mit der ich mich in den letzten Wochen viel beschäftigte, obwohl ich keine Sekunde lang an der Antwort zweifelte.

»Wie hätte ich bleiben können?«, frage ich zurück und merke, dass sich meine Augen ebenfalls mit Tränen füllen. »Wie stellst du dir das vor? Menschen gehören nicht ins Firnisgebirge und eine Eisdämonin passt nicht hierher.«

Leif schüttelt den Kopf, als wolle er meinen Einwand abschütteln.

»Aber warum?«, verlangt er, zu wissen.

Wie kann er so naiv sein?

»Was glaubst du denn?« Meine Stimme wird lauter, Ärger schleicht sich hinein. »Du bist der König der Menschen, Leif, und ich bin die Eiskönigin. Die Dämoninnen brauchen mich und wir *jagen* deine Art. Ihr hasst uns, versteh das doch! Deine Leute würden niemals akzeptieren, dass du … dass wir …«

Ich breche ab, denn ich kann es nicht aussprechen. Kann dem, was zwischen uns passiert ist und vorbei war, bevor es richtig angefangen hat, keinen Namen geben. Es würde es nur noch realer machen.

Die Tränen in meinen Augen lassen sich nicht zurückhalten und rinnen mir die Wangen hinab, gefrieren auf meiner Wange. Ich hasse mich selbst dafür, so viel Schwäche zu zeigen, nicht die kalte Eiskönigin zu sein, die ich sein sollte. Und doch kann ich nicht anders. Ich will mich doch nur in seine Arme werfen und mich von ihm trösten lassen. Will von ihm hören, dass alles gut wird, irgendwie. Dabei sollte mein einziges Interesse sein, ihm seine Seele zu rauben. Doch nichts läge mir ferner.

Stumm schluchze ich, während Leif die Hand an meine Wange legt und die Tränen wegwischt. Es bringt nichts, denn es folgen immer weitere.

»Sollte das nicht mein Problem sein?«, fragt er sanft. »Die Meinung der Menschen, meiner Leute. Seit wann interessiert dich das? Du bist die Eiskönigin, du brauchst ihre Akzeptanz nicht.«

Ich schlinge die Arme um mich selbst.

»Doch«, stoße ich weinend hervor. »Wenn ich mit dir zusammen sein will, brauche ich sie.«

Und ich verfluche die Tatsache, dass ich ihren Segen nie haben werde.

Leif schüttelt den Kopf, und bevor ich ihn aufhalten kann, zieht er mich wieder in seine Arme. Seine Lederrüstung mit dem Wappen Askjas bekommt dunkle Flecken, als ich mein Gesicht dagegendrücke. Ich vergieße all die Tränen, die sich in den letzten Wochen in mir aufgestaut haben. Ich trauere darüber, keine Zukunft mit ihm zu haben.

Leif streichelt mir beruhigend über den Rücken und lässt mich eine Weile weinen, ohne etwas zu sagen. Er ist schlicht für mich da, obwohl genau das das Problem ist: Ich trauere, weil ich weiß, dass er diese Rolle nicht ausfüllen darf. Gar nicht hier sein würde, wenn ich stark genug gewesen wäre, ihm fernzubleiben.

Als meine Schluchzer schließlich verebben, fährt er fort: »Frin, ich weiß, dass es nicht leicht ist. Dass wir so viele Herausforderungen zu bewältigen hatten und weiterhin bewältigen müssen, wenn wir zusammen sein wollen. Ich kann dir nicht versprechen, dass die Menschen dich jemals akzeptieren werden, dass es jemals einfach wird. Aber …« Er zögert. »… aber ist es das nicht dennoch wert? Wenn du so fühlst wie ich, dann … Sollten wir es nicht trotz allem versuchen?«

Seine Frage lässt meine letzten Tränen versiegen. Ich hebe den Kopf, um ihn anzusehen, um die Verletzlichkeit in seinen Augen zu sehen. Er meint es tatsächlich ernst.

Die Worte sollten mich nicht derart in Versuchung führen. Dennoch kann ich nicht anders, als über seinen Vorschlag nachzudenken. Was, wenn er recht hat? Ist es wirklich so unmöglich, wie ich denke? Vielleicht stimmt es, und ich brauche die Anerkennung der Menschen nicht. Und so weit ist die Reise zum Fjoraberg und den mir anvertrauten Eisdämoninnen für eine Schneeflocke nicht ...

»Ich bin nicht die Frin von früher. Ich bin kein Mensch mehr«, spreche ich eine weitere Angst aus, die mein Herz umklammert.

Zwar erinnere ich mich mit jedem Tag mehr an mein altes Leben, aber ich weiß dennoch, dass ich nie dieselbe sein werde. Zu viel hat sich seitdem verändert, zu viel Blut klebt an meinen Händen.

»Ich liebe nicht die Frin von früher, ich liebe dich«, erklärt Leif zärtlich, und mir stockt der Atem.

Es ist Wochen her, seit er diese Worte auf dem Plateau mit seinem Mund geformt hat.

»Du liebst mich?«, echoe ich zaghaft.

Er nickt und streichelt mir über die Wange.

»Ich liebe dich«, wiederholt er, »und ich will uns eine Chance geben. Es gibt kein Hindernis, das ich nicht überwinden werde, wenn das bedeutet, dass wir zusammen sein können.« Er beißt sich auf die Lippe. »Es sei denn, du willst es nicht. Du bist mächtig, unsterblich, du bist so viel mehr als ich ... Ich bin nur ein Mensch, und ich könnte es verstehen, wenn du denkst, dass ich deiner nicht würdig bin.«

Seine Worte verblüffen mich. Wie könnte er jemals glauben, dass er meiner nicht würdig sei?

»Ich bin es, die dich nicht verdient«, erwidere ich. »Wenn du wüsstest, was ich alles getan habe ... Wer ich bin ...«

Wie viele Menschen ich bereits getötet habe, ohne Gewissensbisse zu verspüren. Wie eiskalt mein Wesen ist, so unmenschlich, unnatürlich. Ich bin nicht der passende Umgang für einen Menschen, für einen König.

»Ich kenne dich«, behauptet Leif. »Damals und jetzt. Ich mag noch nicht alle Details deines Lebens ergründet haben, aber ich weiß, dass nichts meine Gefühle verändern könnte. Wenn du jetzt gehen würdest, könnte ich dich nie vergessen. Nie aufhören, mich nach dir zu verzehren.«

Seine Worte sind so schön, dass mir das Herz blutet. Kann es sein, dass er wirklich die Wahrheit sagt? Dass er tatsächlich mein wahres Wesen kennenlernen will, dass er über meine Vergangenheit Bescheid wissen und mir vergeben kann? Schließlich wusste er von Anfang an, was ich bin, und hat sich dennoch in mich verliebt. So wundersam und unwirklich es klingt.

Die Möglichkeit, die er mir aufzeigt, ist unglaublich verlockend. Auch ich will ihn in all seinen Facetten kennenlernen, jeden Augenblick seines Lebens erleben. Ich möchte ihn wieder so unbeschwert lachen hören wie früher, das Begehren in seinen Augen sehen, mit dem er mich in unserer gemeinsamen Nacht angeblickt hat. Die Zärtlichkeit seiner Berührungen fühlen, ihm nahe sein.

Ich habe so viele Zweifel, so viele offene Fragen. Wie soll eine Beziehung zwischen uns gelingen, wo ich doch die Verantwortung für die Eisdämoninnen trage und zu ihnen gehöre? Wie können wir zusammen sein, wenn Leifs Volk von ihm erwartet, eines Tages eine menschliche Königin zu krönen? Einen menschlichen Erben zu zeugen?

Doch von einem Moment auf den nächsten erscheinen mir diese Hindernisse nicht mehr so unüberwindbar. Es sind Aufgaben, die wir meistern müssen, ohne Zweifel, aber … Gemeinsam könnten wir es schaffen. Wenn ich dafür mit Leif zusammen sein darf, will ich jedes dieser Probleme lösen. Irgendwie.

»Ich liebe dich auch«, antworte ich ihm schließlich. Euphorie erfüllt mich, als ich die Worte ausspreche und seine Augen sich aufhellen.

»Du hast recht«, fahre ich fort. »Es wird schwierig. Das hier wird viele Herausforderungen mit sich bringen, Hürden, denen wir womöglich nicht gewachsen sind. Aber ich ... Wir ...«

Ich atme tief durch.

»Lass es uns versuchen.«

Angesichts des unendlichen Glücks in Leifs Augen frage ich mich, wie ich überhaupt zögern konnte.

Meine Entscheidung ist gefallen. Für ihn, für mich. Denn es wird gehen, irgendwie.

Ich spüre das Salz der Tränen auf meiner Haut. Noch immer spüre ich die Verzweiflung von eben, ihn zu verlieren, tief in meinem Herzen. Doch die Hoffnung überwiegt.

Und als Leif schließlich seine Lippen auf meine senkt, weiß ich, dass tatsächlich alles gut werden wird.

Glossar

Askjas Kreaturen

Seelenräuberin – magische Frau, die sich von menschlicher Lebensenergie ernährt

Eisdämonin – Seelenräuberin, die den Kältetod bringt

Najade – Seelenräuberin, die in heißen Quellen mordet

Sirene – Seelenräuberin, die Seeleute ertränkt

Eisdrache – seltener Drache, der eisiges Feuer speit

Troll – riesenhafter Wächter des Firnisgebirges

Orte

Arkanum – Felsplateau für magische Rituale

Askja – Inselkönigreich voller Magie

Ask – Menschenhauptstadt Askjas

Askisch – alles, was das Königreich betrifft

Firnisgebirge – eisiges Gebirge im Herzen Askjas

Fjoraberg – Heimat der Eisdämoninnen im Firnisgebirge

Fjoratal – Tal am Fjoraberg

Heimatberg – Berg bei Ask, in dem durch natürliche Magie Wiesen grünen und Felder gedeihen

Myredal – Kaiserreich der Menschen auf dem Kontinent, dem auch Askja untersteht

Nyvollpass – Pass im Herzen des Firnisgebirges

Namen

Adelaide – Sirene

Aren – Krieger

Arvid – Laufbursche

Berion – Askjas Heerführer und Leifs Berater

Carina – junge Hofdame

Daina – Wellenkönigin, Königin der Sirenen

Finnja – Eisdämonin

Fjora – Eiskönigin, Königin der Eisdämoninnen

Frin – Eisdämonin und Protagonistin

Fylla – Nebelkönigin, Königin der Najaden

Herzog von Klippenfall – Adliger

Inquisitor – Magier Myredals

Jona – Krieger

Klara – frühere Hofdame

Lava – Najade

Leif – Protagonist und Prinz Askjas

Lisra – Eisdämonin

Lovis - Eisdämonin

Malt – Krieger

Marissa – Hofdame

Mirya – Frau des Heerführers Berion

Rune – Krieger

Solvig – Eisdämonin und beste Freundin von Frin

Umber – König Askjas und Leifs Vater

Danksagung

Dieses Buch hat eine lange Reise hinter sich. Es gibt so viele Menschen, denen ich für ihre Unterstützung zu danken habe, dass ich sie hier gar nicht alle aufnehmen kann. Doch zumindest ein paar möchte ich hervorheben!

Da ist zuallererst meine Agentin Christine, die von Beginn an an dieses Projekt geglaubt hat. Außerdem Jasmin, meine Betreuerin bei Moon Notes, die sich sofort in Frins und Leifs Geschichte verliebt hat. Danke euch beiden, dass ihr dieses Buch möglich gemacht habt!

Herzlichen Dank an Diana, die die Leseprobe genau unter die Lupe genommen hat. Ohne sie und meine Testleser*innen Samantha, Jenny, Tina, Carmen und meinen Mann hättet ihr ein ganz anderes Buch vor euch – danke, dass ihr mir helft, meine Texte zu schleifen! Insbesondere auch ganz viel Liebe für meinen Mann, der mich bei jedem Buch unendlich unterstützt, obwohl er für Fantasy eigentlich kaum etwas übrig hat. Ich liebe dich ♥

Vielen Dank an meine Autorenkolleginnen, die mich jede Woche motivieren. An die Queens of Couch-Potatos für unsere Schreibtreffen, an Christin und Jenny für die Kaffee-Dates, Christina und die PANinis für die Stammtische, an Fran und Sabine für die vielen schönen Treffen einfach mal so. Es ist so schön, mit euch über Bücher (und alles andere!) zu quatschen und zu beweisen, dass Autor*innen keine Einzelgänger*innen, sondern gute Freund*innen sind.

Dankeschön an meine Blogger*innen, die mich bei jedem Release unterstützen und dafür sorgen, dass meine Bücher nicht unentdeckt bleiben ♥

Der wichtigste Dank geht jedoch an dich, werte*r Leser*in. Danke, dass du dich für dieses Buch entschieden hast, denn damit machst du dieses Buch und viele weitere Bücher möglich. Ich hoffe, Frins und Leifs Geschichte hat dir gefallen! Falls du möchtest, sag es mir gern – in einer Nachricht, als Kommentar, als Rezension, oder schau doch einfach so bei mir vorbei. Du findest mich auf Instagram oder Tiktok als @amy.thyndal und auf meiner Website unter: www.amyerinthyndal.de

Ich freue mich auf dich!